Son plus grand rêve

*

Le baiser d'une infirmière

*

Une croisière au Chili

SUE MACKAY

Son plus grand rêve

Traduction française de
PIERRE ALEXIS

BLANCHE

HARLEQUIN

Collection : Blanche

Ce roman a déjà été publié en 2021

Titre original :
THE GP'S SECRET BABY WISH

HARPERCOLLINS FRANCE
83-85, boulevard Vincent-Auriol, 75646 PARIS CEDEX 13
Service Clients — https://www.harlequin.fr/contenu/contactez-nous
ISBN 978-2-2805-2101-7 — ISSN 0223-5056

Édité par HarperCollins France.
Composition et mise en pages Nord Compo.
Imprimé en juin 2025 par CPI Black Print (Barcelone)
en utilisant 100% d'électricité renouvelable.
Dépôt légal : juillet 2025.

MIXTE
Papier
FSC FSC® C159065

Pour limiter l'empreinte environnementale de ses livres, HarperCollins France s'engage à n'utiliser que du papier fabriqué à partir de bois provenant de forêts gérées durablement et de manière responsable.

Prologue

Blottie contre le corps chaud de l'homme qui venait de lui faire si bien l'amour, Lily Scott nageait en pleine confusion.

Max Bryant était un séducteur qui croyait que les femmes étaient faites uniquement pour son plaisir. Au départ, elle aussi l'avait utilisé pour son propre plaisir. Mais, à présent, elle aurait désiré davantage : de l'amitié, du partage, de la complicité, peut-être même un avenir...

Sauf que ça n'arriverait pas. Max n'était pas du genre à s'installer, et elle avait connu de son côté un partenaire qui n'avait pas tenu ses promesses.

Il fallait qu'elle parte en courant. Tout de suite ! Qu'elle s'éloigne de lui avant qu'elle succombe à son charme de manière irrémédiable !

Un frisson la parcourut.

À l'idée de quitter dans quelques instants le lit de Max pour toujours, elle sentait mille liens subtils la retenir, l'empêcher de s'échapper. Ce sentiment grandissant s'était infiltré sous sa peau, il la ramenait à la vie... Mais elle savait aussi que ça ne pourrait pas fonctionner avec lui sur le long terme –, et pour sa part elle ne pouvait pas concevoir autre chose.

Les quelques jours grandioses qu'ils venaient de passer ensemble ne devaient pas lui faire oublier la façon dont il lui avait presque reproché sa bonne santé, comme si c'était cela qu'il voyait en elle, et non la femme qu'elle était. Décidément, il fallait qu'elle poursuive son chemin. Et puis, il arrivait trop tôt après qu'Aaron lui avait brisé le cœur en la trompant au vu et au su de tous.

Elle respirait vite, et sa gorge se serrait de devoir comprimer sa douleur.

Elle enfouit la tête dans son bras replié, maudissant cet attachement inattendu.

Oh ! pourquoi ne pouvait-elle pas trouver cet homme seulement sympathique ?

Ces quelques jours n'avaient été qu'une passade, les sentiments n'y avaient pas leur place. C'était une façon de stimuler son ego, de s'assurer de son succès auprès des hommes, de se créer une relation masculine sous contrôle pour rassurer son cœur mis à mal. Se prouver qu'Aaron s'était trompé en la jugeant terne et rabat-joie, et que cette double accusation n'était qu'une mauvaise excuse pour se justifier d'avoir attiré d'autres femmes dans son lit.

Se tournant légèrement, elle entrouvrit les yeux.

Couché sur le dos, une main sous la nuque, Max dormait du sommeil du juste après la séance de sexe la plus stupéfiante qu'elle ait connue – mis à part celles qu'ils avaient partagées ces deux derniers jours. « Partagées » était d'ailleurs le mot parfait. Et tout le crédit en revenait à cet homme. Il donnait autant qu'il recevait, ce qui expliquait sa popularité auprès des autres femmes du service avec lesquelles il passait aussi du temps à l'extérieur.

En sa présence, à aucun moment elle ne s'était sentie « terne » ou « rabat-joie ». Du moins, si les gémissements qu'elle l'avait entendu pousser lorsqu'elle le chevauchait signifiaient quelque chose.

Le désir l'enfiévra de nouveau.

Ce serait si facile de rouler sur le côté et de se hisser sur son corps musclé pour l'arracher au sommeil...

Elle amorça un geste vers Max, mais le suspendit.

Non, il ne fallait pas. Elle n'était pas encore prête à accorder sa confiance à un homme.

D'habitude, elle ne s'adonnait pas aux relations sexuelles

occasionnelles. Mais trois jours plus tôt, les reproches d'Aaron lui étaient devenus si intolérables que, après une nuit de garde aux urgences particulièrement agitée et pourvoyeuse d'adrénaline, elle avait accepté l'invitation de Max à le rejoindre dans son lit, malgré sa réputation d'homme à femmes – ou peut-être justement à cause de cette réputation, pour se prouver qu'elle était aussi désirable que les autres femmes ! De son côté, Aaron ne remarquerait rien, et il était de toute façon trop tard. Jamais elle ne pourrait oublier ses paroles offensantes ni ce qu'il avait fait avec cette infirmière sous la douche de leur salle de bains.

Avoir une relation sexuelle stupéfiante avec Max Bryant était une chose. Imaginer que celle-ci puisse évoluer vers quelque chose de plus en était une autre. Il fallait qu'elle parte tant qu'il lui restait la force de le faire. La réputation de séducteur impénitent qu'avait Max le précédait, et elle n'avait pas l'intention de s'inscrire dans la liste de celles qu'il avait délaissées. Mieux valait s'éloigner la tête haute et avec la situation sous contrôle.

Elle se laissa glisser vers le bord du lit, et le soulagement l'envahit.

Elle était sur la bonne voie !

Ce qui l'avait tenue éveillée contre Max, ce n'était pas de l'amour. L'amour était un concept interdit, s'agissant de cet homme. Et pas question de demeurer ici jusqu'à ce qu'elle ait découvert ce que c'était. Leurs ébats l'avaient épuisée, et elle avait maintenant besoin d'un bon bain. Ils continueraient de travailler ensemble comme avant, et dans quelques jours tout serait oublié. Situation classique...

Une main masculine se posa sur sa cuisse.

Elle se tendit et attendit que Max recouvre une respiration régulière.

Si seulement la sienne pouvait en faire autant ! Mais cette main sur sa peau était si... Mais pourquoi, aussi, partir comme une fuyarde ? Rien ne l'empêchait de se montrer directe et franche.

La seconde suivante, elle se levait, attrapait ses vêtements éparpillés à terre et commençait à se glisser dedans.

— Où vas-tu ?

La fermeture de son pantalon se prit dans le tissu.

— Chez moi.

— Reviens te coucher. Il nous reste plusieurs heures avant de devoir retourner au travail.

La fermeture ne bougeait plus du tout. Préférant renoncer, elle passa son pull et le tira jusqu'à la taille.

— Non, Max.

À la façon dont Max se mit à bouger, elle comprit qu'il était complètement réveillé, et l'éclair qui passa dans ses yeux noisette contenait tant de promesses que sa détermination à partir redoubla.

— Es-tu sûre que je ne parviendrai pas à te tenter ?

Il y arriverait sans problème. Simplement, elle voulait extirper le souvenir de cet homme de sa peau.

— Désolée, mais je suis déjà partie...

S'accroupissant pour lacer ses chaussures, elle ajouta :

— C'était bien, mais c'est fini.

Max releva la tête.

— Tu crois ça ?

— Je le sais.

Là-dessus, elle attrapa son sac et se dirigea vers la porte.

— À ce soir... Au travail, ajouta-t-elle pour être sûre qu'il ne se méprenne pas.

— Pas si vite, dit-il.

Il s'était retrouvé si vite entre la porte et elle qu'elle retint un petit cri de stupéfaction et en oublia presque qu'elle était pressée de partir.

Grand, mince, agréablement musclé, Max Bryant était beau à mourir.

— Pourquoi, Lily ? Ne me raconte pas que tu n'as pas pris un plaisir fou pendant ces derniers jours...

Elle sentit sa bouche devenir sèche. Décidément, qu'est-ce qui lui prenait de vouloir s'en aller ?

— Si, bien sûr. C'était fait pour. Mais maintenant, il est temps pour moi de bouger.

Elle avait parlé sans le regarder. Le risque était trop grand qu'il voie qu'il la déstabilisait à un point qu'elle ne pouvait assumer.

— De bouger ? Dans quel but ? Une nouvelle aventure ?

Cette fois, elle le regarda bien en face.

Était-il vraiment obligé d'être aussi beau ?

— Tu as un problème avec ça ? dit-elle très vite.

— Oui.

— Je vois. Tu ne supportes pas que je parte la première. Je devrais m'accrocher à toi et te supplier de me laisser rester. Au lieu de quoi, je me lève et t'annonce que je m'en vais.

— Ne monte pas sur tes grands chevaux, Lily. J'ai apprécié nos moments partagés, et je m'attendais qu'ils se prolongent. Apparemment, je me suis trompé. J'aurais dû deviner que tu te contrôlais aussi dans ce genre de situation.

— Que je me contrôlais ?

— Oui, pour avoir toujours la situation en main.

Elle rougit.

D'une certaine façon, il avait raison. Mais elle n'avait pas besoin de le contrôler, lui. Du moment qu'elle ne le sentait plus contre elle, il était libre d'aller et venir.

Elle le regarda, le menton haut, comme si elle ne venait pas de mentir allègrement, le quitter était d'une facilité enfantine, et son cœur ne battait pas la chamade.

— Moi qui pensais que tu me serais reconnaissant de partir au lieu de me suspendre au moindre regard que tu aurais la bonté de m'accorder... En fait, tu n'as pas l'habitude de te faire larguer !

Au coup d'œil qu'il lui jeta, elle sut qu'elle avait fait mouche.

Quel air imbu de lui-même ! Mais ce n'était pas une découverte, et de toute façon elle avait fait l'amour avec lui pour son propre plaisir. À présent, il lui fallait repousser le sentiment désagréable d'avoir perdu le contrôle de la situation.

— Remets-toi, va, dit-elle. Je ne me laisserai pas traiter comme une chose que l'on prend et que l'on jette. Je me suis engagée dans cette relation en toute lucidité, en sachant qu'elle serait sans suite. Pas question que je te tourne autour en larmoyant pour jouer les prolongations. Tu peux comprendre que je n'en aie pas envie, tout de même ?

Elle le contourna en hâte avant de commettre une bêtise.

Son espoir était que, ce vendredi soir, les urgences ne lui laissent pas cinq minutes de répit pour une pause-café ni pour l'observer de dos quand il se penchait vers un patient et que sa blouse bleue lui moulait les épaules.

Ce soir commençait le reste du temps qu'ils allaient devoir passer à travailler ensemble. Quand il la considérerait de cet air incrédule, tout ce dont elle devrait se souvenir, c'est qu'elle était une femme désirable. Si elle ne l'avait pas été, leurs ébats auraient été aussi intenses ?

Elle s'arrêta une seconde.

— Merci, marmonna-t-elle.

Mais Max lui tournait le dos.

1

Tandis que le bus s'éloignait, Lily remonta le col de sa veste en considérant l'avenue qui la séparait de l'énorme bâtiment abritant le centre médical d'Auckland.

Elle tremblait, certes, mais pas seulement de froid.

Qu'était-elle en train de faire ?

Exercer le métier de ses rêves, d'accord. Mais reprendre le travail en compagnie de Max Bryant l'emplissait de doutes. Y parviendrait-elle ? N'entreraient-ils pas en combustion dès que leurs regards se croiseraient, leur rendant la suite pour le moins embarrassante ?

Le risque n'était pas faible. Malgré tout, elle avait décidé de le prendre pour obtenir le poste. Plus de trois ans avaient passé, au cours desquels le souvenir de Max était parfois revenu s'infiltrer en elle, lui rappelant ce qu'ils avaient brièvement partagé et qu'elle avait quitté de peur qu'il la fasse souffrir à un moment où elle était particulièrement vulnérable. Après son renoncement à ce qui aurait pu devenir une relation stupéfiante entre eux, elle avait trouvé l'amour avec un autre homme, ou du moins elle l'avait cru. Sauf que, là encore, elle s'était trompée.

Un cri s'éleva de l'autre côté de la rue que le départ du bus venait de révéler.

— Lily Scott ! appelait une voix d'homme. Lily, par ici !

Son cœur battit plus fort dans sa poitrine, et sa bouche devint sèche.

Max !

Son regard capta tout de suite l'homme qui agitait la main sur le trottoir d'en face.

— L'une de mes patientes a fait une chute, cria-t-il. Je vais avoir besoin d'aide.

Elle sentit un petit frisson la traverser.

— J'arrive !

Visiblement, elle se trouvait en service avant d'avoir pu respirer !

Avant d'accepter ce nouveau poste, elle avait réfléchi à deux fois et fini par l'accepter parce que son histoire avec Max était ainsi : insaisissable. Du reste, la voix de Max l'avait immédiatement ramenée à la nuit où il l'avait entraînée entre ses draps, se montrant généreux et détendu, si différent de l'homme qu'elle connaissait au travail.

Aujourd'hui, elle regrettait profondément la manière dont leur aventure s'était terminée. Pendant les deux longs mois qui avaient suivi, ils avaient continué leurs tâches de médecins débutants aux urgences, sans plus communiquer sauf sur les patients. Pourtant, sans doute auraient-ils pu s'entendre. Au lieu de quoi, elle avait élevé entre eux des barrières qui s'étaient retournées contre elle.

Un homme la heurta en passant. Elle trébucha mais se redressa et se fraya un chemin dans la foule qui se pressait sur le trottoir. Une minute plus tard, elle foulait l'autre côté de la large voie.

Une jeune femme gisait sur le macadam, la cheville gauche curieusement tournée et la main droite agrippant son poignet gauche. Agenouillé près d'elle se tenait Max, qui lui jeta à peine un coup d'œil.

Lily déglutit en le voyant de près.

Ses cheveux noirs étaient à présent parsemés de stries grises. Des ridules lui griffaient les yeux. L'homme qu'elle voyait ne ressemblait plus vraiment à celui avec qui elle avait passé quelques nuits trois ans plus tôt. Il avait pris de l'âge, beaucoup plus que ce à quoi elle aurait pu s'attendre.

Quelque chose de terrible s'était-il produit dans son existence ?

Retenant les questions qui se pressaient, elle s'accroupit de l'autre côté de la femme.

Celle-ci lançait des jurons, et la douleur convulsait son visage.

— Michelle, demanda Max, que s'est-il passé ?

— Un abruti est descendu du bus au moment où j'y montais, gronda celle-ci. Il m'a poussée si fort que j'ai atterri sur le béton, et que mon poignet et ma jambe ont tout pris.

Lily prit une longue inspiration. Si elle feignait d'ignorer Max, il croirait qu'elle le prenait de haut. Or, c'était faux. De plus, elle allait travailler avec lui, et son échec avec l'homme qui l'avait quittée quelque temps plus tôt lui commandait de partir du bon pied dans sa nouvelle vie. Ce qui, en cet instant précis, exigeait qu'elle s'entende correctement avec Max.

— Salut, Max.

Aujourd'hui, l'envoûtement devait disparaître pour permettre à la partie sensée de son cerveau de prendre le dessus. Après tout ce temps, Max ne pouvait pas, sitôt revu, la troubler de nouveau !

— Salut, Lily, répondit-il avec un bref hochement de tête. Pas terrible pour toi de faire connaissance avec ta première patiente dehors, dans le froid.

Il semblait avoir gagné en sérieux et perdu une bonne partie de son ego surdimensionné. Oui, elle pourrait sans doute travailler avec lui malgré le passé, malgré la fièvre qui ne l'avait pas quittée pendant leurs nuits, et malgré... son attirance en cet instant.

— Elle va être ma patiente ?

— Oui. Moi, je suis son médecin du sport. Il y a vingt minutes, elle quittait mon cabinet pour se rendre à l'entraînement.

Tout en parlant, il palpait la cheville de Michelle au-dessus de sa chaussure de course.

— Ouais, confirma la femme sur un ton rogue. Et regardez où j'en suis à présent...

Lily fixa son attention sur sa patiente, oubliant momentanément

Max et son étonnement de le trouver aussi changé tant physiquement que mentalement.

— Je vais regarder votre poignet, annonça-t-elle.

Tout comme la cheville, le poignet de Michelle avait déjà commencé à enfler.

— Pouvez-vous le bouger de bas en haut ou sur les côtés ?

Michelle essaya. Sans succès.

— Hélas ! non. Si vous m'ôtiez ma chaussure, Max ?

— Il vaut mieux ne toucher à rien. En cas de fracture, il ne faut pas que l'os bouge.

La voix chaude et sensuelle de Max ramena Lily à des souvenirs qu'elle aurait préféré avoir oubliés.

En acceptant ce poste dans l'un des centres médicaux les plus réputés de la ville, elle s'était déterminée à se montrer amicale avec lui mais en demeurant à distance respectable. Pourtant, son désir était bel et bien revenu dès le premier regard. Or, dans l'intérêt de sa carrière, il fallait qu'elle parvienne à contrôler cela.

— Ton avis sur ce poignet, Lily ? demanda-t-il en la regardant en face.

— C'est le gonflement qui l'empêche de bouger, répondit-elle. Michelle, évaluez-moi votre souffrance par une note entre 1 et 10.

— 8 pour le poignet, 10 pour la cheville, répondit-elle, au bord du désespoir. Ce salaud a bousillé tout ce pour quoi je m'entraîne depuis tout ce temps ! Et où est-il, à présent ? Il me pousse, me fait tomber et s'enfuit. Le lâche !

Secouant la tête, Lily revint au poignet blessé de Michelle.

— Je vais l'ausculter.

En douceur, elle appuya un doigt sur l'articulation.

— Je suis sûre qu'il est cassé, haleta Michelle. Ma cheville aussi. Comment jouer avec l'équipe d'Angleterre de netball, maintenant ? Quelqu'un peut-il me le dire ?

— Il est trop tôt pour être sûre de rien, nota alors Max. Vous devez d'abord passer les radios nécessaires.

— De toute façon, riposta Michelle, dépitée, j'ai entendu ma cheville craquer, et la douleur est infernale. Il me faudra des mois avant de pouvoir reprendre l'entraînement. Tout ça à cause d'un irresponsable qui s'est enfui sans même se demander s'il pouvait m'aider... D'ailleurs, où est-il ? hurla-t-elle soudain, tandis que les larmes lui inondaient les joues.

Lily sentit son cœur se serrer, sachant que leur patiente ne pourrait en effet pas reprendre son entraînement de sitôt.

— Essayez de garder votre sang-froid. Votre condition physique générale est excellente, ce qui représente un atout majeur, dit-elle, encourageante. De plus, je suis sûre que Max a déjà des idées sur la meilleure façon de vous remettre sur pied dès que nous en saurons plus.

Levant la tête, ce dernier la fixa.

— Et comment !

Puis il reporta son attention sur Michelle à qui il adressa un sourire confiant.

Lily sentit la piqûre de la déception.

Pas de sourire pour elle.

Ce n'était pas ainsi que leur première rencontre aurait dû se passer. Leurs échanges étaient empruntés au lieu d'être simples et directs. Sans avoir cru qu'ils seraient faciles, à présent qu'elle était de retour pour de bon, elle devait mettre toutes les chances de son côté pour bien s'intégrer dans ce centre de soins. Elle en avait fini avec les hommes, sauf pour une chose. Et ce qu'elle visait exigerait beaucoup d'attention et de réflexion pour se réaliser.

Depuis qu'elle était de nouveau seule dans la vie, un tic-tac silencieux s'était mis en route dans les profondeurs de son cœur, lui rappelant que le temps filait et qu'elle risquait de ne jamais trouver celui qui l'aimerait pour ce qu'elle était et lui offrirait la famille qu'elle désirait. Un homme sensé, gentil, à l'esprit bon et généreux.

Pas Max, donc...

Elle frissonna.

Avec l'ego qui le caractérisait encore et sa façon de jouer de son charme pour obtenir ce qu'il voulait, il ne serait pas cet homme-là. Intelligent et malin, il pouvait se montrer, dans la foulée, autocentré et égoïste. Sans parler de son indifférence pour toutes celles dont il avait brisé le cœur.

Ce fut pourtant avec empathie qu'il s'adressa à Michelle.

— Quand l'ambulance sera venue vous prendre pour vous conduire à l'hôpital, voulez-vous que j'appelle votre mère pour lui expliquer ce qui vous arrive ?

— Je pense que ce serait bien, oui.

Michelle se frotta une joue de sa main valide en clignant plusieurs fois des paupières.

Sans attendre, Lily sortit un mouchoir en papier du paquet qu'elle avait dans sa poche et le lui tendit.

— Merci, dit Michelle.

De son côté, Max poursuivait ses commentaires.

— Vous devez vous concentrer sur votre traitement, Michelle, le suivre et planifier votre physiothérapie au plus tôt. N'oubliez pas que votre force et votre excellente forme physique sont deux alliées de poids grâce auxquelles vous vous rétablirez plus vite que la moyenne des gens.

Les yeux posés sur Michelle, Lily écouta la détermination que Max avait mise dans sa voix pour dire à sa patiente qu'elle ne pouvait pas échouer.

Sa gentillesse la surprenait.

Le père de son enfant devrait être gentil, elle y tenait absolument…

Ce fut à cet instant que, tournant la tête vers elle, Max lui adressa un sourire complice.

Cela remua quelque chose en elle, produisant de la chaleur mais aussi une certaine appréhension.

Elle devait réagir tout de suite. Dans ses plans, il n'était prévu nulle part qu'elle tombe sous le charme de ce sourire. Démarrer sa carrière au centre médical signifiait devenir bientôt un médecin reconnu et construire des projets d'avenir. Or, Max Bryant n'en faisait pas partie.

En même temps, comment ignorer son cœur qui battait et sa gorge qui se serrait depuis le moment précis où elle l'avait revu ? Cette gêne venait-elle de ce qu'elle ne le voyait plus comme avant ? Que chaque minute qui passait lui montrait de manière plus évidente à quel point il avait changé ? Sa lucidité nouvelle, son intérêt pour ce qui l'entourait… tout en restant le médecin ultra-compétent qu'il était déjà trois ans plus tôt. Médecin du sport… Dans son cerveau, une question venait de surgir : à l'époque où elle avait connu Max, il voulait devenir chirurgien. Que s'était-il donc passé entre-temps ?

— Un fauteuil roulant se trouve derrière la réception, déclara-t-il en lui lançant un regard timide. Cela ne te dérange pas d'aller le chercher ?

Elle se redressa.

— Pas du tout.

— Tu verras, c'est la première porte à droite.

Elle fut très vite de retour le fauteuil.

— On appelle l'ambulance ? proposa-t-elle.

— Dès que nous serons à l'intérieur, à l'abri du froid.

Elle cala le fauteuil avec le frein.

— Si Michelle est prête…

— Nous allons vous soulever pour vous faire passer dans le fauteuil, expliqua Max à la blessée.

Mais celle-ci avait une autre idée.

— Je préfère que vous me preniez chacun par un bras. Ma jambe gauche est indemne, je tiendrai dessus.

— Parfait, dit Max sans discuter.

Michelle fut assise en un rien de temps, et Max la poussa vers l'une des portes latérales du centre.

Parvenue à l'intérieur, Lily aperçut le diplôme de Max encadré à un mur.

Ils se trouvaient donc dans son bureau !

Décidément, il avait beaucoup changé. Concentré sur son rôle, il n'avait plus rien du jeune médecin qui se déplaçait à l'époque comme s'il se trouvait partout en terrain conquis. Le sourire à la fois simple et doux qui lui étirait les lèvres continuait de brouiller l'image qu'elle avait conservée de lui.

— Bienvenue à bord, déclara-t-il en lui tendant la main.

Le simple fait de fixer cette main la réchauffa de manière inattendue.

— Lily ? dit-il en amorçant déjà un léger retrait.

Elle prit la main tendue.

— Merci, Max. Je suis heureuse de travailler ici…

De te voir.

Elle recula d'un pas tout en fixant Max, manifestement un peu confus.

— Sincèrement !

C'était en tout cas ce qui lui semblait.

— Michelle, dit-il alors en regardant la jeune sportive, voici Lily Scott qui va remplacer Sarah dans quelques semaines et deviendra donc votre généraliste. Lily, je te présente Michelle Baxter.

Lily lui serra la main.

— J'aurais préféré vous rencontrer dans de meilleures conditions, Michelle.

— Moi aussi, dit celle-ci en rougissant. Vous devez me prendre pour une enfant gâtée, mais tout cela est si frustrant !

— Ne vous inquiétez pas. Après ce qui vous est arrivé, votre colère est légitime. Simplement, on ne peut pas éviter les coups du sort.

Lily en savait quelque chose. Six mois plus tôt, en rentrant à l'appartement qu'elle partageait à Singapour avec Leo, elle avait trouvé son fiancé qui l'attendait devant ses valises bouclées, son passeport et un billet aller pour l'Écosse posés sur la table. Il regagnait sa ville natale pour y retrouver la fiancée avec laquelle il avait rompu quelques mois avant leur rencontre. Une femme dont elle découvrait l'existence mais avec qui il était à l'évidence demeuré en relation. Leur attirance mutuelle avait été la plus forte.

Deux relations brisées. Deux hommes infidèles. Décidément, elle était impossible à aimer. Nul besoin, donc, d'ajouter Max Bryant à la liste. Après leur brève passade, il s'était d'ailleurs montré plutôt froid, sans doute content qu'elle ait rompu.

Leo lui avait appris au moment de la quitter qu'il ne voulait pas d'enfants... La meurtrissure provoquée par cet aveu tardif s'était transformée peu à peu en soulagement : après tout, si les hommes la laissaient tomber, cela ne l'empêcherait pas d'être une mère aimante et toute dévouée à son enfant. Personne ne lui ôterait cela. Si elle ne trouvait pas l'homme de sa vie, c'était une bonne raison d'envisager d'avoir un bébé seule.

Pour elle, la famille, c'était tout. Si elle devait s'organiser avec son bébé autrement que les autres femmes, eh bien, elle le ferait. Elle l'élèverait aux côtés de ses propres parents, de ses frères et de ses belles-sœurs.

Un sourire se dessina sur ses lèvres.

Un bébé. *Son* bébé... Une fois l'idée admise de le faire avec un inconnu, cela devenait fabuleux !

— À nous trois, nous arriverons à vous remettre sur pied et à vous faire triompher de vos adversaires, déclarait Max à l'instant.

— Vous croyez ? répondit Michelle, des étoiles dans les yeux. J'espère que vous ne vous trompez pas...

Au fond de ses yeux, l'étincelle s'éteignit aussi vite qu'elle était apparue.

Lily prit aussitôt la relève.

— Nous ferons même mieux que cela !

Une chaleur inattendue se diffusait dans ses veines.

Max l'avait incluse dans son scénario ! « À nous trois. » En tant que médecin du sport de Michelle, il aurait pourtant pu la laisser pour compte. Comme les gens pouvaient changer, c'était incroyable ! Elle en était d'ailleurs le meilleur exemple : après ses échecs avec les hommes, elle allait quand même de l'avant aujourd'hui.

— La promenade au parc n'est pas pour demain, c'est sûr, reprit Max, mais nous allons y arriver. Je vais vous donner un anti-inflammatoire en attendant l'ambulance.

Michelle hocha la tête.

— Entièrement d'accord.

Un rire leur parvint par la porte entrouverte.

— Va faire connaissance avec les autres, dit Max à Lily. Je

m'occupe de Michelle, et je vous rejoins dès que l'ambulance l'aura emmenée à l'hôpital.

Lily hocha la tête, plus déçue qu'elle n'aurait voulu l'avouer. De quoi ? De ne pas passer plus de temps avec Max ?

C'était tellement inacceptable qu'elle préféra penser que c'était de ne pas pouvoir faire mieux connaissance avec sa première patiente.

— Sarah a organisé un pot d'adieu, insista-t-il. Tu y seras la bienvenue. Tout le monde sait que tu arrives aujourd'hui. Tu es attendue.

Pas moyen d'y échapper.

— Je ferais tout de même mieux d'aller regarder ma tête avant pour ne pas leur faire peur, maugréa-t-elle après avoir pris congé de Michelle.

— Si tu veux un miroir, les lavabos se trouvent là-bas.

— Merci, dit-elle en suivant la direction qu'il indiquait.

Était-ce bien l'homme qui, à l'issue de leur passade, l'avait traitée d'obsédée du contrôle ? Max se présentait à elle tel qu'elle ne l'avait jamais vu. À moins qu'elle l'ait inconsciemment bardé de défauts pour refuser de voir ses qualités quand il en était encore temps.

Il avait piqué sa curiosité par sa douceur au lit, et la chaleur qui était passée entre eux les avait tous deux incendiés. Il n'avait pas non plus trouvé que leurs ébats manquaient d'attraits, au contraire. De son côté, elle n'était pas restée assez longtemps avec lui pour voir leur relation s'user ni, à l'inverse, se sentir dévastée d'y avoir mis fin. Heureusement, car à l'époque Max aurait tout tenté pour se faire regretter. Comme avec les autres femmes.

Aujourd'hui, elle aspirait à mieux. À part en amour, l'échec ne lui était pas habituel. Avoir grandi avec deux frères qui l'incitaient continuellement à prouver qu'elle était la meilleure lui avait donné le sens du défi et de la résilience. Mais ils ne lui avaient pas appris à protéger son cœur.

Une fois devant le miroir, elle ôta la trace de mascara qui lui soulignait l'œil droit et rit en se rappelant sa fébrilité à l'idée de retrouver Max.

Il avait beau paraître différent, il resterait toujours Max... Fin de l'histoire.

— Te voilà ! dit Devlin en l'accueillant avec un sourire quand elle entra dans la pièce où Sarah organisait son pot de départ. J'allais démarrer une recherche pour te retrouver !

— Une patiente a eu un accident au moment de monter dans le bus. Max finit de s'occuper d'elle, répondit-elle en lui rendant son sourire.

Devlin avait grandi dans la ferme voisine de celle des Scott. Ami de longue date de son père, il était parti étudier la médecine tandis que le père de Lily demeurait sur place. Ils se voyaient souvent, mais elle préférait se montrer peu avec lui. Elle était devenue médecin par son seul mérite, pas grâce à un médecin ami de son père.

— C'est super pour moi d'être ici, ajouta-t-elle, sincère.

Même avec Max Bryant dans le tableau.

Appuyé contre le chambranle de la porte, Max regardait Lily Scott saluer tout le monde.

Sa main frémissait encore du contact de la sienne. Au moment où leurs paumes s'étaient touchées, il avait vu son beau visage exprimer le même choc que celui que lui-même ressentait et avait ressenti trois ans plus tôt. Apparemment, même son échec cuisant d'alors n'avait pas réussi à effacer le souvenir de cette sensation.

Lily était à l'aise avec tout le monde sans avoir à se forcer. Comme beaucoup de gens issus d'un milieu aisé, elle avait de la confiance en elle à revendre. À l'époque où ils faisaient équipe, elle était apparue deux fois à la télévision au côté de son père à l'occasion de la remise d'un prix du meilleur vin. Vêtue de manière stupéfiante et perchée en toute confiance sur des talons de dix centimètres de haut, elle arborait le même sourire que si le prix lui avait été personnellement attribué. Parmi le très petit nombre de choses qu'il regrettait d'avoir faites avec elle figurait la fin abrupte de leur aventure. Il l'avait même si mal vécue que, pour cacher sa blessure, il s'était montré détestable envers elle.

Oui, même si cela lui semblait incroyable, il avait commencé à considérer Lily Scott comme une femme qui comptait dans sa vie et avec qui il aurait pu tenter sa chance.

Au lit, elle s'était révélée spéciale. Généreuse sans chercher à l'impressionner, et en tout cas très différente de ses autres aventures ou de celle qu'il s'attendait à découvrir. Sa passion pour la vie ainsi que sa volonté de la partager avec lui durant le temps qui leur avait été imparti l'avaient touché comme cela ne lui était jamais arrivé, lui donnant des envies de lui rendre autant qu'elle donnait. Tout cela lui était alors si inconnu !

En même temps, un signal d'alarme n'avait pas cessé de résonner dans son esprit, traduisant sa crainte qu'elle lui donne plus qu'il ne pourrait supporter, voire d'être incapable de la laisser partir quand arriverait la fin de leur aventure. Une bonne raison pour demeurer seul et se rappeler le serment qu'il s'était fait de ne pas se laisser séduire pour ne pas risquer l'échec. Tout comme il s'était senti obligé de démontrer à son père que le fait que sa mère soit partie en emmenant sa petite sœur ne signifiait pas qu'il n'était pas digne d'amour. Sauf que, loin d'être tendre et expansif, son père était plutôt exigeant et difficile. Mais il n'avait réalisé tout cela que très récemment.

Son regard ne quittait pas Lily.

Elle était sublime et avait d'ailleurs impressionné Michelle. « Directe et incapable de faire des promesses qu'elle ne tiendra pas », telle avait été l'appréciation de la jeune sportive. Très juste, du reste, car Lily ne trichait jamais dans son métier.

Il libéra un soupir.

Cette femme avait assimilé d'énormes connaissances sans jamais s'en vanter, juste pour en faire profiter ses patients avec la plus grande discrétion. Il n'avait jamais rendu hommage à son intelligence ni à sa modestie, trop occupé à suivre son propre chemin, à brûler la chandelle par les deux bouts en travaillant tout le temps, sans se laisser impressionner par quiconque se trouvait sur son chemin.

Il prenait les gens pour ce qu'ils étaient, sans plus... Sauf le jour où Lily avait refusé de partager une autre séance de sexe avec lui.

Frustré et intrigué, il avait alors commencé à chercher en elle la Lily que les autres voyaient. Son examen lui avait révélé que cette jolie femme était aussi une personne très attentionnée que tout le monde appréciait. Dire qu'il ne l'avait même pas remarqué... En fait, ce n'était qu'après leur aventure qu'il avait compris que quelque chose lui avait échappé en elle. Ce quelque chose qui allumait en lui un incendie. Tout en évitant d'y songer, il n'avait jamais pu oublier leurs étreintes ni accepter qu'elle y ait mis un terme.

Il aurait voulu qu'ils aillent tellement plus loin ensemble. La vitesse avec laquelle elle s'était immiscée dans sa peau lorsqu'ils avaient commencé à faire l'amour l'avait presque effrayé. Pour la première fois, il avait entrevu la perspective d'une relation amoureuse durable avec une femme. Pour la première fois aussi, il avait compris que sa façon d'utiliser les femmes puis de les repousser en avait blessé plus d'une. Sans renoncer à ses conquêtes féminines, il s'était tout de même efforcé de les avertir qu'il n'envisageait pas de relation permanente dans l'existence.

Ses yeux restaient posés sur Lily.

Quand il avait eu vent de son arrivée au centre médical, son sang avait circulé plus vite dans ses veines.

À l'époque, il l'avait trouvée vaniteuse à cause de sa coiffure élégante et de sa manucure sans défauts – sans parler de ses tenues choisies avec un soin parfait –, même si ça ne l'avait pas empêché de l'inviter dans son lit. Ciel ! il manquait alors cruellement du discernement dont il se targuait ! À cause de ses difficultés pour subvenir à ses besoins pendant ses études de médecine, l'aisance de Lily l'avait induit en erreur. Une fois de plus, il avait manqué de finesse. Certes, Lily était une femme élégante, mais elle employait une ardeur authentique à aider les gens autour d'elle.

En trois ans, sa fine silhouette s'était légèrement arrondie, la dotant de courbes plus visibles qui lui allaient bien. Plus excité qu'il aurait voulu, il observa son élégance naturelle dans un pantalon bleu nuit assorti à sa veste à moitié boutonnée sur une blouse crème.

Comme elle s'éloignait de Devlin, il capta son regard.

Son sourire la quitta, avant de revenir aussitôt, aussi authentique, et non pas faux comme il l'avait sourdement craint.

Pourquoi avait-il mal réagi lorsqu'elle l'avait quitté ? Le fait qu'elle ait refusé de justifier son départ n'excusait pas qu'il se soit montré impoli à son égard. Cette fois, à moins de continuer à refuser tout engagement personnel, il devait saisir ce bel instant suspendu et ne plus revenir en arrière. Il avait toujours détesté laisser passer sa chance, non ?

Ces dernières années lui avaient appris à profiter de la vie et des rencontres sans autoriser un égocentrisme inadapté à lui gâcher ses chances d'être heureux. C'était ce qui pouvait lui arriver de mieux pour l'aider à remporter la bataille qu'il menait avec force contre le cancer. Savoir profiter de la vie l'avait aidé à surmonter les périodes terribles de chirurgie, de chimio et du traitement supplémentaire qu'il avait entrepris. Cela lui avait aussi permis de garder les pieds sur terre d'une façon très inattendue pour lui : en appréciant la sincère empathie des infirmières et des médecins qui l'avaient soigné, en considérant le problème selon une perspective non médicale à laquelle il n'était pas habitué et en se disant, chaque fois qu'il ouvrait les yeux le matin, qu'il était encore vivant et que, non, il ne démarrait pas une nouvelle journée en enfer.

Il avait aussi découvert des choses qu'il n'aurait jamais suspectées : que donner et recevoir de l'amour vaut la peine, que donner est mieux que recevoir, et que l'avenir n'offre aucune garantie.

Raison de plus pour ne pas se marier ni avoir d'enfants.

Demander à une femme de partager ses incertitudes serait d'un égoïsme inacceptable.

Voilà pourquoi la vue de Lily Scott le faisait tant souffrir. Son rire, son aisance, son amour de la vie, tout en elle le ramenait à ce qu'il s'était promis de ne pas chercher pour ne pas risquer de souffrir plus. En son temps, le départ de sa mère avec sa petite sœur l'avait brisé et persuadé que les femmes n'offrent jamais vraiment leur cœur. Plus tard, sans bien comprendre pourquoi, son aventure avec Lily l'avait amené à se considérer avec moins d'indulgence et à se demander pourquoi il avait toujours traité les femmes avec indifférence. Cela l'avait fait changer. Aujourd'hui, il se montrait plus attentif avec ses relations féminines. S'il ne pouvait pas refaire le passé, il donnait au moins sa chance au présent.

Lily approcha, le considérant avec le même franc sourire qu'un peu plus tôt en présence de Michelle. De son côté, il surveillait le sien, de peur qu'elle ne devine à quel point il était heureux de la retrouver, voire qu'elle ne soupçonne son désarroi depuis qu'elle l'avait quitté. Entre eux, la surenchère n'était plus de mise, et son espoir était que cela dure.

Renvoyant le passé à sa place et refusant de songer à ce qu'il adviendrait s'il avait le cran de plonger dans les profondeurs qui l'appelaient, il l'approcha à son tour, un sourire gentil aux lèvres. Attention, ils allaient travailler ensemble, il devait demeurer neutre.

Le sourire de Lily disparut à son approche.

— Max, on repart de zéro ? Comment vas-tu ?

— Pas besoin de remonter si loin, Lady Lily. Je vais bien, et toi ?

Aïe ! elle venait de lui tendre la main.

Ravalant sa gêne, il s'en saisit et la garda cette fois un peu plus longtemps dans la sienne, jusqu'à ce que sa paume le brûle.

— Bien aussi.

Leurs doigts se mêlèrent. Comme si c'était entre eux une évidence, l'expression d'un vieil espoir.

— Il semble que nous ayons un don pour décrocher des postes dans les mêmes centres médicaux...

Lily hocha la tête sans trop savoir où Max voulait en venir. Bien qu'il ait parlé sur un ton égal, cette phrase lui semblait sonner faux.

C'était étrange qu'elle ressente cela, car ils avaient partagé peu de choses à part de bons moments au lit et, aujourd'hui, le sentiment étrange de devoir échapper à leur attirance mutuelle – réminiscence évidente de leur aventure passée. Bien qu'elle n'ait pas apprécié la désinvolture de Max envers les femmes, ses ébats avec lui étaient devenus des souvenirs auxquels elle se raccrochait quand elle désespérait de se sentir un tant soit peu attirante, voire digne d'être aimée. Ils avaient tissé entre eux une sorte de lien invisible dans lequel elle puisait l'estime de soi qui lui manquait. Comme si ce choix de l'homme le plus difficile à impressionner de son entourage réussissait à la persuader qu'elle pouvait triompher. Max l'avait fait se sentir très attirante. Une rougeur lui envahit les joues. Elle détourna le regard... pour le ramener aussitôt vers lui.

— Je suis heureuse de refaire équipe avec toi, déclara-t-elle.

Max l'observa, avec au fond des prunelles une lueur qu'elle ne reconnaissait que trop bien : celle du doute. En ce moment, il se demandait si elle disait la vérité.

— Ne nous emballons pas trop, Lily, dit-il en lui adressant un sourire qui la mit en confiance. Et d'abord, bienvenue parmi nous.

Son regard restait droit et franc. Mais lui, l'était-il ? La question se posait.

Pour la dixième fois, elle s'étonna de l'incroyable changement survenu en lui. Il avait à la fois mûri et perdu de sa désinvolture. En outre, même si sa confiance en sa personne restait intacte, de petites fêlures apparaissaient quand même. Au fond d'elle, elle était certaine que quelque chose d'affreux lui était arrivé. Son regard le criait. Un regard qu'il posait maintenant sur les autres avec une attention et une tolérance qu'elle ne lui avait pas connues. On ne changeait pas de manière aussi radicale sans raison.

— Merci, dit-elle en retirant sa main, électrifiée par ce contact, à présent certaine qu'ils allaient bien s'entendre. J'ai hâte de commencer.

C'était vrai. Son impatience à s'engager était là. Dans ce centre médical, elle allait édifier le premier nid qui les accueillerait, elle et son futur enfant...

Enfin, pas tout de suite.

Elle revint à la réalité.

— Généraliste avec comme spécialité médecine du sport... Ton cursus m'étonne, remarqua-t-elle.

Comme Max plissait les yeux, elle s'expliqua.

— J'adore la médecine générale, et je comprends parfaitement qu'on aime la pratiquer. Mais tu tenais tellement à devenir chirurgien orthopédique !

Il eut un bref hochement de tête.

— C'est vrai, mais j'ai eu un coup de cœur pour une autre partie de ce métier et envie de voir mes patients davantage que quelques minutes avant de les opérer au bloc.

Il la considérait avec tant d'attention, il était tellement présent, qu'elle se sentait de plus en plus à l'aise. Étrange. Charmant. Tout ce qu'elle aimait chez un homme.

— Je partage tout à fait ton avis, dit-elle. J'aime connaître mes patients, les suivre, regarder les familles se constituer.

Le visage de Max se tendit.

— J'ai entendu dire que tu as travaillé à Singapour il n'y a pas si longtemps.

— En effet. Dans un centre médical international. Ce pays est fascinant. Quand je ne travaillais pas, j'adorais déambuler et déguster la cuisine de rue.

Elle n'ajouta pas que cela lui manquait beaucoup.

— Qu'est-ce qui t'a ramenée à Auckland ?

— Le moment était venu. Et, de toute façon, je n'avais pas projeté de rester là-bas éternellement.

Après que Leo avait fait ses valises, elle s'était surtout trouvé moins de raisons de rester. Mais elle préféra ne pas s'expliquer plus. Max n'était pas le genre d'homme qui l'intéressait comme partenaire ni comme futur père de son bébé. Il avait beau avoir changé, elle ne pouvait prendre le risque qu'il demande à participer à l'éducation d'un enfant dont il serait le géniteur au lieu de se contenter de fournir son ADN. Or, au vu de sa personnalité, c'était à craindre.

— Ma famille me manquait, conclut-elle enfin.

— Comment va ta nièce ? Josie, c'est cela ?

Trois ans après, il se souvenait encore de son nom. Incroyable... À croire que, même à l'époque, il était moins égocentrique qu'elle le croyait. En même temps, le jour où le fauteuil roulant de Josie s'était renversé et l'avait éjectée, elle avait été amenée ici, et Max avait forcément dû en entendre parler.

— Elle se débrouille bien. Rien ne l'arrête. Son mental est si fort que c'en est presque effrayant, répondit-elle en riant.

C'était si étrange de converser ainsi avec Max ! Jamais ils ne l'avaient fait.

— La semaine prochaine, elle va passer une semaine au camp Amusons-nous bien.

Lily avait elle-même créé ce camp pour enfants handicapés en pensant à sa nièce. Née avec un spina-bifida, Josie ne cessait de l'étonner par sa ténacité. Les jeunes avaient besoin de développer leur résilience, vu les obstacles qu'ils avaient à surmonter. La prochaine session pour les enfants entre dix et quinze ans en état de handicap s'appliquerait à les aider.

— À Whangaparaoa ? Sais-tu que je vais y aller ?

Elle acquiesça de la tête.

— Je l'ai entendu dire.

En tant que membre du bureau de l'organisation caritative qui dirigeait le camp, elle savait exactement qui proposait son aide et pour quoi par Devlin, qui organisait les rotations des bénévoles. Il était le principal mécène et ne cessait de rechercher des volontaires pour s'impliquer. Si être médecin n'était pas indispensable, posséder quelques notions médicales s'imposait pour connaître les maux les plus courants et les moyens d'en venir à bout.

De son côté, elle gardait le secret sur sa place prépondérante au sein de l'association. Seuls étaient au courant sa famille, Devlin, et son avocate, Charlotte, qui se trouvait être sa meilleure amie. Bien sûr, en cherchant, n'importe qui pouvait découvrir qu'elle était à l'origine de tout : le montage du projet, sa concrétisation, la recherche et l'achat du terrain et des locaux, leur acquisition. Restait à espérer que cela ne se sache pas. Elle n'avait aucune envie de voir son nom étalé à la une : La fille du riche viticulteur crée une fondation pour les jeunes handicapés. Se rendre aux remises de prix de son père où la robe qu'elle arborait était plus commentée que les crus, cela lui suffisait. Mais ce projet-là méritait le soutien de toute la famille. Voilà pourquoi elle supportait le reste.

— J'ai hâte d'y être, dit Max. Pour l'occasion, j'ai bloqué toute ma semaine.

Elle n'encourageait pas les inscriptions sur deux ou trois jours. Les enfants avaient besoin de voir les mêmes personnes tout au long de la session.

— N'oublie pas ton équipement. Pour eux, tu seras leur soignant, mais aussi leur coach sportif !

— Et toi, seras-tu là la semaine prochaine ?

— Je résiderai dans la maison de famille sur la plage, et je serai disponible pour Josie en cas de besoin.

La mention de la maison de la plage alluma dans le regard de Max une lueur qu'elle connaissait bien.

Ils n'avaient jamais abordé le sujet, mais il devait penser que tout était facile pour elle, alors que les autres aspirants médecins trimaient dur et contractaient de lourds prêts qu'ils devraient rembourser une fois installés. Elle n'y pouvait rien si sa famille était riche ! Il ne savait rien de ce qu'elle payait de son côté pour aider la communauté : l'organisation et la préparation des vendanges où l'on avait besoin de toutes les bonnes volontés, les immenses repas à préparer durant des heures pour les vendangeurs qui peinaient à ramasser le raisin.

— Avant de prendre mon poste au centre médical, poursuivit-elle, je vais m'accorder une semaine de repos pour arranger mon appartement et consacrer un peu de temps à ma famille. Cela me sera précieux pour retrouver la forme.

Les yeux de Max ne la quittaient pas et la faisaient frissonner d'impatience. Mais d'impatience de quoi ?

— Toi, fatiguée ? Cela ne ressemble pas à la Lily Scott que j'ai connue.

— Je vais bien, mais me démener, emménager, commencer un nouveau travail, gérer le stress... Oui, j'ai besoin d'un peu de temps pour me détendre.

— Quel stress ?

— Celui des décisions à prendre. Je veux trouver *le* bon poste de médecin généraliste, un point autour duquel je puisse préparer mon avenir.

Et quelle drôle d'idée quand même de raconter tout cela à Max... En fait, pas vraiment. Elle n'avait rien évoqué d'intime. Pas question.

Max hocha la tête, mais une question subsistait dans son regard. Comme une légère inquiétude.

Pour qui ? Pour elle ?

Elle en avait l'impression. Si Max se révélait gentil à son égard, elle devait en faire autant. Peut-être même se montrer amicale. Ce soir, à l'évidence, quelque chose d'autre commençait. Quelque chose qu'elle pouvait transformer en une expérience merveilleuse qui l'inclurait – en tant que collègue.

Un léger frisson lui parcourut la nuque.

Jamais elle n'avait connu de nuits comme celles qu'elle avait passées avec cet homme. Ni avant ni après. Mais à présent qu'elle était libre, elle ne voulait plus d'un homme qui lui dise toute la journée ce qu'elle devait faire. Le Max d'aujourd'hui s'apparentait-il à celui qu'elle cherchait ?

Elle le considéra sans pouvoir trouver la réponse.

— Hé ! vous deux ! Vous êtes les seuls à ne pas avoir de verre, et les discours vont commencer.

Devlin se tenait près d'eux, un verre de vin rouge à la main.

— Je reconnais la couleur du merlot-cabernet Scott, dit Max en riant. C'est celui que je bois tous les jours.

Ce fut au tour de Lily de rire.

— Maintenant que je suis de retour, on te fera un bon prix sur tout ce que tu commanderas.

— Tu pourrais bien passer le reste de ta vie à regretter de m'avoir dit cela, répliqua-t-il, l'air amusé. Non... Plus sérieusement, merci beaucoup pour ta gentillesse.

— À présent, commençons avant que les gens s'éloignent vers les buffets, dit alors Devlin en faisant tinter son verre. Votre attention à toutes et à tous, je vous prie !

Le silence tomba dans la pièce.

— Sarah, s'il vous plaît, approchez-vous de moi, et autorisez-moi à sombrer dans le lyrisme à votre propos.

Celle-ci avança d'un pas avec un chaud sourire.

— Ça serait une vraie première !

Devlin attendit que les rires retombent pour poursuivre.

— Vous vous êtes montrée une partenaire merveilleuse en réussissant à créer des relations fortes avec chacun de nous...

Pendant que Devlin poursuivait le panégyrique de Sarah, Lily regarda autour d'elle celles et ceux avec qui elle commencerait bientôt à travailler.

L'affection des participants pour celle qui allait partir se peignait si bien sur tous les visages qu'elle ne désirait qu'une chose : s'en montrer digne à son tour.

Un soupir inattendu lui échappa alors qu'un désagréable sentiment d'insécurité l'assaillait.

Et si elle n'y parvenait pas ?

Aucune raison d'en douter. Ne rentrait-elle pas de Singapour avec de superbes références ? Devlin ne l'avait-il pas jointe immédiatement en apprenant son retour par son père ? Alors, d'où venait ce doute inexplicable ? Fixant son verre comme s'il contenait la clé de l'énigme, elle laissa son esprit partir à la dérive.

— Hé !

Max lui lançait un petit appel, délicat comme un souffle.

Jamais il ne l'aurait ramenée sur terre avec cette gentillesse trois ans plus tôt. Il aurait plutôt lancé une plaisanterie à propos de l'air décalé qu'elle arborait.

Ce changement qu'elle ne cessait de vérifier chez lui lui lançait une sorte de défi. Ce n'était pas pour lui déplaire, mais serait-elle à la hauteur ? Et à quelles attentes tenait-elle tant à répondre ? À celles du centre médical ou de Max ?

— Écoute...

Max lui parlait de nouveau. D'une voix tranquille qu'elle seule pouvait entendre. Elle jeta un regard alentour.

Tout le monde dans la pièce avait les yeux posés sur elle.

Elle redressa les épaules d'un air confiant pour que personne ne remarque sa curieuse incertitude.

— Je suis heureuse de te passer le relais, Lily, dit Sarah en comblant l'espace entre elles et en la prenant dans ses bras. Tu seras parfaite, j'en suis persuadée...

Lily referma les bras autour des épaules de Sarah.

Elles avaient passé des heures sur les dossiers des patients et partagé quelques repas au restaurant en bas de la rue.

— Je ferai de mon mieux, dit-elle en balayant ses doutes.

Mais Devlin n'avait pas tout à fait terminé.

— Bienvenue, Lily. Je suis si ravi que tu nous rejoignes !

Levant son verre, il ajouta à l'adresse de tous :

— Portons un toast à Sarah et à Lily ! Puis nous continuerons à profiter de cette bonne soirée !

Le brouhaha reprit aussitôt après.

Encore un peu troublée, Lily recula pour regarder autour d'elle. Ce fut le moment que choisit Max pour faire tinter leurs deux verres.

— Ça te dirait d'aller manger un morceau au Carppaccio's ensuite ?

Max l'invitait à dîner dehors ! Difficile de décliner sans paraître impolie...

Soudain, elle en eut assez de penser au fait qu'il avait changé. Malgré ce qu'il lui avait montré, elle se débattait encore avec ses idées préconçues. Ce Max semblait parfait, mais ne se pressait-elle pas trop de le dire ? Elle avait besoin d'espace pour résister à la chaleur qui la gagnait et pour se rappeler qu'elle ne cherchait pas un homme avec qui partager sa vie – et certainement pas celui-ci.

— Hélas ! je dois voir ma belle-sœur. Il me faut donc repousser ton invitation...

Elle regretta ses mots au moment même où elle les prononçait. Pourquoi ne pas dîner dehors et se distraire sans chercher plus loin ? Mais c'était trop tard.

— Une prochaine fois ?

— Bien sûr, répondit Max.

Mais, vu son regard, il n'y aurait sûrement pas de prochaine fois.

2

Max tourna au coin et freina.

Sur la route secondaire menant au camp Amusons-nous bien, à l'extrémité de la péninsule de Whangaparaoa, un 4x4 était arrêté, tous feux de détresse allumés. Un peu plus loin, ce qui paraissait être un énorme pin couché en travers de la voie indiquait que le voyage s'arrêtait là.

Zut ! il aurait dû rester sur la route principale !

Son envie de voir Lily l'avait poussé à quitter l'itinéraire prévu, et voilà qu'il se retrouvait presque devant sa maison de la plage ! Fini, l'espoir d'arriver au camp avant les enfants. En même temps, il n'était pas censé les surveiller vingt-quatre heures sur vingt-quatre, et personne ne l'attendait avant 10 heures.

Même avec les vitres fermées, le vacarme des tronçonneuses était réel. Deux ouvriers coupaient le grand pin tandis que deux autres transportaient les tronçons sciés vers la remorque d'un tracteur garé au bord de la route.

C'était le moment de se rendre utile.

Il quitta sa voiture, ferma sa portière et se dirigea vers les hommes.

— Je peux vous aider ?

Incliné au-dessus d'une pile de bois, l'un des ouvriers se redressa. La sueur faisait briller son visage malgré la température hivernale.

— Sûr, mon gars. Ce dernier pin nous donne du mal.

Max regarda ceux qui maniaient la tronçonneuse et resta bouche bée, tandis qu'une vague de chaleur se répandait en lui.

Non... Pourtant si. Et pourquoi pas ? Lily pouvait encore le surprendre, ce qui n'aurait pas du tout dû être une surprise.

Impossible en tout cas de s'arracher à son apparition : toute en courbes, athlétique sans être musculeuse, elle arborait une chemise à carreaux surdimensionnée. Mais elle avait beau être assez grande, elle était fine, et ces tronçonneuses ne servaient pas à couper du petit bois !

— Tenez, mettez ça.

Un homme lui tendait des gants de cuir.

Se penchant vers lui afin de couvrir le bruit ambiant, il ajouta :

— C'est pour vous protéger des échardes. Mon nom est Archie, celui-là, c'est George, et le gars d'à côté, Cal. Votre air ébahi me fait comprendre que vous connaissez déjà Lily.

— En effet. Moi, c'est Max, répondit-il sans lâcher du regard Lily qui s'attaquait avec adresse à la découpe d'une grosse branche.

— Que fait-elle au milieu d'appareils aussi dangereux ?

— Heureusement qu'elle ne vous entend pas, car vous risqueriez de perdre une jambe, s'écria Archie en riant. Elle est sacrément habile avec une tronçonneuse, croyez-moi !

Comme pour lui donner raison, la branche qu'elle était en train de couper tomba et toucha le sol dans un bruit sourd. Lily se redressa, se tourna vers eux, retira ses lunettes de protection et cligna des yeux.

— Max ? fit-elle, visiblement surprise, tandis qu'un sourire apparaissait sur son visage.

— Eh oui, c'est moi, répondit-il en la buvant des yeux.

Comment avait-il fait jusqu'ici pour ne pas remarquer son délicieux sourire ? Peut-être parce qu'elle ne le lui avait jamais adressé... Tant mieux, car il aurait passé son temps bouche bée.

Se reprenant, il souleva une bûche et la porta à la remorque. Ses muscles se durcissaient sous le regard vert de Lily posé sur lui. Et encore davantage quand elle vint le rejoindre.

— Quand avez-vous commencé ? demanda-t-il pour faire bonne contenance.

— Vers 5 heures du matin. Et toi, comment as-tu fait pour arriver par ce chemin ? Ils étaient censés poser un panneau de déviation à l'embranchement.

— Il n'y est pas. À moins que je l'aie manqué...

C'était possible, car la pensée de Lily ne l'avait pas quitté.

Sa déception avait été grande quand elle avait décliné son invitation à dîner le jeudi précédent. Mais depuis, un profond désir le pressait de la connaître mieux et de cerner les émotions qu'elle ressentait. Ces émotions, mieux vaudrait peut-être qu'il les ignore, mais ça lui était impossible. Depuis jeudi, chaque fois qu'il pensait à elle, la chaleur l'envahissait, suivie du rappel qu'il n'était pas en quête d'amour, même s'il le regrettait. De plus, pas question de risquer de la blesser en heurtant ses émotions.

Diable ! « Émotion » ici, « émotion » là. Ce mot n'avait jamais fait partie de son vocabulaire. Ce changement était dû à Lily.

Un sourire furtif passa sur ses lèvres.

Bien sûr que c'était dû à Lily !

Elle lui retourna son sourire.

— Tu es matinal ! Dans une heure, tu serais passé.

— Tu veux dire que vous aurez alors tout débarrassé ?

— Nous avons déjà dégagé un autre endroit, plus haut, répondit-elle en riant devant son air stupéfait. Bon, j'y retourne. Si tu veux te changer, il y a des combinaisons dans le garage derrière chez moi.

Elle avait accompagné sa proposition d'un signe de tête en direction de sa maison en bois, équipée de baies vitrées d'un bout à l'autre et dont la pelouse s'entourait joliment d'arbustes aux feuilles brillantes. Un spectacle beau dans sa simplicité.

Il soupira.

Cette propriété convenait de manière parfaite à la personnalité de Lily.

— Merci, j'ai un jean et un vieux T-shirt dans ma voiture. Ils feront l'affaire.

Du reste, il n'avait emporté que des vêtements simples, ce qui plaisait davantage aux enfants et leur permettait de parler de leurs problèmes avec plus d'aisance. Comme il commençait à défaire son ceinturon et que Lily s'éloignait avec une certaine hâte, il ne put s'empêcher de se souvenir de son corps chaud contre le sien.

Après une profonde inspiration, il expira lentement.

Leurs nuits partagées avaient été une révélation. La femme cérébrale qu'il connaissait avait laissé place à une femme sensuelle et excitante, donnant tant d'elle-même qu'il s'était demandé s'il n'y avait pas deux Lily – avant qu'une troisième apparaisse le dernier matin, alors qu'elle s'était rhabillée, en le maintenant à distance par ses reparties incisives. Découvrir qu'il tenait à elle l'avait choqué de manière durable. Avant elle, maintenir ses relations féminines à l'état de jeu et demeurer célibataire avait été pour lui la seule option possible. Mais après elle, il avait mesuré à quel point il s'était montré égoïste dans ses rapports avec les femmes. Cela lui avait enseigné la délicatesse et l'honnêteté. Oui, d'abord Lily, puis le cancer.

Après le départ de Lily, l'étincelle qu'elle avait fait jaillir en lui avait continué à l'habiter. Et la semaine précédente, elle avait encore grandi.

En fait, il s'était conduit en digne fils de son père : avec dureté. Or, s'il aimait son père, ce trait de caractère reçu en héritage ne lui plaisait pas. Enfant, son père aurait voulu devenir médecin, mais sa famille était trop pauvre, et il avait dû quitter l'école à quinze ans pour travailler. C'était pour lui que Max avait décidé d'étudier la médecine après le lycée. Là, il avait compris que cette voie prestigieuse lui facilitait aussi les contacts avec les autres tout en réservant son cœur. Mais c'était seulement depuis qu'il était tombé malade que sa mère avait reconnu être fière de lui et que son père en avait dit autant, sur ce ton bourru qui était le sien.

Son père et sa mère étaient fiers de lui ! Le poids qui pesait sur ses épaules depuis l'enfance s'était envolé.

De son côté, en revanche, il n'avait jamais avoué à quel point il avait souffert dans son enfance d'être tenu à l'écart par ses parents. Jusqu'à Lily. Elle avait été l'exception qui confirme la règle. Au début, il ne l'avait pas trouvée très différente de ses autres maîtresses, mais très vite il aurait été capable de lui manger dans la main en raison de sa gentillesse et de sa manière de faire l'amour. « Faire l'amour », c'était avec elle qu'il avait employé pour la première fois cette expression, au lieu du mot « coucher ». Et depuis, elle était demeurée pour lui une tentation permanente.

Pourquoi avait-il élevé tant de barrières autour de lui dans sa vie ? Aujourd'hui encore, il ne le comprenait pas. Et surtout, pourquoi Lily avait-elle joué ce rôle déclencheur alors qu'ils n'étaient même pas proches ? S'était-elle elle aussi sentie délaissée dans son enfance ? Ne détiendrait-il pas la réponse à certaines de ses questions ? Mais non, il était fou. Jamais Lily ne voudrait de lui ailleurs qu'au lit. Juste retour des choses après la manière dont il avait traité les femmes pendant des années.

Les tronçonneuses redémarrèrent, et le bruit des lames découpant le bois humide emplit l'air. Un peu plus loin, concentrée et sérieuse, Lily poursuivait sa tâche.

Il frissonna tandis que lui revenait un souvenir terrifiant de sa première année d'internat aux urgences.

Un bûcheron avait glissé en abattant un pin dans une forêt, et le résultat avait été horrible. Après lui avoir prodigué les soins de première nécessité, il avait été transporté à l'hôpital, où Max et ses collègues avaient réussi à lui sauver la jambe.

Et si quelque chose d'aussi horrible arrivait à Lily ?

Il la regarda manier sa tronçonneuse avec une vigilance doublée de la même confiance qu'elle montrerait si elle manipulait une cuillère à café.

La voix d'Archie s'éleva derrière lui.

— Elle sait ce qu'elle fait.

— Je n'en doute pas, mais le spectacle n'en reste pas moins angoissant.

— Elle a acquis son expérience auprès de son père et de ses frères. Et, de toute façon...

Archie eut un petit rire.

— Personne ne peut la retenir quand elle a décidé d'entreprendre quelque chose. Il suffit que quelqu'un mette ses capacités en doute pour qu'elle lui prouve son erreur.

— Je la reconnais bien là, dit-il en frissonnant de nouveau.

Tout comme lui, Lily ne cherchait pas à prouver sa valeur dans l'exercice de son métier, mais elle mettait toute sa volonté au service de ses malades. En fin de compte, elle et lui se ressemblaient plus qu'il l'aurait cru. Qu'avaient-ils d'autre en commun qu'il ignorait ?

— Vous avez travaillé avec elle ?

— Juste à la fin de notre internat.

Pourquoi n'avait-il pas alors pris le temps de la connaître mieux, au lieu de se vexer quand elle lui avait déclaré qu'il n'y aurait plus rien de charnel entre eux ? Comment avait-il pu manquer à ce point de finesse ?

Au cours de sa maladie, il avait souvent regretté d'avoir gâché cette opportunité.

À moins que...

Non, rien. Pour la laisser approcher aujourd'hui, il faudrait qu'il baisse le bouclier qui tenait son cœur à l'abri.

Les deux tronçonneuses s'arrêtèrent. Le silence tomba, étonnamment écrasant. Lily s'essuya les mains sur sa salopette, soulignant par ce geste le beau dessin de ses hanches, et il étouffa un grognement de désir.

— Allez ! s'écria-t-elle. Finissons de débarrasser cette route, et allons prendre un café, tout le monde !

— Voilà la plus belle phrase que j'aie entendue de la matinée ! répliqua-t-il.

Il aurait dû partir au camp de son côté, mais l'idée de rester encore un peu lui réchauffait tellement le cœur.

Il mit une bûche sur son épaule et se dirigea vers la remorque en respirant l'air frais à pleins poumons, attentif au bruit des vagues qui s'écrasaient sur le rivage non loin de la route. L'air était chargé de sel, et les mouettes criaient en tournoyant au-dessus de lui avant de monter en flèche pour mieux piquer vers l'eau.

Quel bel endroit pour passer une semaine loin de la pression du centre médical ! Rien d'étonnant à ce que Lily ait voulu arriver avant sa prise de poste.

— Avec un peu de chance, les gars, je pourrai même vous faire des œufs au bacon, déclara-t-elle en regardant tout le monde, mais en n'offrant son sourire qu'à lui.

Il aurait pu lui rendre la monnaie de sa pièce et décliner son invitation, histoire de lui montrer que sa réapparition ne le touchait pas plus que ça. Mais ce n'était pas son genre. Une chaleur nouvelle montait en lui à la pensée qu'ils pourraient bien s'entendre, et il n'avait pas envie de s'en priver. Il était fatigué de faire attention tout le temps. Aujourd'hui, Lily Scott bouleversait de nouveau sa détermination à traverser la vie sans s'impliquer, même si c'était dangereux pour elle comme pour lui.

Après le mois d'isolement à l'abri des contaminations possibles lors de ce traitement contre la maladie qui faisait chuter les résistances immunitaires, après les longues semaines d'après sa chimio où il avait refusé qu'on le voie déprimé, sans parler de son crâne chauve dont la vue le faisait rire quand elle ne lui donnait pas envie de crier, et aujourd'hui avec sa peur de la rechute, il craignait terriblement de s'impliquer dans une histoire d'amour et de devoir en ramasser les morceaux si le pire advenait. Mais maintenir ce vide systématique entre lui et les autres, et surtout avec celle qui pouvait faire toute la différence, cela devenait insupportable.

Mais Lily supporterait-elle l'avenir incertain qui le guettait ?

Il venait à peine de la revoir, et il en était déjà là ? Un peu de calme, voyons !

— Quelques oignons pour accompagner ça ?

Il haussa un sourcil.

Tout. Je veux tout. Comme avant.

— Et des tomates ?

À côté de lui, Archie souffla doucement en se penchant pour soulever une bûche.

Revenant brusquement sur terre, Max la lui prit doucement des mains.

— Je ne vais pas vous laisser prendre des risques parce que Lily n'a pas scié ce rondin en deux.

— Encore ma faute, évidemment, lança Lily d'une voix moqueuse.

La seconde suivante, elle saisissait la bûche par une extrémité et se dirigeait vers la remorque, ne lui laissant que le choix de lui emboîter le pas, au risque de recevoir l'autre extrémité sur le pied.

— Je ne te provoquais pas, tu sais, dit-il, se rappelant les mots d'Archie sur la façon dont Lily réagissait aux défis.

— Je sais. J'ai juste aidé Archie à sauver la face. Et à préserver son cœur. Il souffre d'arythmie.

Ils déposèrent la bûche dans la remorque.

— Ce qui explique pourquoi il respire un peu fort. Il ne se ménage pas, malgré son âge.

— Archie a raison de s'activer au lieu de rester toute la journée à lire le journal sans quitter son rocking-chair.

— On ne peut plus faire cela aujourd'hui, dit l'intéressé en arrivant vers eux. Plus de journaux de nos jours.

— Qu'est-ce que vous avez contre Internet ? demanda Max avec malice.

— Vous plaisantez ! Je me rappelle ces longues soirées téléphone. À l'époque, les appareils étaient collés au mur, et nous collés aux appareils. On ne jacassait pas devant tout le monde en marchant de long en large.

— C'est vrai, reconnut-il. Mais reconnaissez que grâce à la technologie moderne on peut obtenir ses résultats d'examens médicaux tout de suite sans devoir attendre leur arrivée par la poste. Sans parler des amis avec qui on peut garder le contact quand aller les voir se révèle impossible.

Comme à l'hôpital quand, au milieu de la nuit, la peur du

lendemain l'arrachait au sommeil et que le seul moyen d'en sortir était d'appeler quelqu'un qu'il connaissait.

George, qui venait de les rejoindre, s'en mêla.

— Et puis, on peut surveiller sa femme tout le temps.

— Sûrement pas, rétorqua Archie. Je continue à croire en l'importance de respecter l'intimité de chacun.

— Dans dix minutes, remarqua Lily, nous pourrons partir.

Max l'observa.

Dire qu'il l'avait toujours prise pour une snobe parce qu'elle ne s'exprimait pas comme les autres. Mais l'avoir vue aujourd'hui travailler et manier la tronçonneuse lui prouvait à quel point il s'était fourvoyé.

— Hum ! fit-il, je sens déjà d'ici l'odeur du bacon.

— George, Cal, vous venez ? demanda Lily. Archie ?

— Merci, mais je vais passer voir chez moi pourquoi Enid n'est pas venue comme prévu pour le café. Telle que je la connais, elle a dû tomber sur un livre et ne pas en lever le nez.

— Il y a une sacrée quantité de bois de chauffage, ici, maintenant, nota Cal en posant une dernière bûche.

Lily hocha la tête.

— Un de ces jours, je viendrai le débiter et le déplacer.

— Tu débiteras les plus gros tronçons ?

Car Lily avait beau être forte, elle n'était quand même pas bâtie comme les bûcherons des concours de coupes de bois.

— S'il n'y a personne pour le faire, je les couperai avec la tronçonneuse. Cela fait un bruit épouvantable, mais je ne vais pas me lancer dans le body-building.

— Content de te l'entendre dire, repartit Max. Mais surtout, tu pourrais aussi te couper un doigt ou deux.

— Doucement, grogna George. Pour Lily, c'est un défi.

— C'est vrai. N'écoute pas ce que je dis, Lily...

— Jamais, confirma-t-elle avec un rire adorable qui le toucha là où il ne voulait pas l'être – droit au cœur.

C'était sur les malades qu'il pouvait guérir qu'il devait se concentrer, non sur son avenir incertain. Pour autant, il ne voulait pas qu'on l'ignore. Surtout pas Lily. Même pour rire.

— Gare-toi dans l'allée, pas dans le passage, dit Lily à Max avant de grimper dans le tracteur et de le démarrer.

Sa réponse se perdit dans le bruit du moteur.

Elle avait été surprise que Max propose d'aider à déplacer les bûches. Elle aussi proposait son aide quand elle pouvait l'offrir. C'était ainsi que ses parents l'avaient éduquée. Demain, elle aurait mal partout, mais tant pis. Se dépenser la stimulait. *Max* la stimulait, à quoi bon le nier ? Chaque fois qu'il se trouvait à proximité, elle sentait son sang couler plus vite dans ses veines.

Mais ils n'iraient pas plus loin. C'était impossible.

Les hommes s'arrêtèrent pour ôter leurs gants tout en observant Max qui descendait de voiture. Pour sa part, elle le vit carrer ses larges épaules, regarder autour de lui et river les yeux sur elle. Il lui sourit. Ignorant la chaleur qui la gagnait, elle se concentra sur sa tâche et mena le tracteur jusqu'aux arbres sous lesquels la remorque se trouverait à l'abri des averses attendues.

Avec une nonchalance feinte, elle se dirigea ensuite vers la porte de sa maison en déclarant à la cantonade :

— Je vais mettre l'eau à bouillir. Archie, essayez de convaincre Enid de nous rejoindre !

— Je l'amènerai de force s'il le faut !

Là-dessus, Archie se dirigea vers la clôture séparant les deux propriétés.

Tout en délaçant ses chaussures sur la première marche, Max demanda :

— Puis-je aider à préparer le petit déjeuner ?

Habituée à se débrouiller seule, elle hésita. Mais Max semblait si serein que la tentation fut la plus forte.

— Oui. Entrez, les gars. La salle de bains est en face. Il y a aussi un lave-mains dans la buanderie.

Après avoir accroché sa veste à la porte, elle gagna la cuisine.

Pour commencer, il lui fallait un café bien fort… Et aussi que Max parte pour le camp pour la laisser respirer un peu.

Depuis qu'elle l'avait vu descendre de voiture, elle était oppressée. Était-ce à dessein qu'il avait emprunté la route la plus longue qui menait presque à la porte de sa maison sur la plage ?

Si oui, elle ne savait pas trop qu'en penser.

L'anxiété qui l'avait saisie depuis que Leo l'avait quittée, emportant avec lui son rêve de fonder une famille, ne s'était pas tout à fait dissipée. Malgré son nouveau travail et son nouvel appartement, un grand vide occupait sa vie : le manque d'une famille et de l'amour d'un homme. Mais si, après ses échecs relationnels, elle avait renoncé à trouver l'amour de sa vie, son envie d'un bébé restait toujours aussi forte.

Elle avait entrepris des recherches sur les mères porteuses, et eu une première consultation à la clinique de fertilité. Le pas suivant, elle le savait, promettait d'être aussi haut à franchir qu'une montagne, mais un bébé changerait sa vie de la plus belle des manières. Le choix du père, en revanche, l'inquiétait. Une banque du sperme lui paraissait trop impersonnelle pour un acte aussi intime. Elle préférait avoir affaire à un homme qu'elle connaisse et qu'elle admire plutôt qu'à un donneur anonyme. Certes, il faudrait du temps, mais rien ne pressait.

Elle poussa un léger soupir.

Elle allait s'installer au mieux dans son travail. Et pour commencer, il était temps de se concentrer sur le repas à servir aux hommes.

— Par où dois-je commencer ? demanda Max, rendant immédiatement la cuisine plus petite.

Elle cligna des paupières avant de se retourner.

— Par offrir une boisson bien chaude aux hommes, répondit-elle. La bouilloire est sur le feu. Tu trouveras les bols dans le placard du haut. Quant aux thés, ils sont sur l'étagère.

— Je mets la table, déclara George tandis qu'elle sortait les œufs et le bacon du réfrigérateur.

Elle adorait ces hommes. Ils faisaient partie de ses vacances d'été depuis toujours.

— Cal, George, voici Max Bryant, généraliste et médecin du sport au centre médical où je commence la semaine prochaine.

Max leur serra la main.

— Je suis venu proposer mon aide au camp et aider tout enfant qui ne trouvera pas mieux que moi.

— Alors, vous aurez tout le temps de débiter ce bois, repartit Cal en riant.

Le rire de Max monta à son tour.

— En fait, à ce que l'on m'a dit, les enfants arrivent ici décidés à profiter de leur séjour. Il paraît que je vais avoir mon lot d'élongations et de douleurs musculaires diverses à soigner, mais rien de vraiment grave.

— Ne parle pas trop vite, dit Lily en le contournant dans ce petit espace. Nous avons eu une fracture de la jambe au cours du camp précédent. Une petite unijambiste de huit ans qui a voulu grimper dans un arbre. Ce sont des hardiesses que nous encourageons, sauf que, en l'occurrence, une branche a cédé. Toutes les précautions sont prises, mais nous avons aussi à cœur que les enfants se distraient au maximum. Agir comme les autres enfants, c'est ce dont ils ont le plus besoin. Cela va de grimper aux arbres à sauter par-dessus des barrières en passant par s'éclabousser dans une mare aux canards. En résumé : être normaux.

— J'ai bien saisi, dit Max en versant l'eau bouillante dans la cafetière. Tu utilises le « nous » quand tu parles du camp. Quel rôle y joues-tu personnellement ?

Voilà ce qui arrivait quand elle se laissait aller. Elle en disait trop, et les questions tombaient.

— Je siège au bureau directeur et tente de garder un œil sur tout.

— Même quand tu te trouves à l'étranger ?

Pourquoi Cal et George choisirent-ils cet instant pour s'arrêter de parler entre eux ?

— Je ne me suis pas vraiment éloignée depuis la mise en place du camp, que j'ai supervisée.

Sans parler de la rénovation du motel délabré sur le chemin qui menait à la plage, de la construction d'autres bâtiments pour l'hébergement ni de l'ajout d'une cuisine commune et d'un réfectoire. Toutes choses qu'elle avait suivies de près et entièrement payées.

— Y a-t-il un rapport entre tout cela et Josie ?

Rien n'échappait à Max.

— C'est certain. Par rapport à la majorité des enfants dans le même cas, elle a eu plus de chance. Elle a grandi à la ferme avec mon frère et, au lieu de la considérer via son handicap, son père l'encourage à sortir, à accomplir des tâches quotidiennes, à monter à poney. J'ai vite vu le bénéfice que l'on tirerait à reproduire ce schéma en groupe...

— Lily, pouvez-vous venir voir Enid ?

Archie venait d'entrer dans la cuisine, l'air hagard.

— Que se passe-t-il ? demanda-t-elle, déjà prête à partir.

— Elle s'exprime de manière bizarre et ne peut plus bouger sa jambe ni son bras gauches.

Enid n'était jamais malade, et elle adorait sortir quand elle n'était pas plongée dans l'un de ses innombrables livres.

— Je ne comprends pas un traître mot de ce qu'elle dit, insista Archie.

Cela ressemblait à une attaque.

Les yeux de Max croisèrent les siens. Il faisait visiblement la même analyse.

Après avoir pris son matériel médical, elle suivit son voisin chez lui.

Le côté gauche du visage d'Enid était paralysé, et de ses lèvres blanches sortaient des paroles incompréhensibles.

— J'appelle l'hélicoptère de secours, annonça Lily en activant un numéro en mémoire dans son téléphone.

Agenouillé près du lit, Max commença d'une voix calme.

— Enid, je m'appelle Max, je suis un ami de Lily, et je suis médecin. Archie dit que vous lisiez quand il est sorti ce matin pour aider à ramasser les branches.

L'œil droit d'Enid cligna brièvement.

— Cela veut dire oui ?

Même réponse.

— Depuis, combien de temps pensez-vous vous trouver comme ça ? Une heure ?

Pas de réaction.

— Plus ?

Pas de réaction.

— Archie est resté trois heures avec nous dehors, dit Lily.

— Service d'urgence, fit à cet instant une voix dans son téléphone, demandez-vous la police, une ambulance ou les pompiers ?

— Une ambulance, répondit-elle vivement.

Max se tourna vers Archie :

— À quelle heure êtes-vous sorti aider les ouvriers ?

— Environ 6 heures. Qu'est-ce qui arrive à Enid ?

— Service des ambulances... Quelle est la raison de votre appel s'il vous plaît ?

— Je suis le docteur Lily Scott, généraliste. Je me trouve à Whangaparaoa avec une femme qui semble victime d'un AVC. Il faut que vous nous envoyiez un hélicoptère.

— Il me faut de plus amples de détails, docteur Scott. Un moment, ne quittez pas.

— Nous sommes deux médecins, ici ! répondit-elle sèchement, un peu irritée de perdre du temps.

Chaque minute comptait. De plus, avec Max, n'émettaient-ils pas le même diagnostic ?

— Archie, nous pensons qu'Enid fait un AVC, commença Max comme en réponse à sa question. Prend-elle des médicaments ?

— Un AVC ? Non ! Enid, regarde-moi ! Dis-moi que tu vas bien !

Lily fit le tour du lit et prit avec douceur le mari d'Enid par le poignet.

— Enid va être prise en charge très vite, maintenant. Je voudrais que vous lui caressiez la main doucement et que, de votre côté, vous tâchiez de respirer moins vite.

Puis elle attrapa une chaise et l'y installa.

La voix reprit à ce moment-là dans l'appareil.

— Docteur Scott, l'hélicoptère est en route. Y a-t-il un endroit sûr pour atterrir à proximité ?

— Une vaste zone gazonnée devant les maisons de la baie. Mais des restes de la tempête d'hier sont encore présents.

— Je vais passer l'information. Puisque la patiente a des médecins à son chevet, je ne vais pas vous garder en ligne, mais rappelez en cas de problème.

— Envoyez-nous juste ces secours au plus vite !

Pourquoi avoir parlé comme ça ? se demanda-t-elle en raccrochant. C'était inutile. Mais, avec Max, ils faisaient leur maximum, et Enid devait recevoir des soins au plus vite.

— L'hélicoptère est en route, Archie. Max, je dois aller voir George et Cal pour leur expliquer.

— Très bien. As-tu un équipement respiratoire ici ?

Elle secoua la tête, le cœur serré.

Pourvu qu'Enid tienne bon !

— Je peux y aller, si tu veux, proposa Max.

— Inutile. Je ne serai pas longue.

Une fois mis au courant George insista pour s'occuper de tout pendant qu'elle retournait auprès d'Enid. Ce qu'elle fit.

Elle s'empressa d'aller retrouver Enid et Archie... Et Max. Oui, Max. Pour sa force et sa bienveillance.

Vraiment ? se dit-elle en se hâtant vers la maison.

Enid était dans le même état.

— Je n'aurais pas dû sortir, répétait Archie.

Elle le prit contre elle en silence, comprenant son sentiment de culpabilité irraisonné.

Max lui adressa un petit sourire de sa place, tout en continuant à surveiller le cœur et la respiration d'Enid.

Les secours font toujours ce qu'ils peuvent, mais ils ne semblent jamais assez rapides... Une éternité semblait s'être écoulée quand ils perçurent le bruit de l'hélicoptère.

Et soudain, les urgentistes débarquèrent, équipés de tout le matériel possible Ils prirent les choses en main, et Lily se sentit aussitôt exclue.

— C'est terrible, murmura Max. Même si les secours sont

parfaitement équipés, tout cela va totalement à l'encontre de ma conception de l'aide telle qu'on doit l'apporter à des personnes malades.

Elle confirma de la tête en silence, retenant ses larmes.

— Je suis sincèrement désolée pour tes amis, ajouta-t-il.

— Je sais qu'Enid est âgée et que cela pouvait arriver d'un moment à l'autre, mais je la connais depuis que je suis enfant...

Elle se passa la main sur le visage.

— Enid aime s'occuper de son jardin, faire la cuisine, se rendre à des réunions de groupe... Elle va s'en tirer !

Une main ferme se posa sur son épaule. L'instant d'après, elle était dans les bras de Max.

— Je ne t'apprends rien, Lily, son AVC semble sérieux. Mais on ne peut rien dire avant qu'elle ait passé les tests.

En effet, elle savait déjà tout cela, mais la voix de Max lui faisait du bien. Comme la chaleur qu'il lui transmettait.

— Merci, dit-elle, peu pressée cette fois de s'éloigner.

Un brancardier entra avec la civière.

— Besoin d'un coup de main ? proposa Max.

— Volontiers. Deux d'entre nous porteront le brancard et le troisième le matériel.

— Où l'emmenez-vous ? s'enquit Lily.

— À l'hôpital général de la côte Nord. Est-ce que quelqu'un pourra raccompagner le mari ici ?

— Moi, dit-elle. Nous sommes voisins et amis.

Mais Cal et George voulaient aussi accompagner Enid et Archie.

— Nous sommes également ses amis.

Quand l'hélicoptère se fut envolé, Lily et Max regagnèrent la maison de la plage.

— J'ai drôlement besoin de le prendre, ce café, dit-elle.

— Puis-je t'accompagner ?

Leurs yeux se cherchèrent, et s'attachèrent.

— Je savais que tu me le demanderais.

Mais cette fois, il ne s'agirait pas d'une aventure. Même si Max avait une façon de la regarder qui lui coupait le souffle, il n'en était pas question. Quoi qu'il arrive, elle ne pouvait pas s'engager.

3

— Michelle fait tout ce qu'elle peut, et même plus, mais son désarroi actuel n'aide pas, annonça Max, soucieux, en rangeant son téléphone qu'il venait d'utiliser pour prendre des nouvelles de ses patients.

— C'était prévisible, fit remarquer Lily, occupée à retourner le bacon dans la poêle.

— Oui, mais elle n'est tout de même pas allée aussi loin dans sa carrière pour se lamenter maintenant sur son sort. Elle a toujours travaillé dur et sacrifié beaucoup de sa vie personnelle pour rester au meilleur de sa forme. Jusqu'à présent si son dossier médical montrait qu'il lui arrive d'en faire un peu trop, il ne contenait pas d'épisode dépressif.

— Elle a sans doute besoin de s'isoler, dit Lily avant d'ajouter, le regard vibrant : J'ai une idée !

— Vas-y, fit-il, avec l'intuition de ce qui allait suivre.

— On devrait lui proposer de venir passer un jour ou deux au camp pour aider les enfants qui manquent de confiance en eux. Sa détermination au netball serait un exemple !

Leurs regards se croisèrent, complices.

— Je te vois venir, dit-il avec un petit sourire. En fait, tu comptes sur le fait que les enfants l'aideront autant qu'elle les aidera.

— Disons que c'est mon espoir.

Il hocha la tête.

L'idée de Lily pouvait marcher. Une fois que Michelle aurait mis le pied à l'étrier... Voilà pourquoi il aimait autant son travail : parce que c'était l'occasion d'aider les gens dans les mauvais moments.

— Nous allons lui parler à deux, déclara-t-il. Et, puisque c'est toi la responsable du camp, c'est toi qui commenceras.

— Attends, toi, tu es son médecin depuis longtemps, et elle t'aime bien. Elle t'écoutera mieux que moi.

Ce n'était pas faux, et il y avait pensé. Décidément, Lily voyait tout comme lui. C'était incroyable, et pourtant il pourrait si facilement s'y habituer...

— Exact. Mais venant de quelqu'un qu'elle connaît peu, l'idée l'excitera davantage. Elle décortiquera moins le processus, ce sera plus léger.

Les toasts jaillirent du grille-pain. Il les attrapa et y glissa deux nouvelles tranches de pain en concluant :

— Et surtout, c'est de toi que vient l'idée.

— D'accord, on l'appellera après le petit déjeuner. Mais prépare-toi à devoir la persuader, précisa-t-elle.

Encore une fois, elle avait raison. Michelle ne se laisserait pas convaincre comme ça. La finesse de Lily était vraiment stupéfiante. Il allait devoir protéger son cœur, car chaque fois qu'il la voyait ou l'écoutait, il recommençait à se dire qu'il serait heureux qu'elle revienne dans sa vie.

Comment pouvait-il demander à ses patients d'affronter les épreuves quand lui-même ne le faisait pas ? S'il survivait à son cancer, il savait qu'il oublierait sa peur actuelle. Mais, en attendant, il avait tout un chemin à parcourir...

— Tu laisses les toasts refroidir ? Où es-tu ?

La voix de Lily le fit revenir à l'instant présent.

— Tu n'as pas vraiment envie de le savoir.

Et lui, il n'avait pas envie de lui exposer ses doutes ni ses attentes, ou de penser à leurs corps chauds soudés.

Le jour viendrait pourtant où il faudrait évoquer son cancer. La plupart des médecins du centre étaient au courant, et il ne voulait pas que Lily l'apprenne par la bande. Il voulait aussi qu'elle sache à quel point il se sentait heureux d'être en vie.

Pas question de se faire plaindre, et encore moins prendre en pitié. À l'époque, la Lily qu'il avait connue aurait sûrement sorti une réplique acerbe avant de passer à autre chose. Mais la Lily d'aujourd'hui ?

— Peut-être que si, dit-elle en servant les œufs et le bacon. Alors, pourquoi ne pas en parler tout de suite ?

Il hésita.

À présent que son cancer était derrière lui, ce serait moins difficile. À condition de ne pas évoquer les doutes qui le minaient ni l'avenir auquel il refusait de penser...

Il fit glisser le plat vers lui, et ne subsista bientôt plus entre eux que le bruit des couverts sur les assiettes.

Un silence qui lui rappelait les jours qui avaient suivi l'éloignement de Lily, au cours desquels ils n'avaient plus eu que des échanges professionnels. Comment lui parler vraiment sans succomber au besoin qu'il avait d'elle ?

Une brusque envie de partir pour filer au camp le saisit. Pour échapper à Lily, à la confusion que sa présence faisait naître en lui, au désir intense qu'il éprouvait pour elle.

Quand le petit déjeuner fut terminé et la vaisselle sale dans la machine, il attrapa son téléphone.

— Prête ? dit-il en sélectionnant le numéro de Michelle.

— Oui.

Celle-ci répondit tout de suite.

— Salut, Max !

— Bonjour ! Je suis avec Lily Scott, et j'ai activé le haut-parleur. Est-ce que c'est bon pour vous ?

— Pas de problème.

Il haussa un sourcil en regardant Lily. Un hochement de tête, et elle lança :

— Michelle, j'ai eu une idée vous concernant.

— Cela semble bien sérieux.

— Ça l'est, confirma-t-elle. Pouvez-vous m'écouter ?

— Je suis tout ouïe, répondit Michelle, sur un ton vague qui démentait plutôt ses paroles.

— Avez-vous entendu parler du camp Amusons-nous bien qui accueille les enfants en situation de handicap ?

— Celui où Max travaille cette semaine ? Il l'a évoqué.

— Oui, dans la péninsule de Whangaparaoa. Un groupe d'enfants entre dix et quinze ans arrive tout à l'heure pour la semaine. Ils vont pratiquer un tas d'activités physiques afin d'élargir leur horizon et de renforcer leur confiance en soi.

Elle fit une pause et jeta un bref regard à Max.

— Continue, chuchota-t-il.

— Comme vous êtes libre cette semaine, j'ai pensé qu'il vous plairait peut-être de venir nous aider à encourager les enfants. Je ne peux pas imaginer meilleur exemple pour eux qu'une athlète ayant déjà tant donné pour sa carrière.

— Vous oubliez que je me déplace avec des béquilles et que je n'irai pas en Angleterre avec l'équipe de netball.

— Pas du tout. C'est même pour cela que je vous crois la mieux placée pour leur montrer que, malgré les accidents de la vie, on peut toujours poursuivre son chemin.

Silence.

Il retint sa respiration.

Pas question d'intervenir. Lily fixait le téléphone sans bouger. En cet instant, elle avait la situation en main.

Un long souffle sortit du haut-parleur.

— Max ? Qu'en pensez-vous ?

Lily planta les yeux dans les siens.

— Je pense qu'aider ces enfants est une opportunité à saisir. Quelqu'un pourrait-il vous conduire ici ? Vous y resteriez entre deux et sept jours, à votre convenance.

— Si je voulais venir.

— Pourquoi ne voudriez-vous pas ? demanda Lily.

Il sourit. Quand elle voulait quelque chose... Et lui, le voudrait-elle un jour à ce point ?

La réponse de Michelle tomba, tranchante.

— Parce que je ne suis pas sûre d'avoir quelque chose à offrir à ces enfants. Ils connaissent beaucoup mieux les situations de handicap que je les connaîtrai jamais.

— Peut-être, mais ils sont parfois dépassés et ont alors besoin d'encouragements. En recevoir d'une personne qui, comme eux, est obligée de modifier son fonctionnement pour s'adapter, leur parlerait bien davantage.

Lily marqua une pause, inspira profondément et reprit.

— Malgré son spina-bifida, ma nièce progresse de manière merveilleuse. Elle garde confiance et ne dit jamais : « Je ne peux pas. » Cependant, il lui arrive de manquer cruellement d'autonomie.

N'était-ce pas un peu le cas de tout le monde ? se demanda-t-il. Sa propre maladie avait ébranlé sa confiance en l'avenir, même s'il s'en tirait mieux que d'autres malades. En tout état de cause, le fameux délai de cinq ans avant d'être déclaré en rémission n'arriverait jamais assez vite. Et même, se sentirait-il vraiment à l'abri d'une rechute ? Aujourd'hui, ne s'inquiétait-il pas à la moindre crampe d'estomac, au moindre mal de tête ?

— Prenez le temps d'y songer, Michelle, intervint-il. Je vous rappellerai plus tard dans la matinée.

Lily le dévisagea. À l'évidence, elle aurait voulu poursuivre autrement. Mais elle ne connaissait pas Michelle, son besoin de réfléchir avant d'agir, de...

— Je serai sur place demain de bonne heure. Si je décide de rester, y aura-t-il une chambre pour moi ?

Lily le fixa, les yeux écarquillés, avant de lui adresser un large sourire, comme s'il venait de lui faire un cadeau.

— Le camp accueille déjà les parents qui demeurent sur place, répondit-elle. Nous trouverons un endroit pour vous.

— Je suis connectée à votre site depuis quelques instants. L'endroit est étonnant. Y demeurerez-vous, Lily ?

— J'habite à un kilomètre, et je passerai souvent. Ma nièce participe au camp, et j'ai hâte de la voir.

— Super ! Je vous verrai donc tous les deux. À demain.

Stupéfaits, Lily et Max ne s'étaient pas quittés des yeux.

— Cette scène s'est-elle *vraiment* passée ? demanda-t-il.

— Il me semble bien, répondit Lily en éclatant de rire et en lui tapant dans la main.

Il sourit. Même bref, ce contact lui faisait du bien.

— Un autre café ? proposa-t-elle en attrapant la bouilloire.

Il en avait très envie. Comme de rester encore en sa compagnie. Son air heureux touchait en lui une zone restée en jachère depuis très longtemps. Depuis que sa mère et sa sœur avaient quitté la maison familiale.

Attention, danger !

— Non merci. Je vais aller me présenter au camp. J'espère que personne n'aura déjà eu besoin de moi.

— D'accord, répondit-elle en laissant son sourire s'effacer.

Il se leva sans envie de partir, mais intérieurement apaisé.

Il était temps qu'il fasse ce pour quoi il était venu ici. Et ce n'était pas pour tomber amoureux de Lily Scott.

En quittant cet endroit, il ne devait pas faire souffrir Lily ni se faire souffrir lui-même. Quand il parla, son expression disait : « Ne m'en veux pas. »

— Tu me préviens quand tu as des nouvelles d'Enid ?

— Bien sûr, répondit Lily avec un hochement de tête. On se voit plus tard au camp.

Il posa un pied devant l'autre jusqu'à la porte.

— C'était bien un AVC, dit Archie sur un ton de vaincu.

— Cela me fait beaucoup de peine, Archie, dit Lily.

Enid avait toujours refusé de devenir un jour dépendante de quelqu'un. Or, à présent, elle l'était.

— Le médecin m'a dit qu'elle reparlerait et rebougerait normalement, mais que ce serait long.

— Cela se passe souvent ainsi. Elle va compter sur vous.

— Je ferai tout ce que je pourrai pour elle.

— J'en suis sûre. Et nous, nous serons là pour vous deux.

Lily continua à discuter jusqu'à ce qu'Archie doive retourner auprès de sa femme.

Elle raccrocha avec l'envie folle de casser quelque chose.

Si la nouvelle concernant Enid ne l'étonnait pas, le brusque départ de Max lui soufflait qu'il avait dû en avoir vraiment assez d'elle pour fuir de la sorte. Pourtant, il n'avait rien à craindre ! Elle ne s'accrocherait pas à lui, ce n'était pas son genre.

Pour le moment, elle sentait encore sa présence, à laquelle elle s'était réchauffée. L'entendre parler, rire avec lui, respirer son odeur, tout cela l'avait rendue éperdue de désir. La romance rôdait.

Bonne raison pour se méfier. Aaron l'avait quittée. Leo l'avait quittée. Elle n'était visiblement pas faite pour les relations sentimentales.

Mais Max ? Pourquoi cet élan envers lui alors que leur relation n'était même pas satisfaisante ?

Parce qu'elle ne pouvait s'en empêcher, voilà pourquoi.

Une impulsion lui fit attraper la liste des membres du camp de la semaine. À côté de chaque nom, un numéro de téléphone. La minute suivante, celui de Max se trouvait dans ses contacts, et elle l'appela.

— Max ? J'ai eu Archie. Enid a bien fait un AVC. Ils vont connaître une période éprouvante.

— La famille vit-elle assez près pour venir les aider ?

— Leur fille et leur fils habitent dans la péninsule. Ils s'entendent bien, tous les quatre.

Un silence suivit. Max allait sûrement raccrocher.

— J'ai déjà fait connaissance de la plupart des enfants, annonça-t-il. Y compris de Josie. C'est vrai qu'elle a la vie chevillée au corps et qu'elle se passionne pour tout !

Lily se sentit aussitôt plus détendue.

Max était un homme pas comme les autres. Plus fort, plus fiable, avec un don pour la faire se sentir spéciale. Pourrait-il devenir le père de son bébé ?

Mais… D'où lui venait cette idée ? Elle s'emballait !

— Tu viens au camp, tout à l'heure ? demanda Max.

— Je passerai voir si tout le monde va bien et vérifier avec Logan qu'il n'y a pas de problème.

— Toujours maniaque du contrôle, dit-il dans un rire.

— Il fait très bien son travail, répondit-elle sans relever, en savourant sa sérénité retrouvée.

À présent, elle n'avait plus envie de casser quelque chose.

— Il m'a demandé si je savais à quelle heure tu serais là.

— Sans suggérer que je reste à l'écart ?

— Non. En as-tu envie ?

Elle sourit.

— Je viendrai rien que pour voir Josie.

Leur échange était devenu si agréable ! *Merci, Max.* Ils s'entendaient tellement mieux qu'avant que la comparaison n'avait même plus de sens. Serait-elle en train de reprendre son existence en main ? De retrouver l'envie de vivre et de s'amuser ?

Peut-être. Mais sans impliquer son cœur. Son cœur, elle le réservait en entier à son bébé.

— Je ferais mieux d'aller me rendre utile, déclara-t-elle enfin. Après le déjeuner, il y aura des matchs de foot ainsi que de netball. À plus tard.

Dehors, la remorque pleine de bois attendait. Il allait falloir qu'elle s'en occupe. Raccourcir les bûches pour qu'elles rentrent dans une cheminée. Quant à les fendre, quelqu'un d'autre s'en occuperait. Manier la hache, ce n'était vraiment pas sa tasse de thé.

— Où étais-tu, tantine ? gémit Josie en s'arrachant à sa chaise roulante pour se jeter dans les bras de Lily. Je t'attendais. Le médecin dit qu'il te connaît !

Lily serra sa nièce contre elle.

— Il est gentil, non ?

Et capable apparemment de charmer n'importe quelle femme entre deux et quatre-vingt-dix-neuf ans.

— On se connaissait avant mon départ pour Singapour, ajouta-t-elle. On travaillait ensemble.

— Et maintenant, vous allez encore travailler ensemble ! Au même centre médical !

Ce sourire effronté. Ah ! la canaille !

— Stop ! ma grande, dit-elle en plongeant son regard dans

celui de l'adolescente. Je n'ai pas besoin de toi pour organiser ma vie. Je me débrouille très bien pour la gâcher toute seule. Dis-moi plutôt ce que tu as fait de beau ce matin.

Josie lui lança un regard brillant de fierté.

— À part questionner le Dr Max ? J'ai joué au netball et marqué deux paniers.

— Pas mal ! Et les autres ? Y a-t-il des enfants que tu connais ?

Les joues de Josie virèrent au cramoisi.

— Euh... Oui, Ollie, du dernier camp. Il est revenu. Je le savais. On s'échange des textos.

Lily arqua les sourcils.

— Ne me dis pas ça, ou je vais devoir aller chercher le cadenas et les chaînes dans la remise !

— Alors, tu ne seras plus ma tante préférée !

Josie éclata de rire et reprit sans transition :

— Il est trop génial ! Encore plus beau qu'avant !

Bien... Que faire ? En parler à son frère et à sa belle-sœur ou se contenter de garder un œil sur Josie tout en la laissant se comporter comme n'importe quelle ado de son âge ?

Elle soupira. La réponse était si évidente !

— Sois prudente, c'est tout ce que je te demande.

— Oui, tantine, répondit Josie en faisant une espèce de grimace, avant que son rire fuse de nouveau. Rappelle-toi que c'est à ta nièce super prudente que tu t'adresses !

— Tu veux plutôt parler de ma nièce risque-tout, non ?

— Vous vous ressemblez tellement, remarqua à cet instant Max qui approchait en riant, que c'en est surréaliste.

— Hé ! docteur Max ! Tantine Lily me disait...

S'interrompant soudain, elle jeta un œil à Lily et termina :

— Hum ! D'aller m'occuper de mes affaires.

Là-dessus, elle s'éloigna en trombe dans sa chaise roulante.

— La petite friponne, murmura Lily. Sauf qu'elle n'est plus si petite.

— Elle n'a pas mis longtemps à s'imposer comme la meilleure au netball, déclara Max. Tous les garçons la dévoraient du regard. Et rien à voir avec le netball...

Lily secoua la tête.

— Qu'ils se contentent de la dévorer seulement du regard... Oh ! mon Dieu ! Tu entends comment je m'exprime ? On dirait plutôt ses parents que sa « tantine chérie ».

— Peut-être parce que tu te souviens de ce que tu faisais à son âge, la taquina-t-il.

Elle adorait que Max plaisante avec elle.

— C'est bien ce que je disais : comme tous les parents ! D'ailleurs, comment m'en sortirais-je si j'étais mère ? Les ados peuvent être si compliqués !

Et en même temps, les bébés deviennent des enfants puis des adolescents, et cela faisait partie d'un tout qu'elle acceptait sans problème.

— Je suis sûr que tu ne penses pas vraiment ce que tu dis, dit-il avec tristesse. Avoir un enfant est un tel rêve !

Avoir un enfant était-il pour lui un rêve inaccessible ?

— Max... Pourquoi cet air abattu ? demanda-t-elle en espérant ne pas l'avoir blessé.

Secouant la tête, il tourna son regard vers la plage.

— Non, tout va bien.

Faux. Il mentait, et c'était facile à voir. Elle venait même de toucher chez lui quelque chose de très douloureux.

— Si tu as envie d'en parler, tu sais où me trouver. Tu trouveras toujours une oreille pour t'écouter. Avec du vin pour t'accompagner...

Et des bras pour te serrer.

Il se tourna vers elle avec lenteur. L'air étonné. Et soulagé.

— Merci de te montrer si compréhensive.

— Ce n'est pas difficile. Chacun prend son lot de coups.

— Toi aussi ?

— Bien sûr. Et je ne les ai pas forcément bien supportés.

— J'aurais préféré. Je n'aime pas penser que tu as souffert.

— Mais aujourd'hui, ça va, tu vois...

Elle marqua un arrêt. C'était si vrai. Presque risible.

— J'attends avec hâte demain. La suite de ma vie.

La tristesse de Max se dissipait peu à peu.

— Moi de même, dit-il, avec un regard si intense qu'elle se demanda s'il ne lui laissait pas l'interpréter à sa guise.

La chaleur l'envahit. Sans y croire, elle fit un geste incroyable : elle glissa la main sous le bras de Max.

— Viens. Logan voudrait que nous parlions de Michelle.

Se trouver si près de Max faisait naître en elle un espoir inexplicable. L'avenir chantait. Juste après qu'elle avait décidé d'oublier les hommes pendant quelque temps !

Sous ses doigts, Max s'était crispé, mais il se détendit à mesure qu'ils approchaient de la pièce principale du rez-de-chaussée.

— C'est curieux qu'il ne me l'ait pas dit à mon arrivée

— Le premier jour, il y a toujours mille choses à faire.

— Je commence à mieux comprendre l'importance de cet endroit pour toi.

— Elle est réelle. D'ailleurs, je... l'ai entièrement financé.

Visiblement ravi de sa franchise, il lui sourit.

— Je ne suis pas vraiment étonné.

En revanche, *elle* l'était. À l'époque, Max ne parlait que d'argent et de vie facile. Vraiment, le passé était révolu !

— Merci, dit-elle. Peu de gens sont au courant, et je préfère que cela reste ainsi.

— Je ne répéterai rien à personne.

Elle le crut.

Son sourire s'élargit. Sa tête lui parut plus légère.

Max Bryant n'était plus le démon dont elle se souvenait. L'avait-il jamais été, du reste ? Son besoin de le tenir éloigné l'avait-il obnubilée au point qu'elle s'était totalement trompée sur lui ?

Retirant sa main, elle l'enfonça dans la poche de son jean et entra dans le bâtiment d'un pas assuré, simulant une parfaite nonchalance.

4

Qu'attendait-elle de plus de la vie ? s'interrogea Lily, le soir venu, devant le feu qui se consumait dans l'âtre.

L'amour ? Oui. Un enfant ? Oui. Une fois qu'elle serait bien intégrée à la clinique de fertilité, elle poursuivrait le protocole. La famille était une composante essentielle de son existence. Elle l'avait appris en grandissant avec des parents et des frères à la fois aimants et généreux. En se fiançant avec Leo, elle avait tout naturellement pensé qu'il recherchait la même chose. Puis il était parti en disant qu'il ne se sentait pas prêt à devenir père et qu'il ne le serait peut-être jamais.

La sonnerie du téléphone l'arracha à ses pensées.

Max ? Pourquoi l'appellerait-il maintenant ?

Elle tendit le bras vers l'appareil. C'était Charlotte.

— Comment vas-tu ?

— Comme d'habitude, je le crains, répondit son amie avec un petit rire. Le train-train franchement ennuyeux.

— Tu m'appelles donc pour que je te distraie…

— Je veux que tu m'apprennes tout ce que tu sais sur le Dr Bryant. Tu l'auras vu au camp, je suppose.

Lily entendit Charlotte faire couler quelque chose. En général, elle disait tout à sa meilleure amie, mais là… Si seulement elle n'avait rien eu à cacher !

— Tu te sers du vin ou du thé ?

— Du thé. Allez, dis-moi tout.

Lily prit une grande inspiration.

— Je l'ai informé du rôle exact que je tiens au camp.

— Hein ? Je savais bien que j'aurais dû me servir du vin... Pourquoi as-tu fait cela ? Te confier à un homme qui pourrait compromettre notre discrétion ! En tant que ton avocate, je dis que ce n'est pas ce que tu as fait de mieux.

Avait-elle voulu tester Max ? Vérifier qu'il avait autant changé qu'il lui semblait ? Sinon, pourquoi lui avoir confié cela ?

— Et en tant que mon amie, que dis-tu ?

— Qu'a-t-il dit, lui ? s'enquit Charlotte sans répondre.

— Qu'il ne répéterait rien, et je le crois. Ma révélation a d'ailleurs à peine paru le surprendre. Je suis sûre de moi sur les deux points. Il a tant changé !

— Et l'homme avec lequel tu avais couché ?

— Aucune idée. Il a disparu. Mais changeons de sujet. De toute façon, je ne peux pas revenir sur ce que j'ai dit, et je n'en verrais du reste pas l'intérêt. Je te répète que je peux faire confiance à Max. Je l'ai senti, j'en suis certaine.

En fait, cette révélation l'avait ramenée au jour où elle avait confié à sa grand-mère, au chevet de laquelle elle passait de longues heures, comment elle utiliserait sa part d'héritage. À bâtir ce camp. Et c'était devenu une passion.

— En fait, comme nous allons travailler ensemble, cette... information m'assurait de prendre un nouveau départ avec lui, reprit-elle avec la même franchise.

Elle voulait mieux connaître Max. Savoir pourquoi il avait renoncé à devenir chirurgien et changé de spécialité. Savoir ce qui avait causé sa tristesse au beau milieu d'une conversation. Et aussi pourquoi elle avait envie de le prendre dans ses bras pour lui dire que tout allait bien se passer.

— Dis-moi, reprit Charlotte, est-il toujours aussi beau ?

— Oui. Et mieux dans sa peau. Il ne joue pas au héros et porte très bien quelques cheveux blancs et brillants.

— Oh ! Tu en parles comme si tu commençais à bien l'aimer. Ta voix se fait plus douce. Es-tu sûre de ne pas être mûre pour la romance ?

— Absolument certaine, répondit Lily en croisant les doigts.

Vérité ou mensonge ? Ni l'un ni l'autre. Car si elle aspirait comme tout le monde à trouver l'amour, elle refusait de souffrir de nouveau.

— Prends garde, Lily. Bien que tu te sois bien remise de ton histoire avec Leo, tu restes un peu vulnérable. Tu as trouvé un bon poste et tu rêves de devenir mère, mais ne te précipite pas. Surtout en ce qui concerne Max Bryant.

— Merci pour tes conseils et ta compréhension.

— Comme si tu ne me rendais pas la pareille ! repartit son amie avant de raccrocher.

Lily alla se chercher une soupe en brique.

Si seulement elle pouvait construire une famille non monoparentale...

L'image de Max passa de nouveau devant ses yeux – du nouveau Max, celui qu'elle appréciait malgré elle.

Cherchait-il la même chose qu'elle ? L'amour ? Un enfant ? N'était-il plus l'homme des brèves aventures ?

Elle inspira profondément.

À moins que... Aurait-il vécu un chagrin d'amour comme elle qui, à deux reprises, avait cru à tort rencontrer l'homme de sa vie ?

Un texto arriva sur son téléphone, avec une jolie sonnerie.

Coucou, tantine Lily. J'ai passé une journée super. Je t'aime.

J.

Elle se sentit fondre.

Je t'aime aussi. À demain xxx

Même si on ne l'attendait pas, elle retournerait au camp demain. Pour revoir Josie. Et Max.

— Attrape, tantine Lily !

Lily se tourna vers l'endroit d'où provenait la voix. Un objet se dirigeait vers elle. Attrapant le ballon au vol, elle le lança au garçon se trouvant du même côté du filet que Josie.

Coup de sifflet.

— Faute ! cria Max avec un sourire. Intervention du public derrière la ligne de touche...

— Ouaiiiis ! crièrent les ados d'en face, en essayant de récupérer le ballon qui roulait vers eux.

— Rabat-joie, répliqua-t-elle en riant. Quel score ?

— 5 partout, répondit Max joyeusement.

Le courage et l'audace de ces enfants qui dépassaient leur handicap pour atteindre le niveau de joueurs sans problèmes physiques la faisaient fondre. Absorbé par le jeu, Max leur dédiait toute son attention et tout son intérêt. Il avait la fibre paternelle. De plus, ils s'entendaient bien, elle et lui. Pour autant, elle n'était pas prête à un saut pareil, elle se le répétait chaque jour. Sauf que, le lendemain, la question se reposait de nouveau. Pourquoi ?

Elle commença à distribuer les bouteilles d'eau qu'elle avait apportées.

— Tu en veux une ? demanda-t-elle à Max.

— Oui, merci. Quel boulot ils font ! s'écria-t-il en prenant la bouteille qu'elle lui tendait.

Leurs doigts se frôlèrent, et elle retira les siens en hâte.

Pourquoi ? Même bref, ce contact lui avait plu.

Maintenant, Max portait la bouteille à ses lèvres sans cesser de la fixer, les yeux brillants de désir.

— Youpiii ! cria Josie. 6-5 !

Les voix et les rires des enfants autour d'elle la rassuraient, mais ces yeux noisette qui ne la quittaient plus la troublaient au-delà de tout, et elle oublia où elle était et ce qu'elle disait cinq secondes plus tôt.

— Josie sait-elle déjà ce qu'elle aimerait faire plus tard ? demanda Max, tentant de dissiper la gêne.

— Esthéticienne. Ça lui passera peut-être, mais elle vient de découvrir le maquillage. Alors...

— J'ai remarqué sa touche de mascara. Allez, on reprend !

Lily s'assit sur un banc, le regard rivé sur Max qui reprenait ses encouragements à l'adresse des enfants.

— Ça va, docteur ?

À côté d'elle, Michelle se balançait sur ses béquilles.

— Michelle ! Quand êtes-vous arrivée ?

— Il y a une petite heure. Je suis allée voir Logan, mais il manque de lits. Même si je voulais rester, je ne pourrais pas.

— Pas d'inquiétude, je vais vous trouver quelque chose, répondit-elle en songeant aux chambres vides de sa maison. Que pensez-vous du camp, de son organisation ?

— Stupéfiant. En regardant les garçons jouer au foot, tout à l'heure, ma seule envie était de les rejoindre et d'aider le gars qui les entraînait.

— Pourquoi ne pas l'avoir fait ? C'est le but de votre présence ici.

— Je me trouvais avec Logan. On faisait le point sur le camp...

Lily sourit devant les joues empourprées de Michelle.

Michelle et Logan ? Pourquoi pas ? Est-ce que tout le monde allait trouver l'amour à Whangaparaoa ? Josie et Ollie, Michelle et Logan, elle-même et Max...

Ah non ! ça n'allait pas recommencer !

Et pourtant, son expression, son visage, son sourire, tout en lui était devenu si tendre. Et puis, c'était un amant merveilleux...

Sentant ses jambes trembler, elle retint un juron.

— Hé ! Max ! cria Michelle en se dirigeant vers lui.

— Vous êtes venue, dit-il. Non que j'en doutais, mais...

— J'étais sur le pont à 5 heures ce matin ! J'ai décidé d'arrêter de ne voir que le négatif et de me battre.

— Logan vous a suggéré quelque chose de précis ? demanda Lily en les rejoignant.

— De participer aux activités, répondit Michelle en agitant une béquille entre eux.

— Vous allez vous plaire ici. Et nous ne doutions pas que vous y parviendriez, dit Max avec un regard vers Lily.

Lily hocha la tête, toujours tremblante.

Comment dominer l'accès de désir qui la tourmentait ?

En commençant par reporter son attention sur Michelle.

— Combien de temps pensez-vous rester ? demanda-t-il.

— Je ne sais pas. Toutes les chambres sont occupées, mais Lily a dit qu'elle allait trouver une solution.

— Je vais vous installer dans ma maison de famille, pas très loin d'ici, annonça Lily.

— J'aurais préféré rester sur place pour rencontrer plus de gens, mais c'est très généreux de votre part, merci !

— J'apprécie votre honnêteté, répliqua Lily en riant.

— Si vous voulez, déclara alors Max, je peux vous céder ma chambre et trouver un lit ailleurs.

Il avait gardé les yeux posés sur elle.

— Tu peux venir t'installer dans la maison de la plage, lui dit-elle après de longues secondes.

— Je te préviendrai si je ne trouve rien d'autre.

Voulait-il dire à présent que partager sa maison ne l'intéressait pas, juste après avoir proposé sa propre chambre à Michelle ?

— Pas de problème. À présent, je vais bavarder un peu avec Josie.

— Tantine Lily, c'est qui, la dame avec les béquilles ?

— Michelle Baxter. Elle joue...

— ... au netball pour l'équipe du Nord. Elle est géniale.

Sa nièce se dirigea droit vers son idole.

— Coucou, Michelle ! Je m'appelle Josie, et je regarde presque tous vos matchs. Vous êtes super !

— Merci beaucoup, répondit celle-ci en riant.

— Qu'est-ce que vous vous êtes fait à la jambe ? C'est grave ?

Josie ne se demandait pas comment son interlocutrice recevait ses questions. Elle reproduisait la façon dont certaines personnes s'adressaient à elle. Cela pouvait se révéler bon pour Michelle. Ou pas...

— Quelqu'un qui descendait d'un bus m'a bousculée quand j'y montais. Je me suis cassé la cheville.

— Mais vous devez partir bientôt en Angleterre, non ?

Le sourire de Michelle s'évanouit.

— Je *devais*...

Lily s'apprêtait à envoyer sa nièce jouer avec ses camarades quand Michelle reprit.

— C'est extrêmement décevant, mais je m'habitue à l'idée de demeurer en retrait. Ma carrière est en pause, mais pas finie. Mais toi, dis-moi un peu quel est ton sport préféré ? Ce matin, je t'ai vue jouer au netball.

Lily regarda Josie expliquer à Michelle pourquoi sa préférence allait au basket en fauteuil roulant.

— Elles s'entendent bien, dit Max derrière elle.

Lily se sentit parcourue d'un frisson.

— Oui, elles réagissent l'une à l'autre comme je l'espérais. Mais je n'avais pas prévu que Josie prendrait une place si importante à côté de Michelle...

— Oui, le hasard a voulu qu'elle soit la première personne à aiguillonner un peu Michelle, poursuivit Max sur un ton pensif. On dirait bien que tu as réussi ton coup. Laissons-les faire connaissance, et allons prendre un café et un sandwich avant que la horde ait tout avalé... Alors, dis-moi, ça ne te dérangerait vraiment pas si je dormais chez toi ?

Non, ce serait même bon d'avoir Max près d'elle. À condition de contrôler son cœur battant et sa gorge nouée.

— Autrement, je ne te l'aurais pas proposé.

Vraiment ? À quel jeu jouait-elle ?

À un jeu dangereux. Elle ferait bien d'arrêter ça et de réfléchir si elle ne voulait pas être de nouveau blessée.

Max fit une petite grimace.

— Penses-tu que j'aurai aussi la chance de prendre mes repas chez toi ?

Trop tard. Trop tard pour arrêter le jeu. Tout allait très vite. D'abord la chambre, maintenant les repas. Et après ?

— Tu ne sais même pas si je sais faire la cuisine.

Mais elle avait brusquement envie de taper des mains et de rire. Max allait loger chez elle !

— Hé ! Josie, dit-il alors en se retournant. Est-ce que ta tante sait préparer un bon dîner ?

La jeune fille écarquilla des yeux où brillait une étincelle que Lily préféra ne pas interpréter.

— Demandez-lui de vous faire son bœuf bourguignon, et vous verrez. Il est à mourir !

— Dis donc, toi, n'as-tu rien de mieux à faire que surcharger de travail ta tante préférée ?

— Non.

— Tout à l'heure, j'irai acheter du vin pour accompagner le bourguignon, déclara Max en riant. Envoie-moi un texto s'il manque quelque chose.

— Si je comprends bien, je suis assignée aux fourneaux ! dit-elle, un peu affolée. Une chance que j'aie des légumes au frais et du bœuf au congélateur...

Il lui toucha l'épaule d'un geste léger.

— Détends-toi, Lily ! Je ne risque pas de te gêner beaucoup, car je passerai de toute façon le plus clair de mon temps au centre. On s'entend bien, on ne s'est pas disputés, et je ne pense pas que cela arrive, en dehors de quelques dissensions comme il peut s'en produire au centre médical.

— Tu estimes que ces dissensions seraient normales ?

Il plongea les yeux dans les siens.

— Bien sûr... Mais ne crains rien. Les choses ne redeviendront pas telles qu'elles ont été entre nous par le passé. Grâce à toi, j'ai beaucoup appris. J'espère aussi avoir mûri et mieux comprendre les autres. Toi incluse.

Elle, en revanche, ne comprenait plus.

Sans doute ne se trompait-elle pas en pensant qu'il avait subi un grand choc... Un chagrin d'amour ?

Telles deux âmes brisées, ils cachaient leurs blessures, mais de son côté elle considérait le bonheur sous un nouvel angle. Et Max ? À quoi aspirait-il, que projetait-il, avec qui voulait-il passer son existence ? Saurait-elle jamais ce que cachait sa tristesse ? Il avait déclaré que c'était grâce à elle qu'il avait mûri. Tout restait-il possible ?

Ce n'était pas en restant plantée ainsi qu'elle le découvrirait.

— Allons-y, dit-elle en lui adressant un sourire.

Elle avait un bœuf bourguignon à préparer...

Moins d'une semaine plus tôt, elle se débattait avec l'idée de refaire équipe avec Max, et voilà qu'elle l'installait dans la maison de la plage ! Que fabriquait-elle ? Aucune romance n'était possible avec les cartes qu'elle avait en main. Et avec Max Bryant, encore moins. Certes, il avait changé, mais jusqu'à quel point ?

5

Voici donc ce qu'était la vie de couple, songeait Max. Facile, agréable, faite de complicité. Rien à voir avec ce qu'avaient vécu ses parents.

— À moi de te servir, maintenant, dit-il à Lily après un dîner succulent. Assieds-toi confortablement. Veux-tu un thé ? Un café ?

— Plutôt un bon chocolat chaud, répondit-elle en ajoutant avec un regard complice : J'ai un faible pour les sucreries. Voilà pourquoi je m'astreins à courir un peu chaque jour.

Comme si elle était en surpoids ! Ses courbes plus rondes la rendaient plus belle encore. Il repoussa l'image de Lily étendue sur son lit quelques années plus tôt.

Que valait sa détermination à ne pas se marier ? La mènerait-elle à sa perte, ou lui apporterait-elle quelque chose de précieux comme cela s'était passé avec la médecine ?

Au début, il s'était attelé à ses études juste pour montrer à son père à quel point il l'aimait et se faire aimer en retour. Sans imaginer que la médecine lui apporterait mille et une choses qu'il n'avait pas soupçonnées. De la même manière, que découvrirait-il s'il parvenait à surmonter son besoin douloureux de demeurer célibataire ?

Lily bavardait, heureusement inconsciente de la douleur qu'il éprouvait.

— À Singapour, j'aimais beaucoup sortir de nos quatre murs pour arpenter les rues en me repérant aux odeurs.

Il se raidit, saisi aux tripes.

— « *Nos* quatre murs » ? Tu n'étais pas seule ?

— Je vivais avec mon fiancé, Leo. Nous nous étions rencontrés au centre médical après mon arrivée là-bas.

Elle évoquait une période passée. Pourquoi, alors, ressentait-il le brusque besoin d'en savoir plus ?

Parce qu'il aimait beaucoup Lily. Et peut-être davantage.

— Cela n'a pas marché entre vous ?

Elle fronça les sourcils.

— Un soir, je suis rentrée à l'appartement. Ses valises étaient bouclées. Il retournait en Écosse rejoindre une femme connue autrefois et retrouvée quelques mois plus tôt sur Internet.

Il songea à quel point lui-même avait souffert lorsqu'elle lui avait annoncé, ce dernier matin de leur courte aventure, que c'était fini. Il avait reçu une claque. Une blessure à l'ego, et l'impression d'avoir perdu l'occasion d'être heureux. Ce qui l'avait amené à verrouiller de plus belle ses rêves d'amour.

— Je suis désolé de l'apprendre, dit-il, Tu mérites mieux que cela.

— Je le crois aussi, dit-elle en hochant la tête. Cet épisode de ma vie est derrière moi, et je ne suis pas pressée de connaître une nouvelle relation.

Cela sonnait comme un avertissement : ils naviguaient sur les mêmes eaux, Lily et lui. Pourtant, au lieu d'en éprouver du soulagement, il se sentait le cœur lourd.

Il posa devant elle une grande tasse de chocolat, s'assit sur la chaise d'en face, posa les mains autour de la sienne et commença.

— Moi, je n'ai jamais connu de longue relation.

Il devait cet aveu à Lily, et le trouva moins difficile à faire que ce qu'il avait cru.

Elle leva la tête, manifestement très surprise.

— Dans ce cas, je me suis méprise, car j'avais fini par penser que tu avais vécu un chagrin d'amour et que c'était à cause de cela que tu... Pourquoi t'en tiens-tu aux passades ?

— Tant qu'a duré ma formation, j'ai préféré travailler à obtenir mon diplôme et ne me rapprocher de personne.

— Tu étais à ce point déterminé ?

— Absolument. Mon père n'avait jamais pu réaliser son rêve de devenir médecin. J'ai donc voulu, moi, y parvenir. C'était aussi pour montrer à mes parents que, avec des efforts, on aurait pu s'entendre tous les quatre, avec ma petite sœur, et que ma mère aurait pu se passer de me laisser seul avec mon père.

Il lâcha un soupir, soulagé de lui avoir exprimé le pourquoi de son implication dans le monde de la médecine. À présent, Lily en savait plus que toutes ses autres maîtresses.

Peut-être parce qu'elle était la première à lui donner envie d'une relation plus profonde.

Elle recouvrit sa main de la sienne, le regard voilé de tristesse.

— Tes parents se sont séparés ?

— Quand j'ai eu dix ans, maman a pensé que c'était mon père seul qui devait m'élever. Elle est partie en emmenant ma sœur. Heureusement pas trop loin, et j'ai pu les voir.

Mais il n'avait pas cru à cette explication. Il la considérait comme une excuse dénuée de compassion pour lui et sa petite sœur. Cette séparation n'intéressait que leur couple.

— Moi, j'ai eu une chance merveilleuse avec ma famille. Avec mes deux frères, je devais sans arrêt prouver que j'étais capable de faire autant de bêtises qu'eux. Et d'abattre autant de travail. Aucune tâche ne me paraissait hors de portée.

Son sourire se fit un peu mélancolique.

— Oui, j'ai eu une enfance merveilleuse qui m'a bien préparée à affronter l'école de médecine. Mais ensuite, j'ai parfois eu le sentiment de porter une charge excessive. Sans pouvoir me confier à personne.

— Pendant nos deux années d'internat, il ne m'a pas semblé que tu avais besoin de te battre, fit remarquer Max, stupéfait de cette conversation avec une femme qu'il n'avait crue intéressée que par sa propre personne.

Tout cela parce qu'elle l'avait quitté, ce que n'avait fait aucune de ses autres maîtresses.

Derrière sa force, il n'avait pas su percevoir sa fragilité. Pour se protéger de son intérêt pour elle qu'il jugeait excessif, ou parce qu'il n'avait pas pris le temps de la découvrir ? Voulait-il rattraper l'occasion perdue ou continuer le voyage en solitaire qui le sécurisait ?

Lily le ramena à l'instant présent.

— Nous étions tous très proches dans ma famille. Si j'avais pu, je serais aussi devenue agricultrice comme mes frères. Mais mon père restait inflexible, il me rappelait sans cesse que, enfant, je voulais à toute force devenir médecin. Il me répétait que je n'avais rien à prouver à mes frères, que la seule chose qui comptait était de faire ce que moi, je voulais.

Elle avala une gorgée de chocolat avant de poursuivre.

— Comme il a eu raison ! Si je ne l'avais pas écouté, j'aurais passé ma vie à prouver sans fin ma légitimité.

— T'est-il arrivé de regretter ton choix ?

Elle sourit.

— Jamais. Mon père me connaissait bien.

— Tu as de la chance.

Pour lui, pas de rêves partagés, pas de bons moments autour d'une table, pas de sorties familiales. Longtemps, il s'était demandé ce qu'il avait pu faire pour qu'on le mette ainsi à l'écart. Mais après son cancer, son père s'était occupé de tout. Et, aujourd'hui, il apprenait pourquoi Lily était devenue médecin. Avait-elle déjà songé au mariage ?

Ah ! cette femme mettait du désordre dans ses pensées !

— Oui, j'ai de la chance, dit-elle avec un sourire, inconsciente de l'effet qu'elle produisait en lui.

— Est-il trop tard pour m'excuser de m'être conduit comme un crétin ? demanda-t-il, le cœur battant. Je suis sérieux : à l'époque, je n'ai pas été correct avec toi.

— Si nous commençons à nous excuser, notre soirée va y passer, et je sais que nous avons plus intéressant à faire.

Comme il portait sa tasse à ses lèvres, l'émotion le fit avaler de travers. Il se mit à tousser et se leva en hâte.

Il aurait tant voulu suivre le chemin du désir qui le submergeait !

Mais il ne voulait pas ressusciter leur relation passée. Pour rien au monde. Parce que Lily pourrait n'avoir envie que d'une relation passagère et qu'il doutait de s'en remettre aussi bien que la première fois.

Une main chaude lui tapota l'épaule.

— Ça va ?

— Oui.

La main se retira. L'air se rafraîchit, mais son corps resta brûlant.

Reviens ! cria-t-il en lui-même, *je vais t'expliquer.*

Non. Il n'était pas prêt à cela. Le serait-il jamais, du reste ?

Douze mois plus tôt, il avait recommencé à considérer l'avenir sous un angle plus optimiste. Puis il avait eu l'impression que le cancer revenait. Alors, le dos au mur, il avait renforcé sa résolution de ne blesser personne.

Mais maintenant que Lily était là, il recommençait à rêver d'avenir, et son envie se faisait chaque jour plus forte.

Allait-il attendre d'avoir quatre-vingts ans pour regretter de ne pas s'être marié et de ne pas avoir fondé de famille ? Ne pouvait-il pas saisir sa chance d'être heureux ?

Lily alluma son ordinateur et termina sa tasse de chocolat.

Max lui en avait dit davantage sur lui que depuis qu'ils se connaissaient, et leur relation était détendue comme jamais.

— Es-tu resté en relation avec notre groupe de travail d'Auckland ? demanda-t-elle.

— Oui, nous sommes encore presque tous en contact, répondit-il en regardant ses pieds. Chacun dans sa spécialité a construit sa carrière, fondé une famille, acheté une maison.

— As-tu acheté quelque chose à Auckland ? Vis-tu avec quelqu'un ?

— Je vis dans un trois-pièces un peu vieillot que j'ai acheté dans une impasse derrière le centre médical. Il suffira à me garder occupé pour les années à venir.

Quelque chose sonnait faux. Mais quoi ?

— Être médecin du sport t'a-t-il rapproché du sport ? Vas-tu à des matchs de cricket, de rugby, de basket ?

— Les trois. Je suis d'ailleurs devenu médecin officiel de l'équipe de basket de la North Shore. Avec tout cela, il ne me reste plus beaucoup de temps pour m'occuper de mon chez-moi.

Il haussa les épaules.

— Mais ce n'est pas grave. Je m'en occuperai plus tard.

Le téléphone de Lily vibra. Elle consulta son écran avant de répondre.

— Josie ? Coucou, étincelle lumineuse ! Quoi de neuf ?

— On a parlé d'un tas de choses avec Ollie. Il est cool. Je l'apprécie plus qu'à sa dernière visite ici.

Que répondre à cela ?

— Il veut que je vienne chez lui et qu'on aille au cinéma ensemble, la semaine prochaine.

Les jeunes faisaient donc encore cela ?

— Pourquoi pas un film à la télé ?

— Parce que ses parents et sa sœur seraient là.

Compris. Ils ne pourraient pas se bécoter.

— C'est quelque chose à voir avec ta mère et ton père, dit-elle, comprenant que son rôle s'arrêtait là.

— Ils vont bien aimer Ollie. Il faut que tu le rencontres, Lily. Il est si adorable ! répondit Josie d'une traite.

Émerveillée, elle l'écoutait s'éveiller à la vie.

C'était remarquable, vu tous les revers qu'elle essuyait d'une part à cause de son spina-bifida, mais aussi à cause de ceux qui n'acceptaient pas qu'elle partage les mêmes aspirations que n'importe quelle adolescente de son âge.

Était-elle ainsi à son âge ?

Elle se rappela soudain Jeff : ils avaient tous deux quinze ans. Il l'avait embrassée à la boum de l'école, et elle avait trouvé cela dégoûtant. Mais Johnny était arrivé peu après, ravalant Jeff au rang d'amateur.

Levant les yeux vers Max qui consultait ses textos, elle sourit malgré elle.

Il lui faisait du bien. Sa présence était si inattendue ! Enfin, pas tant que cela… N'avait-elle pas fait très vite pour lui proposer son hospitalité, et tout aussi vite pour regretter son offre au cas où Max ne l'apprécierait pas ? Cependant, maintenant qu'il était là, elle était ravie de passer du temps avec lui. Était-ce une nouvelle chance ?

— Tu m'écoutes, tantine ?

— Bien sûr. Et je vais passer dans la journée.

Après avoir écouté le panégyrique d'Ollie, elle parvint à raccrocher.

— Josie se croit amoureuse, dit-elle en se prenant la tête dans les mains. À quatorze ans. Mince alors ! Il faut que j'en parle à mon frère.

— Si tu fais ça, elle ne te confiera plus jamais rien.

— Exact. Je suis son adulte de confiance quand elle a un petit conflit avec ses parents. Mais l'amour à son âge…

— Ne me dis pas que tu ne te rappelles pas un gars aux genoux cagneux et en short gris que tu trouvais renversant ?

— Johnny Barstow. Des jambes musclées et trois poils au menton, répondit-elle en éclatant de rire.

— Et moi, Cassey Jones, reprit-il en écho. Une grande blonde squelettique. Elle dansait comme une possédée. Les garçons formaient des files d'attente pour se faire embrasser.

Il remplit un verre d'eau et le lui tendit.

— Tiens.

— Merci, dit-elle avec un léger sourire alors que leurs doigts se frôlaient. Avec Josie, je n'ai jamais été aussi loin dans une question éducative, et j'ai la chance qu'elle soit légère. Mais, à mon avis, mon frère et ma belle-sœur n'en penseront pas autant.

Ni elle-même, sans doute, quand viendrait son tour…

— Ils sont stricts ?

— Cela va surtout leur rappeler leur propre expérience au lycée. Ils avaient seize ans quand ils se sont rencontrés. Et ils ne se sont plus quittés.

— Et ton grand frère ? Est-il marié ?

— Oui. Sa femme est italienne. Ils ont beaucoup discuté de l'endroit où ils allaient vivre. Soit il abandonnait notre ferme, si importante à ses yeux, soit c'était elle qui abandonnait la boulangerie familiale.

— Aurait-il renoncé pour elle à la part de ferme qui lui revenait ? demanda Max.

— Je le crois. Mais, comprenant qu'il aurait du mal à vivre à Florence, Aurora a très élégamment accepté d'intégrer la ferme avec Toby.

Lily adorait Aurora et se sentait solidaire de la décision qu'elle et Toby avaient dû prendre.

— Sa famille vient souvent la voir d'Italie. Ah ! et puis, elle a un bébé en route.

— J'ai l'impression d'entendre décrire un grand amour, dit Max avec un sourire. Ils en ont de la chance.

— En effet, plus que la plupart des gens que je connais.

Et lui, où se situait-il ?

Vers 22 heures, Lily bâilla et se leva pour détendre ses muscles. Ses bras et ses épaules se ressentaient encore de son effort de la veille avec la tronçonneuse.

Demain, elle finirait d'empiler les bûches.

— Alors, à demain matin.

Max la regarda s'étirer, l'air pensif.

— Ne te lève pas exprès pour moi demain, dit-il. Je peux très bien préparer moi-même mon petit déjeuner.

Il se leva et attendit pour la laisser passer.

Elle hésita et leva les yeux, cherchant son regard.

— Je n'aurais jamais pensé te dire cela, mais ce temps passé avec toi me plaît.

Oups ! Ce n'était pas ainsi qu'elle aurait dû s'exprimer.

— Ne t'inquiète pas, dit-il aussitôt comme s'il percevait sa gêne. Je comprends ce que tu veux dire.

Son regard dans le sien la fit frémir. Ils se penchèrent l'un vers l'autre au même moment.

— Max, murmura-t-elle.

— Ah ! Lily...

Aucun des deux ne bougeait plus.

Un seul geste, et tout pouvait basculer. Que désirait-elle ? L'embrasser ! Tout en elle lui demandait de la toucher comme il l'avait déjà fait, sans que cela implique l'amour.

Comme elle reculait d'un pas, Max lui attrapa la main, la porta à ses lèvres et lui déposa un petit baiser à l'intérieur de la paume.

— Bonne nuit, Lily, dit-il d'un ton bourru.

Elle eut encore plus envie de lui. La chaleur et le bonheur l'inondaient. Faire un pas en avant, lui permettre d'assouvir le besoin grandissant qu'ils avaient l'un de l'autre...

Elle retira la main.

Max ne manifesta ni regret ni soulagement.

La situation ne le troublait peut-être pas autant qu'elle. Mais pas question d'attendre la réponse à cette question.

— À demain, dit-elle en pivotant sur ses talons.

Non, non et non ! se lamenta-t-elle en se dirigeant vers sa chambre Elle avait fait exactement ce qu'il ne fallait pas faire. Le repousser, oui, mais pas avec cet air gêné !

Elle s'adossa à sa porte refermée, les yeux levés au ciel.

En fait, Max avait paru peiné de la voir partir. À présent, elle ressentait cette peine. Elle avait du mal à respirer.

Se laissant glisser le long de la porte, elle ramena les genoux sous le menton et ferma les yeux.

Max Bryant s'y entendait pour chahuter son équilibre. Au moment où elle décidait de se consacrer à sa carrière et d'essayer de devenir mère, voilà qu'il la faisait s'interroger sur la chance qu'elle pourrait trouver du côté de l'amour !

Certaines pièces du puzzle trouvaient peu à peu place dans son cœur : Max la connaissait, la comprenait pour beaucoup de choses, ne fuyait pas devant elle. Mais elle ne lui avait pas confié son rêve. Un rêve pourtant capable d'anéantir les sentiments qu'il lui portait... peut-être.

Elle soupira.

Et si tout cela n'était qu'une chimère ?

L'averse de la nuit avait durci le sable. Les genoux de Max le sentirent tout le temps qu'il courut sur la plage. Mais cela valait la peine. L'air était revigorant, après cette nuit exécrable habitée par l'absence de Lily.

En se montrant telle qu'elle était, elle l'avait touché comme aucune femme avant elle. Elle n'essayait ni de le flatter ni de lui faire des avances. Elle le prenait pour ce qu'il était, ou du moins tel qu'il se montrait. Il était presque possible d'imaginer établir entre eux une relation qui ne bousculerait pas leurs existences.

Parler avec elle et demeurer près d'elle sans l'embrasser ni refermer les bras sur elle avait mobilisé la veille toute la maîtrise dont il était capable. Car il la désirait follement. Si elle n'avait pas reculé à l'instant précis où elle l'avait fait, il l'aurait attirée à lui. Avant qu'elle s'éloigne, il avait vu le désir dans ses yeux. Malgré tout, il lui avait été plus facile de partir qu'à lui.

Deux nuits de plus dans cette maison, et il deviendrait un zombie. Ce matin déjà, le manque de sommeil se faisait sentir. D'un autre côté, s'il trouvait un arrangement avec quelqu'un d'autre, Lily risquait de ne plus lui adresser la parole. Ou d'être soulagée.

— Est-ce que je peux courir avec vous ?

Il capta le regard plein de curiosité du garçon qui venait de le rattraper.

— Sans problème.

De la même foulée, ils coururent un moment en silence.

Impressionnant. Malgré son pied bot, le garçon ne manifestait ni difficulté ni inconfort apparent.

— Vous êtes le docteur Max, non ? Moi, je suis Ollie.

— Je t'ai vu au basket hier, dit-il en hochant la tête. Josie t'encourageait à grands cris.

— Vous connaissez sa tante, n'est-ce pas ?

— Nous avons travaillé ensemble, et nous allons recommencer.

— J'aime vraiment beaucoup Josie, et j'espère que sa tante voudra bien nous laisser passer un peu de temps ensemble.

— Je ne vois pas pourquoi elle refuserait. Et toi, tu la connais ?

— Josie va nous présenter tout à l'heure. Il faut vraiment que Lily m'apprécie, sinon Josie risque de me jeter.

Ils avaient atteint l'extrémité de la plage. Max s'arrêta, reprit sa respiration et regarda la mer un peu houleuse

— Il faut que tu la connaisses mal pour penser cela...

— C'est ce que je pensais. Merci, docteur Max. Sympa !

— De rien. Rentrons, à présent. Après la douche, nous prendrons un bon petit déjeuner.

Il fallait qu'il reprenne contact avec la réalité. Ses confidences à Lily avaient créé entre eux une connexion profonde qui le laissait interdit. Leur relation dépassait l'attirance physique pour atteindre des zones qu'il n'avait pas l'habitude de partager. Cela lui faisait peur. S'il se laissait aller à son besoin d'amour, il risquait de les mettre tous deux en danger. L'échec était inenvisageable. Après deux relations ratées, il refusait de lui en imposer une autre.

Pourtant, il la désirait comme jamais, et ses sentiments pour elle se renforçaient, en même temps que le regret de leur ancienne séparation. Après tout, qu'avait-il à perdre ? Sa rémission ne serait pas confirmée avant deux ans. Si jamais il n'était pas... Non, stop ! Marre de ce pessimisme ! Ses résultats étaient aussi bons que possible. À force de guetter le pire, il se privait de ses chances d'être heureux. Ce n'était pas parce qu'il ne se marierait pas qu'il devait s'interdire de vivre. Du moment qu'il gardait son cœur hors d'atteinte...

La pensée de Lily ne voulait pas s'éloigner. Sa générosité, sa beauté et son honnêteté lui étaient devenues indispensables. Encore plus dangereuses que le souvenir de leurs nuits intenses. Il la voulait tout entière...

En vue du centre, il s'arrêta, les mains sur les hanches, ahanant et jurant.

Ses poumons le brûlaient.

— Ça va, docteur ? demanda Ollie en le regardant, visiblement en meilleure forme que lui.

— Oui, croassa-t-il tant bien que mal.

— Alors, à plus tard, reprit le garçon, qui s'éloigna sans que l'on puisse remarquer son pied bot.

Max le suivit des yeux, admiratif.

Il était venu apporter son aide, mais c'était un peu l'inverse qui se produisait. Résilience, courage, force d'âme face au regard des autres, tous ces adolescents en étaient pourvus. Pourtant, chacun était sujet au doute.

Il reprit son chemin sans courir.

Lui aussi, il était résilient. Il le devait au caractère de son père puis à son cancer. S'il s'était engagé sur la mauvaise route, il devait rebrousser chemin. Tout de suite.

Aujourd'hui, il dispenserait ses conseils à tous avec amitié et se montrerait plus réservé envers Lily. Mais il n'aurait pas la lâcheté de demander à d'autres qu'elle de l'héberger. Leur relation pouvait rester détendue… À condition qu'il cesse d'y réfléchir sans arrêt.

Lorsqu'elle arriva pour la course en fauteuils roulants, elle lui jeta un regard direct.

— Je cuisine pour deux, ce soir ?

Refuser cette invitation était impensable.

— Cela t'irait ?

La joie qu'il lut dans les yeux émeraude le fit sourire.

Cette femme avait le don de lui faire oublier toutes ses résolutions. Bonnes ou mauvaises.

6

Max soupira, regrettant de ne pas être resté au camp.

Le dîner avait été délicieux, et il avait servi le café dans le salon tandis que Lily allumait un feu. Là, il tentait de ne pas trop la fixer. Mais comment faire autrement ?

Couchée à plat ventre sur le canapé et absorbée par son téléphone, elle était époustouflante dans son jersey bleu nuit et son jean moulant qui révélait la rondeur de ses fesses.

La tension grimpa en lui en même temps que remontaient les souvenirs : des seins chauds, une cambrure excitante entre ses mains, des jambes nouées autour de ses hanches...

Il se leva précipitamment.

— Je crois que je ne vais pas me coucher tard ce soir.

Elle fut tout de suite devant lui.

— Ça va ?

— Non, dit-il en la buvant des yeux.

Yeux verts et cheveux noirs. Émeraude et jais brillant dont ses doigts gardaient encore le souvenir de la douceur.

— Il est tôt, dit-elle d'une voix rauque.

— Je sais.

Prétexter un faux rendez-vous demain matin ? Lui dire qu'elle le rendait fou ? Ni l'un ni l'autre.

— Que se passe-t-il, Max ?

Comme s'il allait répondre... Il se sentait lesté, cloué au sol, à contempler son nez fin, ses joues roses, ses lèvres pleines.

Un baiser. Un seul. Impossible de résister davantage.

Il l'attira vers lui et pencha la tête pour l'embrasser.

Elle se pressa contre lui sur la pointe des pieds. Ses bras l'entouraient, leurs jambes se mêlaient, il sentait son ventre souple contre son sexe tendu. Elle entrouvrit les lèvres. Il y glissa la langue, tandis que ses doigts cherchaient la chaleur de ses seins chauds sous son pull.

Oh ! Lily ! Depuis qu'il l'avait vue penchée sur leur patiente dans la rue, il avait désiré ce moment, qu'il s'était aussitôt juré de ne pas vivre.

Mais était-ce seulement sa faute s'ils étaient maintenant serrés l'un contre l'autre et libres d'agir à leur guise ? Que connaissait-il de l'amour vrai, celui qui résiste à tout, même au cancer ? Rien. Faire marche arrière maintenant, c'était trop tard, et de toute façon au-dessus de ses forces.

Vaincu, il continua à l'embrasser.

Doucement, Lily finit par s'écarter, cherchant de l'air.

— Max ? souffla-t-elle. Que se passe-t-il ?

Mais ses yeux verts recelaient une autre question, et ses bras fins ne le lâchaient pas.

— Il se passe que je te veux, répondit-il.

Cette fois, elle allait le repousser, le...

— Moi aussi.

Elle détacha ses bras de lui sans cesser de l'observer.

— Sauf qu'il y a un « mais », n'est-ce pas ? ajouta-t-elle.

Elle lisait en lui encore mieux qu'il le pensait.

— Pas sur le fait de te faire l'amour, en tout cas. Simplement, je ne voudrais pas que nous répétions le même scénario que la dernière fois...

Une nuance de stupéfaction passa dans son regard émeraude.

Cette fois, il fallait qu'il lui explique pourquoi il ne tisserait jamais de relation durable avec elle.

— Asseyons-nous sur le canapé, dit-il en lui reprenant la main. J'ai quelque chose à te dire.

— Quel sérieux ! Ça se passe toujours comme ça, maintenant, quand on veut t'embrasser ?

Il ne rit pas.

— Tu seras la première à qui j'aurai dit cela.

— Je suis tout ouïe, dit-elle lorsqu'elle fut assise.

La tension monta en lui. Il lui recouvrit la main de la sienne. Lily était si forte. Saurait-elle...

— Max ?

— Désolé, dit-il en secouant la tête. En fait, il y a un peu moins de trois ans, j'ai eu un cancer.

La main de Lily tressaillit sous la sienne.

— Cancer de l'intestin. J'ai subi une chirurgie, de la radiothérapie, de la chimio et un traitement expérimental.

— Ce qui explique sans doute tes cheveux.

— Pensais-tu, demanda-t-il sans pouvoir réprimer un petit sourire, que j'avais blanchi à force de travailler trop ?

— Plutôt que tu sortais d'une expérience atroce. Et j'avais raison, même si je me suis trompée sur le type d'expérience. Ce que tu viens de me dire me bouleverse. Comment as-tu fait ? Es-tu resté ici, à Auckland ?

— Non, je suis rentré à Dunedin où se trouve ma famille. Et puis, je désirais éviter mes collègues pour ne pas avoir à subir leurs marques de sympathie. Mais en fait, c'était une erreur. Ils auraient su m'aider à coups de visites et de mauvaises blagues quand j'ai eu besoin d'aide.

Elle eut un petit sourire avant de demander :

— Est-ce arrivé alors que j'étais toujours ici ? Il me semble avoir entendu dire que tu quittais les urgences.

— Non, tu venais de partir travailler sur la côte Nord.

— Disons que j'occupais mon temps avant mon départ pour Singapour. Où en es-tu, à présent, avec ce cancer ? Je suppose que tu vas bien et que tu attends l'annonce de ta rémission.

Si seulement c'était aussi simple !

— Oui et non. Ma santé est bonne, et les symptômes ont disparu. Cela dit, la peur d'une rechute est très difficile à supporter. Ma rémission ne sera effective que dans deux ans. Quand ce sera le cas, je retrouverai mon optimisme.

— Tu viens de dire : « Quand ce sera le cas. » Si ce n'est pas de l'optimisme, ça !

Le sourire tendre de Lily lui fit de la peine, tant il se savait incapable de lui donner son cœur malgré ses sentiments pour elle. Comment concilier cette incapacité avec le besoin absolu qu'il avait d'elle dans son existence ?

Il se leva, traversa deux fois la pièce d'un pas nerveux avant de revenir s'asseoir à côté d'elle.

— Cela ne change rien au fait que je ne peux pas m'engager : si le cancer me rattrape, je ferai mal à ceux que j'aurai approchés de trop près.

— Pas plus que si tu t'éloignes de celle qui aurait voulu être avec toi !

Lily parlait-elle d'elle ou émettait-elle une considération d'ordre général ? Pourquoi le fixait-elle soudain d'un air sévère ?

— Que se passe-t-il, Lily ?

— Rien. Ça n'a pas d'importance.

— Si, dis-le-moi. De mon côté, je viens de te confier une chose que je n'avais encore jamais révélée.

Pendant de longues secondes, il crut qu'elle allait se taire. Enfin, elle se tourna vers lui.

— Tu as annoncé ne pas vouloir t'engager, et donc fonder de famille. Cela signifie-t-il que tu le pourrais, si tu le voulais ?

Cet échange prenait une drôle de tournure. Mais, après tout, quel mal y avait-il à répondre ?

— Mon sperme a été congelé à la clinique de fertilité avant mon traitement. Je n'y tenais pas, mais mon oncologue m'a conseillé de prendre cette précaution au cas où je voudrais un enfant plus tard. Sauf que je refuse de faire un enfant qui ne connaîtrait pas son père si mon cancer revenait. Ce qui n'est pas exclu.

— Bien des enfants perdent leurs parents.

Lily avait beau sourire, il eut l'impression qu'elle n'était pas allée au bout de ses pensées – ni de ses questions.

— Le café ne m'a pas réussi, dit-elle alors en se levant. Je vais me faire du chocolat chaud. En veux-tu ?

Fin de la discussion. Devait-il s'en réjouir ou le déplorer ?

— Avec plaisir. Mais pourquoi cette question sur mon désir d'une famille ?

Sans répondre, Lily répartit le chocolat dans des grandes tasses pendant que le lait chauffait dans le micro-ondes.

Pouvait-elle exposer sa situation à Max ? Répondrait-il qu'il ne comprenait rien si elle lui proposait de devenir donneur ? Elle cherchait un géniteur, non un père pour son enfant. Max demanderait-il à exercer un droit sur lui ? De toute façon, elle venait de comprendre qu'il n'admettrait jamais être tombé amoureux d'elle, même si c'était le cas. Il organisait sa vie autour du scénario le plus pessimiste : ni femme, ni amour, ni enfants.

Tout cela était si étrange. Il y avait peu encore, elle pensait qu'ils étaient à peine capables de se tolérer, et voilà qu'elle en était presque à lui demander d'avoir un bébé avec elle... Comment tout concilier ? Il y avait là de quoi annihiler la plus belle passion naissante...

— Je n'aime pas quand tu garde le silence ainsi, remarqua-t-il, mi-rieur, mi-bougon.

— J'essaye de tout assimiler. Pas facile...

— C'est en effet une nouvelle de taille.

— Tu as pris un coup terrible, Max, mais tu es encore jeune. Bien sûr, je ne suis pas toi, mais il me semble tout de même incroyable que tu refuses de considérer ton avenir au sein d'une famille, si c'est ton désir profond.

Le micro-ondes sonna.

Elle sortit le lait, remplit les tasses et s'assit devant la sienne, les coudes sur la table, attendant que Max la rejoigne.

S'il la rejoignait.

Il se glissa sur le siège d'en face.

— J'ai vu trop de gens très malades avec un mari, une femme ou un enfant s'affaiblir jusqu'à la fin. Je ne veux imposer cela à personne. C'est trop atroce. Insoutenable.

— Qui t'a soutenu, toi, pendant tous ces mois ?

— Ma sœur et son mari m'ont encouragé de manière merveilleuse, tandis que ma mère veillait à ce que je ne manque de rien. Elle s'est montrée très gentille.

Max marqua une pause et reprit en haussant les épaules :

— Papa m'a étonné. Il passait tous les jours, restait quelques minutes puis repartait, le plus souvent sans avoir rien dit ou presque.

— Peu loquace.

— Très peu. Mais il m'a quand même confié qu'il était fier que je sois devenu médecin. Grâce à cela, alors que je ne comprenais pas pourquoi il ne me parlait pas de mon cancer, j'ai réalisé qu'il n'avait jamais rien su exprimer de ce qu'il avait au fond du cœur. Comprendre cela, et que je n'étais pas le seul concerné, ça a été un soulagement pour moi.

Elle hocha la tête.

— Il est vrai que les tragédies que nous voyons se dérouler tous les jours sous nos yeux en tant que médecins ne nous aident guère quand nous nous trouvons plongés en personne dans la tourmente… Pour être honnête, je dois avouer qu'à ta place j'ignore comment je réagirais.

— J'ai alors poursuivi mon évolution, reprit Max, et j'ai été bientôt plus attiré par la médecine du sport que par l'enchaînement d'opérations chirurgicales dans un bloc opératoire.

Elle sentit sa gorge se serrer devant son regard habité.

Même si elle désirait qu'il devienne son donneur, elle n'avait pas le droit de le lui demander. Il fallait qu'il continue à découvrir ses aspirations, plutôt que d'y renoncer pour la satisfaire.

— Tu as rencontré tant de difficultés !

— Comme tout le monde à un moment ou à un autre. Mais parlons d'autre chose. J'ai besoin d'un peu de détente.

— Alors, goûte ce chocolat. Il est si bon qu'il va te redonner le sourire.

Quand ce sourire apparut sur le visage de Max, l'élan qu'elle éprouva envers lui fut si fort qu'elle comprit que passer une nuit avec lui ne ferait qu'en appeler une autre. Et alors quoi ? Elle allait devoir de nouveau prendre la fuite ? Trop difficile, cette fois elle le savait. En fait, elle en était à se dire que Max avait toujours été l'homme qu'il lui fallait et qu'elle avait vécu dans le déni, même à l'époque de ses fiançailles avec Leo.

— Le chocolat chaud me ramène toujours à mon enfance, remarqua-t-il, complice. Ma mère nous en faisait parfois, à ma sœur et à moi...

Le cœur de Lily se serra de nouveau.

La vie avait été difficile pour Max ; et son enfance, gâchée. Mais même s'il aurait sûrement aimé en savoir plus sur elle, elle ne pouvait pas se raconter comme lui l'avait fait. Pas encore.

Prenant les tasses vides, elle annonça :

— Je vais rejoindre ma chambre, à présent. Il est encore tôt, mais un bon livre m'attend.

Max, qui pianotait maintenant sur son ordinateur, se renversa contre le dossier de son siège.

— Suis-je donc si ennuyeux que cela ? dit-il en lui décochant l'un de ses sourires dévastateurs.

— Pas du tout.

Qu'aurait-elle pu répondre ? Que ses baisers la laissaient sans force ? Que rien que d'y penser ses jambes devenaient toutes molles ?

— C'est ce que je me disais, dit-il en se levant.

Il se rapprocha, se pencha vers elle jusqu'à ce que leurs lèvres se touchent presque.

— Un baiser de bonne nuit ?

Elle déglutit sans répondre.

— Oui ou non ?

— Maudit sois-tu, grogna-t-elle. Non.

Bien que son corps lui crie oui, elle devait le repousser. S'ils s'embrassaient, ils finiraient par faire l'amour, et la situation deviendrait intenable. Elle n'était pas prête. Elle se sentait trop vulnérable.

— Désolée, murmura-t-elle avant de se détourner.

Max avisa le dos de Lily, ses épaules raidies, et lui posa in extremis les mains sur les avant-bras.

— Pourquoi, Lily ?

— Parce que je ne suis pas prête pour une nouvelle relation, répondit-elle en se retournant.

— Je ne pensais qu'à cette nuit.

— Je m'en doutais, reprit-elle, le regard un peu triste. Et cela nous ramène à ce que je viens de dire : je ne peux pas.

— Reviens t'asseoir, dit-il avec douceur, en lui attrapant la main. Il ne faut pas que la soirée se termine sur cette note.

Elle resta à le regarder pendant un temps qui sembla durer une éternité. Que se passait-il en elle ? Enfin, elle hocha la tête, libéra sa main, revint s'asseoir sur le canapé et attrapa un coussin qu'elle serra contre son buste.

Il s'assit en face d'elle, s'interrogeant sur la meilleure façon de s'adresser à elle sans trop se livrer.

Le bruit des vagues qui s'écrasaient sur la plage emplissait la maison, et de légères rafales de vent agitaient les arbres de l'arrière-cour.

— J'ai ignoré à quel point tu m'avais manqué jusqu'au soir de la réception de passage de relais entre Sarah et toi. Te voir parler à tous m'a donné l'impression merveilleuse que quelque chose de solide remontait du passé, et j'ai repris espoir.

— Mais tu ne m'en as rien dit.

Elle enfonça les doigts dans le coussin, s'efforçant de continuer sans trop en dire.

— Quand tu es arrivé, j'ai reconnu le Max que tu étais devenu. Simplement, je n'ai pas retrouvé celui que je croyais connaître.

— Nous ne nous connaissions pas. Presque pas.

Elle se tendit.

— Nous nous agacions mutuellement sur de nombreux points. Pourtant, au cours de ces trois dernières années, je me suis plusieurs fois demandé ce que tu devenais, dit-elle en renversant la tête contre le dossier du canapé.

Puis elle tourna la tête vers lui, chercha son regard.

— Il fallait que je mette fin à notre aventure. Au lit, nous

nous entendions à merveille, Max, mais je ne voyais pas à quoi cela pouvait nous mener, à part à des problèmes. Non, sauf pendant nos ébats, notre relation n'avait rien de terrible, et je ne voulais pas que l'on finisse par se disputer aussi au lit.

Il ne put s'empêcher de sourire.

— Ce à quoi nous aurions abouti, c'est évident. Nos manières d'agir étaient incompatibles. Et j'étais égoïste.

Décidément, il était plus à l'aise avec Lily qu'avec n'importe qui d'autre. Seule sa sœur savait qu'il avait renoncé à fonder une famille. Et maintenant, il y avait aussi Lily. Lily qui misait tout sur sa carrière, comme si elle n'avait que cela au monde. Était-ce son ex qui l'avait blessée à ce point ? D'après ce qu'il avait constaté de son entente avec sa nièce, il était sûr qu'elle ferait une mère formidable.

— As-tu déjà pensé à avoir un enfant ?

Elle se raidit, agrippant le coussin de plus belle.

— Lily ? Ma question n'est pas un piège. Réponds-moi.

Silence. Le visage de Lily s'était vidé de toute émotion.

Il attendit, ignorant les questions qui se bousculaient dans son esprit. À quoi bon l'interroger sur ce qui l'avait contrariée ? Cela ne ferait qu'aggraver la situation.

— C'est étrange que tu dises précisément cela ce soir...

Quoi « cela » ?

Il attendit, la vit se frotter les mains l'une contre l'autre, récupérer son coussin. Enfin, elle reprit la parole :

— Tu vas m'écouter jusqu'au bout avant de parler.

Trop tard pour éviter d'entendre ce qu'elle avait à dire. Et c'était bien ainsi. Tout cela était si nouveau ! Ce qui aurait été autrefois l'occasion de se moquer d'elle était devenu celle de l'écouter, et si possible de l'aider.

— D'accord, dit-il en adoptant un ton grave.

— Je veux devenir mère, avoir un enfant à moi.

Elle suspendit un instant sa respiration avant de reprendre.

— Une nouvelle relation ne m'intéresse pas. Deux échecs m'ont suffi. Je ne veux plus souffrir.

Plus de relation ?

Il aurait dû se sentir satisfait. Ainsi, ils pourraient poursuivre sur la voie qu'ils avaient ouverte. Pourtant, ce que cela produisit sur lui, ce fut une déception sans pareille.

— Deux échecs ne présagent pas forcément que ta prochaine histoire d'amour en sera un troisième, nota-t-il.

— Prendre un risque pareil serait ridicule. Je te rappelle aussi que tu dois me laisser finir avant de parler. La suite va peut-être te choquer, mais sache que j'ai décidé de recourir à un donneur. Puisque je n'ai pas trouvé d'homme capable de m'aimer, c'est ainsi que je procéderai. Ce ne sera pas facile, car je continuerai à travailler, mais d'autres femmes l'ont déjà fait, et je saurai m'organiser. Peut-être me trouveras-tu égoïste, car tout enfant mérite ses deux parents, et tu n'aurais pas tout à fait tort. Mais beaucoup d'enfants qui naissent avec un seul parent sont couverts d'affection. C'est la promesse que je fais au mien, si j'ai la chance d'en mettre un au monde.

Pas une fois le regard de Lily n'avait quitté le sien. Pour ne manquer aucune de ses réactions ?

En ce cas, elle ne devait y déceler que de l'admiration.

— Tu as du cran, Lady Lily.

Elle arqua les sourcils.

— C'est une réponse sincère ?

— Absolument, répondit-il en repoussant les petites mèches qui lui tombaient sur le front. Te lancer dans un projet aussi ambitieux te ressemble. Un engagement pour la vie, plus grand que tout ce que tu as déjà entrepris et ce que tu entreprendras jamais.

Lily voulait un bébé et avait besoin d'un donneur…

Même s'il surmontait ses blocages, la crainte de laisser un enfant derrière lui le tourmentait. En outre s'il décidait de ne pas laisser libre cours à ses sentiments pour elle, il ne lui proposerait pas d'être le père biologique de son bébé.

— J'imagine que tu as entrepris des recherches.

— Des tonnes de recherches. Et ta confiance dans mon projet m'étonne. J'espère qu'elle est réelle !

Il retint un soupir de soulagement.

Leur entente le détendait de manière stupéfiante. Même la nervosité que lui causait son traitement s'apaisait.

— Ces deux hommes t'en ont vraiment fait baver, reprit-il, plein d'empathie.

Imaginer que quelqu'un ait pu faire du mal à Lily le rendait fou.

— En effet, mais j'en ai fini avec eux, et je peux maintenant m'atteler à ce qui m'importe vraiment.

— Tu dis ça, mais leur attitude envers toi t'a obligée à revoir tes rêves d'avenir.

— Stop ! Max. Je t'ai confié des choses que j'aurais crues impossibles à confier à personne. Ne te crois pas pour autant autorisé à me dire que je me trompe.

Elle avait accompagné sa phrase d'un sourire, mais sa volonté était d'acier.

— D'accord, dit-il. Je crois que je vais aller me coucher, à présent.

Même si le sommeil ne venait pas avant plusieurs heures, impossible de rester avec Lily une minute de plus. Elle l'attirait trop. Il voulait la rendre heureuse. Pas seulement physiquement, mais sur tous les plans. Hélas ! cela n'arriverait pas. Mieux valait abandonner la partie maintenant qu'il se trouvait en tête…

Hein ? En tête de quoi ? Il se sentait tellement à la traîne que ça lui faisait mal !

7

La tronçonneuse vibrait entre les mains de Lily tandis qu'elle s'apprêtait à débiter un arbre tombé durant la tempête du week-end.

Cela s'étant passé à l'arrière du camp, dans un coin où personne ne venait, il n'y avait aucune urgence à s'en débarrasser. Mais elle avait besoin de se concentrer sur une tâche physique, qui n'avait rien à voir avec ce qu'elle avait dit la veille à Max ou ce dont ils avaient parlé.

Chaussant ses lunettes de protection, elle s'attaqua à la première branche. Un instant plus tard, celle-ci tomba à terre. Puis une deuxième.

Si seulement ça avait été aussi facile de ressusciter leur espoir commun et le chemin les menant l'un vers l'autre ! La veille, ils s'étaient trouvés si près de faire l'amour que ce souvenir l'empêchait encore de respirer normalement. Dire oui aurait été merveilleux, si cela n'avait pas signifié qu'elle se trouvait déjà sur la pente glissante de l'amour et de la souffrance.

Un peu plus tard, alors qu'elle considérait le travail accompli, elle eut l'impression soudaine qu'elle n'était plus seule. Tournant la tête, elle lança sur un ton aimable :

— Max ? Bonjour...

— 'Jour, répondit celui-ci en avançant sans hâte.

Elle remarqua ses mains crispées, son air tendu.

Il n'avait pas de raison de s'inquiéter. Leur entente était fantastique tant qu'ils ne faisaient pas l'amour, et elle avait l'intention que cela dure. Mais le fait qu'il vienne la trouver la rendait terriblement heureuse, même si ce n'était pas du tout raisonnable.

— Tu as petit-déjeuné ? lui demanda-t-elle.

Le brusque sourire de Max lui fit chaud au cœur.

— Oui. J'avais pris la résolution de rester hors de ton chemin, mais elle n'a pas tenu longtemps... Comment te sens-tu, ce matin ? s'enquit-il.

Heureuse. Confuse. Inquiète. Heureuse, oui... Et c'était à lui qu'elle le devait.

— Bien. Tu n'as pas de matchs à arbitrer ?

Il secoua la tête.

— Tout le monde est rassemblé à l'intérieur et va y rester jusqu'à 11 heures. Alors, Logan a suggéré que je vienne voir si tu avais besoin d'aide. Mais il semblerait que j'arrive trop tard. Veux-tu que je te fasse un café, à la place ?

Elle acquiesça de la tête, et ils se dirigèrent vers la cuisine du camp.

Un instant plus tard, des rires retentirent.

— Pause pour tout le monde ! entendirent-ils.

Elle accéléra le pas, imitée par Max. Leur synchronisation fut immédiate.

Comme sur tant de choses, et déjà, il y a trois ans, lorsqu'ils avaient fait l'amour...

Non ! Ils avaient couché ensemble. Faire l'amour, ce n'était pas cela. L'amour n'avait rien à voir avec leur relation d'alors. Comme aujourd'hui. Max ne cherchait pas de femme dans sa vie, elle ne cherchait pas d'homme dans la sienne. C'était comme si ni l'un ni l'autre ne voulait plus en entendre parler.

Elle ralentit.

Il ferait tout de même un père merveilleux...

Peut-être, mais il ne le deviendrait jamais. Il avait pris ses précautions à la clinique de fertilité, mais il ne voulait rien en faire. Rien ne l'empêchait de changer d'opinion, mais rien non plus ne le forçait à le faire. Il pourrait devenir son donneur, mais il trouverait probablement cela trop étrange.

Comme elle, Max avait ralenti le pas.

— Où es-tu partie dans ta tête ?

La réponse aurait été trop compliquée à donner.

— Je rêvais d'un scone chaud dans du beurre fondu.

— On va voir si c'est ton jour de chance, dit-il tandis qu'ils entraient dans la salle.

Dans tous les plats il y avait des scones, et la cafetière venait d'être remplie !

Elle se laissa aller sur une chaise, étendit les jambes et fit rouler ses épaules. L'utilisation prolongée de la tronçonneuse l'avait ankylosée.

— Tu as mal ? demanda Max.

Elle ne l'avait pas vu se pencher sur elle.

— J'ai pas mal travaillé.

Le sourire qu'il lui adressa la mit sur ses gardes. Chaque fois qu'il l'approchait, elle se retrouvait éperdue de désir.

Était-elle en train de tomber amoureuse ?

— Détends-toi, je vais te chercher quelque chose à manger.

Elle ferma les yeux, s'efforçant de respirer moins vite.

Dans sa tête, Max prenait toute la place. Elle se sentait si bien en sa compagnie, elle aimait tant passer du temps avec lui ! Mais elle craignait que ça ne marche pas mieux qu'avec Leo. Or, si elle s'attachait à Max, son chagrin serait...

Il disait ne pas vouloir de famille. Mais n'était-ce pas une façon détournée de réclamer de l'aide ? N'avait-il pas besoin que quelqu'un le prenne par la main, l'aide à se saisir de la vie ? Si oui, serait-elle prête à jouer ce rôle ?

— Docteur Max, Ollie a eu un accident ! Venez vite !

Josie poussait les gens pour se frayer un chemin jusqu'à eux.

— Tantine Lily, viens !

Se levant d'un bond, Lily se précipita derrière sa nièce.

— Qu'est-ce qui s'est passé ?

— En courant derrière le ballon de foot, il n'a pas vu un trou. Je crois qu'il s'est tordu le genou.

Les larmes inondaient les joues de Josie.

— Il dit qu'il va bien, mais tu penses comme je le crois...

— Max va s'occuper de lui, dit-elle en lui prenant la main.
— Non, toi. Tu es meilleure.
— Merci, ma grande, dit alors Max en lui tapotant le bras.
— C'est vrai, insista Josie. Quand je me suis assommée contre la faucheuse à foin, elle a interdit à tout le monde de me déplacer et m'a immobilisé elle-même la tête et la nuque. Et après, elle m'a transportée à toute vitesse à l'hôpital !

Lily la serra contre elle tandis qu'elles se rapprochaient d'un groupe d'adolescents.

— Max est très bon aussi. Et puis, c'est le médecin officiel du camp. Crois-moi, Ollie est entre de bonnes mains.

— On se pousse un peu, les jeunes, là, dit Max en repoussant les curieux pour s'agenouiller à côté du blessé. Ollie, on me dit que tu t'es pris le pied dans un trou. C'est bien ça ?

— Un terrier de lapin. En tombant, j'ai entendu quelque chose claquer. Mon genou est bizarre depuis.

— Il te fait mal ?

— Assez. Et mon pied doit être en train de gonfler, parce que ma chaussure me serre de plus en plus.

— Je te la retire, annonça-t-il en s'exécutant, tout en évaluant la situation. Tu t'es foulé le genou et peut-être déchiré un ligament. Sans pouvoir encore l'assurer, le claquement que tu as entendu en est peut-être le signe.

Lily apprécia le comportement de Max. Il ne s'adressait pas à Ollie comme à un enfant, comme bien des gens le faisaient en face de personnes souffrant d'un handicap physique.

— Josie, dit alors Ollie avec un petit sourire taquin, est-ce que tu pourrais aller me chercher de quoi manger tout à l'heure ? Et puis une veste et mon téléphone ?

Josie se mordit la lèvre avant de lâcher un petit rire.

— Sûrement pas. Après, tu me prendrais pour ta bonne...

— En attendant, déclara Max, on va te ramener à l'intérieur et piller le congélateur pour t'entourer le genou de glace. Ensuite, je te prendrai rendez-vous pour une IRM. Le délai est en général de deux jours. En attendant, tu pourras marcher, mais sans forcer.

— Rien de grave, alors ? demanda Ollie.

— Tu vas avoir un peu mal, mais, tant que tu ne cours pas un 100 mètres, ça devrait aller.

— Il faudra donc que je rampe vous voir quand j'aurai besoin de vos conseils...

Lily sourit.

Ce garçon manifestait de la force de caractère et du courage. Pour son premier, Josie avait bien choisi. Comme elle posait les yeux sur sa nièce, son sourire s'élargit.

Le regard de Josie respirait l'amour, et son visage s'éclairait d'une moue attendrie. Aurait-elle, comme ses parents, trouvé l'amour de sa vie du premier coup ?

Personne ne pouvait le dire. Même pas sa tantine Lily.

Max avait déjà relevé Ollie avec l'aide d'un autre adolescent.

Décidément, elle lui trouvait trop de qualités pour ignorer l'espoir qui fleurissait dans son cœur de nouer avec lui une relation différente. Avoir un homme dans son existence, et pas seulement un bébé. Max *et* leur bébé.

Ses yeux se mouillèrent, et elle se détourna pour fixer la mer à présent calme au-delà des champs.

Aurait-elle cette chance ? Pourquoi pas ? Pourquoi ne pas se lancer, admettre qu'elle était amoureuse ? En y regardant de plus près, était-elle passée par les mêmes sentiments au début de son histoire avec Leo ? Non, rien à voir. Et sûrement pas par ce sentiment de se sentir chez elle en présence de Max, d'avoir trouvé exactement ce qu'elle voulait, ce qu'elle attendait.

Non, laisser tomber Max n'était pas une option. Contrairement à ses aventures précédentes, elle partageait avec lui une histoire qui lui prouvait qu'il était solide comme un roc dès qu'il s'agissait de donner le meilleur de lui-même à une personne ou à un projet. S'il parvenait vraiment à surmonter sa peur de laisser l'amour régner dans son cœur, il ne changerait plus d'avis.

— Qu'est-ce que tu fais, tantine Lily ? Nous, on rentre dans la salle.

— Ollie n'a pas besoin de moi, et Max sait ce qu'il a à faire. Je retourne à la maison, répondit-elle en embrassant Josie à la racine des cheveux. Va passer du temps avec Ollie. Il fait preuve de courage, mais il a besoin de toi.

— Tu l'aimes bien ?

— Évidemment que je l'aime bien.

— Super ! À tout à l'heure.

L'instant d'après, Josie fonçait dans le bâtiment comme si une minute de plus passée loin d'Ollie lui était insupportable.

De son côté, Lily se dirigea vers la maison de la plage, L'air frais lui fouettait le visage.

Max s'était infiltré dans son esprit, dans son corps, partout. Si elle mettait son cœur en jeu, ce serait de toute son âme.

— Voilà, dit Max en enroulant le sac glacé autour du genou de son jeune patient. Ce que j'ai dit tout à l'heure reste valable : cette blessure n'est pas trop sérieuse. Mais tu l'aggraverais en allant physiquement trop loin.

— J'ai bien compris.

— Et moi, je le lui rappellerai s'il oublie, ajouta Josie qui marqua un léger temps d'arrêt avant de reprendre : Lily est partie par là, et elle ne semblait pas heureuse. Si vous voulez mon avis, ajouta-t-elle avec un sourire entendu, vous devriez aller voir.

Elle avait pointé le doigt vers la maison de la plage.

— J'ai une séance de physiothérapie là-bas avec quelques copains à toi, tout à l'heure, dit-il, les sourcils froncés.

Qu'est-ce qui n'allait pas avec Lily ? Elle paraissait pourtant satisfaite de leur discussion de la veille. Avait-il ajouté quelque chose qui l'aurait bouleversée ? Mais quoi ? Il ne voyait pas. Au contraire, tout semblait s'être bien déroulé. Mieux que bien, même, vu l'intensité de leur conversation.

Sa montre lui indiqua qu'il avait quinze minutes devant lui. Il pouvait prendre un peu l'air, mais pas trop longtemps. Aussi s'engagea-t-il dans la direction opposée à celle de la maison de la plage.

Lily était si sexy qu'il se sentait perdu rien qu'à se trouver dans la même pièce qu'elle. Hier, son cœur avait mis des heures à se calmer après ce baiser. Sans parler de son désir d'enfant et de son refus de s'engager avec un homme alors que, dans le même temps, la passion sourdait entre eux.

Le fait qu'elle veuille un enfant ne le concernait pas. Il ne pouvait pas faire cela pour elle.

Un gémissement lui échappa.

Il ne pouvait pas, mais, il le *devait*. Prendre un risque et demander à Lily d'en prendre un.

L'image de leurs corps nus après l'amour, trois ans plus tôt, s'imposa à lui.

Pourquoi lui faisait-elle un effet pareil ? Pourquoi avait-il tant envie d'elle ? Et de partager, de se soucier de l'autre. Ce sentiment qui croissait en lui et qu'il n'était pas prêt à regarder en face.

Devait-il vraiment renoncer, ne plus embrasser Lily, ne plus la tenir dans ses bras ? Ignorer la chaleur qu'elle lui communiquait et qui chassait le froid qui avait gagné son cœur depuis qu'il avait décidé de ne plus chercher l'amour ? Ne plus s'asseoir avec elle devant une tasse de café ou un verre de vin pour mettre leurs cœurs et leurs rêves en commun ?

Il poussa du pied un caillou dans l'eau.

Non, il ne voulait plus renoncer. Surtout maintenant qu'elle lui avait confié son envie d'enfant.

Un plus gros caillou finit aussi dans l'eau, lui infligeant une douleur dans les orteils.

Lily, Lily, Lily. Elle lui avait toujours tourné la tête, mais cette fois les raisons étaient nouvelles. Elle était plus douce qu'avant, plus drôle, plus tolérante, plus convaincante. Il l'appréciait énormément, il l'…

Accompagné d'un juron, un troisième caillou suivit le chemin des deux premiers.

Non, il avait tout faux. Avec Lily, ils s'entendaient très bien ainsi. Plonger dans les émotions n'apporterait que des ennuis, cette idée de faire un bébé était une folie.

Le jeudi soir, veille du retour de Max à la ville, Lily mit les assiettes à chauffer bien qu'elle ne l'ait pas encore vu.

Il n'avait pas envoyé de texto pour prévenir qu'il serait en retard comme il l'avait fait la veille. Quelque chose avait dû arriver à un enfant. À mesure que les jours passaient, ceux-ci devenaient plus exubérants.

Après s'être servi un petit verre de vin, elle ajouta du bois dans la cheminée, se laissa tomber sur le canapé et replia les jambes sous elle.

Demain, c'était vendredi. Dès lundi, elle s'installerait au centre médical pour poursuivre une carrière où Max jouerait son rôle. Quelle importance avait-il donnée au fait qu'elle veuille un bébé ? Peut-être au fond n'avait-il pas saisi ses allusions à une implication possible de sa part à lui.

Un frisson la parcourut.

Elle le voulait tellement, son bébé ! Pourtant, ces derniers jours, ce besoin avait commencé à passer après celui de la compagnie de Max. Comment avait-elle pu refuser de l'embrasser alors qu'elle en avait tant envie ? Mais céder aurait signifié lui faire confiance.

Il fallait qu'elle se concentre sur le bébé et pas qu'elle perde son cœur pour un homme. Car elle aimerait sans réserve ce bébé, que l'absence d'un père ne priverait en rien de l'amour de ses oncles. Et puis, elle serait une excellente mère.

Mais Max ? Entre elle et lui, l'amour régnait déjà, même si elle ne voulait toujours pas l'admettre. Et si elle acceptait cet amour, leur envie d'avoir un enfant suivrait.

Dieu, que tout cela était difficile. Que devait-elle faire ?

Écouter son cœur.

Elle vida son verre, le cœur battant à coups redoublés.

Où était passé Max ? Le dîner allait être trop cuit, pas question d'attendre une minute de plus.

Elle sortit les assiettes du four et les posa sur la desserte.

— Mmm ! Cela sent délicieusement bon.

Elle se retourna d'un coup. Chaque fois que Max approchait, l'effet était le même.

— Je ne t'ai pas entendu. Quand es-tu arrivé ?

— Il y a vingt minutes, mais je me suis fait piéger par George. Il voulait me parler d'Archie, qui est vraiment dans le marasme à cause d'Enid. Il culpabilise de ne pas s'être trouvé près d'elle quand elle a eu son attaque.

— C'est une réaction courante, mais je le comprends. Enid est tout pour lui. Sans elle, il est perdu, ajouta-t-elle, sans lui dire à quel point elle était ravie que George soit venu lui parler. Les hommes sont souvent tellement coincés quand il s'agit d'aborder la vie privée !

— C'est bien ce que j'avais cru comprendre, dit Max en ouvrant le réfrigérateur pour en sortir la bouteille de vin ouverte le lundi précédent.

— Je te ressers un verre ?

— Un petit.

L'arrivée de Max l'avait apaisée. C'était leur dernier soir, et elle voulait en profiter. Non pas sur le plan physique, mais pour continuer de découvrir qui il était ou ce qui avait jalonné son passé. Et si ça ne marchait pas entre eux, eh bien, ce serait ainsi. La douleur serait là, mais sans le regret de ne pas avoir essayé.

— Qu'y a-t-il pour dîner ? demanda-t-il, avant de secouer la tête d'un air surpris.

— Pourquoi cette expression étonnée ?

— On dirait que c'est naturel de ma part d'arriver ici et de m'enquérir de ce que nous allons manger, de...

Il serra les lèvres comme pour retenir la suite, et le vin déborda du verre qu'il était en train de remplir.

Il le lui tendit d'un air consterné.

— Des spaghettis bolognaise, répondit-elle sans paniquer. J'espère que tu n'as rien contre les pâtes.

— Pas quand ça sent aussi bon !

Le soulagement se peignait à présent sur le visage de Max.

Décidément, ils s'entendaient encore mieux qu'elle ne l'avait cru. Peu importe l'avenir. Collègues, amis ou amants, tout ce qui comptait, c'était le plaisir qu'elle éprouvait de passer la soirée avec lui. Et toutes ses questions, qu'elles aillent au diable !

Max s'appuya contre son dossier pour observer Lily qui parlait au téléphone avec Josie.

Son visage reflétait tant d'amour pendant qu'elle parlait à sa nièce. Son enfant serait heureuse d'avoir une mère comme elle ! Oui, sans savoir pourquoi, il se disait que ce serait une fille.

Une enfant... Plus il y pensait, plus il trouvait que c'était une bonne idée. Du reste, une autre idée était en train de germer dans le secret de son cerveau. Mais il refusait de la mettre en mots, y compris pour lui-même, car elle l'effrayait.

Lily le tenait dans sa main, même si elle l'ignorait. Il avait envie de la chérir, de lui montrer que tous les hommes n'étaient pas comme ceux qui lui avaient brisé le cœur. Rien ne l'empêchait de changer d'avis, de devenir le mari de la femme la plus merveilleuse qu'il connaissait et le père de son enfant. Mais elle voulait faire cet enfant seule, c'était parce qu'elle ne faisait plus confiance aux hommes, non ? À moins que... Non, ce n'était même pas la peine d'y songer.

Cela étant dit, était-il prêt à l'aider à accomplir ce rêve ?

Eh bien, ce n'était pas son genre de rester en arrière-plan et de ne jouer aucun rôle dans la vie de son enfant. En plus, n'avait-il pas choisi justement un avenir de médecin sans femme ni enfants ? Et puis, il ne manquait pas d'amis avec qui tuer le temps.

Donc, c'était acquis, il ne serait pas donneur et n'engagerait pas son avenir avec Lily. Et voilà, il pouvait partir maintenant. Juste comme ça.

Son ventre se crispa. Il dut pousser un juron, car Lily leva vers lui ses yeux verts, tout étonnée.

— Désolé, s'entendit-il marmonner. Je ne voulais rien dire de spécial.

Elle créait la tempête en lui, dans sa tête et dans son corps, et il se trouvait dans une situation impossible dont il ne se dépêtrerait pas avec la même facilité que celles qu'il avait déjà affrontées. Sauf le cancer. Oui, la maladie avait changé la donne. Seule différence : aujourd'hui c'était lui qui avait la main. Il pouvait décider de l'issue de la partie, arracher douleur et solitude de son cœur pour profiter de ce que la vie avait à lui offrir. Et de Lily pour peu qu'il l'intéresse un peu.

Son pouls ralentit.

Était-ce le cas ? L'autre soir, elle avait refusé son baiser alors qu'elle en avait autant envie que lui. Désirait-elle quelque chose de plus profond qu'une passade ?

Assez avec toutes ces questions. Elles n'allaient pas gâcher leur dernière soirée !

Même écouter Lily parler avec Josie lui plaisait. Elle était tellement à part. Décidément, il lui devenait de plus en plus difficile de prétendre vouloir s'en éloigner. Il avait plutôt l'impression qu'une nouvelle vie s'ouvrait à lui, heureuse, excitante. Cette simple idée lui donnait envie de faire l'amour, de tenir Lily serrée contre lui en s'endormant et de se réveiller le matin à côté d'elle.

Non, une passade ne lui suffirait pas non plus.

— Je crois que Josie est amoureuse, déclara Lily en raccrochant, avant de déplier ses longues jambes et de quitter le canapé.

— C'est clair. Ollie aussi. T'a-t-il parlé de leur...

Il dessina des guillemets dans l'air avec ses doigts.

— ... amitié ?

— Juste pour dire qu'il espérait que je voudrais bien qu'il passe du temps avec elle. Comme je ne suis pas une tante ogresse, je lui ai répondu que j'étais d'accord.

— Fais quand même attention. La tronçonneuse du père de Josie est plus grosse que la tienne.

— On peut dire ça, répondit-elle en riant.

Il aimait l'entendre rire. Cela provoquait chaque fois chez lui une sorte de choc, comme celui qui le convainquit de traverser la pièce, de lui prendre la tête entre les mains et de se pencher vers elle pour un baiser.

Un baiser qui la remercierait de tout ce qu'elle lui donnait, de la souffrance dont elle le libérait.

Un baiser qui devint vite plus profond, plus chaud.

Un baiser qui mena à un deuxième, puis à un troisième.

Un baiser dont Lily s'échappa enfin avec un sourire mal assuré sur ses lèvres gonflées.

— Max…, murmura-t-elle en lui caressant la joue.

D'accord, se dit-il aussitôt. *Message reçu.* Elle lui demandait d'arrêter là. Mais, tout en sentant son corps crier l'envie qu'il avait d'elle, il trouvait également inouï de pouvoir partager ces baisers sans qu'ils appellent forcément une suite. Comme si cela faisait partie du merveilleux processus qui lui permettait de la connaître mieux.

Il referma les bras autour d'elle et la tint serrée, avec l'envie de la presser très fort contre lui jusqu'à ce qu'il fasse partie d'elle et qu'ensemble ils ne fassent plus qu'un.

Un courant froid le traversa.

Il avait tout faux. Avait-il oublié qu'il pouvait replonger dans la maladie, blesser Lily et laisser sans père cet enfant qu'elle désirait tant ?

Si elle s'organisait comme elle l'entendait, il ne serait pas le père de cet enfant, mais resterait son géniteur. En mourant, il leur briserait quand même le cœur à tous les deux. Non, il ne pouvait pas devenir le moyen grâce auquel Lily réaliserait son rêve. Même si c'était quelque chose qu'il n'aurait pu faire qu'avec elle.

— Je dois presque me pincer pour arriver à croire que nous sommes de nouveau ensemble et que c'est si bien, déclara Lily sur un ton calme.

Trop calme. Le courant froid le devint encore plus.

— Je n'aurais pas dû t'embrasser.

S'écartant un peu, elle le regarda dans les yeux.

— Peut-être, mais je suis contente que tu l'aies fait.

— On ne peut pas continuer.

Elle se tendit, et se dégagea de son étreinte.

— Ai-je demandé que l'on continue ?

Oui, ils devraient s'arrêter. Mais cela lui était devenu impossible. Fichu. Il était fichu.

— Pour être honnête, parvint-il juste à dire, je ne suis pas sûr du tout que nous sachions où nous allons.

Le silence tomba entre eux. Pas longtemps.

— Ce que je sais, chuchota Lily, c'est que je ne suis pas prête à renoncer à passer du temps avec toi. Au contraire. J'ai arrêté de t'embrasser parce que j'étais à deux doigts de t'entraîner dans ma chambre.

Elle avait toujours parlé la même langue que lui, il n'aurait donc pas dû être surpris. Mais il se refusait encore à croire qu'elle l'aimait plus qu'il ne le pensait possible.

— Je ne sais que répondre. Il faut que je reconsidère pas mal de choses. Dont mon avenir.

Menteur... Son avenir, c'était avec elle qu'il le voulait ! Seulement, il lui aurait fallu une boule de cristal pour être sûr de ne pas retomber malade.

— Et qu'en penses-tu au fond de toi ?

Nous y voilà, se dit-il. Par cette question, elle lui rappelait la Lily des débuts.

— Je t'ai dit que je ne m'engagerai pas dans une relation à long terme. Car que se passerait-il si notre relation devenait vraiment sérieuse ? Je ne veux pas te blesser, aussi je choisis de jeter l'éponge tout de suite. Excuse-moi de t'avoir embrassée.

Au moment même où il prononçait ces mots, il sut qu'il ne voulait pas rompre avec elle. Que, profondément, il voulait construire avec elle un avenir commun, quoi qu'il arrive.

La douleur lui serra la gorge, et son cœur battit si fort qu'il eut l'impression que ses côtes allaient se briser.

Si seulement il pouvait retirer ce qu'il venait de dire, reprendre Lily contre lui et ne plus jamais la laisser partir !

Il écarta les bras, paumes ouvertes et secoua la tête.

— Je suis si désolé, Lily.

S'il ne quittait pas cet endroit immédiatement, il risquait de ne plus jamais trouver la force de partir.

8

Lily se gara derrière le centre médical.

Ce lundi matin, le soleil brillait. Plus la moindre trace des nuages qui avaient amené la pluie. La rue étincelait comme si on l'avait lavée avec un liquide moussant.

Trois jours s'étaient écoulés depuis sa discussion avec Max sur ce que leur situation les autorisait à faire ou non. Tronçonner quelques arbres n'avait pas amélioré son humeur. Pas plus que la présence chez elle de Josie et d'Ollie qui avaient passé la nuit chacun dans leur chambre, aussi drôles et doux que d'habitude.

Les baisers qu'elle avait échangés avec Max avaient achevé de la persuader qu'elle était amoureuse de lui, et elle se sentait prête à risquer son cœur. Ces mêmes baisers qui, étrangement, l'avaient assez effrayée pour qu'elle arrête tout au milieu d'une étreinte renversante.

Oui, Max avait fait basculer sa vie. Aucun des deux hommes auxquels elle s'était fiancée ne l'avait traitée avec le même soin que lui. Il avait en lui quelque chose qui respirait l'honnêteté et l'amour. Jamais il ne chercherait à la blesser. Cet état de choses lui suffisait à être prête pour l'aimer. À présent, loin de le laisser disparaître sans se battre, elle allait tout reprendre de zéro.

Attrapant son sac sur la banquette arrière, elle ferma sa portière et entra dans le centre, veillant à conserver une expression neutre pour qu'on ne devine pas à quel point elle était émue.

Max était-il déjà arrivé ?

Le grand rire qui jaillit de la salle du personnel lui apporta la réponse.

La veille, en regagnant la ville, elle était allée directement chez lui pour parler. Avant de rebrousser chemin au dernier moment, en prenant conscience que son geste lui ferait peur. Mais elle recommencerait. Même s'il n'avait peut-être pas autant changé qu'elle l'avait cru, comme le lui avait laissé croire son air déterminé au moment se détourner d'elle pour se diriger vers la chambre d'à côté.

Pour sa part, elle était amoureuse du seul homme dont elle n'aurait jamais pensé tomber amoureuse. Si Max pensait qu'elle allait renoncer sans se battre, il avait encore beaucoup de choses à apprendre d'elle... Par exemple qu'il pourrait vivre heureux sans se soucier sans arrêt de la peine qu'il risquait de lui faire, à elle ou aux enfants qu'ils pourraient avoir. Ce ne serait pas facile, mais il valait la peine que l'on se batte pour lui.

Oui, elle allait donner tout ce qu'elle pourrait dans cette bagarre, même si cela devait prendre du temps.

Elle posa son sac sur son nouveau bureau et regarda autour d'elle.

En emportant ses diplômes et ses photos de famille, Sarah avait laissé les murs vides, mais ça ne durerait pas. Elle aussi avait des choses à y placer. La chaleur l'emplissait de nouveau. Aujourd'hui commençait la seconde phase de sa carrière auprès de Max. C'était un pas vers l'avenir professionnel commun qu'ils avaient trouvé sans l'avoir cherché.

Elle alla dans la salle du personnel et se versa un café tout en cherchant du regard qui, parmi les personnes présentes, elle connaissait et pourrait saluer. Ses yeux tombèrent sur Max, vêtu d'un pantalon gris et d'une chemise blanche.

— Quel chic ! dit-elle gentiment pour donner toutes ses chances au début de leur nouvelle relation.

Il approcha avec un sourire.

— Prête à en découdre ?

— Tout à fait.

— Tu as passé le week-end dans la maison de la plage ?

— J'y suis encore. Josie et Ollie y ont dormi vendredi, et mon frère est venu les chercher samedi. Inutile de te dire qu'il a fait passer à Ollie un examen approfondi.

— Et alors ? demanda-t-il en portant sa tasse à ses lèvres tandis qu'elle frissonnait à leur vue.

Ses lèvres, leurs baisers. Leurs peaux enfiévrées...

Doucement, ou Max risquait de fuir pour ne plus revenir.

— Ollie a remporté le premier round en se montrant simplement tel qu'il était sans chercher à faire impression. Et toi, qu'as-tu fait ce week-end ?

— Ma sœur et son mari étaient venus à Auckland assister à un concert de rock. Je les ai rejoints avant qu'ils s'envolent de nouveau pour Dunedin. J'étais content de retrouver Karen. Cela faisait presque un an qu'on ne s'était pas vus.

Le visage de Max s'emplit de douceur.

— Elle attend un second enfant et resplendit de bonheur.

— Elle te manque ?

Il hocha la tête.

— Oui. On s'est toujours bien entendus malgré la séparation de nos parents. Mais c'est au début de mon traitement que l'on s'est vraiment rapprochés. Elle a été là pour moi dès le premier jour.

Il battit des paupières.

— Jamais je ne pourrai assez la remercier.

— Tu n'en as pas besoin. Tu aurais agi de même pour elle. Et pour toute personne t'étant chère.

— C'est vrai, mais je suis son grand frère. C'est donc moi qui dois être là pour elle, et non le contraire.

— Désolée, mais tu es en train de parler à une femme qui a deux frères plus âgés qu'elle et qui savent absolument tout faire. Or, s'ils avaient besoin de quoi que ce soit, je serais immédiatement là pour eux, que ça leur plaise ou non.

Max sourit de nouveau.

— Je comprends.

Toute tension entre eux s'était évanouie.

— Ça me donne envie d'aller remplir ma tasse, dit-elle. Premier jour. Premiers rendez-vous…

— Elle revient à Auckland le mois prochain pour une conférence, reprit-il d'une voix tranquille. Je te la présenterai.

Il *quoi* ? Elle qui pensait qu'ils ne partageraient aucun moment en dehors du centre !

Elle posa son mug plus brusquement qu'elle ne l'aurait voulu sur le comptoir et hocha la tête. Peut-être n'était-elle pas la seule à désirer faire quelque chose de leur relation. À moins que Max ne cherche à lui faire oublier son départ précipité de la maison de la plage.

Il avait refermé la porte derrière lui, la laissant le cœur battant et la tête en feu. Elle ne put guère penser qu'à cela de toute la journée. Il lui fallut ensuite beaucoup de café pour trouver la force de reprendre ses élagages et d'accomplir un gros travail dans la cour de George, avant de se laisser finalement tomber sur une chaise en début de soirée. Le repas n'était pas encore fini que ses yeux se fermaient, et elle regagna vite sa chambre où elle s'abattit sur son lit. Les cris des mouettes la réveillèrent à l'aube. L'image de Max demeurait nichée au fond de son cœur, ainsi que celle de Josie et d'Ollie assis tout près l'un de l'autre sur le canapé, main dans la main. Un sentiment de culpabilité la saisit alors : à aucun moment elle ne s'était souciée de savoir s'ils se conduisaient de manière correcte et s'ils n'avaient pas besoin d'elle ! Vis-à-vis de Josie, elle ne s'était pas comportée du tout comme une tante digne de ce nom !

Mais plus tard, quand elle avait essayé d'en apprendre un peu plus, sa nièce avait ri.

« Ne t'inquiète pas, tantine Lily, il ne s'est rien passé. À part mon premier baiser. »

Elle avait vu les joues de la jeune fille devenir cramoisies et son rire se transformer en sourire béat.

« C'était sympa. Il est mignon. »

Elle avait ri à son tour, soulagée.

Lily ne mentait pas. Comme Ollie, elle restait elle-même.

— Depuis quand as-tu mal à la gorge ? demanda Lily à la jeune Courtney Griffith.

— Depuis avant le week-end, répondit l'adolescente de quinze ans dans son uniforme du lycée local.

— Tu as la gorge à vif, reprit Lily en lui glissant un thermomètre dans l'oreille. Est-ce que tu tousses ?

— Non, mais j'ai parfois mal au cou, et il devient raide.

— Ta température a monté, constata-t-elle en jetant l'embout du thermomètre dans la poubelle prévue à cet effet. Je vais examiner ton cou et ta gorge.

— Qu'est-ce que j'ai ? demanda Courtney après quelques instants.

— Probablement une fièvre glandulaire.

— Ce n'est pas ça qu'on appelle la maladie du baiser ?

— Oui, parce que c'est le mode de transmission le plus rapide. On l'appelle aussi mononucléose infectieuse.

Lily sourit, les yeux fixés sur elle.

— As-tu embrassé quelqu'un ?

— Oui, mon copain. Mais c'était le week-end d'avant, parce que j'étais trop fatiguée pour le voir hier et avant-hier.

— Est-ce qu'il a aussi mal à la gorge ?

— Il a eu mal, mais ça va bien, maintenant. Ça ne peut donc pas être ce que vous dites.

Lily s'installa à son bureau et entra ces informations dans l'ordinateur.

— Si, ça peut. Il faut que tu le lui dises pour qu'il aille consulter un médecin.

Elle remplit ensuite un formulaire pour le laboratoire, y apposa sa signature et le tendit à Courtney.

— Tu vas aller faire une analyse de sang pour confirmer cette fièvre glandulaire. En attendant, plus de baisers. Après l'école, je veux que tu rentres chez toi et que tu y restes. Cela pendant quelques semaines. Reste bien au chaud à l'intérieur, repose-toi et dors un maximum. N'oublie pas non plus de boire beaucoup d'eau. Je vais également te prescrire des antibiotiques et un antidouleur.

Des cris retentirent soudain derrière la porte.

Courtney tourna vivement la tête.

— On dirait la voix de maman. Qu'est-ce qui se passe ?

Lily alla aussitôt ouvrir. Les cris envahirent la pièce.

— Il faut que quelqu'un regarde Tommy, hurla la femme qui tenait un tout-petit dans les bras. Il devient bleu ! Vite !

Lily lui prit des bras l'enfant qui ne bougeait plus.

— Suivez-moi, dit-elle en emmenant Tommy dans la pièce d'à côté.

Elle installa l'enfant sur la table de consultation.

Il avait les lèvres d'un vilain bleu, et son buste se soulevait faiblement. Depuis combien de temps avait-il perdu conscience ? Elle lui tâta le poignet. Son cœur était trop lent.

— Que s'est-il passé ? demanda-t-elle à la mère.

— Je ne sais pas, gémit celle-ci.

— Maman ! cria alors Courtney depuis l'autre pièce, qu'est-ce qui ne va pas avec Tommy ?

— Colleen, dit alors Max qui, intrigué par les cris, venait d'entrer, dites-nous ce que faisait Tommy quand ça s'est passé.

— Vite, la pressa Lily, soulagée de voir arriver Max. Son pouls est trop faible et trop lent.

— Il s'amusait avec ses jouets.

— Quel genre de jouets ? demanda-t-elle en couchant Tommy sur le dos et en relevant son T-shirt pour ausculter ses poumons.

Pendant ce temps, Max étudiait la gorge du bébé.

Ce fut Courtney qui apporta la réponse.

— Il a des petits trucs qu'il aime se presser sur la bouche.

— Petits comment ? demanda Lily en redressant l'enfant.

Ils n'étaient pas là pour juger mais pour faire ce qu'il y avait à faire.

Max avait glissé les mains sous les aisselles Tommy et le tenait avec fermeté. Il regarda Lily :

— Manœuvre de Heimlich.

Concentrée sur l'enfant, elle tapa une fois sur le petit dos. Recommença. Et encore.

Tommy frissonnait. Une faible toux l'avait saisi.

— Encore, dit Max.

Lily claqua le dos plus fort. La toux du bébé résonna.

— Alleeeez..., l'encouragea-t-elle, prête à recommencer la manœuvre.

Ce fut alors qu'un petit rectangle de plastique jaillit de la gorge de Tommy, accompagné d'un important flot de bave, aussitôt suivi d'une toux violente. Puis il se mit à pleurer.

— Enfin..., souffla-t-elle en poussant un soupir.

Max entreprit de nettoyer aussitôt l'intérieur de la bouche de l'enfant.

— Tu sais que tu as de la chance, petit gars...

Lily souleva Tommy et le tendit à sa mère en pleurs.

— Voilà, c'est fini.

Courtney, Colleen, Tommy, tous pleuraient.

Lily et Max se consultèrent du regard.

— Il était moins une..., murmura Max.

— Madame Griffith, dit alors Lily en attendant d'avoir capté son attention, je suis le Dr Lily Scott, la généraliste qui remplace Sarah. Vous n'êtes peut-être pas trop en état d'entendre cela maintenant, mais sachez que ces jouets sont très dangereux. Vous devez vous en débarrasser.

— Je le ferai en arrivant à la maison, répondit la mère, très pâle.

— Non, maman, lui dit sa fille en la prenant par le cou. Je les sortirai de la voiture et les jetterai ici.

— À présent, reprit Lily sans perdre de temps, je vais examiner sa gorge et le faire hospitaliser pour une nuit. Il existe un fort risque d'œdème qui pourrait le gêner pour respirer.

Max approuva de la tête.

— Faisons au plus vite, oui. Courtney, tu as raison de vouloir te débarrasser de ces jouets tout de suite, mais la priorité est d'emmener Tommy à l'hôpital. Pour ma part, je sais que tu ne les laisseras plus à sa portée.

Lily sentit son cœur se gonfler.

Sur le plan médical aussi, Max et elle se révélaient en accord parfait. À présent, il leur restait à s'entendre aussi bien sur le plan personnel.

Quand ils eurent pris congé des enfants Griffith et de leur mère, elle regarda Max avec l'impression qu'ils étaient seuls au monde.

— Même si je savais ce qu'il fallait faire, c'est bon d'être à deux dans un moment pareil. Merci pour ta présence.

— De rien, dit-il en lui déposant sur le front le plus doux des baisers. À bientôt.

Et il disparut.

Le temps d'avoir repris ses esprits, elle se dirigea vers sa patiente suivante.

— Michelle. Bonjour. Vous semblez aller beaucoup mieux que la semaine dernière.

Celle-ci eut un sourire timide et la suivit sur ses béquilles.

— Je suis contente que vous m'ayez fait venir à ce camp. Cela a été formidable. Ces enfants sont si positifs alors que la vie est dure pour eux ! J'ai adoré pouvoir les aider. Et puis, ils m'ont appris deux ou trois choses.

— C'était l'idée, répondit Lily en refermant la porte.

— Vous m'avez piégée, c'est ça ? dit Michelle avec un petit rire. Merci, vous avez eu une réaction intelligente. J'étais au fond du trou. Grâce à cette expérience, j'en suis sortie. Même si je sais que le chemin sera long.

— Je suis contente d'entendre cela, répondit Lily en affichant le dossier de Michelle à l'écran. Que puis-je pour vous aujourd'hui ?

Son petit sourire timide réapparut.

— Je voudrais prendre la pilule.

Pour mettre Michelle à l'aise et engager le dialogue, elle lui posa une question banale dont elle avait la réponse sur l'écran.

— L'avez-vous déjà prise ?

— Oui, il y a trois ans. Comme ça s'est bien passé, j'aimerais autant que possible garder la même.

— C'est une bonne, dit Lily en consultant son écran. Je prends votre tension, et si elle est correcte, pas de problème.

Michelle la regarda, les joues en feu.

— Elle a peut-être un peu monté… Logan et moi, on s'entend si bien ! Il est merveilleux.

Semaine de romance, décidément ! Josie et Ollie, Michelle et Logan, sans parler d'elle et de Max.

Se levant, elle contourna Michelle et prit sa tension.

— Parfait, dit-elle en retournant à son ordinateur. Je sors votre ordonnance. Avez-vous besoin d'autre chose ?

— Non, merci. Tout va bien. J'ai une séance de physio avec Max en fin de matinée.

Michelle se leva et attrapa ses béquilles :

— Merci pour tout, sans oublier le camp. J'ai proposé à Logan de revenir apporter mon aide. Je trouve ça si bien !

— J'en suis heureuse. Merci à vous !

— Ta matinée s'est bien passée ? demanda Max à Lily quand il entra dans le salon de thé à la mi-journée.

Il avait si peu petit-déjeuné qu'il s'était précipité pour acheter un bagel saumon-crème-fromage !

Là, la vue de Lily, assise tranquillement à une table, avait allégé son cœur lourd.

— Très bien. J'ai eu beaucoup de patients adorables. Michelle est venue avant sa physio. Le camp lui a tant plu qu'elle demande à y retourner.

— Elle a fait un tabac auprès des enfants. Sans parler de Logan. Ils éprouvent quelque chose l'un pour l'autre, c'est sûr. Ces camps apportent vraiment une aide précieuse aux gens avec un handicap à surmonter.

— Tout à fait d'accord, précisa Devlin, assis un peu plus loin, en refermant sa revue médicale. Max a chanté les louanges du camp de Whangaparaoa toute la matinée, ajouta-t-il avant de se lever et de quitter la salle.

— C'est vrai que j'y ai passé une semaine fantastique, renchérit Max. Ce ne sont d'ailleurs pas tant mes connaissances médicales qui ont servi, que mes conseils aux mômes pour les aider dans leurs gestes ou les exercices que je leur donnais à faire.

Il mordit dans son bagel, et la saveur du saumon lui explosa sur la langue.

Délicieux. Dieu qu'il avait faim ! De Lily, par le ciel !

— Et au camp, quoi de neuf ?

— Devlin est devenu responsable des volontaires. Au cas où tu ne serais pas au courant.

— Si, si, répondit-il tandis qu'une nouvelle fringale le prenait.

De quoi ? De qui ?

Lily était si belle au milieu de cette salle ! Elle était superbe, rayonnante, elle était tout ce qu'il recherchait chez une femme. Chez *sa* femme.

La chaleur s'insinua en lui. Sa peur de l'avenir subsistait sans l'accabler. L'espoir jaillissait. Qu'il fasse ou non partie de la vie de Lily, elle voulait un bébé. Alors, pourquoi pas de lui ?

Il s'étrangla. Déglutit. Toussa, déglutit de nouveau. Avant d'avaler enfin, un peu perdu.

Lily le fixait avec intensité comme si elle lisait tout ce qui lui traversait l'esprit. Mais elle ne pouvait quand même pas savoir qu'il voulait qu'elle ait un bébé de lui.

Elle ne le savait pas, mais il pouvait le lui dire !

Comme il se remettait à tousser, elle lui posa une main sur l'épaule et le tapota de l'autre entre les omoplates.

— Du calme. Que se passe-t-il ?

Il s'enflamma. Son désir était si grand, son sexe se durcissait, son sang coulait plus vite, plus fort. Il retint son souffle. Attendit.

Enfin, elle retira ses mains chaudes.

— Veux-tu un verre d'eau ?

Croyait-elle vraiment que le bagel était la cause de cette crise ou... ?

Une lueur au fond de ses yeux verts lui indiqua que non. Elle savait de quoi il était la proie.

— Oui, avec beaucoup de glaçons.

Quelques instants plus tard, elle posait un verre devant lui.

— Tu as eu une matinée chargée ?

Mais oui… Voilà ce qu'il aurait dû évoquer plus tôt.

— En effet, on aurait dit que la moitié de la ville était rentrée de week-end avec la grippe.

— Et toi, es-tu vacciné ?

— Oui. On propose le vaccin à toute personne ayant souffert d'un cancer lors des cinq années précédentes.

Voilà qu'il se mettait à mentionner sa maladie, maintenant ! Jamais il ne le faisait dans son cercle professionnel.

Il regarda autour d'eux.

— Quel calme aujourd'hui ! Où est passé tout le monde ?

— À ses occupations. Il faut du reste que je rejoigne Joanne et Suzie au Petal's. Je suis déjà en retard.

— Je parierais qu'il s'agit d'un magasin de vêtements.

— Oui, mais pas n'importe lequel. L'un des meilleurs. Mon préféré, précisa-t-elle avec un sourire. Certaines femmes donneraient cher pour les tenues qui s'y trouvent.

— Une petite fortune, tu veux dire.

— En effet ! dit-elle, assumant le faste de son train de vie.

Mais il savait maintenant que c'était dans le camp de Whangaparaoa que passait son argent.

— Existe-t-il une collecte de fonds annuelle permettant de remplir les caisses du camp ?

— Non, et ce n'est pas nécessaire pour le moment.

— Tu acceptes les donations ?

— Le bureau les accepte. Mais il existe déjà tant d'œuvres caritatives par ici qu'autant ne pas en ajouter.

— Personne ne t'a jamais dit que tu avais un grand cœur, Lily ?

En la voyant prendre son sandwich et mordre dedans, il se dit qu'elle n'allait pas lui répondre. Aussi poursuivit-il son repas sans ressentir de gêne. Leur silence finissait même par lui apporter un certain confort. Jusqu'à ce que Lily se lève et lui offre le troublant spectacle de sa silhouette s'éloignant vers les lavabos. Il sentit son cœur s'accélérer, ses lèvres se dessécher. Au moins, il avait fini son bagel. Que dirait-elle s'il lui proposait d'être son donneur ? Il ne parvenait pas à répondre à cette question.

— On se voit plus tard ! lança-t-il en se levant.

Cinq minutes plus tard, alors qu'il arrivait dans le service, il entendit derrière lui des pas pressés.

— Max, une minute !

Il se retourna et regarda Lily s'approcher : ses hanches, qui ondoyaient, la lueur au fond de ses yeux.

— Tu dînes avec moi, ce soir ? demanda-t-elle en le rejoignant, précédée de sa fragrance délicieuse.

— Avec pl...

Non. Ce n'était pas raisonnable.

— Désolé, mais je suis occupé. Toute la semaine.

La gêne et la colère filtrèrent dans le regard vert de Lily.

— Ce n'est pas parce que tu as débranché la prise de ce qu'on avait mis en marche qu'on n'a plus le droit de se montrer amicaux ni de passer un peu de temps ensemble.

— Vu où nous en étions, tu trouverais ça raisonnable ?

— J'aime notre façon de nous entendre à d'autres niveaux.

Bien vu.

La réponse de Lily lui donnait le sentiment d'être un vrai goujat, mais comment prétendre être son ami alors qu'il n'avait qu'une envie, se coucher contre elle ? Ou nier qu'il songeait à avoir un bébé avec elle ? Ou prétendre oublier qu'elle était pour lui une tentation permanente d'aller là où il s'était juré de ne pas aller ? Atteindraient-ils ce qu'elle proposait sans devenir complètement fous ?

Il céda.

— Je ne peux pas ce soir, car j'ai un vrai empêchement. Mais jeudi soir ? Cela te laisse du temps pour me décommander si tu le désires. Et puis, d'accord pour que nous continuions à nous voir et à profiter l'un de l'autre.

Il se trouva du mérite d'avoir résumé tout cela sans évoquer le bébé. Parce qu'il ignorait toujours s'il pourrait mettre sa peur de côté. Même si elle avait diminué depuis qu'il avait revu Lily.

— Es-tu libre jeudi soir ? répéta-t-il.

La lueur était revenue dans ses yeux verts. Et la chaleur dans sa propre nuque.

— Je ferai en sorte de l'être.

Un soulagement intense le traversa.

— Pour le rendez-vous, on verra plus en détail après.

Sur ces mots, il tourna les talons avant de trouver d'autres raisons de rester alors que ses patients l'attendaient.

9

— La vue est stupéfiante, dit Max, les mains dans les poches, le regard fixé sur le Harbour Bridge qui scintillait.

Bougeant à peine les hanches, Lily exécuta derrière lui une petite danse d'excitation presque invisible.

Max était venu chez elle, et c'était bien !

— Dans la journée, ajouta-t-elle, le spectacle des bateaux dans la marina est également très joli.

Il se retourna et lui posa les mains sur les épaules.

— Je sais que j'ai refusé d'approfondir notre relation, mais n'oublie pas que cela me demande un gros effort...

Ses yeux se mirent à luire.

— Il faut que je t'embrasse.

La seconde d'après, c'est elle lui effleurait les lèvres des siennes avant qu'il puisse se dédire.

Il les prit, les goûta, l'emmenant si loin et si vite qu'elle sentit ses genoux trembler.

Lui entourant la taille des bras, elle le serra fort en l'embrassant encore et encore, jusqu'à ce qu'un coup de vent la fasse frissonner.

Max releva la tête.

— On rentre ?

Elle le prit par la main et referma la porte derrière eux.

— Max..., souffla-t-elle en se pressant contre lui.

Il s'écarta un peu, se passa la main dans les cheveux sans

cesser de la fixer, comme hors de contrôle. Puis il l'embrassa sur le front.

Elle se tétanisa.

Il avait changé d'avis et décidé de s'en aller. Son baiser signifiait : « Passe une bonne nuit. »

Elle retint sa respiration, le suppliant en silence de rester.

— Enfer…, dit-il en la soulevant contre lui. Où est ta chambre ?

Elle indiqua sa gauche du menton avant de s'abattre contre son torse et de se réchauffer à la chaleur de ses mains.

Max était avec elle !

Elle lui tendit les lèvres, brûlante de désir, le cerveau complètement embrumé. Elle voulait Max depuis qu'elle l'avait revu. Et, cette fois, elle ne supporterait pas qu'ils n'aillent pas jusqu'au bout.

— Max ?

Max avait entendu Lily prononcer son prénom d'une voix enfiévrée, affamée, désirable au-delà du possible. Elle ne voulait pas que cela s'arrête, et lui, il voulait continuer si elle le désirait vraiment.

S'écartant un peu, il la fixa.

— Oui ?

— J'ai envie de toi.

Un immense soulagement commença à l'envahir. Il l'ignora.

— Je ne peux rien te promettre de plus, Lily.

Néanmoins, jamais il n'en avait eu plus envie.

Elle secoua la tête.

— Je sais, mais que les précautions aillent au diable ! Il s'agit d'une nuit, Max. D'un pas. Nous verrons où il mène.

Ses yeux verts l'entraînaient vers le plaisir.

Une seule nuit, était-ce possible ? Quelle importance ? Revenir en arrière ne l'était plus.

— En es-tu sûre ? demanda-t-il, se sentant basculer.

— Totalement sûre.

Ils furent nus en quelques instants. Lily lui tenait la main quand il s'étendit sur le lit en l'entraînant avec lui. Il les fit rouler l'un contre l'autre jusqu'à se retrouver sous elle. Elle l'embrassa, faisant aller et venir la langue sur sa peau brûlante.

— Doucement, murmura-t-il, désireux de lui donner du plaisir avant d'atteindre le point de non-retour.

— Je ne peux pas. Je ne veux pas.

Il s'enhardit alors, trouva le cœur palpitant de son désir. Elle poussa le bassin en avant.

— Maintenant. Max !

Comme elle criait son nom, il s'enfouit dans sa chaleur.

Le plaisir les saisit tout de suite et en même temps. Leurs corps ne leur appartenaient plus. Ils ne faisaient plus qu'un. Il aurait voulu que cela ne finisse jamais.

Une éternité passa avant que sa respiration recouvre un rythme normal. Tout s'était passé de manière incroyablement rapide et forte. Lily reposait sur lui, ses seins se soulevaient au rythme de sa respiration qui s'apaisait petit à petit.

Un instant de bonheur pur.

Ce moment lui manquait depuis le matin où elle était sortie de sa vie, trois ans plus tôt.

— Tu m'as vraiment manqué, tout ce temps, chuchota-t-il.

— Qu'as-tu dit ? s'écria Lily.

Avait-il bien dit cela ? se demanda-t-il en même temps.

Oui, et une explication s'imposait : en blessant son ego, le brusque départ de Lily l'avait amené à la regretter davantage que les femmes qu'il avait quittées. Pas de quoi être fier, mais c'était ainsi.

Il la prit contre lui et lui enveloppa les seins de ses mains.

Elle ferma les paupières. Ses tétons se durcirent.

Lily !

Une nouvelle vague de passion le souleva, le bouleversant tout en l'interrogeant sur la façon dont il pourrait mettre fin à cette seconde aventure avec la femme la plus étonnante qu'il ait jamais connue, au lit et en dehors.

Max atteignit à petites foulées le groupe de gens qui attendaient qu'ouvre le marché du samedi matin.

L'air était frais et sentait les fruits des étals installés juste derrière la grille. Il avait la tête et le cœur légers. Il était heureux.

Lily l'avait jeté hors du lit juste après que l'aube avait percé à travers les rideaux. Elle avait prévu de passer la journée avec sa famille, mais ils avaient raté l'heure du petit déjeuner parce qu'il avait voulu lui faire de nouveau l'amour.

Faire l'amour, oui, cette fois, c'était le terme.

Il s'était conduit de manière insensée avec elle, et il se rendait compte qu'il ne regrettait rien. Cette folie ajoutait du sel à la vie. Et la vie était belle ! Et Lily était le désir fait femme !

Ses courses terminées, il ralentit le pas.

Après cette nuit avec elle, il avait mal à des endroits dont il avait oublié jusqu'à l'existence, et il se sentait bien.

Il aimait Lily. Pourquoi l'avait-il repoussée jusque-là ? Il en avait oublié la raison. Trop vite ?

Serait-il assez fort pour la convaincre ? Certes, elle était heureuse de passer du temps avec lui, mais en dehors de cela il ignorait ce qu'elle ressentait. Finirait-elle par l'aimer ?

Encore des questions… Mieux valait profiter de leur temps partagé et se demander avec sérieux s'il devait lui proposer d'être le père de son enfant.

Il traversa la rue et entra dans un jardin public.

Y songeait-il de manière sérieuse à présent ? Commençait-il à en accepter l'idée ? Si oui, il épouserait Lily pour fonder une famille.

Il allait trop vite. Mais comment faire autrement ? Il avait trouvé sa raison de vivre. Or, celle-ci le ramenait toujours à Lily.

Lily avait voulu payer le dîner, mais Max ne l'avait pas laissée faire.

— J'aime te gâter, et j'ai l'intention de recommencer souvent, lui dit-il alors qu'ils se dirigeaient vers sa voiture.

Oui, il voulait Lily. À son bras et dans sa vie. Tout partager avec elle : l'avenir, la parentalité, tout.

— Moi aussi, je peux te gâter, repartit-elle, avec un sourire provocateur.

Comme il s'engageait dans la circulation, il dit :

— Un jour, je te laisserai le faire.

Il se plaisait beaucoup trop en sa compagnie. Après quatre semaines passées auprès d'elle, il avait réalisé une volte-face complète. Entre eux, plus de « si » ni de « mais ». C'était sérieux. Ils partageaient tout : repas, conversations, rires, lit. Il se sentait à deux pas de ne plus la quitter du tout. Comme elle. L'espace d'un instant, son ancienne peur de trop s'investir resurgit. Ridicule... À présent, il ne pouvait qu'aller jusqu'au bout. Alors, autant cesser de se poser toutes ces questions inutiles.

Une fois qu'ils furent arrivés devant chez elle, Lily se pencha vers lui.

— Ça va ? Tu sembles épuisé, tout à coup.

En fait, il se sentait brisé, tant il devait lutter pour rester debout et garder les idées claires.

— Un peu fatigué... Mais je ne voulais pas rater l'occasion de te voir.

— Ai-je bien entendu ? s'écria-t-elle avec un sourire, avant de le surprendre en ajoutant : Max, nous nous entendons vraiment bien, non ?

De quoi doutait-elle ? D'elle ? De lui ?

— Je trouve que nous nous débrouillons très bien.

— Me voilà soulagée. En te voyant tendu, j'ai...

— C'est sans doute parce que j'ai à peine dormi de la nuit.

Trop occupé à penser à elle.

— Tant que tu n'attrapes rien... La grippe continue de se répandre en ville, et elle est mauvaise cette année.

Il n'avait aucune envie de l'attraper. D'abord parce qu'il avait été assez malade comme ça. Et parce que, avec le personnel déjà atteint, le moment serait mal choisi.

— Ne t'inquiète pas pour moi. Je vais bien.

Elle lui adressa l'un de ses sourires bouleversants :

— Tu viens boire un café ou un verre ?

L'envie ne lui en manquait pas, mais il savait qu'il ne serait pas d'une compagnie très agréable.

— Ça me ferait très plaisir, mais j'ai surtout envie de rentrer chez moi pour dormir. Ça ne t'ennuie pas ?

— Bien sûr que non. C'est vrai que tu sembles fatigué. Donc : au lit !

Il tourna la tête au moment précis où elle se penchait pour l'embrasser sur les lèvres. Elle ne trouva que sa joue.

— À demain, dit-elle, la main sur la poignée de sa portière. Dors bien.

Bon sang ! Il n'avait pas osé lui dire ce qui lui arrivait. Et courir après elle pour le lui expliquer lui réclamerait trop d'énergie. Il l'appellerait plus tard. Le temps ne lui manquerait pas.

Le lendemain matin, il grogna quand il voulut se retourner. La douleur le paralysait. Quand il parvint enfin à se lever et à se traîner dans la salle d'eau, il lui sembla que sa tête allait exploser sous le jet d'eau chaude de la douche. Tous ses muscles lui faisaient mal, et son ventre aussi était douloureux près de l'endroit où on lui avait retiré sa tumeur.

Une nausée le prit.

Il sortit de la douche, s'assit par terre et serra les jambes, attendant que ça passe.

Non, songea-t-il. La tumeur ne pouvait pas être revenue comme ça, sans signes annonciateurs ! Pas maintenant qu'il mettait sa vie en ordre et avait décidé de donner libre cours à son amour pour Lily ! Heureux auprès d'elle, il n'avait rien vu venir. Cependant, en y repensant maintenant, il y avait eu quelques signaux d'alerte. Cette accumulation de fatigue aurait notamment dû l'alerter. Sans parler de ses légères douleurs au ventre. En appuyant dessus du bout des doigts, il ne sentait rien de spécial, mais les tumeurs ne sont pas toujours faciles à trouver.

Se mettant debout, il se sécha et commença à se raser, dans une recherche de normalité.

En fait, il avait sûrement la grippe. À moins que...

Stop avec ça ! La journée commençait.

Sa main tremblait. Quand il reposa son rasoir, il remarqua deux entailles sur son menton.

S'il avait la grippe, il était contagieux. Pas question de la propager en se rendant au travail.

Après s'être enveloppé dans son épais peignoir, il regagna sa chambre et se laissa tomber sur son lit. Toute énergie envolée, il avala deux comprimés contre le mal de tête avec un verre d'eau et attendit.

Dès que les antalgiques commenceraient à faire effet, il appellerait Devlin pour qu'il lui prescrive les tests qui lui diraient si son cancer était revenu. Parce que son intestin l'inquiétait…

Ce fut la sonnerie de son téléphone qui le sortit du sommeil. Il sauta du lit pour répondre et dut s'appuyer au mur pour ne pas s'écrouler. La tête lui tournait, ses jambes le portaient à peine.

S'effondrant à moitié sur le bord du lit, il appuya sur la photo de Lily pour lui répondre.

Lily. Lily chérie. Il fallait qu'ils arrêtent tout. Impossible de l'épouser ni d'avoir un enfant avec elle.

Les larmes roulaient sur ses joues et s'écrasaient sur son torse.

— Max ? Est-ce que tout va bien ? Où es-tu ? Ils ont essayé de te joindre. Tu n'as pas eu d'accident ?

La voix de Lily était pleine d'inquiétude.

Son cœur se réchauffa. Peut-être que… Mais son ventre se contracta soudain, et la douleur emporta avec elle ce maigre espoir.

— Ça va, répondit-il, en remarquant les notifications de trois appels manqués. Je dormais.

— Tu étais très fatigué, hier soir, Penses-tu avoir attrapé la grippe malgré ta vaccination ? Autre chose ? Une intoxication alimentaire due aux langoustines ?

Hélas ! ses symptômes ne correspondaient pas à cela.

— Une intoxication, non, mais la grippe n'est pas à écarter. Hier, j'ai dormi d'une traite après avoir pris de quoi.

— Reste au lit. Andrew est en arrêt maladie, mais Janice est rentrée.

— Si je fais ça, vous allez tous avoir plus de travail...

— Oui, mais si ta venue représente un risque d'attraper une maladie, quelle qu'elle soit...

Il hocha la tête en silence, conscient de ne même pas tenir debout.

— Je vais te faire une ordonnance pour les médicaments que nous prescrivons tous en ce moment, et je passerai te la déposer pendant ma pause déjeuner. Et si tu es gentil, je t'apporterai même le repas qui les accompagnera.

Pour le moment, l'idée de manger ne le tentait pas. Mais d'ici à quelques heures, qui sait ?

— Au cas où je dormirais quand tu viendras, le double de ma clé se trouve dans le deuxième tiroir de mon bureau.

— As-tu besoin d'autre chose ?

— Non. Merci.

— Bien. À tout à l'heure, alors. Et, Max ? Ne passe pas la matinée à stresser sur ce qui t'arrive. Cela ne servirait qu'à t'empêcher de dormir.

— Oui, docteur.

Lily avait déjà raccroché.

Il posa son téléphone et se glissa en hâte sous la couette, qu'il remonta jusqu'au menton avec l'envie furieuse de crier contre le destin qui lui faisait cela. En pleine période d'espoir.

Non, ce n'était pas possible. Et Lily qui lisait si bien en lui ! Et lui qui aimait tant cela ! Oui, elle avait compris qu'il se faisait un sang d'encre à propos de sa soudaine faiblesse physique. Bien sûr, elle ne s'était pas moquée de lui, mais elle veillait à ce qu'il ne se transforme pas en hypocondriaque. Et surtout, elle n'allait pas apprécier d'apprendre que, cette fois, tout était fini entre eux. Il le fallait pourtant. Pour son bien à elle.

Bon sang, il commençait à comprendre comment certaines personnes peuvent réfléchir à leur état au point de s'en rendre malades ! Jamais il n'aurait cru en faire partie, et pourtant la peur rampante était de retour. Si seulement le cancer pouvait ne pas l'être ! C'était tout ce qu'il demandait. À moins qu'il le remette à sa place pour avoir fait, en compagnie de Lily, un pas vers le futur dont il avait trop attendu... Décidément, il ne pouvait pas se faire confiance.

Il fallait faire marche arrière. Pour commencer, il allait appeler Devlin. C'était son médecin traitant et un bon ami, il comprendrait ses angoisses.

— Comment vas-tu ? demanda Lily en franchissant le seuil de la chambre de Max.

Ses pommettes et le bas de son visage étaient rouges. Ses yeux creux trahissaient son épuisement.

— On dirait que tu as de la fièvre.

— Les draps et l'oreiller sont trempés, dit-il en remuant avec gène, pour finir par reposer sa tête en arrière et regarder partout sauf dans sa direction, comme si elle n'était pas la bienvenue.

Elle ignora son attitude. D'après Devlin, Max lui aurait réclamé une ordonnance alors qu'elle lui en avait promis une. Tout cela était fort désagréable, mais elle n'allait pas en faire une montagne.

— Je vais prendre ta température. Puis je te préparerai une boisson chaude.

Elle prit le thermomètre dans sa trousse médicale et s'approcha du lit.

Max tourna la tête pour lui présenter son oreille.

— C'est fou, non ?

— Oui, dit-elle en forçant un petit rire. En ce moment, la grippe fait le tour du centre médical... Bon, ajouta-t-elle après un temps, ta température est un peu élevée, mais on s'y attendait.

— Et toi, sois prudente. Je n'ai pas envie que tu tombes malade, dit Max avec un sourire un peu triste.

Elle lui prit le bras avec douceur.

— Je suis forte, ne t'inquiète pas. Que désires-tu boire ? Comme nourriture, je t'ai apporté de bons petits sandwichs et un succulent muffin.

— Un peu d'eau tiède me suffira. Je ne suis même pas sûr de vouloir manger.

Elle alla dans la cuisine et en rapporta une bouteille d'eau et quelques sandwichs dans une assiette, qu'elle déposa au bout du lit, où elle s'assit.

— Tu t'es rendormi après mon appel ? demanda-t-elle.

— L'épuisement étant le thème du jour, il m'a été impossible de faire autrement.

— La plupart de mes patients grippés m'ont dit être épuisés. Et je te préviens, il faut au minimum une semaine pour se sentir de nouveau sur pied.

— Je ne pourrai jamais rester couché aussi longtemps.

— Max, cette semaine, tu es le patient, pas le médecin. Quels sont tes autres symptômes ? Dis-moi.

Comme il la fixait, elle vit qu'il pensait au cancer. Mais pas question de manifester l'inquiétude que ses craintes éveillaient en elle. Cela ne ferait que les encourager.

— Lily..., commença-t-il avant de s'interrompre et de tourner le regard vers la fenêtre.

Elle sentit son cœur ralentir de manière anormale.

Max voulait lui dire quelque chose qui ne concernait pas la grippe. Sur son visage, elle lisait le regret et le chagrin. Et toujours cette satanée détermination.

— J'ai eu tort de penser que j'avais un avenir à te proposer.

Il eut un regard plus intense.

— Je suis désolé. Je préfère te quitter tout de suite et que nous ne communiquions plus que pour le travail...

La voix de Max s'était brisée. Une larme roula sur sa joue.

— C'est pour toi que je fais cela.

Elle sentit son cœur s'arrêter tout à fait. Ses mains étaient moites, son ventre se nouait.

Max ne pouvait pas agir ainsi. Il devait se battre pour eux. Il craignait de la blesser ? Mais n'était-ce pas ce qu'il était justement en train de faire ? Inutile de recommencer à palabrer. Maintenant, il fallait lui montrer les choses et non plus les lui dire. C'était le seul moyen. Et tant pis si cela devait prendre du temps.

— À quand remonte ta dernière coloscopie ?

— Laisse tomber, Lily.

— Réponds-moi, s'il te plaît. À quand ?

Elle entendit monter un long soupir.

— À il y a un an. À cause d'importantes douleurs à l'estomac… Qui se sont révélées être une fausse alerte.

Mais à l'époque aussi il avait dû paniquer.

— Ce n'est pas que j'aie peur de la maladie ou de la chirurgie, reprit-il. C'est que je hais l'inconnu. Surtout quand il risque de s'étendre à des gens qui me sont chers.

Assise sur le bord du lit, elle lui prit la main. Max la retira.

— Retourne à ton travail, s'il te plaît. Je n'ai pas besoin de toi ici.

Coup bas. Mais elle était au-dessus de ça.

— Je devine ce qui t'inquiète, mais je pense que tu as juste attrapé la grippe. Quant à ton estomac, s'il se manifeste, c'est soit parce que tu es inquiet, soit à cause du dîner d'hier ou de ta peur de l'avenir.

— Peut-être que je surréagis. Mais, si j'ai raison, je ne veux pas que tu te retrouves à me soigner et que tu ne puisses plus vivre ta vie. Je tiens profondément à toi, Lily. Voilà pourquoi je dois te laisser partir.

Elle se sentait à présent gelée, mais avec le cœur qui battait à tout rompre.

Il tenait profondément à elle ? Cela signifiait qu'il l'aimait, non ? En ce cas, il allait perdre la bataille qu'il croyait gagner pour elle.

Elle arqua un sourcil.

— Bien, je dois y aller. La salle d'attente rouvre dans un quart d'heure.

Elle avait atteint la porte quand il dit :

— Lily, je suis désolé.

Saisissant la poignée pour s'empêcher de revenir se jeter dans ses bras, elle plaqua un sourire sur ses lèvres.

— Une chose à la fois, Max. Trouvons d'abord ensemble ce que tu as attrapé. D'accord ?

— Pas nous, non. C'est Devlin qui s'occupe de moi. Ne reviens pas. Je te reverrai quand je reprendrai le travail...

Sa voix se cassa, il tourna la tête vers la fenêtre.

Elle déglutit, heureuse malgré tout qu'il ne voie pas le flot de larmes qui s'échappait maintenant de ses yeux.

— Au revoir, Max.

Mais pas adieu. Elle avait sa clé. Il avait besoin de nourriture, d'attention, d'amour. Or, son cœur en était plein.

Plusieurs nouveaux cas de grippe, un transfert en cardiologie, une récidive de malaria et l'ablation d'un grain de beauté trop exposé au soleil tinrent Lily très occupée. Elle eut pourtant l'impression que l'après-midi se traînait.

— J'ai vu Max pendant l'heure du déjeuner, dit-elle à Devlin lorsque le centre fut fermé et qu'ils se retrouvèrent tous les deux devant un café dans le bureau de Devlin.

— J'ai bien pensé que tu passerais le voir. Comment va- t-il ?

Il l'avait priée de sortir de sa vie, et elle l'aimait.

— Pas bien du tout. Je pense qu'il a la grippe. Pas lui.

— Et ses maux d'estomac, tu en penses quoi ?

— Dus au stress, à l'épuisement. Des choses comme ça.

Comme Devlin ne répondait pas, sa langue se délia.

— Il est si négatif quant à son avenir ! Il ne veut aimer personne, et quand cela lui arrive, il abandonne en sombrant dans la maladie. Comme ça, pas de risques.

Il n'y avait qu'à Devlin qu'elle pouvait parler ainsi.

— Mais je vais me battre ! ajouta-t-elle.

Il la considéra avec sympathie.

— Ça ne m'étonne pas du tout...

Il réfléchit avant de reprendre.

— Le problème avec Max, c'est que dès qu'il ne va pas parfaitement bien, il focalise sur sa santé, comme bien des gens qui ont eu un cancer. Tu dois attendre que ça passe.

Elle leva la tête vers l'homme qui était pour elle comme un

second père. Il savait. Il savait qu'elle était amoureuse de Max et ce qu'elle était capable de faire pour lui.

— Tu crois ?

— Oui. D'abord parce qu'il n'est pas ton patient, et parce qu'il ne t'autorisera pas à rester près de lui quand il sera en train d'attendre de savoir ce qu'il a.

— Et tu ne peux rien me dire.

— Non, car je suis son médecin. À présent, je crois qu'il est temps de rentrer. Pourrais-tu avoir la gentillesse d'éteindre mon ordinateur à ma place ? J'ai un appel important à passer avant que la personne ne soit plus joignable.

— Pas de problème.

Quand Devlin eut quitté la pièce, elle contourna son bureau et avisa l'écran en face d'elle.

Max avait rendez-vous le lendemain à 17 heures pour un CT-scan, une PCR digitale et un hémogramme complet.

Elle soupira. Après cela, il saurait à quoi s'en tenir. En attendant, il lui restait presque une journée à patienter. Elle allait l'aider en allant au supermarché et en le livrant.

Non, Max pouvait dire ce qu'il voulait, elle n'était pas prête à disparaître tout de suite de sa vie. Peut-être même jamais.

— Je t'avais dit de rester à l'écart, Lily, lâcha Max quand il eut ouvert sa porte d'entrée.

Lily avait sonné avec tant de zèle qu'il avait cru que le taxi qu'il avait commandé s'était trompé d'heure. Sortir Lily de sa vie et la découvrir sur le pas de sa porte le lendemain en train de faire tinter ses clés de voiture, ce n'était pas possible.

— Ne fais pas ton grincheux. Je suis venue te conduire à ton rendez-vous. Ça se fait couramment entre amis, tu sais.

— Un taxi vient me prendre dans vingt minutes.

— Alors, tu vas le décommander, car je t'emmène. Ce sera plus rapide et plus confortable.

Il faisait un froid polaire dehors.

— Pour l'amour du ciel, entre, dit-il en reculant d'un pas.

Il claqua la porte derrière elle lorsqu'elle fut entrée.

— Tout ça ne te mènera à rien. Je pense ce que je t'ai dit.

— Je sais, répondit-elle en allant dans le salon.

— Alors, pourquoi es-tu là ?

Elle s'assit sur le canapé et leva les yeux vers lui.

— Je t'aime, Max, je ne laisserai pas tomber. Et je pense que tu tiens également à moi.

Lily l'aimait ! Son espoir. Son rêve. Mais il l'avait blessée. Que dire pour essayer d'arranger les choses ?

— Je..., commença-t-il.

— Max, je t'aime quel que soit le résultat de ton CT, et je ne partirai pas au prétexte que tu m'auras blessée. J'ai mal pour toi. Pour nous. Je serai là pour tes résultats. Et toujours.

Il sentit ses jambes se dérober sous lui et dut s'asseoir.

— Tu ne sais pas dans quoi tu t'embarques.

— Oh que si ! répliqua-t-elle en lui tendant la main. Viens, maintenant. Allons voir ce que tu as.

10

Assise sur une chaise en plastique dans la salle d'attente, Lily osait à peine respirer.

Cela faisait une éternité que Max était parti. Un CT ne prenait pas autant de temps ! Avaient-ils découvert une tumeur ? Vérifiaient-ils ces résultats ? Dans ce cas, pourquoi Max ne lui avait-il pas demandé de les rejoindre ? S'était-il enfui par une autre sortie pour ne pas avoir à lui annoncer la nouvelle en face ?

— Lily ?

Ces chaussures, ce jean… Elle serra ses mains l'une contre l'autre.

— Lily, redresse-toi, regarde-moi.

Levant les yeux avec lenteur, elle le vit qui la considérait, un petit sourire aux lèvres.

— Ce n'est pas une tumeur.

— Vraiment ?

Bien sûr. Il ne sourirait pas si ce n'était pas vrai.

— Vraiment. Tu me ramènes à la maison ?

— La maison ?

Le sourire de Max s'estompa en même temps que la lueur d'espoir dans le cœur de Lily.

— Je vois…, dit-elle en ignorant sa main tendue.

Elle se leva et se dirigea vers la porte.

— Allons-y.

Le trajet du retour fut silencieux et tendu.

— Je rentre un instant pour prendre un café, dit-elle en garant sa voiture dans l'allée.

— Ne t'impose pas des choses pareilles, Lily.

Elle descendit sans un mot et, une fois entrée, alla faire le café en disant seulement :

— Assieds-toi avant de tomber.

Car si Max n'avait pas de nouvelle tumeur, il avait attrapé une sacrée grippe. Et, de son côté, elle n'en avait pas fini avec lui. Elle avait à peine commencé. Elle ne céderait pas, parce qu'elle l'aimait et qu'elle ferait n'importe quoi pour lui.

Une fois assis à table devant leurs mugs, elle prit une profonde inspiration.

— Tu te laisses aller, Max.

— C'est ce que tu penses ?

— Allons, ne nous sommes-nous pas entendus de façon merveilleuse au cours des dernières semaines ?

— C'est bien ce que je me suis dit aussi.

— N'étais-tu pas si heureux que tu avais commencé à regarder en face un avenir dont tu t'efforçais jusqu'ici de nier l'existence ?

— Si... si.

— Pense au camp. À ces enfants souffrant tous de handicaps et à la façon dont ils s'en relèvent sans cesse pour aller de l'avant. Ne t'ont-ils rien appris ?

Ses mains tremblaient si fort qu'elle les posa sur ses genoux et les agrippa l'une à l'autre.

— L'espoir, répondit-il en lui touchant le bras. Le courage. L'amour de la vie.

— Où sont les tiens, Max ?

— Lily, tu ne comprends pas à quel point te faire souffrir me ferait souffrir.

— Es-tu en train de me dire que tu m'aimes ?

Oui, faites que ce soit ça. Par pitié...

— Je suis en train de te dire que c'est fini entre nous.

Elle se tassa sur son siège. Qu'avait-elle donc pour qu'aucun homme ne puisse rester avec elle ?

La douleur la minait. Elle aimait tant Max qu'elle avait commencé à croire qu'il pourrait lui retourner son amour. Mais il détruisait tout. Parce qu'il ne tenait pas à elle ou, au contraire, parce que son attachement lui faisait peur ? Non, ça aurait été trop beau. Cette fois, elle ne pouvait plus se leurrer. D'un autre côté, avait-elle le droit d'y renoncer parce que deux hommes qui n'avaient rien à voir avec lui l'avaient quittée ?

Max était devenu blême. La tristesse habitait son regard. Bien sûr qu'il ne voulait pas qu'elle quitte sa vie. Néanmoins, il *fallait* qu'elle le fasse.

Le silence s'étira entre eux. Au bout d'un moment, elle eut besoin de le combler.

— Avant d'accepter le fait qu'un bel avenir s'ouvre devant toi, montre-toi déjà assez courageux pour saisir ton avenir à pleines mains et en tirer le maximum, dit-elle. Autrement, tu seras toujours malheureux.

Sur ces mots, elle quitta la maison après avoir refermé soigneusement derrière elle.

Les craquements dans la maison accentuaient le sentiment de solitude de Max. Pour la première fois de sa vie d'adulte, la compagnie d'une personne lui manquait. Celle de Lily. Lily qui venait rire, manger, partager et lui confier ses espoirs sur le centre médical.

Tout à l'heure, elle était partie sans l'embrasser, sans lui rappeler de boire beaucoup d'eau et de bien prendre ses médicaments. Lily, la femme forte qui ne manquait jamais de s'intéresser aux autres, comme il l'avait remarqué depuis son retour. C'est avec la même générosité qu'elle lui avait donné une seconde chance et qu'il était en train de la gâcher.

Lily Scott. Depuis leur première rencontre au centre médical d'Auckland, lorsqu'ils étaient tout jeunes médecins, elle n'avait jamais quitté son esprit, même quand il avait cru l'oublier. Et maintenant, il en était tombé amoureux, follement amoureux. Saisirait-il enfin sa chance, la dernière ? Oserait-il croire que, entre un suivi médical sans faille, sa détermination à vivre et leur amour partagé, il avait assez d'atouts pour gagner ? Oserait-il dire à Lily qu'il l'aimait ? Lui demander de partager sa vie et l'éducation de leur enfant ?

Son torse se soulevait très vite, à présent.

Depuis Lily, il n'était plus seul. Même dans l'adversité. Même si...

Il prit une profonde inspiration.

Même si son cancer revenait, ils seraient deux à se battre et à créer de la résilience. Leur relation serait solide et longue. À condition d'être sûr de l'aimer vraiment.

— Meryl, vous allez prendre rendez-vous avec moi pour dans une semaine. Je veux voir comment vous réagissez à ce nouveau régime, dit Max à sa patiente, une femme d'âge moyen avec un taux de glucose à jeun de 1,8 g/L.

— Je l'ai commencé le jour même où vous m'avez appris que j'avais du diabète. Et je marche tous les jours.

— Parfait, mais je veux voir comment ça évolue. J'ai vu des patients qui démarraient très bien. Jusqu'à ce que le train-train s'installe et qu'ils oublient. Or, c'est un régime à vie que vous commencez là, pas un traitement de deux mois.

— Je comprends, je me suis informée sur le diabète. C'est une maladie assez effrayante. Je vais prendre rendez-vous.

Max se dirigea vers la salle d'attente.

— Bill ? Entrez, dit-il en suivant du regard son patient sexagénaire qui traversait la pièce en boitillant.

— Votre hanche ne s'arrange pas, dit-il. Je vais vous adresser à un confrère chirurgien.

— Oh ! ça va, je me débrouille ! dit Bill en s'asseyant. Je venais simplement renouveler mes anti-inflammatoires.

— Allongez-vous sur la table d'examen, que je regarde cette hanche comme il faut.

Bill ôta son jean en disant :

— Je continue à tondre la pelouse et à aller au sport.

Max secoua la tête.

Espèce d'entêté...

— Sur une échelle de douleur à 1 à 10, quelle note attribuez-vous à la vôtre ?

Bill soupira.

— 8... Les jours avec.

— Tournez-vous sur votre bon côté, s'il vous plaît, ajouta Max en lui soulevant la jambe et en guettant un signe de douleur, qui vint vite. À présent, je vais faire un peu tourner votre jambe. Vous m'arrêtez si ça vous fait mal.

— Vous pouvez arrêter avant même d'avoir commencé. Vous avez gagné. Quel est le délai pour une opération ?

— Cela dépend si vous allez dans le public ou dans le privé.

— J'ai une assez bonne mutuelle pour éviter l'attente interminable dans le public.

— Bien. Vous pouvez vous relever, dit Max.

Bill n'avait pas besoin d'explications. Cela faisait même longtemps qu'il savait qu'il lui faudrait tôt ou tard se faire remplacer la hanche.

— Avez-vous un chirurgien préféré ? demanda-t-il ensuite pendant que Bill remettait son jean.

— Non, vous les connaissez mieux que moi, Max.

— Et avez-vous un autre sujet à aborder ?

— Non plus. Vous m'avez assez choqué avec celui-ci.

— Vous pensiez éviter la chirurgie pendant encore longtemps ?

— Jusqu'à chaque prochaine visite...

— Après l'opération, vous ne vous reconnaîtrez tellement pas que vous regretterez d'avoir attendu si longtemps.

Bill prit l'ordonnance et se dirigea vers la porte.

— Merci, Max. Bon week-end.

Max se laissa aller contre le dossier de son siège.

Bill avait été son dernier patient de la journée. De la semaine. Par le ciel, qu'il était fatigué ! En plus de la grippe, il avait mal dormi, l'esprit tout le temps occupé par Lily et par l'évidence que, malgré ses efforts, il n'arrivait pas à envisager la vie sans elle. Mais voudrait-elle encore de lui maintenant ? C'était la question qui l'empêchait de dormir.

Pour le savoir, il n'y avait qu'un moyen...

— Tu vas rester là à rêvasser toute la soirée ou tu viens boire un verre avec nous ? demanda Devlin depuis le pas de la porte.

— Ni l'un ni l'autre. Je rentre. J'ai des choses à faire.

— Comme parler à Lily.

Max leva brusquement la tête et fixa Devlin.

— Lily ?

— Oui, tu sais, la femme que tu fais tout pour éviter et que tu traites avec désinvolture quand tu n'y parviens pas.

— C'est si évident ? Que doit-elle penser de moi après tout ce qu'elle a fait pour moi pendant ma grippe !

— Je la connais depuis presque toujours, et je puis te dire avec certitude qu'elle ne sait plus où elle en est avec toi.

— Je vois.

— Dans ce cas, trouve ce qui vous retient d'être heureux.

Repoussant sa chaise, Max décrocha sa veste et son sac. En cet instant, Devlin lui faisait davantage penser à un père qu'à un responsable de centre médical.

— C'est mon intention.

Lily ne se trouvait pas chez elle quand il s'y présenta. Et pas davantage une heure plus tard, quand il revint sous une averse torrentielle.

Whangaparaoa. Quelque chose lui disait qu'elle y était partie, et il croisa les doigts pour qu'elle ait pu y arriver avant que le ciel s'ouvre en deux. Quand il revint chez lui, impossible de la joindre non plus par téléphone.

D'accord, il prendrait la route à la première heure.

L'eau avait ravagé les routes, créant d'interminables embouteillages, mais Max arrivait enfin. La première chose qu'il entendit en ouvrant sa portière, ce fut le moteur d'une tronçonneuse.

Souriant, il se laissa guider sur la plage par ce bruit.

Et soudain, il aperçut Lily parmi ses voisins, armée de sa scie et de sa tronçonneuse, débitant des troncs comme si c'était du beurre avant de les envoyer rejoindre les précédents et de s'attaquer aux suivants. Tout à fait dans son élément. Magnifique.

Il sentit son cœur s'envoler. Il l'aimait de tout son être. Elle était celle qu'il avait toujours voulu trouver, aimer, épouser, rendre mère.

Revenant à sa voiture, il mit ses chaussures de sécurité et les rejoignit.

Ce fut avec un large sourire, réconfortant, qu'elle l'accueillit alors qu'il se dirigeait vers la première bûche.

— Terminé ! déclara-t-elle une heure plus tard, avec un signe à chacun des hommes qui l'entouraient.

— Merci, Lily, dit George. Avec ça, tout le monde aura assez de bois l'hiver prochain !

— Comment allez-vous ? demanda Archie à Max.

— Bien. Et Enid ?

— Elle se bat. Ses progrès sont lents, mais elle est bien partie. Cela dit, elle n'est pas près de rentrer à la maison.

— Je suis content qu'elle soit sur la bonne voie.

Lily arriva à sa hauteur.

— Tu passes chez moi ?

— Ouais, dit-il en attrapant la scie d'une main et en lui prenant le bras de l'autre. C'est même pour ça que je suis venu. J'ai quelque chose à te dire.

Ses yeux verts s'écarquillèrent.

— Quelque chose de bien, j'espère.

— Oui.

Ils n'échangèrent plus un mot pendant tout le temps où ils retirèrent leurs chaussures, se lavèrent les mains et s'installèrent devant la cheminée.

— Café ? proposa Lily.

Faire du café prenait du temps. Or, il ne pouvait plus attendre une minute de plus.

— Lily, je me suis conduit comme un imbécile.

Elle arqua un sourcil et eut un rire triste.

— Ce qui veut dire ?

— Je t'aime.

Le sourcil retrouva sa place. Lily le fixait sans bouger. Vraiment pas la réaction qu'il attendait. Dans son cœur lourd, la peur le disputait au bonheur. Il lui avait dit la vérité. Il fallait qu'elle le sache. Mais il ne répéterait pas ce qu'il avait déjà dit. Ce serait trop pathétique.

Il attendit.

— Lorsque l'on s'est revus après ces trois ans, répondit-elle alors, l'idée m'a d'abord traversé que je t'aimais. Puis que je t'aimais peut--être depuis toujours mais que je passais mon temps à le nier.

Se penchant vers elle sans un mot, il lui prit les lèvres, mettant tout son cœur dans son baiser, tout ce qu'il n'aurait pas su lui dire avec des mots. Elle le serra contre elle et lui rendit son baiser exactement de la même manière.

Il se sentit fondre. Cette femme lui donnait foi en lui et en l'avenir. Elle était l'amour de sa vie.

— Est-ce que tu veux bien m'épouser ? demanda-t-il en la regardant dans les yeux.

— Oui.

Son cœur partit au galop.

— Élèverons-nous notre bébé ensemble ?

— Oui.

— Et nous resterons toujours ensemble ?

Avec Lily, le mot « toujours » prenait tout son sens.

— Oui !

Elle s'étira et l'embrassa avec volupté. L'instant d'après, il la soulevait dans ses bras et se dirigeait vers sa chambre.

Faire l'amour. Connaître l'amour. Ni aventure ni passade. Le bonheur. Tout ce qu'il avait à faire, c'était veiller à ce que

Lily ne se fatigue jamais de lui. Pour cela, il allait lui montrer à quel point elle était importante pour lui.

— Je t'aime, Lily Scott. Tellement que mon cœur chante.

Pendant les deux heures qui suivirent, ils ne quittèrent le lit que pour aller chercher une bouteille de champagne.

— À nous ! dit-il en levant son verre.

Lily y fit tinter le sien.

— À nous, ensemble pour toujours.

Épilogue

Six mois plus tard

Lily lissa du plat de la main le devant de sa robe de mariée d'un blanc crémeux et le corsage moulant qui mettait en valeur ses seins ronds, s'efforçant de retenir ses larmes d'émotion.

L'air stupéfait et émerveillé de Max lui serrait la gorge, embaumait son cœur et étirait ses lèvres en un large sourire.

Les joues de Max étaient tout aussi humides quand il entoura de ses mains son ventre bombé où poussait leur future petite fille.

— Lily chérie, comme tu es belle, dit-il comme quelqu'un de comblé.

Elle leva les yeux vers le ciel où, avec élégance, les mouettes survolaient la maison de la plage.

— Un jour parfait. Pas le moindre bruit de tronçonneuse, remarqua Max en riant.

Charlotte apparut devant eux.

— On fait toujours comme vous avez dit ?

— Absolument, répondirent-ils à l'unisson.

Alors, en route pour le célèbre centre de Whangaparaoa.

Parmi ses différentes qualifications, Charlotte possédait celle d'officiant de mariage. Un verre à la main, elle le fit tinter contre une tige d'argent, puis elle marqua une pause, le temps que le silence se fasse.

— Écoutez bien, tous. Nous allons commencer la célébration pour laquelle nous sommes réunis aujourd'hui.

Lily jeta un regard circulaire sur les rangées de chaises recouvertes de tissu blanc avec des pivoines attachées aux coins, et elle sentit son cœur se gonfler.

Sa famille et celle de Max, tout le personnel du centre médical, leurs amis, sans oublier Josie et Ollie, s'étaient déplacés pour partager avec eux ce beau jour. Michelle et Logan se tenaient la main. À Whangaparaoa, aujourd'hui, flottait un air spécial, comme si la romance rapprochait les invités.

Nouveau tintement de la tige d'argent contre le verre.

Elle inspira une longue goulée de cet air magique tandis que Charlotte lui tendait le petit discours qu'elle devait prononcer mais qu'elle connaissait par cœur.

— Max...

Elle chercha sa main.

— ... nous ne nous sommes pas toujours rendu la vie facile, mais notre voyage a été tel que je ne l'oublierai ni le regretterai jamais. En chemin, j'ai découvert ta force, ton attention et ta gentillesse, ton cœur grand comme ça et, plus que tout, ton amour. J'ai trouvé mon âme sœur. Je t'aime de toutes mes forces. Merci pour ce que tu m'as donné.

Elle se mit sur la pointe des pieds et lui déposa sur les lèvres un baiser empli de tout ce qu'elle rêvait de lui donner.

— Merci, ma douce, lui chuchota-t-il à l'oreille, avant de prendre les vœux que lui tendait Charlotte et de mettre un genou à terre.

— Je t'aime, Lily. Tu as changé ma vie, et pour cela je te donne tout ce que j'ai. Si je ne peux pas te promettre d'être parfait, sache que je ferai de mon mieux et t'aimerai toujours, toi, notre fille et ses possibles frères et sœurs. Merci de m'avoir accepté dans ton existence.

Elle lui tint la main pendant qu'il se relevait.

— À présent, dit Charlotte, vous pouvez échanger les alliances.

Max prit un anneau d'or sur le coussin qu'elle lui tendait et se tourna vers Lily.

— Lily, dit-il, en le lui glissant au doigt, par cet anneau, je m'engage à t'aimer et à te chérir, à prendre soin de toi et à te protéger tout au long de ma vie.

Elle fixa sa main, radieuse, puis saisit un anneau d'or identique avant de prendre la main de Max.

— Je m'engage à t'honorer et à te chérir toujours. Je t'aime comme mon ami, mon amant... Et mon mari.

Elle lui passa son alliance en forçant un peu au niveau de la jointure.

Le sourire de Charlotte était radieux.

— Je suis heureuse de prononcer cette phrase : Je déclare maintenant Lily et Max mari et femme.

Les vivats éclatèrent dans la foule des invités, qui se mirent à les congratuler et à s'embrasser. Jusqu'à ce que Josie fasse entendre sa voix par un puissant :

— Oncle Max !

La jeune fille avait abandonné son fauteuil roulant pour ses béquilles. Elle s'arrêta devant le mari de sa tante :

— Bienvenue dans la famille.

Comme Max commençait à sourire, elle ajouta :

— Tantine Lily est spéciale à mon cœur. Ne la fais jamais souffrir, car tu aurais affaire à moi !

Max demeura un instant bouche bée, avant de partir d'un grand rire.

— Je n'oserais pas !

Il prit Josie dans ses bras et la serra affectueusement tandis que les rires emplissaient l'air. Puis il s'écarta et, rivant les yeux à ceux de Lily, il lui adressa un silencieux : « Je t'aime. »

JULIETTE HYLAND

Le baiser d'une infirmière

Traduction française de
MICHELLE LECOEUR

BLANCHE

HARLEQUIN

Titre original :
A STOLEN KISS WITH THE MIDWIFE

Ce roman a déjà été publié en 2021.

1

— Je ne peux pas croire que ça brûle encore !

— Il paraît que 15 % de la zone est touchée...

L'infirmière sage-femme Quinn Davis porta sa tasse de café à ses lèvres, s'efforçant d'ignorer les exclamations de Rhonda et de Sherrie, ses collègues du St. Brigit's Hospital, qui contemplaient par la fenêtre le brasier rougeoyant à l'horizon.

Si seulement elle pouvait les faire taire !

Le liquide chaud était amer et avait un petit goût de brûlé, mais la caféine lui apporta le coup de fouet dont elle avait besoin.

Elle avait une patiente en travail, et elle ne pouvait pas se laisser aller. L'incendie de forêt brûlait depuis près de trois semaines, elle n'avait pas besoin d'en constater les dommages. Elle savait déjà à quoi ressemblait le feu, où il se dirigeait, et ce qu'il menaçait – en réalité 20 % de la zone. Elle avait suivi la progression de l'incendie depuis le début, mais elle n'avait aucune envie de se joindre à la conversation. Elle craignait trop de craquer.

Ces deux infirmières habitaient au sud de la ville, ce feu ne pouvait pas les atteindre – pas directement, même si, dans cette région de la Californie, personne ne se sentait vraiment à l'abri d'un feu de forêt.

Georgia passa la tête par la porte de la salle de repos.

— Olivia est à neuf centimètres, annonça-t-elle.

— C'est le moment d'y retourner, dit Sherrie.

Rhonda et elle allèrent s'occuper de leur patiente, et Quinn fut soulagée que le travail les rappelle avant qu'elles ne lui demandent si elle n'était pas trop inquiète.

Un texto apparut sur son téléphone : sa propriétaire demandait si elle était saine et sauve, ce qui signifiait que l'évacuation des collines, conseillée lorsqu'elle était partie au travail, était devenue obligatoire entre-temps.

Elle réprima un sanglot et répondit brièvement par l'affirmative, s'efforçant de ne pas penser au bungalow qui se trouvait dans la ligne de feu.

Après tout, ce n'était qu'un logement parmi d'autres...

Sauf que c'était faux. Le plus long bail de location qu'elle ait jamais signé avant d'habiter ce bungalow avait été de six mois. Pendant les dix années où elle avait été infirmière itinérante, elle avait vécu avec deux sacs de voyage. Elle ne s'était attachée à aucun endroit, ni à personne, ayant appris à ses dépens que, si elle se sentait liée à son entourage, ce n'était pas forcément réciproque.

Du moins, jusqu'à ce poste au St. Brigit's.

Peut-être était-elle punie d'avoir cédé au désir de s'approprier quelque chose, d'avoir peint les murs du bungalow comme s'il était à elle...

Mais non, c'était ridicule. Et elle refusait de voir cette opportunité de revenir en Californie et de travailler avec son meilleur ami comme autre chose qu'un bienfait.

Elle avait initialement prévu que ce soit provisoire – un contrat d'un an, tout au plus. Mais quelque chose dans ce bungalow l'avait attirée. Aussi avait-elle volontiers accepté lorsque la propriétaire lui avait dit qu'elle cherchait à louer pour une longue durée. Mais elle n'avait pas changé le mobilier pour autant, au cas où elle aurait envie de repartir.

Pourtant, elle s'était tout de suite trouvée bien dans ce bungalow. Comme à la maison. Elle qui ne s'était jamais sentie chez elle nulle part, même étant enfant, et qui avait parcouru le monde sans trouver d'endroit qu'elle puisse considérer comme sien.

Pourquoi fallait-il que cela arrive ici, près du lieu qu'elle avait cherché à fuir dès qu'elle avait obtenu son bac ? Cela n'avait pas de sens.

Mais elle avait eu beau résister, la graine de l'espoir d'un avenir possible en Californie avait bel et bien germé.

Et voilà que sa maison allait être réduite en cendres !

Elle sentit sa gorge se serrer.

Ce désir nouveau d'un foyer était une sensation inconfortable. C'était peut-être son horloge biologique qui se réveillait – le besoin primaire de s'enraciner pour pouvoir fonder une famille.

Mais il n'y avait pas que cela. Revenir en Californie s'était révélé différent de ce qu'elle avait imaginé. *Elle* se sentait différente.

Pourquoi maintenant ? Il y avait déjà eu tant de changements dans sa vie. Elle n'en avait pas pour autant désiré une maison ou une famille.

Elle remua sur sa chaise.

Essayer de trouver une position confortable sur le mobilier en plastique de la salle de repos était peine perdue, et son corps n'en pouvait plus.

Machinalement, elle frotta l'annulaire de sa main gauche.

Elle avait porté la bague de fiançailles de James moins de trois semaines, avant qu'il ne lui avoue l'avoir trompée avec une autre infirmière. Le pire, c'était que cela l'avait à peine surprise. Sa mère biologique n'avait pas voulu d'elle. Ses parents adoptifs lui avaient fait comprendre qu'elle ne se montrait pas à la hauteur de leurs attentes. Pourquoi cela aurait-il été différent avec James ?

Elle ne s'était pas mise en colère, n'avait pas crié ni cassé la vaisselle. Elle ne se rappelait même pas avoir pleuré. Elle avait simplement fait ses bagages et était partie.

Un incendie de forêt dans les collines de Californie – quelque chose qu'elle n'avait vu que trop souvent –, ce n'était pas non plus une surprise, mais elle se sentait déphasée.

Elle se mordit la lèvre, s'efforçant de chasser l'image de sa maison en feu. Fermant les yeux, elle croisa les bras et retint ses larmes.

Bien fait pour elle. Ça lui apprendrait à s'abandonner aux sentiments. Avant de se précipiter à la maternité la veille, pourquoi n'avait-elle pas emporté les affaires préparées depuis une semaine ? Elle avait rassemblé dans deux cartons les rares objets auxquels elle tenait et les avait soigneusement rangés de façon à pouvoir les récupérer en moins de dix minutes si l'ordre d'évacuation survenait. Elle aurait dû les prendre avec elle...

— Voilà une mine bien sinistre ! Sérieusement, Quinn, que se passe-t-il ?

Tandis que Milo se glissait sur la chaise d'à côté, son genou frôla le sien, et un picotement lui parcourut la jambe à son contact.

Elle était fatiguée, inquiète, et dans une confusion totale sur le plan émotionnel. C'était la seule raison qui pouvait expliquer sa réaction à l'arrivée du Dr Milo Russell, se dit-elle, éludant le fait qu'elle avait éprouvé la même sensation la veille, et tous les jours depuis qu'ils s'étaient jetés dans les bras l'un de l'autre à l'aéroport, huit mois plus tôt. Ce simple geste de bienvenue l'avait complètement chamboulée. Près d'une année plus tard, elle ne pouvait toujours pas s'expliquer ces émotions, ni la raison pour laquelle elle n'avait pas encore fait ses bagages pour fuir.

Mais elle avait suffisamment de soucis aujourd'hui pour ne pas s'attarder là-dessus.

Rouvrant les yeux, elle se retint de se pencher vers Milo, et leva sa tasse dans sa direction tandis qu'il plongeait son regard vert dans le sien.

Milo était son ami. Son meilleur ami. Il était la raison pour laquelle elle avait sauté sur cette opportunité de travailler au St. Brigit's.

Certes, il était superbe. Terriblement séduisant. Et ses profondes fossettes étaient absolument craquantes. Mais elle n'était pas du genre à se pâmer devant quiconque – pas plus devant Milo que devant son ex-fiancé infidèle.

Du moins, cela avait été vrai jusqu'à ce qu'elle revienne

en Californie. Maintenant, elle aspirait au moindre contact physique avec lui.

Milo et elle étaient amis depuis l'école primaire. Cela remontait à l'époque où elle avait refusé de dénoncer le nouvel élève qui avait déclenché une bataille épique de nourriture. Elle s'était retrouvée debout dans le bureau du directeur, et Milo était entré en déclarant que c'était lui qui avait balancé le premier nugget. Pour finir, ils avaient nettoyé ensemble les murs de la cantine, et depuis ils avaient toujours pu compter l'un sur l'autre. Même quand l'envie de voir le monde l'avait entraînée à l'autre bout de la planète, ils étaient toujours restés en contact. Appels en visio, mails et réseaux sociaux leur avaient permis de réduire la distance. Milo était l'unique constante dans sa vie chaotique. Il était toujours là pour la faire rire, lui donner des idées pour son prochain déménagement, lui faire plaisir... Mais il avait toujours été son ami et rien d'autre.

Travailler ensemble au St. Brigit's était une première pour eux. Elle en appréciait chaque minute, mais elle devait désormais lutter constamment contre les réactions de son propre corps, trop enclin à remplacer cette amitié par quelque chose de plus romanesque.

— Mon quartier fait l'objet d'un ordre d'évacuation. Je m'en veux de ne pas avoir mis mes affaires dans la voiture hier soir avant de venir, avoua-t-elle en portant le café à ses lèvres.

Elle nota au passage que sa main tremblait légèrement.

Un des cartons qu'elle avait préparés était empli de photos d'elle et de Milo, ainsi que de la sœur et de la mère de celui-ci. Bien qu'étant une mère seule doublée d'un médecin débordé de travail, Diana Russell l'avait toujours bien accueillie, contrairement à sa famille. Si jamais ce carton de souvenirs était perdu...

Quinn se secoua mentalement. Elle n'allait pas recommencer !

Milo se pencha en avant.

— Il faudrait que tu y ailles, non ?

Le doux parfum de son shampoing au cèdre se mêla agréablement à l'arôme du café.

Qu'est-ce qui n'allait pas chez elle ? Avant son retour en Californie, elle n'aurait su dire quel était le shampoing de Milo. Elle savait néanmoins qu'un certain plissement de son nez signifiait qu'il était soucieux, et qu'un tressaillement de sa joue gauche trahissait une forte envie de rire, tandis que le même tressaillement de sa joue droite indiquait qu'il était en colère.

Les frontières entre l'amitié et... autre chose étaient peut-être un peu floues depuis déjà longtemps ?

Depuis son arrivée, ils avaient passé presque tout leur temps libre ensemble, appréciant de se voir en personne plutôt que sur écran. Milo l'avait aidée à peindre son bungalow, et ils avaient regardé de stupides comédies romantiques à la télévision en partageant d'énormes bols de pop-corn. Mais il n'avait jamais laissé entendre qu'il voulait davantage. Or il savait toujours ce qu'il voulait.

Elle secoua la tête en guise de réponse.

— Molly est en travail, dit-elle. Tu connais son histoire...

La jeune femme avait lutté contre la stérilité, et elle avait fait plusieurs fausses couches en cinq ans. Elle et son compagnon avaient fini par adopter un garçon auquel ils étaient très attachés, et ils avaient été tous deux stupéfaits quand elle était finalement tombée enceinte naturellement.

— Je pense qu'elle comprendrait, répondit Milo en lui saisissant le bout des doigts.

Ce simple geste lui fit battre le cœur plus vite, mais elle ne retira pas sa main. Aujourd'hui elle n'avait pas la force de veiller à maintenir une distance entre eux.

Elle jeta un coup d'œil par la fenêtre, et réprima un frisson en détournant les yeux des collines rougeoyantes.

— Si je partais maintenant, je n'arriverais pas chez moi avant que les routes soient fermées.

Sa maison était réellement en danger. Cet endroit qui avait touché son cœur pourrait bien disparaître.

Elle savait que, s'il s'était agi de la maison de Milo, il aurait déjà préparé un plan d'urgence détaillé. Peut-être même l'avait-il déjà fait.

Elle sentit son cœur se serrer.

Faire des plans procure un sentiment de sécurité, mais c'est parfois à double tranchant. Cela peut aussi servir à contrôler.

Sa coiffure, sa chambre, ses vêtements, ses activités avaient toujours été sous le contrôle de sa mère, qui affichait tous les dimanches matin le planning hebdomadaire sur le réfrigérateur. Il ne comportait que des activités que ses parents jugeaient importantes. Aucune fantaisie n'était permise. Elle avait dû apprendre à dissimuler son vrai soi derrière les barrières qu'elle s'était construites. Le monde faisait moins mal si elle les maintenait en place.

Elle avait fait ce qu'on attendait d'elle, acceptant sans discuter les remarques blessantes et les critiques acérées, un sourire de façade se révélant plus efficace que des larmes. Les barrières ne lui avaient pas apporté le bonheur, mais une certaine sécurité. Elle avait donc été une fille docile, jusqu'à ce qu'elle refuse que ses parents contrôlent ses choix de carrière. Cette unique rébellion avait eu pour conséquence qu'ils l'avaient rayée de leur vie – parce qu'elle avait voulu avoir son mot à dire sur son avenir.

Mais cet acte de mutinerie lui avait apporté la liberté et le droit de choisir ce qu'elle voulait et où elle voulait aller. De se couper les cheveux. De s'habiller selon son goût. Et de ne jamais avoir de planning !

Elle s'était juré que, quand elle aurait sa propre famille – si jamais elle se fixait quelque part assez longtemps pour en avoir une –, ses enfants n'auraient jamais l'impression que leur vie était planifiée, ni que son amour pour eux dépendait de leur docilité.

— Je pensais que j'avais encore au moins un jour ou deux devant moi, soupira-t-elle, luttant contre les larmes.

Elle n'avait jamais pleuré devant personne, et elle n'allait sûrement pas commencer aujourd'hui. De toute façon, il était trop tard pour faire quoi que ce soit.

— Ça va aller, assura-t-elle. Tu me connais ; s'il le faut, je trouverai un autre endroit.

Mais à la perspective de devoir bouger à nouveau, son cœur se serrait. C'était une sensation nouvelle et désagréable.

Se penchant en avant, elle serra brièvement la main de Milo. Pourquoi avait-elle toujours envie de le toucher ?

— J'irai peut-être quelque part où il y a de la neige et où je ne risque pas de fondre sur le trottoir à cause de la chaleur en été.

Le visage de Milo s'assombrit.

Elle savait qu'il n'aimait pas qu'elle évoque un éventuel nouveau départ. Autrefois, il s'était réjoui à la nouvelle qu'elle ne travaillerait pas dans le cabinet d'avocats de ses parents, mais il lui avait lancé un coup d'œil réprobateur quand elle lui avait annoncé qu'elle quittait la Californie. Dès qu'elle parlait de bouger, il fronçait les sourcils… Mais il n'avait pas protesté quand elle lui avait dit qu'elle revenait et allait le rejoindre au St Brigit's.

En se rappelant son large sourire sur l'écran, un frisson la parcourut tout entière.

Elle détestait le voir froncer les sourcils – et en être la cause.

— Et si une clinique en Alaska avait besoin d'une sage-femme et d'un gynécologue obstétricien ? lança-t-elle. On s'achèterait des motoneiges et on parcourrait l'Arctique !

Quand il chercha son regard, elle sentit le rouge lui monter aux joues. Qu'est-ce qu'il lui avait pris de lui faire une proposition pareille ?

— Quinn…

Mais il n'alla pas plus loin, et la question qu'elle n'aurait jamais dû poser resta en suspens entre eux. Il avait maintenant l'air soucieux, ce qui était la dernière chose qu'elle voulait.

— Je plaisantais, voyons, lâcha-t-elle en se forçant à rire. Je sais bien que je n'arriverai jamais à te faire quitter Los Angeles. Un jour, c'est toi qui dirigeras la maternité de Valley General, ajouta-t-elle en lui tapotant la main.

Milo gérait sa vie avec soin. Il élaborait un projet, puis il le suivait scrupuleusement. Ce n'était pas le genre à rechercher des aventures exaltantes.

Elle finit son café et se leva.

— Assez parlé de moi. La seule chose qui doit nous inquiéter, c'est si le vent tourne et que l'on doive évacuer la maternité.

— Quinn...

Se levant à son tour, Milo la serra brièvement dans ses bras. Elle hésita entre l'envie de s'abandonner à son étreinte et celle de s'en échapper. Mais elle demeura là, sans réaction.

— C'est normal d'être inquiète à propos du centre et de ta maison, dit-il doucement. Je sais ce que ce bungalow minable signifie pour toi.

Soudain elle ressentit douloureusement le fait de ne pas avoir de foyer, de famille ni d'endroit à elle. Elle croisa les bras sur sa poitrine, lui jetant un regard noir.

— Tout le monde ne peut pas vivre en centre-ville dans une tour ultramoderne, *docteur* Russell.

Une fossette apparut dans sa joue gauche, et il fit un pas vers elle.

— Mes mots ont dépassé ma pensée.

Ils avaient beau être au travail, elle n'avait qu'une envie : s'abandonner dans les bras de Milo et laisser la tension s'évanouir. Tout le monde savait qu'ils étaient des amis proches, et personne ne se formaliserait en les voyant enlacés. Mais au fond de son cœur, elle voulait plus, alors elle n'allait pas prendre ce risque.

Ses parents n'avaient pas voulu d'elle, et son frère et elle ne s'étaient pas parlé depuis des années. Même son ex-fiancé avait commencé à lui trouver des défauts moins d'un mois après lui avoir fait sa demande. Si ses rapports avec Milo changeaient, le besoin qu'il avait de tout planifier et son propre désir de suivre son instinct ne se heurteraient-ils pas ? Leur approche différente de la vie fonctionnait tant qu'ils étaient amis. Elle ne pouvait pas supporter l'idée de perdre la seule personne sur laquelle elle avait toujours pu compter. Impossible. Sans lui, elle se retrouverait complètement seule.

Comment lui faire comprendre la confusion dans laquelle elle était plongée ?

S'écartant légèrement de lui, elle sourit.

— Merci pour ta compagnie. Je vais voir comment va Molly.

Elle refusa de s'attarder sur la lueur de déception qu'elle crut voir dans ses yeux, et se dirigea vers la porte en jetant au passage sa tasse dans la poubelle de tri.

Il fallait qu'elle cesse de réagir ainsi quand elle se trouvait à proximité de Milo. Ils étaient amis, point. Les meilleurs amis. Leur amitié avait résisté aux phases critiques de l'adolescence, à leurs divers jobs, à ses fiançailles ratées et au bref mariage de Milo. Nul ne la connaissait mieux que lui. Lui seul lui donnait la sensation d'être enracinée et de compter pour quelqu'un. Sans doute avait-elle parfois une impression de solitude et aspirait-elle à un endroit à elle, d'où la confusion de son cœur. Rien de plus.

Milo réprima un soupir.

Quinn n'allait pas bien, elle avait besoin d'un ami. Pourquoi ce qui avait toujours été si aisé et naturel entre eux était-il devenu si compliqué depuis qu'elle était venue travailler avec lui au St. Brigit's ?

Et si elle se rendait compte que ses étreintes duraient un peu trop longtemps ? Qu'il devait se retenir d'appuyer sa tête contre la sienne ? Qu'il avait hâte d'être auprès d'elle ?

Il leur avait fallu plus de dix ans pour parvenir à se retrouver au même endroit en même temps. Mais l'excitation de leurs retrouvailles huit mois auparavant, quand elle s'était jetée dans ses bras à l'aéroport de L.A., avait été fondée sur l'amitié. Or il éprouvait du désir pour Quinn Davis depuis des années. En fait, il n'aurait pas su dire quand leur amitié partagée s'était transformée pour lui, mais c'était palpable dans chaque sourire et chaque contact subtil.

De son côté, elle n'avait jamais laissé paraître qu'elle voulait autre chose, et il était hors de question qu'il perde son amitié.

Des années auparavant, il avait rassemblé son courage pour lui demander de sortir avec lui. Mais quand il était arrivé avec des fleurs, elle était en train de danser de joie avec sa colocataire parce qu'elle venait de signer son premier contrat avec une agence d'infirmières itinérantes. Elle était si belle et semblait si heureuse ! Il avait enfoui au plus profond de son cœur la question qu'il avait voulu lui poser et s'en était sorti par une pirouette : prétendant que la télépathie avait fonctionné entre eux, il lui avait remis le bouquet de tournesols en la félicitant pour son nouveau job.

En réalité, elle voulait mettre de la distance entre elle et la Californie depuis l'école primaire, et il avait pris la résolution de ne jamais contrecarrer ses projets. Son père lui avait appris qu'avoir des rêves et des objectifs est important dans la vie. Il voulait que Quinn soit heureuse et qu'elle ait autant de tampons qu'elle le désirait sur son passeport, même s'il détestait la distance qu'il y avait entre eux.

Quoi qu'il en soit, ce n'était pas le moment de lui demander de sortir avec lui.

Et ce ne serait jamais le bon moment.

St. Brigit's n'était qu'une halte pour Quinn. Il se rappelait cela chaque fois qu'il s'asseyait sur le canapé à moitié défoncé de son logement meublé. Un jour viendrait où la route la rappellerait – elle l'avait toujours fait.

Ce n'était pas le cas pour lui. Il aimait la Californie et n'envisageait nullement de s'installer ailleurs. Sa mère et sa sœur se trouvaient là, ainsi que tous ses objectifs.

Pourtant, il lui arrivait de surprendre dans les yeux de Quinn quelque chose qui lui faisait penser qu'elle aussi envisageait la possibilité qu'il y ait quelque chose de plus entre eux. C'était probablement le fruit de son imagination, mais il avait une piqûre d'espoir à chaque fois. La semaine précédente, leurs mains s'étaient frôlées quand ils se rendaient à pied au cinéma. Elle lui avait souri d'une telle façon qu'il s'était retenu in extremis de lui parler.

Ces pensées qui tournaient dans sa tête, la chaleur qui lui montait au ventre quand elle était près de lui, les rêves dont il émergeait au matin avec la sensation de la serrer encore contre lui, tout cela, il avait toujours pu le dissimuler. Mais maintenant qu'ils se voyaient chaque jour, le besoin qu'elle vienne combler le vide de son cœur devenait plus fort.

Ce vide avait existé bien avant qu'il ne fasse la connaissance de Quinn. Il s'était créé le soir où son père avait eu cet accident de voiture. Ensuite, sa mère avait fait ce qu'elle avait pu, mais il s'était senti très seul. Les conversations qu'il avait avec elle n'étaient pas les mêmes que celles qu'il avait échangées avec son père. Ils avaient été si proches ! Ce sentiment d'être une famille complète lui manquait, et il se raccrochait aux souvenirs d'alors.

Son bref mariage lui avait au moins appris une chose : aucune autre personne ne pourrait remplir le vide causé par la perte de son père. C'était beaucoup trop demander. La leçon qu'il avait tirée de ce drame était que les actes trop impulsifs n'engendrent que le chaos et vous laissent le cœur brisé.

Il avait toujours été impressionné par la faculté qu'avait Quinn de rebondir et repartir à zéro. Elle était capable de laisser le passé derrière elle et de saisir une nouvelle opportunité qui se présentait, certaine que les détails se régleraient d'eux-mêmes.

Les yeux fixés sur le feu qui ravageait au loin les collines, il soupira.

Quand il était enfant, il attendait toujours la dernière minute pour faire les choses – notamment ses devoirs scolaires. La semaine qui avait précédé sa mort, son père lui avait acheté deux petits tableaux blancs. Il avait écrit « Court terme » sur l'un et « Long terme » sur l'autre – comme il avait l'habitude de le faire sur les tableaux qu'il avait dans son propre bureau. Puis il lui avait demandé de planifier au moins quelques projets.

Mais il ne l'avait pas fait. Et la veille de son exposé de sciences, il avait paniqué parce qu'il n'avait pas les fournitures dont il avait besoin. D'autorité, son père l'avait envoyé à l'étage se mettre aussitôt au travail pour son exposé tandis que lui-même irait acheter les fournitures. Un conducteur ivre l'avait heurté alors qu'il revenait du magasin. Dans sa voiture, on avait trouvé aussi un poster pour sa sœur et des fleurs pour sa mère.

Se sentant brusquement perdu, Milo était devenu l'ombre

de lui-même, abandonné dans un monde où l'homme qui l'avait fait se sentir grand, important et spécial s'était évanoui. Pendant les jours remplis de chagrin qui avaient suivi, il s'était mis à utiliser les tableaux que son père lui avait donnés. La routine qu'ils lui avaient procurée avait atténué sa peine. Elle n'avait jamais complètement disparu, mais la rigidité que lui procurait une vie bien structurée laissait moins de place aux surprises. Il gardait un peu de contrôle sur ce monde chaotique.

Alors que Quinn recherchait la liberté, lui-même avait besoin de contrôle. Il ne serait jamais quelqu'un qui n'a aucune idée de ce que lui réservent les six prochains mois. Elle ne resterait pas en Californie. Quant à lui, il avait fixé depuis longtemps les objectifs qui feraient de lui quelqu'un de complet.

Et il était si près du but !

Ses pensées le ramenèrent à l'incendie qu'il voyait au loin par la fenêtre, et l'inquiétude l'envahit.

La fumée était descendue sur Los Angeles une semaine auparavant, mais la lumière des feux était restée distante... jusqu'à présent. Les incendies de forêt étaient une crainte permanente en Californie. On lui avait conseillé à plusieurs reprises de sortir de chez lui. Mais il n'avait jamais reçu l'ordre d'évacuer.

La maison de Quinn résisterait-elle ?

Il l'espérait, même s'il avait critiqué son choix au vu de l'état du bungalow, en l'aidant à y apporter ses affaires quelques mois plus tôt. Elle s'était contentée de sourire en disant qu'elle adorait cet endroit. Ils avaient passé quelques week-ends à peindre les murs gris de sa chambre en bleu vif et les murs de sa cuisine en jaune soleil : si le café ne suffisait pas à la réveiller le matin, la couleur des murs y parviendrait ! Il s'était abstenu de lui faire remarquer que les couleurs vives étaient démodées, car il n'avait jamais compris que la mère de Quinn ait refusé qu'elle choisisse la couleur des murs de sa chambre, alors même qu'elle avait proposé de payer le matériel. Mais il y avait beaucoup de choses chez la famille Davis qu'il ne comprenait pas.

Pour lui, le seul réel défaut du bungalow était qu'il se trouvait loin de chez lui. Il fallait compter quarante minutes en partant du St. Brigit's. Et encore, si le trafic était fluide.

C'était sans doute ridicule d'avoir pensé qu'ils deviendraient voisins. Dès que Quinn lui avait annoncé qu'elle prenait le poste au St. Brigit's, il s'était mis à chercher des locations près de chez lui et avait sélectionné les meilleurs endroits. Or elle avait signé le bail pour le bungalow sans en visiter un seul. Il avait cru tout naturellement qu'elle aimerait qu'ils soient proches l'un de l'autre pendant la période qu'elle passerait à L.A., et il avait été désagréablement surpris qu'elle aille habiter si loin de lui.

Elle avait signé un bail de deux ans pour ce petit bungalow de deux chambres, ce qui était une longue durée pour elle. Si le bungalow brûlait, est-ce qu'elle repartirait ?

L'agence pour infirmières itinérantes continuait à lui envoyer des propositions de poste, et il savait qu'elle parlait à ses collègues des possibilités de voyage qui se présentaient. Son enthousiasme était contagieux, et une ou deux infirmières du St. Brigit's avaient posé leur candidature auprès de la même agence.

Il se remit à penser à son idée de lui demander de sortir avec lui. Pourquoi surgissait-elle de nouveau ?

— La tête du bébé est visible, mais il ne sort pas, annonça Rhonda.

Elle repartit aussitôt, et il ne lui resta plus qu'à se concentrer sur le travail qui l'attendait, mettant de côté les questions et les doutes qui se bousculaient dans sa tête.

— Je ne peux pas, haleta Molly en reposant la tête sur l'oreiller.

Elle poussait depuis plus d'une heure, et elle commençait à fatiguer et à se sentir frustrée.

— Si, vous le pouvez, dit Quinn d'une voix ferme. Respirez. Et quand la prochaine contraction se présentera, je veux que vous poussiez de toutes vos forces.

Elle jeta un coup d'œil sur le moniteur cardiaque.

Il était toujours stable, mais plus le fils de Molly hésitait à entrer dans ce monde, plus l'éventualité d'une césarienne se rapprochait.

— Je suis fatiguée, gémit celle-ci d'une voix à peine audible.

— Je sais, Molly.

Quinn compatit – seulement pendant une minute. Son mentor pendant sa formation, un ancien médecin de l'armée, avait enseigné à ses étudiants qu'une patiente a parfois besoin que l'on fasse preuve d'autorité avec elle. Molly devait être concentrée. Mettre un bébé au monde est un dur travail, mais elle pouvait le faire.

Elle chercha le regard de la future maman.

— Votre travail n'est pas terminé, lui rappela-t-elle. Julian, aidez Molly à se redresser un peu. Et vous, Molly, préparez-vous à pousser.

Le compagnon de Molly s'exécuta et lui frotta le dos. Il murmura quelque chose à son oreille, et Molly serra les lèvres et fit un signe de tête.

Bien.

Le moniteur se mit à biper, et les traits de Molly se contractèrent.

— Oh ! mon Dieu.

— Allez-y, poussez ! ordonna Quinn.

Molly s'accrocha aux mains de Julian et poussa un cri, mais elle ne s'arrêta pas de pousser.

Quinn réprima un soupir de soulagement.

Enfin ! Elle voyait le petit nez et les lèvres.

— Beau travail, maman. Poussez encore une fois ou deux, et il sera là.

Elle sentit de l'air frais à côté d'elle, et sut que Milo les avait rejoints, mais elle ne tourna pas la tête. C'était elle qui avait demandé à Rhonda de le prévenir si leur patiente poussait pendant plus de quarante minutes sans résultat. Si le bébé n'était pas descendu...

Mais il serait bientôt là, c'était tout ce qui comptait.

Elle était contente que l'intervention de Milo ne soit pas nécessaire, mais elle savait qu'il ne repartirait pas. Non pas parce qu'il n'avait pas confiance dans ses compétences de sage-femme, mais parce qu'il se souciait de chacune de ses patientes. Et il s'efforçait d'être présent au moment de la naissance le plus souvent possible.

— On dirait que j'ai revêtu ma tenue de chirurgien pour rien, commenta-t-il.

Elle n'eut pas besoin de se retourner pour savoir qu'il souriait. C'était le moment qu'ils aimaient tous – la raison pour laquelle toutes les sages-femmes et tous les gynécologues obstétriciens ont choisi ce métier.

Il n'y a pas de plus grande joie que d'être le témoin d'une nouvelle naissance dans ce monde, et de partager cela avec un homme et une femme, qu'ils deviennent parents pour la première ou la cinquième fois. Elle n'était jamais blasée.

Le moniteur bipa de nouveau, et elle sourit à Molly.

— Encore une fois, maman.

Molly s'agrippa de nouveau à son compagnon, et le sourire de Quinn s'élargit tandis que le minuscule petit être glissait dans ses mains.

Il était parfait ! Dix petits doigts, dix petits orteils, et des poumons en pleine santé, à en juger par le cri qu'il poussait.

Pendant un bref instant, elle se prit à souhaiter que cet enfant soit le sien, ce qui lui était déjà arrivé récemment.

Elle savait que ce souhait cachait un autre désir profondément enfoui : celui de trouver quelqu'un. De traverser la vie avec un homme qui, comme Julian, essaierait de rester impassible pendant qu'elle lui broierait les mains en mettant leur enfant au monde...

Quelqu'un qui la choisirait, elle, juste comme elle était.

Elle sourit en déposant le nouveau-né encore hurlant sur la poitrine de sa maman.

— Félicitations, Molly. Vous êtes de nouveau maman.

Molly et Julian étaient de bonnes personnes, ils formaient une adorable famille. À n'en pas douter, leur cœur serait suffisamment grand pour accueillir le nouveau bébé *et* leur fils adoptif même si ce dernier ne partageait pas leur ADN.

Contrairement à ses propres parents adoptifs.

Le placenta fut expulsé sans complications pendant que Molly et Julian commençaient à créer des liens avec leur bébé, comptant ses doigts de mains et de pieds. Puis Milo prit le bébé pour l'examiner, et Quinn s'occupa de sa patiente.

Quelques minutes plus tard, Molly, épuisée mais ravie, embrassa le sommet du crâne de son fils avant d'échanger un baiser avec son mari.

— Il est magnifique, dit Quinn en souriant.

C'était vrai. Le petit bonhomme était adorable – comme tous les nouveau-nés.

Molly exhala un soupir de bonheur.

— N'est-ce pas ? Il est si beau ! Je trouve qu'il ressemble un peu à Owen. Je sais que, techniquement, ce n'est pas possible, mais regardez son petit nez.

Du bout du doigt, elle caressa le nez du bébé et se mit à rire.

— Il est si mignon...

Julian embrassa sa femme.

— Je suis d'accord, dit-il en sortant son téléphone portable.

Un petit garçon apparut sur l'écran.

— Ça y est, je suis grand frère ? s'écria-t-il quand son père lui montra le bébé sur la poitrine de sa mère.

— Oui, murmura Molly en faisant un signe à son fils aîné. Voici Adam, ton petit frère.

— Maman est fatiguée, mais mamie t'emmènera bientôt le voir.

— Promis ? demanda Owen d'un ton un peu inquiet.

Quinn fit une prière silencieuse pour que tout se passe bien. À quatre ans, il était normal qu'Owen soit un peu jaloux de son frère. Il était trop petit pour comprendre que son monde venait de changer pour toujours.

— Promis, répondit Julian avec un large sourire, en levant le pouce à l'intention de son fils. Je t'aime, grand frère.

Elle sentit sa gorge se serrer à l'étouffer.

Il fallait qu'elle parte. Maintenant. Molly allait bien, et la famille avait besoin d'un peu de temps à elle…

Elle aurait voulu croire que c'était pour cette raison qu'elle s'esquivait ainsi, mais elle n'avait jamais bien su mentir – en particulier à elle-même.

Elle sortit de la salle d'accouchement, poursuivie par son passé.

Redressant la tête, elle s'efforça de se détendre.

Molly et Julian n'étaient pas ses parents, ils aimeraient leurs deux enfants sans faire de différence.

Quand elle avait voulu retourner en Californie, travailler avec Milo était sa principale motivation, mais Los Angeles était aussi sa ville natale, celle où elle avait grandi. Elle avait espéré qu'assez d'eau aurait coulé sous les ponts, mais elle s'était rapidement rendu compte que ses douleurs d'enfance refusaient de rester enfouies au fond de son âme.

Après des années de vaines tentatives pour concevoir, ses parents avaient décidé de l'adopter, alors qu'elle n'était qu'un nouveau-né abandonné devant une caserne de pompiers.

L'avaient-ils aimée au début ? Elle était trop jeune pour s'en souvenir. Son frère Asher, l'enfant miracle qu'ils avaient toujours désiré, était né quand elle n'avait pas encore deux ans. En l'espace d'une nuit, elle était devenue une intruse. S'ils avaient pu la rendre…

Elle s'appuya contre le mur.

La journée avait été fertile en émotions, mais cette petite parcelle de son cœur qui aspirait à une situation permanente grandissait à chaque déménagement… et s'exprimait encore plus intensément quand elle n'était pas près de Milo.

— C'est le portrait craché de ma mère, dit une jeune maman à ses visiteurs en passant dans le couloir avec sa petite fille dans les bras.

Chaque fois que quelqu'un avait fait la remarque que ses cheveux et ses yeux noirs contrastaient avec les cheveux blonds et les yeux bleus de sa famille, Quinn aurait aimé que sa mère tourne la chose à la plaisanterie ou invente un arrière-grand-père aux yeux foncés. Ou encore qu'elle explique que Quinn était sa fille par choix.

Mais elle avait eu beau se plier aux strictes règles familiales et se conformer aux volontés et aux désirs de ses parents, cela n'avait pas suffi. Carolyne Davis répondait toujours tranquillement que Quinn n'était pas d'elle.

« Pas d'elle », donc pas un membre à part entière de la famille. Et quand ses parents étaient morts dans un accident de voiture alors qu'elle venait d'obtenir son diplôme d'infirmière, elle avait découvert qu'ils avaient tout légué à son frère, sans même la mentionner dans le testament.

Son frère et elle n'avaient jamais été très proches ; pourtant, il s'était efforcé de faire les choses correctement en divisant l'héritage de façon équitable. Mais pour elle, l'argent ou les biens immobiliers importaient peu. Ses parents lui avaient coupé les vivres le jour où elle avait déclaré qu'elle ne voulait pas devenir avocate. De toute façon, ils n'auraient jamais été satisfaits, alors à quoi bon renoncer à son rêve d'être infirmière ?

Asher n'y était pour rien, mais il avait eu droit à tout ce qui importait pour elle : les lettres de leurs parents, les souvenirs. La légitimité. Pourtant, une partie d'elle avait continué d'espérer que, un jour, elle serait la bienvenue dans sa famille. Après le décès de ses parents, ce rêve s'était révélé impossible. Quant au testament qu'ils avaient soigneusement préparé en cas de mort soudaine, elle ressentait encore la blessure qu'il lui avait causée, et elle ignorait comment en guérir.

Ensuite, elle avait aussi perdu son frère. Pas physiquement, mais Asher avait repris les rênes du cabinet d'avocats et avait fini par ne plus répondre à ses messages. Leurs vies avaient toujours été séparées, mais, sans leurs parents entre eux, elle avait espéré qu'ils pourraient devenir amis. Là encore, elle avait été déçue.

Au moins, sur le plan professionnel, elle avait trouvé sa place. Le métier d'infirmière était pour elle une vocation, et elle n'avait jamais regretté son choix. Pas à pas, elle avait tracé son chemin, se concentrant sur l'étape suivante. Mais soigner les autres n'avait pas fait disparaître son désir d'être aimée, d'avoir une famille qui l'accepte comme elle était.

— Molly et Julian seront de très bons parents. Ils vont avoir du pain sur la planche avec leurs deux garçons, déclara Milo.

— C'est certain, répondit-elle en regardant Rhonda accrocher une cigogne de bienvenue à la porte de Molly.

La créature aux longues pattes était suspendue à chaque porte, et elle sentit son cœur se serrer à la pensée qu'elle ne connaîtrait peut-être jamais cette joie – surtout si elle continuait à bouger tous les ans.

— Je vais bien, ajouta-t-elle sans préambule.

Peut-être que, à force de répéter cette phrase, elle deviendrait réalité ?

Milo lui passa un bras autour des épaules.

— Je ne t'ai rien demandé.

— Non, mais je savais que tu allais le faire.

Elle s'efforça de sourire.

— La télépathie...

Milo sourit à son tour, et la fossette sur sa joue la fit craquer une fois de plus.

Avant qu'il ait le temps de faire le moindre commentaire, elle désigna sa montre.

— Je ne suis plus de service. Donc je vais...

Elle se tut brusquement, se rappelant qu'elle ne pouvait pas rentrer chez elle.

— Viens crécher chez moi ? J'ai terminé, moi aussi.

Si elle acceptait alors que ses émotions étaient à fleur de peau, cela risquait d'être un désastre.

— Non, répondit-elle, d'un ton un peu trop sec qu'elle regretta en voyant le visage de Milo s'assombrir.

— Je vais crécher ici, ajouta-t-elle avec une gaieté forcée. Comme ça, je serai à l'heure pour le prochain service.

Milo hocha la tête d'un air mi-figue mi-raisin.

— Le trajet sera plus rapide, c'est sûr.

Elle le regarda s'éloigner, se retenant de courir derrière lui pour lui dire qu'elle adorerait dire oui. Pour toutes sortes de raisons.

Mais elle ne pouvait pas le faire, puisqu'il était son ami. Si leur dynamique changeait, elle risquait de perdre beaucoup.

D'un autre côté… si elle gagnait tout ?

Non. Tant qu'elle ne pourrait pas faire taire son cœur douloureux, mieux valait garder de la distance entre eux. Même si cette distance faisait mal aussi.

2

Les cheveux noirs de Quinn étaient répandus sur ses joues, et ses pieds dépassaient du lit. Milo soupira à la vue de l'oreiller tout chiffonné qui soutenait sa tête.

Lui-même avait fait plus d'un somme sur cette horreur, et il savait qu'elle allait se réveiller avec la nuque raide.

Si elle était rentrée avec lui la veille, elle aurait eu tout le confort et se serait bien reposée. Il aurait pris soin d'elle. Mais il connaissait son côté indépendant. Elle s'était occupée seule d'elle-même pendant la plus grande partie de sa vie.

Pourtant, elle n'avait pas besoin de *tout* faire elle-même. La base de toute amitié était de pouvoir compter l'un sur l'autre. Elle pouvait tout lui demander. N'importe quoi.

Si l'ordre d'évacuation de sa maison n'était pas levé aujourd'hui à la fin de leur service, il trouverait le moyen de l'emmener chez lui jusqu'à ce que tout soit terminé.

Il sentit son cœur s'emballer et s'irrita contre lui-même.

Il ne devrait pas se réjouir qu'elle vienne séjourner chez lui. La maison de Quinn était peut-être engloutie par les flammes à cet instant précis...

Sa main trembla quand il la posa sur son épaule.

— Quinn...

Elle avait toujours eu du mal à se réveiller et avait besoin d'au moins trois sonneries pour y parvenir, alors que lui était toujours d'attaque avant même que son alarme ait eu une chance de sonner.

Il la vit esquisser un petit sourire, et elle roula sur elle-même pour se tourner vers lui.

— Milo, je voudrais…

Quoi ? Il avait soudain terriblement envie de connaître la fin de sa phrase.

Elle n'était pas complètement réveillée, et il arrive que les rêves révèlent des bribes d'informations. Quinn était une constante de ses propres rêves depuis des années, et depuis son retour ce n'étaient pas des pensées uniquement amicales qui l'habitaient à son réveil.

Cela ne signifiait pas pour autant qu'il était une constante des rêves de Quinn. Elle pouvait rêver de peinture, de cuisine, ou d'une autre des multiples activités qu'ils avaient pratiquées ensemble pendant leurs vingt ans et plus d'amitié. Et malgré cela, il continuait à garder un peu d'espoir au fond de son cœur : si elle aussi rêvait d'autre chose ? De quelque chose de plus ?

Mais ce matin, il n'avait guère de temps pour faire de l'introspection. Le mari d'Ainsley Dremer avait appelé pour prévenir que sa femme était en travail. Elle s'était organisée pour accoucher à domicile, mais les sages-femmes qu'elle avait vues durant sa grossesse étaient concernées par des ordres d'évacuation. La règle au St. Brigit's était que deux sages-femmes s'occupent des accouchements à domicile, et actuellement seule Quinn était disponible. Il devrait faire office de second.

La saisissant par l'épaule, il la secoua énergiquement.

— Quinn ?

Si le feu continuait à se propager, leurs patientes pourraient avoir des difficultés à gagner St. Brigit's. Il savait que des mois de sécheresse avaient préparé le terrain idéal pour la propagation du feu. D'après les informations, les maisons de la zone où habitait Quinn avaient été détruites. Il ne souhaitait à personne de voir sa maison brûler, mais par-dessus tout il espérait que la maison de Quinn reste intacte : ce ne serait pas une excuse pour qu'elle s'en aille.

Sa place était dans cette région. Avec lui. Pourquoi cette pensée ne le quittait-elle pas ?

Soudain, il sentit la chaleur des doigts de Quinn qui effleuraient les siens, et une vague de chaleur le parcourut.

Ces brefs contacts signifiaient beaucoup plus pour lui qu'ils ne devraient.

Les yeux de Quinn se posèrent sur lui, et il la vit rougir.

— Milo ? Quelle heure est-il ?

— L'heure d'aller bosser !

Il cligna de l'œil, espérant que son expression ne reflète pas la multitude d'émotions qui l'envahissaient.

— Ainsley Dremer est en travail, annonça-t-il. Sherrie et Heather sont bloquées, si bien qu'il ne reste plus que toi et moi.

Quinn se redressa et fit la grimace en se touchant la nuque.

— Ce lit n'est pas fait pour de longues pauses, commenta-t-il, en résistant à l'envie de lui masser les épaules.

Il l'avait pourtant fait des dizaines de fois au fil des années – un simple geste qu'un ami propose facilement. Mais il lui semblait beaucoup trop intime lorsque son propre corps réclamait bien plus qu'un simple contact amical.

— J'ai dormi sur bien pire, répondit-elle en se massant la nuque du bout des doigts. Quelques cachets et une douche bien chaude devraient rapidement tout arranger.

Il se rappelait qu'elle avait dit la même chose après avoir dormi sur le sol d'un hôpital de fortune à Haïti, pendant la vague de choléra. Elle semblait capable de s'endormir n'importe où, mais cela n'empêchait pas ses muscles de réagir, même si elle faisait son possible pour le cacher.

Il lui donna un verre d'eau et deux antalgiques avant de lui tendre un petit sac avec une brosse à dents et du dentifrice.

Quinn lui sourit.

— Milo, tu es le meilleur.

Ce simple compliment lui déclencha un frisson dans le dos. Quinn était sa meilleure amie, mais ce n'était plus assez. Depuis des années.

Elle sourit en levant sa bouteille d'eau dans sa direction.

— À l'amitié.

— Je suis quelqu'un d'épatant, fit-il remarquer.

— Et de si modeste, ajouta Quinn en riant. Où Ainsley en est-elle de sa grossesse ? Sherrie l'a suivie et a dit que tout se présentait bien.

Les accouchements à domicile étaient en train de gagner en popularité, et il était pour. Mais il ne les conseillait pas aux femmes présentant une grossesse à risques. Il tenait à ce que St. Brigit's offre à ses patientes la possibilité de choisir – comme le faisait la clinique de sa mère.

Il eut un pincement au cœur.

Il n'avait pas travaillé dans cette clinique depuis près de cinq ans. St. Brigit's était très bien, mais ce n'était pas Oceanside Clinic.

Cinq ans plus tôt, quand sa mère avait épousé Felix Ireman, un autre gynécologue obstétricien de la clinique, l'atmosphère y était devenue encore plus familiale. Il avait été bénévole à Oceanside à l'adolescence puis, lorsqu'il préparait son diplôme, il avait émis l'idée d'y ajouter une maison de naissance naturelle, qu'ils avaient commencé à construire l'année où il avait travaillé au Valley General.

Trois semaines avant que son père ne décède, il l'avait emmené au Valley General pour qu'il puisse interviewer un chirurgien sur un projet d'exposé scientifique – celui qu'il avait retardé. En repartant, son père s'était arrêté devant le bureau du chef de l'unité d'obstétrique, et il avait souri.

— Un jour, ce sera mon bureau, lui avait-il dit.

C'était le souvenir le plus précis qu'il gardait de son père, se rappela-t-il, le cœur serré. Pour lui qui avait été l'ombre de son père, c'était dramatique de ne plus être capable de se rappeler le son de sa voix. Celui-ci était si confiant, à ce moment-là ! Il n'avait jamais pu atteindre son but, mais lui, Milo, il y arriverait. Et chaque matin, en franchissant la porte, il se sentirait plus proche de lui.

— Milo ?

Oubliant le pincement dans sa poitrine, il répondit à la question de Quinn.

— Ainsley est à quarante semaines et deux jours. Quand

son mari a appelé, les contractions étaient régulières depuis environ 3 heures du matin. Le moment est venu !

Il regarda par la fenêtre.

Le soleil ne se lèverait pas avant encore deux heures, mais le rougeoiement de l'incendie illuminait les collines.

Quinn se tourna aussi vers la fenêtre.

— Ainsley et son mari habitent à quelques kilomètres de la zone d'évacuation volontaire. Est-ce que les vents ont changé de direction pendant la nuit ?

— Martina est en contact régulier avec la brigade des pompiers, et ils estiment la situation assez sûre.

Quinn se dirigea vers la salle d'eau.

— Donne-moi cinq minutes pour me préparer, et on pourra y aller. Et ne mange pas tous les croissants, ajouta-t-elle avant de fermer la porte. J'ai vu le sachet derrière ton dos.

Il se mit à rire.

— Je ne peux rien te promettre.

À cet instant, Martina, la directrice, entra dans la pièce, l'air soucieux.

— Docteur Russell, si le feu change de direction et au cas où il y aurait des complications avec l'accouchement d'Ainsley Dremer, j'ai donné l'instruction à Kevin de vous emmener vers le sud à Oceanside Clinic.

Oceanside…

— Pour l'instant, on ne pense pas que le feu va changer de direction, précisa-t-elle. Il n'est pas question de mettre quiconque en danger. Mais il est toujours bon d'avoir un plan B.

— Bien sûr, approuva-t-il.

Les plans B, ça le connaissait. Mais l'excitation qu'il ressentait au nom d'Oceanside Clinic le dérangeait. Il avait beaucoup aimé travailler avec sa mère, mais, à chaque année qui passait, sa connexion avec son père s'éloignait, ce qui le déterminait un peu plus à obtenir le poste au Valley General.

Valley General lui offrait une opportunité qu'il ne trouverait nulle part ailleurs : se rapprocher de son père. S'il pouvait rétablir le lien qu'ils avaient partagé à cet endroit, le sentiment de solitude qui l'accompagnait depuis son décès se dissiperait peut-être.

Et il s'évanouirait complètement si Quinn restait...

À cette pensée, il sentit son corps s'embraser.

Mais il ne devait pas oublier qu'elle avait déjà commencé à parler d'une prochaine destination.

— Ainsley et son mari habitent à mi-chemin entre ici et Oceanside, poursuivit Martina. Et comme vous avez toujours vos entrées à Oceanside, ce serait sans doute plus sensé.

Il était encore médecin externe à la clinique de sa mère, mais seulement pour des cas d'urgence, ou si celle-ci et Felix étaient dans l'impossibilité d'exercer. Par chance, ce n'était encore jamais arrivé. Cependant, si sa mère continuait à lui demander de revenir, il devrait mettre fin à cette situation. Elle savait ce qu'Oceanside signifiait pour lui, mais elle connaissait aussi son rêve concernant Valley General.

— Quinn et moi allons nous mettre en route, dit-il. Y a-t-il autre chose ? Nous passerons probablement une bonne partie de la journée avec Ainsley.

— Eh bien... Le Dr Metri est en train d'examiner quelques candidatures pour le poste vacant en obstétrique. À votre retour, jetez-y donc un coup d'œil pour voir si quelqu'un pourrait compléter notre équipe. Il y a même une gynécologue obstétricienne senior de Valley General qui doit avoir envie de lever le pied.

Sa langue resta collée à son palais.

Un poste de senior serait bientôt vacant au Valley General !

Travailler avec Quinn était pour lui un moment fort. Celle-ci risquait de ne pas revenir en Californie une fois qu'elle serait repartie. Même s'ils n'en parlaient jamais, il savait que leur relation de travail avait une date d'expiration. L'hôpital Mercy General l'avait approché quelques semaines plus tôt pour un poste de senior en obstétrique, et il n'avait pas donné suite car il n'avait pas envie d'écourter ce temps passé à travailler ensemble. Il avait toujours pensé qu'elle partirait la première, mais se pourrait-il que ce soit lui ?

— Bien sûr, j'y jetterai un coup d'œil, répondit-il enfin.

Il sourit tout seul en regardant Martina s'éloigner.

Si un poste de senior était sur le point de se libérer au Valley General, cela pourrait accélérer ses plans et l'aiderait à supporter le prochain départ de Quinn...

Et à l'empêcher de se conduire comme un imbécile.

— Que se passe-t-il ? demanda Quinn en lui lançant un regard scrutateur. On dirait que tu mijotes quelque chose.

— Comment peux-tu le savoir ?

Il attrapa un croissant dans le sachet qu'elle venait de subtiliser.

— Tu as le regard lointain, et tu te frottes le menton, répondit-elle, la bouche pleine.

Elle était capable de lire en lui depuis l'adolescence.

Et si elle devinait le flot d'émotions qu'elle déclenchait en lui ?

Elle lui passa une main autour de la taille, ce qui fit aussitôt monter la chaleur en lui.

— Alors, qu'est-ce que tu as en tête ?

— Rien d'extraordinaire, répondit-il en se dirigeant vers la porte. Martina voudrait que j'examine des candidatures. L'une d'elles provient d'une gynéco senior au Valley General.

Quinn lui emboîta le pas.

— Et tu vas comploter pour la remplacer, conclut-elle.

— Je ne comploterai pas, protesta-t-il.

Ils étaient arrivés à la fourgonnette, et Kevin, le chauffeur, démarra pendant qu'il ouvrait la porte arrière.

— Je préfère « planifier », ajouta-t-il. Tu sais bien que c'est ce que je fais toujours.

Elle hocha la tête en terminant son croissant.

— Les plans peuvent se changer. Il n'y a que toi qui les graves dans la pierre.

Il croisa son regard et sentit sa gorge se serrer.

La faculté qu'ils avaient de lire l'un dans l'autre pouvait réellement être un inconvénient.

— Qu'entends-tu par là ?

— Milo... Je sais que, depuis le départ de Bianca, Valley

General est devenu ton obsession, dit-elle alors que la fourgonnette quittait le parking.

Il fronça les sourcils.

— Planifier n'est pas une obsession. Cela procure un certain contrôle.

— Le contrôle n'est pas...

Quinn se mordit la lèvre et se tut.

Bien sûr. Elle fonctionnait avec son cœur et ne cherchait pas à gravir les échelons pour sa carrière. Et elle ne pouvait pas comprendre pourquoi il était focalisé sur Valley General.

L'infidélité de Bianca, moins de six mois après leur mariage éclair à Las Vegas, l'avait laissé désemparé. Ils se fréquentaient depuis près d'un an quand elle avait proposé qu'ils unissent leur vie pour toujours. Croyant ainsi combler le vide qui l'habitait, il avait pour une fois suivi son impulsion, et il s'en était mordu les doigts. S'il ne se rappelait plus très clairement son père, l'image de son ex au lit avec un autre homme restait gravée dans sa mémoire.

Il s'était écarté de sa voie, et le chaos en était résulté : en moins d'une année, il s'était marié, avait divorcé et était devenu la cible des commérages quand Bianca avait annoncé qu'elle était enceinte moins de trois mois après l'avoir quitté.

Heureusement, sa mère lui avait alors proposé un poste à Oceanside. Il lui avait fallu une autre année pour se ressaisir, puis le souvenir de son père au Valley General lui était revenu, et avec lui l'envie de concrétiser son rêve.

Ainsley accueillit Quinn avec un sourire tendu.

— Qui aurait imaginé que l'on mettrait notre bébé au monde avec un incendie à nos portes ? dit nerveusement la future maman.

— Ce n'est pas la première sécheresse qui sévit en Californie, fit observer Leo. Mais je suis sûr que tout va bien se passer.

Il embrassa sa femme sur le front, sans quitter des yeux le nuage de fumée.

Quinn trouvait que le nuage avait encore épaissi.

La zone d'évacuation volontaire se situait à une quinzaine de kilomètres au nord. À moins que les vents ne changent de direction, elle ne tarderait pas à s'étendre jusqu'à l'endroit où ils se trouvaient.

Ainsley crispa la main sur son ventre.

— Respirez, dit Milo qui venait d'entrer.

Une fois la contraction passée, Ainsley rouvrit les yeux.

— Désolée. Bienvenue chez nous.

Quinn lui sourit et jeta un coup d'œil circulaire.

Une piscine d'accouchement était installée au milieu du séjour avec une pile de serviettes de toilette à côté. Mais ce fut surtout le tas de cartons près de la porte d'entrée qui attira son attention.

— J'ai pensé qu'il valait mieux rassembler quelques affaires au cas où, expliqua Leo. Ce sont surtout des vêtements pour bébé et de la paperasserie.

Elle hocha la tête d'un air compréhensif.

— Vous devriez finir vos préparatifs.

Elle avait vu plus d'un conjoint tourner en rond, se sentant impuissant à aider pendant que sa femme accouchait.

Pourquoi n'avait-elle pas mis ses propres cartons en sécurité ? À présent, ceux de Leo et d'Ainsley étaient encore intacts, mais les siens étaient sûrement réduits en cendres.

Leo sembla hésiter.

— Vous pourriez les charger plus tard dans la voiture, mais, si vous ne le faites pas, vous allez continuer à vous inquiéter. Et bientôt, Ainsley va avoir besoin de toute votre concentration.

Leo regarda les cartons, puis sa femme en train de faire les cent pas.

— Vous avez raison. C'est plus prudent.

Quinn alla poser sa trousse médicale près de celle de Milo.

Le kit habituel pour l'accouchement devait normalement suffire, mais chaque praticien avait aussi sa propre trousse pour un accouchement à domicile.

— Bien joué, lui dit Milo en vérifiant le contenu de sa propre trousse. Leo sera plus détendu une fois qu'il aura ces cartons dans la voiture.

Chaque personne avec qui elle avait travaillé avait une ou deux choses qu'elle revérifiait tout le temps. Pour Milo, c'étaient l'oxygène et les seringues. Pour elle, les réanimateurs pour la mère et l'enfant - matériel dont elle espérait toujours qu'il resterait empaqueté.

— Tu as le chic pour trouver les mots qu'il faut, ajouta-t-il.

— Merci.

Le compliment lui fit plaisir, mais ne soulagea pas la tension qu'elle avait au niveau du plexus.

Elle aurait tant voulu savoir si les rares objets auxquels elle tenait étaient encore intacts !

— Tout ira bien, murmura Milo, les yeux fixés sur Ainsley qui faisait toujours les cent pas.

— Et si tout est parti en fumée ?

Les mots lui avaient échappé.

— Alors, on achètera d'autres choses et on se créera de nouveaux souvenirs ensemble, répondit Milo en vérifiant le réservoir d'oxygène pour la troisième fois. Par exemple, quand on a mis un bébé au monde alors que le feu faisait rage dehors.

Elle le regarda et sentit le calme la gagner.

« Ensemble ». Un simple mot, mais qui signifiait tant.

C'était lui qui avait le chic pour trouver les bons mots. Il savait mettre les gens à l'aise. Il était un merveilleux ami et un très bon médecin. Qui d'autre aurait pensé à lui apporter de l'eau et des cachets pour qu'elle commence la journée plus facilement ?

Mais il y avait plus encore, elle le savait. Milo la stabilisait. Il était sa base, sa référence, Le havre qu'elle pouvait regagner à tout moment. Et aussi celui qui l'encourageait à chaque nouvelle aventure dans laquelle elle se lançait.

Elle aurait aimé faire de même de son côté, mais ce n'était pas si simple. Elle savait combien le père de Milo était important pour lui, mais elle craignait que, en se focalisant sur sa mémoire, il ne vive pas vraiment *sa* vie. Pouvait-il vraiment laisser un simple souvenir mener sa vie ? Cela en valait-il la peine ?

À tête reposée, elle choisirait les arguments pour qu'il prenne conscience des désavantages qu'il y aurait pour lui à joindre une grande unité comme celle de Valley General.

Il n'effectuerait plus d'accouchements à domicile, il ne pourrait plus passer autant de temps avec ses patientes... Elle doutait que cela lui convienne.

— Je vais me préparer et vérifier où en est Ainsley, dit-elle en prenant la boîte de gants avant de rejoindre sa patiente dans la cuisine.

— Quelle est la fréquence des contractions ? lui demanda-t-elle.

— Toutes les trois minutes et demie, répondit celle-ci en agrippant le comptoir, le visage grimaçant.

Quinn tendit les bras pour qu'elle s'agrippe à ses poignets le temps de la contraction.

— Trois minutes et demie, c'est très bien. Respirez. Quand cette contraction sera passée, je vérifierai la dilatation. Ensuite, si vous voulez entrer dans la piscine, ce sera le moment.

— Entendu, murmura Ainsley en relâchant la pression sur ses avant-bras.

Elle soupira en regardant la piscine.

— J'avais prévu de passer la plus grande partie du travail dedans, mais, quand ça a commencé, je me suis rendu compte que je me sentais mieux en marchant. Leo s'est donné tellement de mal pour l'installer...

— Souvent, le travail bouscule les plans que l'on a pu faire, dit Milo en les rejoignant dans le couloir.

Quinn lui jeta un rapide coup d'œil avant de suivre Ainsley dans sa chambre.

Curieusement, Milo trouvait normal que les autres doivent changer leurs plans. Dommage qu'il ne fasse pas la même chose pour lui.

— Le Dr Russell a raison, dit-elle. Si vous voulez continuer à marcher, c'est très bien. Leo comprendra.

Ainsley se glissa dans le lit, qui avait été préparé avec des couvertures médicales et des alèses.

— Je l'espère.

Elle agrippa son ventre en sentant une nouvelle contraction commencer.

Celle-ci dura moins de trois minutes.

— Milo ! appela Quinn.

— Elle… était… très forte, haleta Ainsley en grimaçant.

Sans doute entrait-elle en phase de transition. Le bébé n'allait pas tarder à arriver.

Une fois la contraction passée, Quinn vérifia l'état du col.

— Neuf centimètres, annonça-t-elle. Ce ne sera plus très long. Je pense qu'il vaut mieux rester ici et oublier la piscine.

— D… d'accord.

Une nouvelle contraction s'annonçait.

— Leo ? appela Ainsley.

— Je vais le chercher, dit Milo.

À peine faisait-il demi-tour que Leo entra dans la chambre, suivi par un agent de police.

Quinn eut l'impression que son cœur s'arrêtait de battre. Elle échangea un regard avec Milo et lut la même peur dans ses yeux, alors qu'il gardait une attitude très calme.

Si le policier était là, cela voulait dire que le feu avait encore changé de direction. La chance n'était décidément pas de son côté, mais elle savait que Milo ne paniquerait pas.

— Je vais chercher Kevin et le chariot, dit-il en sortant en hâte de la pièce.

— Non, murmura Ainsley d'une voix tremblante. S'il vous plaît…

— Désolé, madame, dit le policier d'une voix ferme. Le feu se déplace plus vite qu'on ne s'y attendait. Cet endroit est passé en zone d'évacuation obligatoire, et vous devez vous en aller. Maintenant !

Il se tourna vers Leo.

— Il faut que j'aille voir le reste du voisinage.

— Nous allons nous rendre à Oceanside Clinic. Retrouvez-nous là-bas, dit Quinn au futur papa.

— Je ne peux pas laisser ma femme, répondit Leo, dont les yeux se remplissaient de larmes.

Un flot d'adrénaline la parcourut.

— Il n'y a pas de place pour vous dans la fourgonnette, dit-elle avec calme. Le Dr Russell et moi serons avec elle. De plus, vous avez des cartons à mettre en sécurité.

Elle-même fut surprise par l'assurance de sa voix.

Elle s'était déjà trouvée plusieurs fois en situation de crise, mais jamais si près de chez elle. Et jamais à cause d'un incendie. Au moins, elle avait Milo près d'elle. Ils avaient l'habitude de travailler en équipe, et cet accouchement ne serait difficile qu'en raison des circonstances extérieures. Si quelqu'un était capable de faire naître un bébé tout en fuyant devant un incendie de forêt, c'était bien eux.

— Vous devez nous laisser nous occuper de votre femme et de votre bébé, ajouta-t-elle en s'approchant de Leo, mais sans le toucher de ses mains gantées de façon à rester stérile. Ainsley a besoin de savoir que vous serez en sécurité et que vous serez là pour accueillir le bébé à Oceanside.

— Embrasse-moi, et vas-y ! ordonna Ainsley d'une voix forte, malgré les larmes qui coulaient sur ses joues.

Leo soupira et déposa un baiser sur le front de sa femme.

— À tout à l'heure, ma chérie.

— Je te suis, répondit Ainsley, cachant le tremblement de ses mains.

Visiblement, elle avait une nouvelle contraction. Si Leo savait combien elle souffrait et à quel point la naissance de leur enfant était imminente, il ne voudrait jamais partir.

Quinn jeta un coup d'œil à sa montre : moins d'une minute entre les deux contractions.

La phase de transition était plutôt courte, elle aurait aimé qu'elle dure un peu plus longtemps pour Ainsley.

Leo venait à peine de sortir que sa femme rejetait la tête en arrière.

— J'ai envie de pousser...

Quinn sentit un frisson d'appréhension la parcourir. *Non !* Ils devaient la déplacer. Ils devaient rapidement mettre Ainsley, le bébé et eux-mêmes en sécurité. Maintenant...

Mais elle avait raison : le crâne du bébé apparaissait.

— Il faut qu'on parte, dit Milo.

Sa voix était impassible, mais ses traits étaient tendus.

Elle se retourna vers Ainsley.

— Je voudrais que vous fassiez votre possible pour *ne pas* pousser, lui dit-elle. Ne retenez pas votre respiration. Faites semblant de souffler sur une bougie.

C'était un truc qu'elle avait appris à Porto Rico pendant un ouragan de catégorie 4. Ils avaient dû faire accoucher des patientes pratiquement dans l'obscurité pendant que le vent rugissait sur le toit.

Milo lui saisit le bras et l'entraîna vers le brancard.

— Je ne suis pas ganté, dit-il à voix basse. Si je la transporte, tu t'occuperas de l'accouchement ?

— Bien sûr. Mais on pourrait peut-être rester jusqu'à ce qu'elle accouche ? Elle n'en a plus pour...

Il secoua la tête.

— Mon... Dieu... J'ai besoin de pousser, marmonna Ainsley.

Quinn la rejoignit.

— Soufflez jusqu'à ce que la contraction passe.

Elle leva le doigt et, comme s'il s'agissait d'une bougie, souffla dessus en même temps qu'elle.

Tout le monde devait rester calme dans l'attente de ce qui se préparait. D'après son expérience, son truc fonctionnait dans environ 60 % des cas. Plus ils attendaient...

La contraction se dissipa, et elle réprima un soupir de soulagement.

S'ils devaient transporter Ainsley, c'était maintenant.

— Le Dr Russell va vous installer sur le brancard. Ensuite vous pourrez pousser, je vous le promets, dit-elle à sa patiente d'un ton rassurant.

Ainsley hocha la tête, mais Quinn lut la peur dans ses yeux.

Son plan pour l'accouchement venait de s'envoler en fumée, et le désastre qui avait paru distant était maintenant à leur porte.

— Très bien, Ainsley, dit Milo d'une voix douce mais ferme en saisissant la patiente par les épaules. Passez vos bras autour de mon cou – comme dans les films romantiques.

Ainsley laissa échapper un petit rire et s'exécuta.

— J'en aurai, des choses à raconter à ma fille...

— Elle adorera, j'en suis sûre, répondit-il avec un clin d'œil.

Passant son autre bras sous ses genoux, il la souleva rapidement.

Quinn l'avait vu pratiquer des accouchements difficiles tout en étant toujours concentré sur sa patiente. Durant ses voyages, elle avait vu plus d'un professionnel médical perdre les pédales devant les obstacles qui se présentaient. Mais Milo gardait toujours le contrôle.

Quand il attacha la ceinture de sécurité, Ainsley poussa un soupir et releva les genoux.

— Je ne peux plus arrêter...

Quinn comprenait. À un certain moment, le corps refuse de retarder le processus de l'accouchement. Le principal, c'était qu'elle soit sur le chariot.

— Alors, poussez, lui dit-elle. Mais n'y mettez pas toute votre force. Gardez-en pour le trajet.

— Je voudrais... que Leo... soit là, marmonna Ainsley.

— Il va nous retrouver à la clin..., dit-elle au moment où ils passaient la porte d'entrée.

Les mots s'étranglèrent dans sa gorge.

Le rougeoiement de l'incendie était juste au-dessus de la colline.

Oh mon Dieu...

— La fumée...

Ainsley toussa, et Milo et Kevin se hâtèrent vers la fourgonnette. Ouvrant les portes en grand, ils installèrent le chariot, et Quinn monta à son tour. Une fois les portes refermées, elle se positionna de façon à pouvoir intervenir auprès de sa patiente. Quand le véhicule démarra, elle appuya les pieds contre les portières, comme elle avait été entraînée à le faire dans une situation d'urgence.

Elle avait connu plusieurs cas critiques d'accouchement à domicile où la patiente avait dû être emmenée à l'hôpital, mais ils n'étaient pas menacés par les flammes...

Elle prit une profonde inspiration.

À présent, le monde se résumait à Ainsley, Milo et elle. Pour ce qui était du feu, elle ne pouvait rien y faire.

Tandis que la sirène de la fourgonnette résonnait, elle chercha le regard de sa patiente.

— À présent, Ainsley, au travail.

En un rien de temps, Quinn tint dans ses mains un magnifique bébé. Il était parfait et se mit aussitôt à protester avec vigueur.

Elle sourit en le déposant sur la poitrine d'Ainsley.

— Beau travail, maman !

Elle commença à se détendre pendant que Milo nettoyait le bébé le mieux possible étant donné les circonstances. L'enfant était là, sain et sauf, et l'accouchement d'Ainsley avait été exemplaire – si l'on exceptait l'évacuation.

Soudain, Kevin freina brutalement, et elle perdit l'équilibre. Elle tenta de se raccrocher à quelque chose, mais sa tempe heurta le bord du chariot, et elle atterrit violemment sur les genoux et les mains.

— Oh...

Elle cligna des yeux, s'efforçant de chasser les points noirs qui dansaient devant ses yeux.

— Quinn !

Elle sentit les doigts chauds de Milo sur son front.

— Bon sang, Kevin !

— Désolé, cria Kevin en faisant marche arrière. Un tronc d'arbre vient de tomber sur la route. Accrochez-vous !

— Est-ce qu'elle va bien ? demanda Ainsley d'une voix inquiète tandis que les pneus crissaient de nouveau.

— Ça va aller, répondit Milo avec plus d'assurance qu'il n'en ressentait.

L'entaille au-dessus de l'œil de Quinn saignait, mais ses pupilles étaient fixes.

— Bien sûr que ça va, dit Quinn avec un sourire un peu forcé.

Il la vit lever les pouces à l'intention d'Ainsley puis prendre un tampon de gaze et l'appliquer sur la blessure.

Voilà la femme qui gérait les situations de crise et se montrait à l'aise en cas de problème dans des zones endommagées par les cataclysmes ou ravagées par la maladie, pensa-t-il, admiratif. Pas étonnant que son agence continue à faire appel à elle. Depuis qu'elle avait travaillé avec Médecins Sans Frontières, ils la contactaient régulièrement.

Certes, il l'avait vue en action au St. Brigit's, mais il mesurait à présent quelle force elle avait au fond d'elle.

Il repoussa une mèche de ses cheveux noirs.

Cela continuait de saigner malgré la compresse.

— Il va falloir des points de suture, mais cela aurait pu être pire, dit-il en posant une autre compresse stérile sur celle qui était sur son front.

Si elle était tombée autrement, si la fourgonnette avait heurté le tronc que Kevin avait réussi à éviter…

Il se redressa et poussa un soupir.

— Eh bien, quelle journée…

— On n'est jamais préparé à s'enfuir devant un incendie, observa Ainsley en embrassant le crâne de son bébé.

— Non, répondit calmement Quinn. Mais je me suis retrouvée plusieurs fois dans des zones de crise, et cela aide à se focaliser sur ce qu'on peut contrôler. Vous avez été super, Ainsley.

— Vous et le Dr Russell, vous avez facilité les choses.

— Je ne fais que suivre les directives de Quinn, assura-t-il en souriant.

— Mais Milo est fantastique dans toutes les situations, renchérit Quinn. Souvent, quand je travaillais avec Médecins Sans Frontières, j'ai souhaité qu'il soit là pour détendre la situation. Et apparemment, je deviens bavarde quand je reçois un choc à la tête, ajouta-t-elle en riant. Alors, maman, comment va-t-elle s'appeler ?

Tandis que le véhicule roulait vers le sud, Milo cessa de suivre la conversation entre les deux femmes, repensant aux paroles de Quinn.

Avait-elle vraiment souhaité qu'il soit avec elle quand elle était employée par l'organisme humanitaire ? Pourquoi l'idée de travailler dans ces conditions faisait-elle soudain courir en lui un frisson d'excitation ?

Il essaya d'ignorer le coup d'œil éloquent que lui avait envoyé Quinn.

Ainsley allait être emmenée à Oceanside, et il devait penser à l'étape suivante, qui consistait à revenir à L.A. avec le feu qui bloquait de nombreuses routes.

3

Quinn ne se rappelait pas avoir été aussi épuisée de toute sa vie.

Milo avait insisté pour soigner l'entaille de son front après qu'ils avaient conduit Ainsley et sa fille à la clinique et salué rapidement le beau-père de Milo, et elle avait maintenant six points de suture au-dessus de l'œil.

— C'est une bonne chose que tu aies gardé ton appartement près d'Oceanside, dit-elle en s'appuyant contre l'épaule de Milo tandis qu'il introduisait la clé dans la serrure.

— Tu peux le dire ! Je le loue les week-ends en tant que lieu de loisirs, mais deux personnes se sont désistées à cause de l'incendie.

Tous deux sentaient la fumée et, pour avoir connu quelques situations de ce genre durant sa carrière, elle savait que son cerveau était trop tendu pour qu'elle puisse se relaxer, mais son estomac se mit à gargouiller – une autre fonction que le corps oubliait pendant l'action.

Quand avaient-ils mangé pour la dernière fois ?

— Dis-moi que tu as quelque chose dans le frigo !

— Non, répondit Milo en ouvrant la porte du réfrigérateur. L'appartement est entièrement meublé, mais cela n'inclut pas la nourriture.

— Au moins, je vais pouvoir prendre une bonne douche, soupira-t-elle.

— Et nos plats thaïs devraient être arrivés quand tu en sortiras. J'ai passé la commande pendant que tu disais bonjour à Felix.

— Tu es le meilleur !

Sans réfléchir, elle jeta les bras autour de son cou.

La journée avait été dure, même si elle s'était bien terminée. Elle avait juste envie de le serrer contre elle pour se rappeler que tout allait bien pour eux.

Milo l'étreignit contre lui, et son corps épousa le sien.

Ses inquiétudes de la journée disparurent aussitôt.

C'était *là* qu'elle voulait être !

Elle se retint de laisser courir ses doigts dans ses cheveux courts pendant qu'il resserrait les mains autour de sa taille.

Cette étreinte n'avait que trop duré. S'il la tenait plus longtemps… Elle devait y mettre fin avant que Milo ne commence à croire qu'elle devenait folle.

— Je promets de ne pas utiliser toute l'eau chaude, dit-elle en s'écartant, certaine qu'elle avait rougi.

— Attends.

Elle se sentit vibrer pendant qu'il promenait les doigts sur le bandage de son front. Involontairement son regard s'abaissa sur ses lèvres.

Si près, et pourtant si loin.

— Le bandage que j'ai mis a l'air étanche, dit-il d'une voix éraillée. Il est important que la blessure ne soit pas humide.

Pendant une seconde, elle eut l'impression qu'il avait envie de la toucher, d'être près d'elle. Elle recula, la gorge sèche, et cette fois il ne fit rien pour l'arrêter.

Lorsque les gens sont stressés ou viennent d'échapper à une catastrophe, ils cherchent souvent du réconfort dans les bras de quelqu'un d'autre. Elle l'avait constaté quand elle travaillait dans des zones touchées par des tremblements de terre et des inondations. Mais elle-même n'en avait jamais ressenti le besoin – jusqu'à ce soir.

Jusqu'à Milo.

Il se gratta la gorge.

— Je dois avoir encore des vêtements de Bianca dans le

placard du fond. Elle les a laissés quand on s'est séparés. Je vais voir si je trouve quelque chose que tu pourrais porter.

Bianca…

Quinn ne s'était jamais bien entendue avec celle-ci. Elle avait essayé, mais Bianca était froide et distante. Comme c'était elle qu'il avait choisie, elle ne lui en avait rien dit.

Quand il l'avait appelée pour lui apprendre qu'ils s'étaient mariés à Las Vegas, elle avait pleuré pendant près d'une semaine. Pour un homme qui planifiait tout, elle avait été choquée qu'il se marie sur un coup de tête, le temps d'une escapade le week-end. Elle s'était aussi sentie blessée qu'il ne l'ait pas prévenue avant. Elle l'aurait appelé en visio pour le soutenir – même si elle pensait que Bianca n'était pas digne de lui.

D'ailleurs elle avait eu raison ! Elle s'en était voulu de se réjouir intérieurement lorsque Milo lui avait dit que tout était fini. Il avait souffert de leur rupture, et elle n'aurait pas dû se sentir heureuse. Mais peut-être que, déjà, une partie d'elle voulait aller plus loin avec lui.

Milo était ce qu'il lui était arrivé de mieux dans la vie. Il était profondément enraciné là où il vivait, et il méritait que quelqu'un l'accompagne pendant qu'il suivait fidèlement ses plans. Quelqu'un qui le soutienne. Bianca et lui n'avaient pas été bien assortis.

Mais n'était-ce pas la même chose pour elle et lui ? Ses parents avaient fait en sorte qu'elle connaisse précisément les défauts qu'ils lui reprochaient :

« Trop inconstante. Réclame trop d'attention. Impulsive. »

Elle se laissait guider par son cœur. Elle encouragerait toujours Milo à poursuivre ses rêves, mais de là à les cocher sur une liste et à essayer de tout contrôler ? Non, elle ne pouvait pas faire ça. Et elle devait s'estimer heureuse qu'elle et Milo soient d'aussi bons amis.

Revenir en Californie avait peut-être été une erreur, mais elle s'était sentie appelée ici. Elle avait éprouvé comme un besoin de rentrer chez elle, au moins pour quelque temps. C'était quelque chose qu'elle ne pouvait encore pas expliquer, mais elle avait toujours choisi ses jobs et ses locations au feeling. Et travailler avec Milo lui avait semblé ce qu'il fallait faire – encore maintenant.

Alors, pourquoi était-ce aussi difficile ?

Ayant retiré rapidement ses vêtements, elle tourna le robinet de la douche et essaya d'écarter de ses pensées l'homme qui se tenait juste de l'autre côté de la porte.

Comment Milo embrassait-il ?

Elle frissonna malgré la chaleur de l'eau.

Elle n'avait jamais été très hardie dans ses relations, y cherchant toujours les raisons d'un futur échec. Si ses parents avaient pu l'abandonner aussi facilement, n'importe qui pouvait le faire. Même lorsque James avait demandé à l'épouser, elle ne s'était pas attendue à ce que cela dure beaucoup plus de trois semaines.

Depuis lors, elle n'avait jamais baissé sa garde, essayant de reconnaître chez son partenaire du moment les signes de son proche départ. Elle était devenue experte dans l'art de repérer les changements subtils dans l'attitude des gens, et elle préférait partir la première. Quand on quitte l'autre en premier, la souffrance est moins grande.

— Quinn ?

La voix de Milo la fit sursauter.

— Je peux déposer les vêtements sur le comptoir ?

— Oui.

— Quinn ?

Elle retint sa respiration. Qu'allait-il dire ?

— Le repas est arrivé, annonça Milo d'une voix éraillée, comme sous l'emprise d'une émotion.

Avait-il voulu lui dire autre chose ?

— N'oublie pas que tu as promis de ne pas utiliser toute l'eau chaude, ajouta-t-il.

L'émotion était passée.

Tous deux étaient épuisés par leur journée, ils puisaient dans leurs dernières réserves d'adrénaline. Après la douche et le repas, ils dormiraient probablement dix heures d'affilée.

Elle se hâta de sortir de la douche et se sécha rapidement avant d'enfiler le short et le pull vert sans manches que Milo avait laissés.

Un pull beaucoup plus court que ce qu'elle portait habituellement !

Puis elle se mit à retirer le bandage de son front, les points de suture devant rester secs pendant les premières quarante-huit heures.

Entre les cernes sombres sous ses yeux, ses cheveux mouillés, les vêtements empruntés et l'entaille sur son front, elle était tout sauf désirable. Et c'était bien ainsi.

Elle sourit toute seule.

Quand elle lui avait confié qu'elle n'avait plus rien parce que ses parents l'avaient reniée quand elle avait été admise à l'école d'infirmières, Milo avait posé sa main sur la sienne. « Si, avait-il dit. Tu m'as, moi. »

— Si tu restes encore une minute dans cette salle de bains, je mange tout le riz thaï ! prévint Milo.

— Tu n'as pas intérêt ! cria-t-elle d'un ton faussement indigné.

Quoi qu'il se passe demain, elle saurait le gérer, du moment qu'elle avait Milo à ses côtés.

Quand elle s'accouda au comptoir de la cuisine et que le regard de Milo se posa sur elle, elle sentit la chaleur lui monter au visage.

— Si tu continues à me fixer comme ça, c'est moi qui vais tout manger, lança-t-elle. J'ai besoin d'un bon repas suivi de dix heures de sommeil.

Milo sourit.

— Tu es toujours très bien. En tout cas, tu es présentable.

« Présentable » ? Comment devait-elle le prendre ? Avait-elle l'air si mal en point ? Et pourquoi restait-il planté là ?

Elle prit une des boîtes en carton posées sur le comptoir.

— Va te doucher, Milo. Je te promets qu'il te restera de quoi dîner.

Il passa à côté d'elle, et s'arrêta.

Il était si près. Que se passerait-il si elle levait la tête ?

Au moment où elle amorçait le mouvement, il recula.

— Je vais prendre la douche la plus rapide du monde, dit-il en se précipitant dans la salle de bains.

Elle prit des assiettes dans le placard et commença à mettre la table.

Tout pour ne plus penser à la manière dont il pouvait embrasser.

Milo se serait giflé.

Il avait dit à Quinn qu'elle était « présentable ». Mais qu'est-ce qui n'allait pas chez lui ? « Parfaite », « merveilleuse », « sexy », voilà les mots qui convenaient pour elle !

La journée avait été fertile en émotions. Quand il l'avait vue tomber, son cœur s'était arrêté de battre. La blessure était légère, mais il avait ressenti le besoin irrépressible – et peu professionnel – de la serrer dans ses bras.

Un plan. Voilà ce qu'il lui fallait. Cela lui donnerait une sensation de paix et de contrôle. Il pouvait suivre un plan.

Quinn était au St. Brigit's pour encore quelques mois au moins. Peut-être resterait-elle s'il le lui demandait, même si elle aimait parcourir le monde pour travailler.

Devait-il lui demander d'y renoncer ? Il ne pouvait s'empêcher d'en douter. De toute façon, pas ce soir. Leurs émotions étaient encore à fleur de peau, trop mêlées d'adrénaline pour qu'ils sachent clairement ce qu'ils voulaient. Et même si lui le savait, il devait réfléchir à la meilleure façon d'aborder le sujet.

Lâche ! lui cria une voix intérieure pendant qu'il se séchait les cheveux. Mais son cœur savait ce qu'il voulait.

Le problème, c'était que Quinn repartait toujours courir l'aventure. Et s'ils commençaient à sortir ensemble et qu'un nouveau job l'appelle à l'autre bout du monde ? Pourrait-il supporter de la perdre ?

Il réprima un frisson.

Le silence régnait dans l'appartement, ils étaient seuls

tous les deux. *Seulement lui et Quinn.* La situation n'était pas nouvelle, pourtant son estomac se noua.

Quand il l'avait vue paraître dans ce pull décolleté sans manches, il avait eu terriblement envie de l'attirer à lui, et il avait dû s'agripper au comptoir pour ne pas passer à l'acte.

Quoi qu'il en soit, il ne se précipiterait pas. Il aurait déjà les idées plus claires après s'être restauré et reposé. Il s'agissait de Quinn. Son plan – s'il le mettait à exécution – devait être parfait.

— Alors, tu as tout mangé ? demanda-t-il en voyant une boîte vide sur le comptoir.

Puis il se figea.

La table était dressée, et Quinn était en train de verser du vin. Le short qu'il avait trouvé pour elle moulait son derrière et faisait ressortir ses longues jambes minces. Il se vit en train de déposer de petits baisers le long de ses cuisses...

— Je pensais qu'on allait manger directement dans les cartons, dit-il en s'asseyant.

— Après cette journée mouvementée, on a bien mérité un peu de confort, rétorqua-t-elle. Il faudra que tu rapportes une bouteille de vin pour tes prochains locataires.

C'était le cadet de ses soucis alors que son genou frôlait le sien.

Ses cheveux humides étaient lâchés sur ses épaules, et ses vêtements n'étaient pas à sa taille, mais il la trouvait magnifique. Les taches de rousseur sur ses pommettes hautes lui donnaient envie de la manger de baisers.

Comment lui demander si elle pensait pouvoir faire évoluer leur relation ? Si son cœur, comme le sien, voulait autre chose ?

Ils mangèrent en silence. Était-il le seul à être tendu ? Après tout, ils n'avaient mangé que quelques barres de céréales depuis les croissants du matin.

Lorsqu'ils eurent vidé leurs assiettes, Quinn se pencha par-dessus la table et l'embrassa sur la joue – un geste innocent qu'elle avait fait des centaines de fois au fil des années.

Elle rassembla les assiettes et se leva.

— Si on avait mangé dans les cartons, le nettoyage aurait été plus simple.

— Mais le dîner moins agréable, murmura-t-il en se levant à son tour.

Il lui prit les assiettes des mains et les porta à l'évier.

— Il est tard, ça peut attendre demain.

Elle s'appuya en bâillant contre le comptoir, à quelques centimètres de lui.

— Waouh, quelle journée...

— Et tu en garderas un souvenir, dit-il en repoussant la mèche qui cachait ses points de suture.

— Ce n'est rien, du moment que je suis « présentable ».

Il secoua la tête.

— Non. Tu es superbe.

Spontanément, ses doigts frôlèrent la douceur de sa joue.

— Époustouflante. Brillante. Courageuse...

Sexy.

Il retint le mot de justesse.

Depuis des années, il s'efforçait de combattre la négativité de Quinn quand elle parlait d'elle. Si seulement elle pouvait voir ce qu'il voyait ! Mais ce soir, ses compliments signifiaient encore bien plus...

Avant qu'il ait eu le temps de comprendre ce qui lui arrivait, la bouche de Quinn fondit sous la sienne.

Passant les bras autour de sa taille, il l'attira contre lui. Il ne voulait plus de distance entre eux. Les doigts de Quinn fourragèrent dans ses cheveux, et il eut l'impression que le monde chavirait.

Quinn était dans ses bras, ses lèvres contre les siennes. Il avait perdu la capacité de raisonner. Et c'était bien.

Elle entrouvrit la bouche, et il trouva qu'elle avait un goût de paradis. Glissant une main dans ses cheveux, il approfondit le baiser et frémit quand elle laissa échapper de petits gémissements.

Pendant des mois, voire des années, il s'était demandé comment elle embrassait... *Quinn !*

Il sentit le feu monter en lui.

Elle recula légèrement, les yeux remplis du même désir, et laissa courir un doigt le long de sa mâchoire.

— Que sommes-nous en train de faire ?

Le doute s'empara de lui. Et si elle avait juste réagi à l'accumulation d'adrénaline de la journée ?

— Je ne sais pas. On fait peut-être une erreur.

Mauvaise réponse, une fois de plus. Il en avait rêvé depuis si longtemps, mais ce baiser avait été inattendu. Il avait besoin d'un plan – besoin de savoir qu'elle voulait plus que cette seule soirée.

Si Quinn n'avait pas pour habitude de passer d'un partenaire à l'autre, elle était beaucoup plus mobile en ce qui concernait ses lieux de travail. Quant à lui, il était attaché à la Californie. Et si...

Quinn se dégagea de son étreinte.

— Bien. Il est peut-être temps de conclure cette journée.

Il laissa retomber ses bras.

Pourquoi ne pouvait-il pas lui dire les mots qu'il fallait ?

— Quinn...

Il fit un pas vers elle, mais elle passa de l'autre côté du comptoir.

— Je vais me coucher, marmonna-t-elle. Je ne suis pas dans mon assiette aujourd'hui. Désolée.

— Quinn...

Mais elle s'était déjà enfuie dans le couloir et refermait la porte de sa chambre.

— Bon sang !

Il vida le reste de la bouteille de vin dans son verre.

Au moins, il avait quelques heures devant lui pour élaborer un plan.

Quinn était sortie de l'appartement de Milo sans faire de bruit. Elle essuya une larme en regardant le soleil se lever sur la plage.

Comment avait-elle pu être aussi stupide ? Ce devait être

la fatigue. Quand Milo lui avait dit qu'elle était superbe, qu'il s'était penché sur elle, qu'il lui avait touché la joue… La douceur de ses paroles avait mis du baume sur son cœur meurtri par la dureté de ses parents et la trahison de James.

En fermant les yeux, elle pouvait encore sentir ses doigts sur sa joue.

Elle ne baissait jamais la garde avec personne. Excepté avec Milo. « Superbe », « époustouflante »… Qui l'avait jamais décrite ainsi ? Quelques compliments avaient suffi à faire surgir l'émotion et le désir qui couvaient en elle depuis qu'elle avait atterri à Los Angeles. Milo avait toujours vu le meilleur en elle, sans s'arrêter sur les défauts que sa mère et son fiancé avaient constamment pointés du doigt. Elle voulait plus d'attention, et elle avait accordé trop d'importance à la sollicitude de Milo à la fin d'une dure journée.

Cela lui faisait mal parce que c'était Milo, et parce qu'elle voulait vraiment plus avec lui.

Elle n'avait même pas pu chercher refuge dans son bungalow et prétendre qu'elle était occupée le temps de lécher ses blessures émotionnelles. Au lieu de cela, elle était allée se coucher en sachant qu'il était de l'autre côté du mur – si proche et si lointain à la fois.

Les genoux serrés contre sa poitrine, les orteils enfouis dans le sable, elle contempla l'océan.

Elle n'avait pas beaucoup dormi, mais elle avait réfléchi à la manière de revenir sur le baiser de la veille : mieux valait ne pas laisser Milo aborder le sujet. Il planifiait tout, et n'était pas du genre à lâcher l'affaire facilement. Il voudrait parler de ce qui s'était passé, s'assurer qu'elle allait bien, s'excuser.

Elle sentit la honte la submerger.

C'était ce qu'elle craignait le plus. Elle pouvait déjà l'entendre : « Désolé, mais je ne ressens pas la même chose. Tu es ma meilleure amie. »

La dernière chose qu'elle voulait de la part de Milo, c'était de la pitié.

— Ça t'arrive souvent d'aller regarder le jour se lever sur

la plage ? Tu aurais pu laisser un mot. Figure-toi que j'ai cru un moment que tu étais repartie à pied à L.A. sans rien dire.

Réprimant un sursaut, elle gratifia Milo d'un sourire qu'elle espéra le plus naturel possible et prit le mug de café qu'il lui tendait.

— Un mot ? Alors que la plage se trouve à une centaine de mètres de chez toi ?

Il était grognon, ce matin. Si elle voulait être crédible, elle devait se montrer le plus naturelle possible. Elle cogna son épaule contre la sienne.

— Franchement, Milo. Tu sais bien que je suis déjà venue ici avant... Rien n'a changé.

Elle but une longue gorgée de café, les yeux obstinément fixés sur les vagues.

Il la connaissait mieux que personne. Si elle le regardait, il devinerait sa peine, et ça, il n'en était pas question.

— Rien n'a changé ? répéta doucement Milo. On s'est embrassés hier soir...

— En fait, c'est moi qui t'ai embrassé.

Elle eut du mal à prononcer ces paroles d'un ton jovial.

Hier soir, pendant une minute, il avait répondu à son baiser, et durant ce bref instant tout lui avait paru à sa place dans le monde. Mais elle ne devait pas y penser maintenant - pas alors qu'il était assis à côté d'elle.

— J'ai dû perdre un peu la tête avec cette histoire d'incendie. Je suis Quinn l'impulsive, la versatile !

— Tu sais que je n'aime pas que tu dises ça.

Il n'avait pas du tout apprécié que sa famille la catalogue ainsi. Mais c'était vrai au moins en partie. Elle ne restait jamais longtemps quelque part et prenait ses décisions en se fiant à son instinct plutôt qu'à sa raison. Même si tout le monde assurait que c'était une erreur. Par-dessus le marché, elle mettait fin à une relation avant d'avoir le temps d'en souffrir. Il lui était donc impossible de fonder une famille.

Pourquoi en souffrait-elle autant ? Elle n'avait jamais été dotée d'une famille unie comme tant de ses patientes. Elle ne savait pas ce que c'était que d'en faire partie. Ça n'aurait donc pas dû lui manquer ?

Et pourtant.

Cette douleur, Milo réussissait à l'apaiser, mais hier soir il s'était écarté d'elle. La douleur ne disparaîtrait sans doute jamais complètement, mais elle ne pouvait pas risquer de le perdre. Il était sa famille ou ce qui y ressemblait le plus. Elle ne pouvait pas tout mettre en balance parce que son cœur voulait davantage.

— Au moins, maintenant, quand les gens ne voudront pas croire qu'on ne s'est jamais embrassés, on pourra répondre : « Ah si, une fois, mais on préfère... être des amis. »

Seule sur la plage, elle s'était exercée à sortir sa tirade, mais elle ne put empêcher sa voix de trembler légèrement.

— Des amis, répéta Milo dans un murmure.

— Tu crois que j'ai tort ? demanda-t-elle sans le regarder.

Elle aurait aimé qu'il la contredise, mais il resta les yeux fixés sur les vagues qui venaient s'écraser sur le rivage.

Il ne s'était pas rasé ce matin, et l'ombre de barbe qui lui couvrait le menton le rendait plus sexy que jamais.

— Nous sommes à l'opposé l'un de l'autre. Parfaitement équilibrés, mais opposés.

Elle attendit qu'il réagisse, mais il restait silencieux.

— J'adore travailler au St. Brigit's, mais un jour...

— Le fait est que tu adores aussi chercher de nouveaux endroits, dit-il enfin, appuyant sa tête contre la sienne.

Tu pourrais me demander de rester...

Elle gardait ce désir enfoui en elle. Personne ne lui avait jamais demandé de rester. Sa famille ne s'était pas souciée d'elle quand elle l'avait quittée pour suivre les études qu'elle avait choisies. Et les hommes qu'elle avait fréquentés avaient à peine réagi quand elle avait fait ses bagages. Même James avait à peine cillé quand elle lui avait rendu sa bague. Il ne lui avait pas demandé de lui pardonner et n'avait pas insisté pour la garder. Personne ne semblait tenir à ce qu'elle reste.

Milo se redressa en soupirant et lui passa un bras autour des épaules.

— Tu as encore de nombreuses aventures à vivre, et moi, ma vie est ici.

Elle fut tentée de se dégager pour mettre fin au désir qui montait en elle, mais il l'avait toujours touchée comme ça. Elle aurait souhaité que cela signifie davantage pour lui.

Posant la tête sur son épaule, elle soupira à son tour.

De toute façon, elle avait prévu de quitter bientôt Los Angeles, pas vrai ?

Mais partir alors que son contrat courait toujours, ce n'était pas chercher l'aventure, ça ressemblait plutôt à une fuite. Elle ne supportait pas l'idée qu'il la repousse de nouveau. Cela la détruirait.

Si elle restait, elle finirait par refaire la même erreur que la veille : laisser ses sentiments prendre le dessus et l'embrasser. Peut-être cette distance était-elle nécessaire – même si c'était la dernière chose qu'elle voulait. En attendant de repartir, elle profiterait à fond des moments passés ensemble.

Pendant le bref trajet de retour à pied, Milo ressentait un grand vide. Il réprima un soupir.

Finalement, le geste de Quinn avait bien été impulsif, suscité par les événements de la journée. Comment parviendrait-il à cacher à Quinn que son baiser l'avait comme électrisé ?

En se rappelant que ce moment n'était pour elle qu'une étape parmi toutes ses aventures et qu'il devait s'estimer heureux d'en faire partie… Mais ce n'était pas assez pour éliminer le désir qui couvait en lui.

Il huma l'air de l'océan.

En Californie il se sentait chez lui. Il ne serait jamais du genre à prendre son téléphone et à accepter en quelques secondes un poste à l'autre bout de la planète. Il lui fallait des plannings, des calendriers, des objectifs sur cinq ans.

Il les avait déjà – tous situés à L.A. – et il devait rester focalisé sur eux. Mais pour l'instant il n'avait que Quinn en tête. Sa faculté de sauter d'une aventure à une autre l'impressionnait, même s'il ne la comprenait pas. L'idée qu'elle referait un jour ses bagages – peut-être pas aujourd'hui ni même cette année, mais à un moment ou un autre – le déchirait.

Ce matin, il l'avait prise par les épaules parce qu'il avait eu besoin de la toucher, de s'asseoir près d'elle durant quelques minutes. Comme s'il pouvait l'ancrer ainsi. Et parce qu'il craignait qu'elle ne reparte en courant après lui avoir dit que leur baiser avait été une simple impulsion.

Quand elle avait posé la tête sur son épaule, il avait dû faire appel à toute sa volonté pour ne pas l'embrasser à son tour.

Quand ils arrivèrent devant sa porte, le téléphone de Quinn sonna dans sa chambre, et elle courut y répondre pendant qu'il allait se servir une autre tasse de café.

— Allô !

Il devait se conduire comme s'il n'était pas affecté par leur conversation de la matinée. Sinon elle risquait de repartir plus vite, et il avait besoin de passer plus de temps avec elle.

— Vraiment ?

Il vit son visage s'éclairer, et sourit malgré lui. Il aimait tant la voir heureuse. Quoi qu'il se passe entre eux, il voulait la voir sourire comme ça tout le temps.

— C'était Martina, dit-elle en le rejoignant. La maternité conseille à nos patientes habitant en dehors des limites de Los Angeles d'aller plutôt consulter nos partenaires des autres établissements, de façon à rester par sécurité hors des zones d'évacuation. Donc, tant que l'alerte ne sera pas passée, toutes les patientes du sud de la ville iront à...

— ... Oceanside Clinic, acheva-t-il.

— Exactement !

— Cela a l'air de te faire très plaisir...

— Je n'ai jamais eu l'occasion de travailler avec ta mère et Felix.

— Je suis certain que mes parents seront ravis que tu viennes les aider.

Et moi donc, ajouta-t-il silencieusement.

Sa mère ne cessait de lui répéter qu'il devrait passer plus de temps à la maison de naissance qu'il avait contribué à créer. Elle ne comprenait pas son besoin de suivre le rêve de son père, malgré toutes les discussions qu'ils avaient eues à ce sujet. Cela avait entraîné quelques échanges tendus quand elle lui avait fait remarquer à quel point la clinique d'Oceanside le rendait heureux.

Elle avait raison. Il aimait beaucoup y travailler. Mais plus il devenait proche de Felix, le mari de sa mère, plus son père s'éloignait. Il devait retrouver les sentiments qui l'avaient lié à lui avant sa mort, il ne pouvait pas renoncer à ce rêve !

— Est-ce que c'est aussi facile de travailler avec eux qu'avec toi ? demanda Quinn, les yeux brillants.

— Plus facile, répondit-il en souriant.

Sa mère et Felix étaient les meilleurs médecins avec qui il ait jamais travaillé. L'année passée à la clinique après son divorce avait été la plus heureuse de sa carrière – jusqu'à ce que Quinn arrive au St. Brigit's.

— Super, dit Quinn. J'espère que ta mère aura une tenue de travail à me prêter, on a presque la même taille.

— Encore une tasse de café, et on y va. Mon cerveau fonctionnera un peu mieux ensuite. Le soleil vient à peine de se lever.

— Je sais, répondit-elle avec un soupir de lassitude.

Peut-être n'était-elle pas aussi en forme qu'elle le prétendait ?

Il avait toujours cru que chacun d'eux pouvait deviner ce que pensait l'autre. Mais lui-même n'arrêtait pas d'essayer d'anticiper ce qu'il allait faire.

Puis elle sourit, et il se détendit.

Elle était juste Quinn, sa meilleure amie si parfaite, ouverte à toutes les nouvelles options. Et cela devait lui suffire.

4

Les voitures des parents de Milo étaient déjà garées sur le parking du personnel quand Quinn et lui furent déposés par un chauffeur Uber.

Elle avait revêtu un T-shirt gris qu'il gardait dans l'appartement de ville pour les rares fois où il allait faire du surf. Il était trop grand pour elle, et elle l'avait noué sur la hanche, si bien qu'il la moulait à la taille. Il n'en fallait pas plus pour lui donner des idées.

Il devait absolument se contrôler ! Il avait passé la nuit allongé sur son lit, conscient que seul un mur les séparait, à revivre leur baiser et à fantasmer sur ce qu'il aurait pu se passer ensuite.

— Quinn !

Sa mère se précipita vers eux et serra Quinn dans ses bras. Elles avaient toujours été proches, et Quinn était passée la voir plusieurs fois depuis son retour à Los Angeles.

Puis sa mère l'enlaça à son tour.

— C'est bon de te voir ici, toi aussi.

Il savait que, pour elle, Oceanside était l'endroit qui lui convenait le mieux. Ce n'était pas le cas, mais des patientes du St. Brigit's allaient y être traitées pendant quelques jours.

— Bonjour, maman.

Il la serra affectueusement contre lui avant de la suivre.

— Nous n'avons pu prendre que nos trousses avec nous…

— Felix et moi avons des tenues pour vous deux. Aujourd'hui

il est venu avec sa voiture, vous pourrez donc prendre la mienne pour rentrer à L.A.

Sa mère entraîna Quinn vers le vestiaire féminin.

— Est-ce que ça va ?

La voix grave de son beau-père le fit sursauter.

Peu de chose échappait à Felix Ireman. Milo et sa sœur Gina avaient été ravis de l'accueillir dans la famille quand il avait épousé leur mère, il n'y avait pas si longtemps. Mais il n'avait pas l'intention de s'épancher auprès de lui sur ses émotions fluctuantes à propos de Quinn.

Il préféra faire diversion.

— Je m'inquiète pour mes patientes. C'est une période stressante pour tout le monde.

Felix hocha la tête sans paraître très convaincu. Mais il n'était pas du genre indiscret.

— En tout cas, nous sommes contents que vous soyez là. Ta mère t'a-t-elle dit que le mari du Dr Acton avait été muté le mois dernier, et qu'ils recherchent une maison dans l'Ohio ? Elle va être difficile à remplacer.

— Je suis sûr que vous trouverez la bonne personne.

Il se retourna pour se changer avant que Felix n'ait le temps d'aborder la question de son retour à Oceanside.

Quinn et Milo avaient été assignés à la maison de naissance, et Sherrie était venue les rejoindre. La clinique des parents de Milo était heureusement bien équipée pour gérer l'afflux de patientes.

On entendait de la musique douce dans les couloirs. Les murs étaient peints en gris clair, car Gina, la sœur de Milo, avait assuré que cette couleur était apaisante. Avoir une décoratrice d'intérieur dans la famille avait aidé Milo à mettre au point le plan de la maternité.

Quinn se rappelait encore son excitation quand il avait présenté le projet de base alors qu'ils étaient encore étudiants. Les architectes avaient réajusté le plan, mais l'essentiel de ce que

Milo avait imaginé avait bien été conservé. Elle était à Hawaï quand ils avaient commencé la construction du bâtiment, et sur l'île de Tonga quand ils avaient coupé le ruban lors de la cérémonie d'inauguration, deux ans auparavant. Elle n'avait donc vu que des photos. C'était un lieu magnifique – une belle réussite.

Elle s'y sentait remplie de calme, à l'opposé de la sensation de folie de la veille. Elle avait travaillé avec plaisir dans de nombreux endroits, mais elle n'y avait jamais éprouvé une telle sensation de paix et de légitimité.

Comme si elle était destinée à être ici.

Naturellement, c'était ridicule. C'était le lieu de Milo, même s'il n'y travaillait pas.

Il serait performant dans un grand établissement, il pourrait même diriger l'unité d'obstétrique de Valley General pendant quelques années, mais il finirait par revenir chez lui, à Oceanside. Elle le savait au plus profond de son cœur.

Elle aussi, elle appartenait à cet endroit. Mais qu'en était-il de leur amitié après ce qui s'était passé la veille ?

— Est-ce que ça va ? demanda doucement Milo en surgissant près d'elle.

Non, cria son cœur.

Il y avait tant de choses qui n'allaient pas. Milo ne voulait pas d'elle. Il ne travaillait pas dans le centre qu'il avait contribué à créer, alors qu'elle s'y sentait comme chez elle. Tout cela l'inquiétait.

— J'admire ton ouvrage, soupira-t-elle en le regardant.

Elle se retint de le toucher, de lisser son front soucieux. Au moins, au travail, elle devait garder une distance professionnelle.

Milo se frotta la nuque d'un air faussement dégagé.

— C'est plus celui de ma mère et de ma sœur. J'aurais pu y ajouter un peu de couleur. Peut-être pas du jaune vif, mais...

Lui aussi, il essayait de paraître normal.

Avec un peu de chance, dans un jour ou deux, la gêne se serait dissipée... Mais elle savait que c'était un vœu pieux. Plus rien ne serait comme avant. En tout cas pour elle.

— On ne critique pas ma cuisine, plaisanta-t-elle. La couleur jaune me fait du bien.

Elle eut soudain la gorge serrée.

Et si celle-ci avait disparu, consumée par les flammes ?

Redressant la tête, elle ramena le sujet sur la clinique.

— Oceanside n'existerait pas sans toi.

Milo regarda autour de lui, et sourit.

— Ce n'est pas mal.

Pas mal, c'était tout ce qu'il trouvait à dire ? Cet endroit était merveilleux. Il avait conçu une maternité qui donnait aux futures mamans la possibilité de choisir la manière dont elles allaient accoucher. Elles étaient suivies par des spécialistes, et il y avait une suite chirurgicale ultramoderne pour les cas difficiles. Les administrateurs de plusieurs hôpitaux en Californie, dans l'Ohio et au Texas étaient déjà venus la visiter pour s'en inspirer.

La sonnerie située à l'entrée du bâtiment résonna, et elle fut soulagée de cette interruption. Aider à l'arrivée d'une nouvelle vie était la partie de son travail qu'elle préférait. C'était aussi la distraction idéale, vu les circonstances.

Une femme vêtue d'une robe à fleurs entra au bras d'un homme de haute taille visiblement plus stressé qu'elle. Elle sourit avant de retenir sa respiration, saisie par une contraction.

— On va avoir un bébé ! s'exclama son partenaire d'un ton surexcité.

— Vous en êtes sûr ? plaisanta Quinn.

— Je confirme, dit la femme en riant.

Elle tapota l'épaule de l'homme et l'embrassa sur la joue.

— Tu vas devoir me laisser quelques minutes, mon chéri.

Il posa les mains sur son ventre, et Quinn se sentit fondre à ce simple geste.

C'était ce qui manquait à sa vie. Une famille.

L'amitié qu'elle connaissait avec Milo était quelque chose de beau et de rare – quand il ne régnait pas de tension entre eux –, mais il n'y avait pas ce sentiment d'appartenance qu'elle observait chez ses patientes et que son cœur désirait.

Elle invita la jeune femme à la suivre.

— Rassurez-vous, le Dr Russell trouvera les mots pour calmer votre compagnon pendant qu'il signera les formulaires d'admission.

Si seulement Quinn pouvait apaiser ses inquiétudes aussi facilement.

Trey Kenns, le futur père, rayonnait de bonheur et d'espoir. Milo avait vu cette expression chez de nombreux futurs parents, mais il décelait aussi en lui de la peur, car il allait être père pour la première fois. Il ne quittait pas des yeux le couloir dans lequel sa compagne avait disparu.

— Trey, tout ira bien pour votre femme.

— Fiancée, rectifia l'homme en signant les formulaires électroniques.

Il poussa un soupir.

— Nous n'avions pas du tout planifié cet enfant. C'est quelque chose... d'incroyable.

Milo avait assisté à certaines naissances où le partenaire ne semblait pas aussi enthousiaste que la maman. Ce n'était pas le cas de cet homme, à la fois excité et plein d'appréhension.

— Cela n'aurait jamais dû se produire, ajouta Trey.

— Qu'est-ce qui n'aurait pas dû se produire ?

— Carla et moi étions les meilleurs amis. Nous le sommes toujours. Il m'a fallu des mois pour la convaincre que nous pouvions être... autre chose. Je n'avais jamais envisagé d'avoir d'enfants. Si je devais la perdre...

Il hocha la tête, compréhensif.

— Avez-vous connu un deuil dans votre enfance ?

— Ma mère et son bébé, ma... sœur. Je sais que la technologie a évolué depuis, mais avez-vous déjà connu quelqu'un qui était tout pour vous ?

Oui. Elle se trouvait avec la fiancée de Trey à cet instant.

— Tout ira bien, assura-t-il. Quinn Davis est une des meilleures sages-femmes que l'on puisse trouver. Elle a une grande expérience, acquise aux quatre coins du monde. Carla est en de très bonnes mains. Et au cas où ce serait nécessaire, nous sommes parfaitement équipés pour pratiquer une césarienne d'urgence, mais cela représente moins de 6 % des accouchements dans ce service-là.

Il donna une tape amicale dans le dos du futur papa.

— Si on allait voir où en est Carla ?

Milo vit Quinn sortir de la chambre de Carla en essuyant une goutte de sueur qui perlait à son front.

Leur patiente avait été en travail presque toute la journée, et Quinn n'avait pas émis d'inquiétudes à son sujet. Les deux fois où il était lui-même allé l'examiner, elle avait progressé. Lentement, mais elle progressait.

— Est-ce que tout va bien ? demanda-t-il.

Il remarqua la tension entre ses épaules. Ils n'avaient pas arrêté depuis l'accouchement de Molly – seulement deux jours plus tôt ?

— Carla est enfin à sept centimètres. Avec un peu de chance, elle ne devrait pas tarder à passer en phase de transition. Mais cela fait près de douze heures qu'elle est ici sans compter les six heures chez elle, et elle est fatiguée.

Il savait que Quinn était en dessous de la vérité. Carla devait être exténuée. La faculté qu'avait une femme à accoucher après un long travail ne manquait pas de l'impressionner, mais si elle était trop fatiguée...

— Est-ce que tu es inquiète ?

Il n'avait pas menti à Trey. Quinn était une excellente sage-femme et avait mis des bébés au monde dans des conditions beaucoup moins confortables que celle-ci. Son intuition était presque toujours la bonne.

Elle secoua la tête.

— Non. En tout cas, pas encore. Si elle ne passe pas en travail transitionnel d'ici une heure ou deux, je pourrais changer d'avis.

Il s'appuya contre le mur à côté d'elle.

Il mourait d'envie de la toucher – lui prendre la main, passer le bras autour de son épaule ou de sa taille... Même après ce qui s'était passé ce matin, il supportait mal d'être loin d'elle. Heureusement qu'ils étaient au travail.

Ce serait sans doute mieux de mettre un peu de distance entre eux – ce qui serait plus facile s'ils ne travaillaient pas et n'habitaient pas ensemble. Cependant, il n'y tenait pas. Quand Quinn repartirait, il devrait s'adapter à la situation, mais pour l'instant il ne pouvait pas supporter cette idée.

— Carla et son fiancé sont adorables, dit Quinn. Ils étaient amis depuis l'enfance. Chacun semble lire dans les pensées de l'autre. Tout comme...

Elle se tourna vers lui et se tut.

Tout comme nous.

Les mots qu'elle n'avait pas prononcés restèrent comme suspendus dans l'espace.

Il sentit sa gorge se nouer. Il aurait dû dire quelque chose, mais son cerveau semblait s'être déconnecté de sa langue.

Quinn s'éclaircit la gorge.

— Ils se sont mis à sortir ensemble il y a environ neuf mois, acheva-t-elle.

Il laissa échapper un petit rire forcé, ne pouvant s'empêcher d'éprouver une pointe de jalousie.

— Ah... En tout cas, ils ont l'air très heureux.

Quant à lui, il devait se focaliser sur ses objectifs, ses plans et le sentiment de sécurité qu'ils lui donnaient.

Sauf que, pour la première fois, l'idée de planifier sa vie ne lui procurait aucun bien-être.

— Respirez, ordonna Quinn à Carla pendant que Trey tenait la main de sa fiancée.

Milo était entré quand Carla avait commencé à pousser. Le cœur du bébé avait manqué un battement à ce moment-là.

De petites décélérations se produisaient souvent quand la tête du bébé était comprimée dans le canal utérin.

Ensuite, le rythme cardiaque s'était stabilisé, et cela ne s'était pas reproduit. Mais il se tenait prêt à intervenir, guettant le moindre signe de détresse fœtale. Il avait aussi fait préparer la suite chirurgicale – juste au cas où.

Il avait promis à Trey que Carla irait bien. C'était une promesse qu'il faisait à toutes ses patientes, mais le travail pouvait être dangereux. Cela expliquait qu'il soit encore la première cause de mortalité chez les femmes dans les pays sous-développés. Les progrès de la technologie avaient considérablement réduit ce danger, sans le faire disparaître complètement.

Lui-même avait perdu plusieurs patientes au cours de sa carrière. Il était impossible de travailler dans ce domaine sans que quelques accouchements se passent mal. Mais ce ne serait pas le cas aujourd'hui.

— La prochaine contraction arrive, Carla. Il faut que vous poussiez.

La voix de Quinn était tendue quand elle jeta un coup d'œil aux moniteurs.

— Docteur Russell...

Il ressentit aussitôt une décharge d'adrénaline.

Pendant les accouchements, Quinn communiquait avec lui de façon informelle, excepté quand il y avait un problème. Il devenait alors immanquablement « Dr Russell ». C'était son signal. Et ce moment était venu.

Il consulta le moniteur cardiaque.

Les décélérations se multipliaient, le bébé ne recevait pas assez d'oxygène.

— Carla, je voudrais que vous vous remettiez en arrière en attendant la prochaine contraction, dit-il d'une voix ferme. Trey, aidez-la.

— Que se passe-t-il ? demanda Trey d'une voix tremblante.

— Le rythme cardiaque du bébé est trop fluctuant. Le changement de position pourra peut-être lui donner l'espace dont il a besoin.

Carla saisit la main de Trey et regarda Quinn.

— Et sinon ?

— Alors le Dr Russell pratiquera une césarienne, répondit celle-ci.

Elle le regarda avec détermination, et il sentit la paix pénétrer en lui.

Ils étaient partenaires. Peut-être pas sentimentalement, mais, pour la première depuis qu'elle s'était éloignée de lui, il pouvait respirer librement.

Elle leva un doigt.

C'était là que leur capacité à se comprendre si bien se montrait particulièrement utile : elle voulait que Carla essaie de pousser encore une fois. Si le rythme cardiaque fluctuait de nouveau, ils pratiqueraient l'opération.

Il hocha imperceptiblement la tête, et elle se retourna vers leur patiente.

— Très bien, Carla. Poussez à la prochaine contraction. Mais si le rythme cardiaque du bébé est de nouveau instable, le Dr Russell se préparera pour la césarienne.

— Dans ce cas, votre bébé peut être là dans moins d'un quart d'heure, ajouta-t-il.

— Et c'est un des meilleurs dans sa branche, ajouta Quinn sur le ton de la confidence.

Il sourit malgré lui.

Elle n'avait jamais douté de ses capacités dans n'importe quel domaine et avait toujours été son meilleur supporter. Ils étaient peut-être opposés, mais ils se complétaient mutuellement – elle avait raison sur ce point.

— Essayez de respirer régulièrement, dit-il.

Le rythme cardiaque faiblit de nouveau, et ils échangèrent un regard.

Le fils de Trey et de Carla devait sortir *maintenant.*

Il prit une profonde inspiration.

— Carla, nous allons vous transférer. Trey, une infirmière va revenir vous chercher dans quelques minutes.

Il n'avait pas le temps de le réconforter et se contenta de lui adresser un petit sourire.

Trey déposa un baiser sur le front de sa fiancée.

— À tout à l'heure...

L'amour irradiait entre ces deux-là.

— Allons-y, dit Quinn en poussant le lit hors de la chambre.

Quinze minutes plus tard, Milo sortait le fils de Carla de son ventre.

Le cordon ombilical était enroulé autour du cou du bébé, et sa peau était bleue.

Il défit le cordon, mais le nouveau-né n'émit aucun son.

— Il ne pleure pas, fit remarquer Trey.

— Pourquoi est-ce qu'il ne pleure pas, Quinn ? demanda Carla de l'autre côté du rideau, la voix tremblante.

— Donnez-lui une minute, répondit calmement Quinn. Il vient de connaître un moment difficile.

Elle prit le bébé des mains de Milo, l'enveloppa dans une serviette chaude et commença à lui frotter le dos.

— Allez, petit bonhomme.

Après ce qui parut une éternité, le petit être poussa un cri de protestation, et Quinn posa le bébé sur la poitrine de sa maman.

— Il a déjà beaucoup de cheveux, observa-t-elle en souriant, tandis que Carla et Trey échangeaient un regard rempli d'amour.

Il n'y avait personne d'autre que Quinn avec qui il avait envie d'être dans une salle d'accouchement, une suite chirurgicale ou n'importe quel autre endroit ! se dit-il en finissant de refermer les incisions de la césarienne.

De l'autre côté du rideau, les parents regardaient leur fils avec tant d'amour qu'il ressentit un pincement au cœur.

Il adorait son métier et n'avait jamais envié personne, mais cette fois, en regardant ce couple, il était surpris par l'émotion qui le submergeait.

Même si Quinn l'avait juste embrassé sur une impulsion, elle avait eu envie de lui durant quelques secondes. Tous deux avaient toutes sortes de choses à vivre. Il devait juste trouver le moyen de la faire rester en Californie.

5

— Si ça continue, il va falloir acheter d'autres vêtements, plaisanta Quinn en déposant le tas de linge sur le canapé en cuir de Milo.

Elle avait les épaules nouées et fit quelques mouvements de rotation des bras avant de saisir le T-shirt gris que Milo lui avait prêté.

Entre les consultations incessantes de son smartphone pour savoir si elle pourrait bientôt rentrer chez elle, et les efforts qu'elle faisait pour se conduire normalement avec son meilleur ami, ses muscles étaient tendus à craquer.

Milo prit une chemise et commença à la plier.

— Il y a aussi des moments agréables…

Elle haussa un sourcil.

Ce n'était pas le mot qu'elle aurait choisi pour décrire ces trois derniers jours. Pourtant, quand ils avaient regardé un film ensemble le soir précédent, elle avait presque retrouvé l'atmosphère d'avant…

Sauf qu'elle avait passé son temps à se demander si elle avait l'air naturelle ou si elle n'en faisait pas trop.

Elle repensa à sa mère qui la traitait d'éternelle insatisfaite quand elle demandait à faire d'autres activités que celles que celle-ci approuvait. À chaque fois, elle était rabaissée.

Sa vie n'était jamais vraiment la sienne. Même les cours de dessin qu'elle avait demandés ne lui avaient été accordés que parce que son professeur avait dit à ses parents qu'elle était douée. Mais, là encore, elle n'avait pas pu suivre les cours au centre communal local selon son souhait, sa mère ayant fait appel à un professeur privé quatre fois par semaine. Si bien que ce qu'elle aimait le plus était devenu une activité contrôlée dans laquelle elle n'avait pas pu s'épanouir.

— Qu'entends-tu par « agréables » ? demanda-t-elle.

— Quinn...

La voix grave de Milo la fit frissonner. Il se pencha vers elle, et elle retint sa respiration.

Allait-il l'embrasser ?

Elle ne pouvait s'empêcher de l'espérer. C'était ridicule. S'ils ne passaient pas autant de temps ensemble, cet espoir finirait par se dissiper. Mais quand il plongea ses yeux verts dans les siens, elle sentit son cœur battre la chamade.

— J'aime passer du temps avec toi, dit-il doucement.

Elle aussi avait toujours aimé être avec lui. Il ne lui avait jamais donné le sentiment de ne pas être désirée... Jusqu'à avant-hier.

Elle éclata d'un rire nerveux.

— Milo, on est toujours ensemble ! On travaille ensemble, et tu venais à mon bungalow presque tous les week-ends.

— Forcément, parce que tu ne venais jamais chez moi.

— C'est faux, protesta-t-elle. J'y suis allée au moins deux fois, quand je suis revenue en Californie. Mais c'est trop beau, chez toi. Si je renversais quelque chose, je craindrais de détruire l'harmonie de l'ensemble et de ne plus être invitée.

L'appartement de ville de Milo semblait sorti d'un magazine de mode, avec sa décoration si « design » et épurée. Avec son jean usé et son T-shirt, elle s'était sentie déplacée. Certes, elle vivait confortablement, mais elle ne pouvait pas payer un loyer pour ce genre d'endroit.

Les bras de Milo l'enlacèrent, et instinctivement elle posa la tête sur son épaule.

— Tu es toujours la bienvenue chez moi, Quinn. Et tu le seras toujours.

« Toujours. » Un terme qu'elle n'avait jamais associé à personne.

À part Milo.

Il glissa les mains le long de son dos, et elle soupira. Elle sentait sa chaleur pénétrer en elle, elle respirait son odeur. Cette étreinte devenait dangereuse.

Levant la tête, elle croisa son regard, mais il ne la relâcha pas et abaissa les yeux sur ses lèvres. Elle aurait dû s'écarter, mais elle était incapable de réagir.

— Quinn...

Son téléphone sonna avant qu'il ait pu continuer.

Sauvée par le gong.

Incapable de répondre, elle lui tendit l'appareil.

— S'il te plaît.

À peine eut-il saisi le portable qu'elle s'éclipsa. Elle courut jusqu'à la plage et tomba à genoux sur le sable.

C'était sûrement puéril, mais elle avait besoin de s'isoler un moment pour se préparer à la nouvelle qui allait tomber.

Le peu d'objets personnels qu'elle avait mis de côté avaient-ils disparu ?

Elle était capable de gérer ça. Elle l'était, il le fallait.

Elle se répéta cela encore et encore, essayant de repousser ses sentiments derrière les murs qu'elle avait soigneusement construits depuis son enfance. Pourquoi étaient-ils en train de craquer au moment où elle en avait le plus besoin ?

Milo mit fin à l'appel et regarda vers la porte.

Les chaussures de Quinn étaient toujours là, elle était donc allée à la plage.

Il comprenait qu'elle n'ait pas voulu entendre le message – qui avait été assez laconique : le feu était à présent sous contrôle dans la zone, et les résidents pourraient y retourner en début d'après-midi.

Miranda avait aussi appelé pour leur dire que le St. Brigit's n'envoyait plus ses patientes dans d'autres cliniques. Ils pouvaient rentrer à Los Angeles.

Il se dirigea vers la plage.

Quinn lui tournait le dos, immobile au bord de l'océan.

Il la contempla un instant.

Elle avait les épaules raidies, et il savait qu'il avait contribué à cette tension. Mais tout avait changé désormais, et il ne voulait pas que les choses reviennent en arrière.

Ils appartenaient l'un à l'autre. Elle savait tout de lui, elle finissait ses phrases, lui les siennes, et leur premier appel quand ils se trouvaient dans la tourmente était pour l'autre. Il avait peut-être vu trop de choses dans son baiser impulsif, mais Quinn agissait avec son cœur, et elle avait touché le sien.

Son contrat avec le St. Brigit's allait encore durer quelques mois. Cela lui laissait du temps pour lui faire comprendre qu'elle était ici chez elle avec lui. Mais une chose à la fois. Pour le moment, ils devaient se rendre au bungalow pour constater la situation.

En l'entendant arriver, Quinn essuya une larme sur sa joue et se retourna.

— Alors ?

Il sentit son cœur se serrer.

Il ne l'avait jamais vue pleurer. Elle refusait de montrer sa faiblesse. Même quand sa mère avait été particulièrement dure, et plus tard lorsque, une fois ses parents décédés, toute chance de se réconcilier un jour avec eux s'était évanouie, il ne l'avait pas vue verser une larme.

Il ne s'était pas rendu compte à quel point elle s'était attachée à ce bungalow.

Il glissa les bras autour de sa taille, et elle ne bougea pas. La terrible situation qu'elle vivait les rapprochait de nouveau.

— Je ne sais pas, répondit-il en déposant un baiser sur le sommet de son crâne. C'était juste une notification que le feu est suffisamment contenu pour qu'on puisse y retourner cet après-midi.

Elle soupira.

— Est-ce que ma maison est encore debout, ou est-ce que je n'ai plus rien et plus d'endroit où aller ?

— Cela n'arrivera jamais, Quinn, assura-t-il en la serrant fort dans ses bras.

Il aurait tant voulu avoir le pouvoir de faire disparaître sa peine et ses inquiétudes. Comment pouvait-elle envisager d'aller ailleurs que chez lui ?

— J'espère vraiment que ton bungalow est intact, mais, Quinn… tu auras toujours une place chez moi.

Elle esquissa un faible sourire.

— Je sais.

— Miranda a aussi appelé, poursuivit-il. Nous allons pouvoir rentrer au St. Brigit's.

Il avait aimé retravailler à Oceanside et se rapprocher de sa famille.

— En attendant, je me demande comment nous allons rentrer à l'appartement sans mettre du sable partout…

Lui, au moins, il avait mis des sandales. Il se retourna et montra son dos.

— Allez, hop !

Quinn secoua la tête en riant.

— Non ! Je suis trop grande et trop lourde.

— Es-tu en train de me dire que je suis trop faible ?

C'étaient ces moments qu'il aimait : être avec elle, la faire rire même quand tout était chaotique autour d'eux. Il voulait qu'ils vivent encore des années de rires et de taquineries ensemble.

— Allez, Quinn. Grimpe sur mon dos.

— D'accord, mais ne viens pas te plaindre si tu as mal.

— Tu ne pourras jamais me faire du mal…

Sur ce point, il était moins sûr de lui qu'il n'en avait l'air. Si Quinn était légère sur son dos, elle n'en avait pas moins le pouvoir de le détruire. Ils étaient les meilleurs amis, mais aussi tellement plus. Elle était celle qui le connaissait mieux que quiconque. La femme qui avait réussi à le faire sourire quand son mariage avait échoué. Celle qui répondait à ses appels à n'importe quelle heure du jour et de la nuit, et à quelque endroit du monde qu'elle se trouve. Elle sentait quand il n'allait pas bien et savait trouver un moyen pour qu'il aille mieux. Elle était l'autre moitié de son cœur…

Mais si elle n'éprouvait pas la même chose que lui ?

Quinn jeta un regard circulaire aux cendres qui les entouraient, et l'espoir l'abandonna.

Milo l'avait conduite là où le bungalow aurait dû être. Les collines qui avaient autrefois été couvertes de maisons anciennes et de pelouses bien entretenues étaient à présent méconnaissables. Tous les points de repère qu'elle connaissait avaient disparu.

Elle était reconnaissante à Milo d'avoir insisté pour conduire, tellement ses mains tremblaient. Elle avait travaillé dans de nombreuses zones touchées par des catastrophes, vu des gens tout perdre, mais elle n'avait pas été préparée à cela.

Milo lui prit la main et la serra très fort.

— Je suis tellement désolé, Quinn.

Il ralentit, et elle se rendit compte qu'ils étaient arrivés dans sa rue.

Tout était parti.

Elle laissa échapper un sanglot.

Quand elle était enfant, ses parents ne l'avaient pas autorisée à posséder beaucoup d'objets. Du moins, pas ceux qui sont importants pour une petite fille, comme des dessins faits à l'école ou des photos qu'elle aimait. Elle n'avait jamais eu de désir de possessions matérielles. Mais c'était douloureux de voir que le peu qu'elle avait était devenu poussière.

Heureusement, elle était bien assurée et avait ajouté une assurance incendie, mais les photos d'elle et de Milo à la remise de leur diplôme, les photos et les mots de ses amis de par le monde avaient pour elle une valeur inestimable, et ça, aucune assurance ne pourrait le remplacer. Elle avait cru être préparée, mais un tel spectacle la remplissait de détresse.

Elle se laissa aller contre l'appuie-tête, le cœur lourd.

Qu'allait-elle faire à présent ?

Milo posa sa main sur la sienne.

— Veux-tu qu'on reparte tout de suite ? Nous n'avons pas besoin de fouiller les cendres aujourd'hui, À supposer qu'il reste quelque chose.

Elle avait envie de fuir ce chaos, mais plus vite elle mettrait un terme à tout ça, plus tôt elle pourrait en faire son deuil. Et, au moins, Milo était ici.

— Non, finissons-en. Je ne crois pas que je pourrai y arriver toute seule, avoua-t-elle.

Elle avait parcouru le monde et affronté seule tous les défis de sa vie. Elle n'en était pas peu fière. Mais sa capacité à se contrôler et à maîtriser ses émotions avait brusquement disparu.

Les bras de Milo l'enveloppèrent.

— Tu n'as pas besoin de faire quelque chose seule, Quinn. Jamais.

Elle sentit aussitôt le réconfort la gagner.

— Merci, dit-elle en se redressant. Allons voir si le feu a épargné quelque chose. Ensuite, est-ce que tu pourras me déposer devant un magasin de vêtements ? J'aimerais porter autre chose que les vieilles affaires de Bianca.

— Bien sûr. Mais je ne te déposerai nulle part. Si tu as besoin d'aller dans vingt boutiques différentes, je t'accompagnerai dans chacune d'elles.

Elle aurait dû le remercier, mais elle n'arriva pas à parler.

Ouvrant la porte de la voiture, elle réprima un sanglot.

Le monde ne semblait plus fait que d'odeur de brûlé et de rêves détruits, mais elle se força à avancer. Elle *devait* le faire.

Son regard parcourut les débris des murs en stuc, et elle s'arrêta au milieu de ce qui avait été autrefois sa pièce à vivre. De son côté, le visage grave, Milo commençait à écarter les cendres du bout du pied.

Par où commencer ?

Le garage. C'était là qu'elle avait stocké les quelques cartons qu'elle avait oubliés dans sa hâte d'aller aider Molly à accoucher.

La porte métallique du petit garage tenait encore debout, mais elle ne menait plus nulle part.

S'accroupissant au milieu des cendres, elle les balaya de la main.

Après tout, ce n'étaient que des objets.

Mais ils étaient aussi ses souvenirs, et désormais ils ne vivraient plus que dans sa mémoire.

Soudain ses doigts agrippèrent quelque chose de solide, et elle poussa un petit cri.

Milo se précipita alors qu'elle sortait un cadre métallique de l'amas de cendres.

Le cadre était abîmé, et le verre avait foncé, mais à l'intérieur, il y avait la photo d'elle et de Milo tenant son diplôme d'infirmière.

Sa famille n'avait pas assisté à la cérémonie. Son père avait prétexté une importante réunion de travail, et sa mère avait trouvé une excuse si ridicule qu'elle s'était empressée de l'oublier. Milo, lui, était arrivé une heure à l'avance pour être sûr d'avoir une bonne place dans la rangée centrale.

Elle sentit sa lèvre trembler. Les coins de la photo étaient racornis, mais elle conserverait ce souvenir si important pour elle.

Milo s'était accroupi à côté d'elle.

— Je me rappelle encore ton sourire quand tu as traversé la scène, murmura-t-il. Tu étais radieuse. Et puis tu m'as cherché des yeux, j'étais au premier rang des spectateurs...

Elle serra la photo contre son cœur, les larmes aux yeux.

— Je crois que c'est la seule chose qui a échappé aux flammes.

— J'ai aussi trouvé quelques pots et une cuiller...

Milo lui entoura les épaules de son bras, et elle posa la main sur sa joue. Elle avait besoin de le toucher, de puiser de la force en lui pour reprendre pied.

Soudain, il releva la tête.

Un cri de détresse parvint de ce qu'il restait d'une maison située quelques mètres plus bas.

— Au secours !

Milo se mit aussitôt à courir, et elle lâcha la photo pour le suivre.

Sa voisine, Mme Garcia, était penchée sur son mari à côté des marches menant au perron plutôt bien conservé. Ses mains étaient couvertes de sang.

Pendant que Milo les rejoignait, Quinn appela les secours tout en courant vers la voiture pour chercher leurs trousses médicales et de l'eau. À son retour, elle trouva M. Garcia assis sur une marche. Il avait le côté droit du visage en sang, et sa jambe également entaillée devrait être nettoyée correctement à l'hôpital et nécessiterait une douzaine de points de suture.

Milo prit l'eau et le gel désinfectant pour les mains qu'elle lui tendait. Ce n'était pas grand-chose, mais c'était mieux que rien. Il posa plusieurs compresses de gaze sur la jambe et retira sa chemise qu'il appliqua sur la blessure.

Tout en désinfectant ses mains et ses gants, elle lui jeta un coup d'œil.

Ses muscles étaient tendus pour maintenir la pression sur la jambe. Il n'avait pas hésité une seconde à agir. Sa rapidité de réaction aurait été un véritable atout dans les hôpitaux de campagne où elle avait travaillé. Elle était aussi très appréciable ici.

— L'ambulance sera bientôt là, dit-elle.

— Les saignements diminuent, mais il y a au moins une veine ouverte au-dessus du genou...

Elle sortit le sparadrap de sa trousse et entreprit de l'enrouler très serré sur la chemise avec l'aide de Milo, de sorte que la pression demeure sur la blessure.

Mme Garcia expliqua que son mari avait voulu revenir chercher des babioles qu'il n'avait pas eu le temps d'emporter et que les marches s'étaient effondrées sous son poids, le ciment ayant été dégradé par le feu.

Le blessé fit la grimace et voulut porter la main à son visage, mais Milo lui saisit le bras.

— Laissez-moi faire, dit-il, doucement mais fermement.

Même dans cette zone détruite, sans chemise, avec une

simple trousse médicale et des bouteilles d'eau, il restait totalement professionnel.

Elle le regarda nettoyer soigneusement l'entaille sur la tête du blessé, et son toucher délicat la fit fondre.

Elle avait adoré travailler ici avec lui. Ce n'était pas le St. Brigit's qui l'avait ramenée chez elle, malgré le merveilleux travail que l'on y accomplissait. C'était Milo, car elle se sentait complète quand elle était près de lui.

M. Garcia leva vers sa femme un regard rempli d'amour.

— Ce n'étaient pas des babioles, dit-il. C'était ton cadeau pour célébrer notre anniversaire de mariage. J'ai mis des mois à le fabriquer. Je n'oublie pas que j'ai failli te perdre une fois...

— Vous avez failli la perdre ? répéta Quinn, intriguée, en vérifiant la jambe du blessé.

Le sang ne coulait plus à travers le tissu de la chemise, même si l'hémorragie n'avait pas entièrement cessé.

Mme Garcia se mit à rire.

— Quand j'étais plus jeune, j'étais assez effrontée, raconta-t-elle en jetant à son mari un coup d'œil complice. Je lui ai demandé de sortir avec moi, et il a refusé.

À l'évidence, c'était une vieille histoire qui faisait l'objet de plaisanteries entre eux, comme cela arrive chez les couples mariés depuis longtemps et heureux de l'être.

— Je croyais que c'était une plaisanterie, expliqua M. Garcia. Je ne pouvais pas croire que la plus jolie fille du quartier s'intéressait à moi. Il m'a fallu près d'un mois pour trouver le courage de réparer mon erreur.

Il saisit la main de sa femme et la garda dans la sienne.

Quinn sentit ses yeux se mouiller. Elle chercha le regard de Milo et vit que lui aussi était ému.

Si elle n'y prenait pas garde, elle allait devenir une vraie fontaine !

Il s'était passé tant de choses le jour où elle l'avait embrassé. Et si elle revenait sur le sujet quand tout ça se serait un peu calmé ? Quand il pourrait y réfléchir calmement pendant quelques minutes ? S'il la rejetait de nouveau, au moins elle n'aurait pas de regret.

— Quel était le cadeau ? demanda Milo au moment où l'on entendait la sirène de l'ambulance.

M. Garcia secoua la tête.

— Si je vous le disais, ce ne serait plus une surprise. Il va me falloir des mois pour le refaire. Il sera peut-être prêt à temps pour Noël.

Milo alla à la rencontre des auxiliaires médicaux qui descendaient de voiture.

— Votre petit ami est vraiment un beau garçon, observa Mme Garcia avec un sourire.

— Il n'est pas mon petit ami...

Mais elle trouva à ses paroles un goût de cendres.

Il la faisait se sentir importante. Il l'enveloppait de bien-être, il l'encourageait dans ses choix professionnels, il l'avait guidée jusque chez elle. Il était son sextant – celui qui la maintenait dans la course.

— Il est mon meilleur ami.

Mme Garcia haussa un sourcil mais ne dit rien.

Ses anciens voisins n'ayant plus besoin d'elle, Quinn se dirigea avec un soupir vers son bungalow détruit. Elle ramassa la photo et sourit au souvenir de ce moment heureux, avant de regarder les ruines autour d'elle.

C'était bien fini, sa maison – le seul endroit où elle avait senti qu'elle pouvait laisser tomber ses barrières et être elle-même – n'existait plus.

Des bras forts l'entourèrent, et elle se laissa aller en arrière contre Milo.

— Prête à repartir ?

Elle aurait dû s'écarter, mais elle n'en avait ni la force ni l'envie. C'était *ici* qu'elle se sentait en sécurité.

Elle se retourna et lui fit face.

— Es-tu sûr de vouloir que je reste chez toi ? J'avoue que l'idée d'aller à pied au St. Brigit's depuis ton appartement est séduisante… Mais je doute d'être d'une compagnie très agréable, ajouta-t-elle en soupirant.

Milo posa un instant son front contre le sien.

— Tu seras *toi*, et ça n'a pas de prix. On mettra tous les détails au point une fois à l'appartement. J'ai un plan dont je voudrais te parler.

Bien sûr, Milo avait un plan pour gérer la situation si elle ne pouvait pas rentrer chez elle.

— Un plan ?

Il sourit.

— Peut-être le meilleur que j'aie jamais eu.

Une douce chaleur l'envahit, et elle laissa échapper un petit rire.

— J'ai hâte de t'écouter.

6

Quand Quinn, les cheveux humides et moulée dans son nouveau pull-over sans manches, vint s'asseoir à l'îlot de sa cuisine, Milo lui tendit un verre de vin.

Elle avala une longue gorgée en fermant les yeux.

Fasciné par son cou, il s'imagina le picorer de baisers, redescendre le long de son épaule et plus bas encore.

Il voulait la tenir contre lui, se réveiller le matin près d'elle. Il voulait tant de choses.

— Alors, quel est ton plan ?

Elle le regardait de ses beaux yeux noirs où il avait plongé tant de fois.

Il aimait son besoin inébranlable de venir en aide aux autres, la façon dont elle avait tourné le dos à sa maison détruite pour courir au secours d'une voisine… Sa capacité à se ressaisir et à redémarrer… Tout chez elle le faisait fondre.

— Milo ?

Elle posa la main sur son genou, et il sursauta.

— Désolée, je ne voulais pas te faire peur.

— Tu ne m'as pas fait peur, mais… Je voulais te dire… Quand tu m'as embrassé…

— Je t'ai fait peur quand je t'ai embrassé ?

Il vit sa lèvre trembler et eut un pincement au cœur.

— J'ai fait une erreur.

Et c'était la simple vérité.

— Une erreur ? Tu préfères peut-être que je parte ?

— Non !

Il avait si bien planifié cette discussion, et elle prenait la tournure inverse !

Il lui prit les mains et mêla ses doigts aux siens. Leur contact le calma. C'était l'effet que Quinn lui faisait. Avec elle, il se sentait « centré ».

— Je dis tout de travers...

Prenant une profonde inspiration, il se jeta à l'eau.

— Quand tu m'as embrassé...

Quinn détourna les yeux, et il ne put le supporter. Laissant courir un doigt le long de sa joue, il attendit qu'elle le regarde de nouveau pour continuer.

— Cela faisait des années que je rêvais de t'embrasser. Avant même notre diplôme de fin d'études. Cela ne semblait jamais être le bon moment, ou je craignais que tu ne dises non. Mais quand c'est finalement arrivé, je me suis mis à trop réfléchir. Parce que...

Elle posa un doigt sur ses lèvres.

— Des années ? répéta-t-elle lentement.

— Oui.

La bouche de Quinn s'arrondit de surprise.

— Oh...

Bon sang, elle était trop craquante !

— Je te veux, Quinn. Mais pas juste pour une nuit ou quelques mois. J'ai passé ces deux derniers jours à élaborer un plan pour te ramener dans mes bras, mais, avec toi près de moi, tout me sort de la tête. Je ne pense qu'à t'embrasser.

Il se pencha vers elle.

— Mais si tu as besoin de temps pour réfléchir...

Elle le fit taire en posant ses lèvres sur les siennes, et il l'attira contre lui.

Quinn... *Sa* Quinn.

Avoir Quinn dans ses bras, c'était juste comme les choses devaient être. Il approfondit son baiser avec délices. Le goût de sa bouche, sa chaleur contre son torse... Il en était ivre.

Il faudrait encore discuter, mettre au point. Mais quand elle était dans ses bras, tout le reste semblait secondaire.

Elle lui caressa la nuque du bout des doigts, et il s'entendit émettre un grognement sourd.

Pourquoi avoir attendu si longtemps pour en parler ? Toutes ces années de baisers perdus... Si elle voulait que leur relation démarre lentement, il était prêt à attendre.

Il prit sa taille entre ses mains.

— Quinn, j'ai envie de toi. Mais si tu ne veux pas que je t'emporte dans mon lit maintenant, il faut nous arrêter.

Quinn recula pour mieux le regarder.

— J'ai envie de toi depuis que j'ai atterri à L.A.

Il resta un instant bouche bée.

Ils auraient tout le temps de discuter de ses plans plus tard. Pour le moment, il avait besoin d'autre chose.

Il la souleva dans ses bras, et elle poussa un petit cri quand il lui embrassa la nuque.

— Cette fois je te tiens...

Et il ne la lâcherait plus jamais.

Il la porta jusqu'à sa chambre et la déposa doucement sur le lit avant d'allumer la lampe. La première fois qu'il ferait l'amour à Quinn, ils ne seraient pas dans l'obscurité.

De ses mains impatientes, elle lui retira sa chemise, les yeux remplis de désir. Quelqu'un d'autre l'avait-il jamais regardé ainsi, comme s'il n'y avait que lui ?

S'asseyant près d'elle, le corps tendu de désir, il glissa les doigts sous son petit pull et le passa par-dessus sa tête.

Elle ne portait pas de soutien-gorge.

— Tu es si belle, murmura-t-il.

— Milo...

Il crut voir quelque chose dans ses yeux qu'il ne parvint pas à déchiffrer.

— Tu veux qu'on arrête ?

— Non, répondit-elle en lui embrassant le menton.

— Alors, dis-moi à quoi tu penses.

Il l'embrassa dans le cou, et elle poussa un petit gémissement de volupté.

— Eh bien... Après toutes ces années d'amitié entre nous, je ne trouve pas que ce qui se passe aujourd'hui soit étrange – au contraire. C'est juste comme ça doit être.

Il prit la pointe d'un sein dans sa bouche, puis l'autre.

— Et ça, qu'est-ce que tu en penses ?

— Hum.

Il crut qu'il allait exploser de désir.

La prenant par les épaules, il l'allongea doucement sur le dos, tira sur son short, et s'arrêta de respirer.

Quinn, *sa* Quinn, était nue dans son lit !

— Je ne porte pas de dessous la nuit, dit-elle, tandis qu'il faisait courir un doigt le long de sa cuisse.

— C'est quelque chose que j'ignorais. J'aime apprendre de nouvelles choses sur toi. Comme le goût que tu as...

Il lécha la peau de sa cuisse, et elle se cambra.

— Milo...

Il n'avait qu'une envie : s'enfouir profondément en elle, mais il ne voulait rien précipiter. Ils avaient toute la nuit et tous les jours qui suivraient.

Mais Quinn l'agrippa par les épaules.

— Milo, s'il te plaît. Fais-moi l'amour.

Cette fois il ne put résister. Abandonnant son jean sur le sol, il attrapa un préservatif dans sa table de nuit.

Elle noua les bras autour de son cou.

— J'ai besoin de toi.

S'emparant de sa bouche, il la serra contre lui et pénétra en elle.

Le moment parfait.

Rapidement, il sentit qu'elle allait atteindre l'orgasme, et il s'abandonna à son tour au plaisir. Quelques instants plus tard, ils étaient allongés dans les bras l'un de l'autre.

Elle lui caressa le dos du bout des doigts.

— C'était...

Elle soupira contre son épaule.

— Je ne trouve pas les mots.

— Pareil pour moi.

Il l'embrassa tendrement.

Elle était si merveilleuse, et elle se trouvait là, dans ses bras. *Sa* Quinn.

Alors que le soleil se levait sur Los Angeles, Quinn se trouvait debout dans le bureau de Milo, devant les panneaux de prévision où il avait tracé les grandes lignes de sa vie pour les quinze prochaines années.

Ses propres parents auraient sûrement été favorablement impressionnés. Et en même temps, c'était décourageant.

Milo avait dit qu'il avait élaboré un plan pour eux deux. Mais elle ne voyait son nom sur aucune des listes. Où était sa place ? Et avait-elle vraiment envie que tout soit planifié ?

Elle avait vécu ainsi pendant des années. Les plans et les emplois du temps, elle les avait laissés derrière elle en quittant ses parents. Ses plans à elle ne dépassaient pas sa future mission. Quelquefois, il lui était arrivé de ne pas savoir ce qu'il allait se passer ensuite, et en général tout finissait par se régler. Mais Milo fonctionnait ainsi.

Portant son mug à ses lèvres, elle s'efforça de remettre ses idées en place.

Cette nuit, Milo et elle avaient peu dormi. Elle frissonna de plaisir en se rappelant comme il l'avait touchée, ses baisers sur son ventre... Ils avaient vécu des moments magiques.

Alors, pourquoi était-elle debout à l'aube à se torturer l'esprit dans ce bureau ?

Elle poussa un soupir.

Milo allait au bout de ce qu'il avait planifié, quoi qu'il arrive. Quand il avait décidé de quitter Oceanside Clinic, rien de ce qu'elle et sa mère avaient pu dire n'avait compté. Il était déterminé, c'était une des choses qu'elle aimait chez lui.

Car elle l'aimait. Le mot avait même failli lui échapper pendant la nuit, quand elle était dans ses bras.

Elle aimait Milo. Elle aimait son côté prévenant, son cœur toujours ouvert, son caractère déterminé, et il lui avait dit qu'il la désirait depuis des années.

Mais si elle ne s'accordait pas avec ses plans – comme elle avait échoué à le faire avec ses parents ?

Ses genoux tremblèrent.

Non, Milo n'était pas comme ses parents, et elle n'allait pas se mettre à imaginer la fin de leur relation avant même qu'elle ne commence.

Elle se força à retourner à la cuisine en bâillant. Prenant le pot de café, elle remplit de nouveau son mug et voulut le porter à ses lèvres, mais elle ne tint pas l'anse correctement. Il lui échappa avant d'aller se briser sur le sol avec fracas. Le café brûlant lui éclaboussa les pieds, et elle sauta sur le comptoir.

Elle jeta un coup d'œil circulaire dans la cuisine.

Dans son bungalow, les torchons se trouvaient dans le tiroir près de l'évier, mais ici elle n'avait aucune idée de l'endroit où Milo les rangeait.

Parce qu'elle avait toujours évité son appartement tellement classe – évité toutes les choses qui lui rappelaient son passé. Mais Milo aussi faisait partie de son passé, pour son bonheur.

— Je suis dans cet appartement depuis moins de vingt-quatre heures et je suis déjà en train de tout détruire, gémit-elle à voix haute.

— Un mug n'a aucune importance pour moi, Quinn.

Milo se tenait sur le seuil de la cuisine, vêtu de son seul boxer-short.

— Est-ce que ça va ?

— Je me suis un peu brûlé les doigts de pied, sinon tout va bien. Où sont tes torchons ?

Sans répondre, il entra dans la cuisine.

— Stop ! s'écria-t-elle en levant les mains. Tu es pieds nus, attention aux tessons de céramique… Je ne veux pas que tu te blesses.

— Nous sommes pieds nus tous les deux, répliqua-t-il. Et si

tu descends de ce comptoir, nous allons avoir notre première dispute.

« Leur première dispute » ! Elle était partante pour avoir toutes sortes de « premières » avec lui.

— Tu souris ? dit-il.

— Je suis pratiquement certaine que nous avons eu notre première dispute importante quand tu as refusé de servir de modèle au lycée pour mon cours de dessin.

Milo se mit à rire. Il ouvrit un tiroir dont il retira deux torchons, les étala sur les débris et, la soulevant dans ses bras, la porta jusqu'à la chambre voisine.

— Tu m'en avais voulu durant près d'un mois. Tout ça parce que je n'avais pas voulu poser avec une toge à la romaine.

— À ce moment-là, cela m'avait semblé important. Remarque, si tu veux poser nu pour moi maintenant…

Elle l'embrassa derrière l'oreille avant de glisser hors de ses bras, et il laissa échapper un petit grognement de plaisir.

Flirter avec Milo était facile et amusant. Mais il fallait nettoyer la bêtise qu'elle avait faite, et ensuite ils discuteraient de ce qui s'était passé cette nuit.

Après avoir enfilé ses tongs, elle retrouva Milo et ses bras réconfortants dans la cuisine déjà nettoyée.

— Ces derniers jours tu as eu ton lot d'épreuves, dit-il. Mais tu as ta place ici avec moi, et je me moque que tu éclates tous les mugs du placard…

Il fit une pause et sourit.

— Excepté un, mon préféré. Il est spécial à mes yeux.

Il sortit du placard un mug de forme irrégulière.

Elle écarquilla les yeux et se mit à rire.

— Tu l'as gardé !

C'était tout ce qu'il restait d'un cours de poterie qu'elle avait pris des années auparavant. À l'époque, son agence de recrutement lui avait imposé un congé sabbatique de trois mois après neuf mois de missions éprouvantes dans des zones difficiles. Elle en avait profité pour suivre ce cours et n'avait réussi à produire que cet unique mug, plutôt raté. Le dessin et la peinture étaient des talents qu'elle avait naturellement, elle avait même vendu quelques tableaux. Mais l'argile avait refusé de se plier à ses volontés. Le mug était boiteux et la poignée tordue.

Elle l'avait donné à Milo quand il lui avait appris la fin de son mariage, et il avait souri pour la première fois depuis des semaines.

— Je ne peux pas croire que tu l'aies encore !

— Tu t'es donné du mal pour arriver à ce résultat... Pour ce qui est de l'appartement, tu peux casser tout ce qui est à l'intérieur, tu seras toujours ici chez toi.

— À propos, tu ne m'as toujours pas parlé de ton plan.

Il se pencha sur elle et l'embrassa.

— Nous avons été quelque peu distraits...

Elle s'abandonna dans ses bras.

Certes elle avait eu d'autres relations, mais jamais avec cette sensation d'avoir trouvé son alter ego, celui qui lui correspondait. Même pendant ses brèves fiançailles, elle ne s'était jamais sentie aussi proche de James, elle n'avait jamais réagi aussi fort à son contact. Lorsque Milo la touchait, il lui semblait que tout son corps s'ouvrait.

— Est-ce que ton plan consiste à avoir quelques « distractions » de temps en temps ? demanda-t-elle, retenant sa respiration.

— Non, répondit-il d'une voix ferme, cherchant son regard. Après la nuit dernière, si tu penses toujours qu'il vaudrait mieux qu'on reste juste amis, j'ai encore un autre plan pour te faire changer d'avis.

Ce qu'elle avait dit sur la plage lui semblait si loin. Elle ne s'était jamais donnée totalement dans ses relations. Même James s'était plaint qu'elle ne s'ouvrait pas complètement à lui, alors qu'il ne l'avait pas aimée assez pour lui rester fidèle.

Mais là il s'agissait de Milo, qui la connaissait déjà si bien. Elle devait pouvoir le laisser accéder aux quelques endroits qu'elle ne gardait que pour elle.

— Je voudrais que l'on essaye d'être *nous*, dit-elle timidement.

Les yeux de Milo brillèrent, et il pencha la tête, mais elle recula.

Il y avait quelque chose qu'elle tenait à dire.

— J'ai deux conditions, que j'aurais déjà dû poser hier soir. Mais tu m'as un peu trop distraite.

— Je t'écoute, répondit-il. Quelles qu'elles soient, je les accepterai.

— Vraiment ?

Et si elle lui annonçait qu'elle voulait prendre un job à des milliers de kilomètres d'ici, que dirait-il ?

Jusqu'à présent, elle avait toujours laissé la peur s'insinuer dans son cerveau en prévoyant comment une relation allait finir, pour mieux se préparer et se protéger. Mais elle ne jouerait pas à ce jeu avec Milo.

— Quoi qu'il arrive, on restera amis, déclara-t-elle.

Elle lui prit la main.

— Je ne pourrais pas supporter de te perdre pour toujours. Je veux que ça marche entre nous. Mais si ce n'était pas le cas...

Milo l'attira contre lui.

— Je veux aussi que ça marche, dit-il en l'embrassant. Mais, Quinn, je te promets que, quoi qu'il advienne, je serai dans ta vie pour toujours. Quelle est l'autre condition ?

— Tu ne peux pas tout planifier.

Elle s'arrêta pour le regarder et vit une ombre passer dans ses yeux.

— Je ne veux pas vivre d'après une esquisse, Milo. Attendons de voir où cette histoire va nous mener – sans plan.

— Sans plan ? répéta-t-il d'une voix tendue. Je ne suis pas sûr d'en être capable, Quinn. Si on faisait un marché ?

Elle sentit sa gorge se contracter d'appréhension.

— Quel est le deal ?

— Ne planifier qu'une semaine à la fois.

Elle hocha lentement la tête.

— D'accord. Mais si quelque chose d'inattendu et de drôle survient, on saute sur l'occasion, même si l'emploi du temps hebdomadaire est déjà chargé.

Milo sourit et la prit par la taille.

— Comment allons-nous sceller notre accord ?

Il l'embrassa longuement, et elle poussa un soupir de bien-être.

Il n'y avait pas de meilleure manière de démarrer une matinée que d'être embrassée par Milo.

Elle promena les lèvres dans son cou, et il poussa un grognement de volupté. Elle adorait sa façon de réagir quand elle le touchait.

— Tu veux prendre un petit déjeuner ? demanda-t-elle.

Milo la prit par les hanches.

— En fait, j'ai prévu de te « distraire » encore une bonne partie de la journée.

7

Quinn sortit de la salle du personnel le sourire aux lèvres.

La semaine s'était écoulée dans un brouillard de bonheur entrecoupé de baisers insatiables. En fait, elle souriait tout le temps. C'était grisant et à la fois déstabilisant.

Milo lui fit un signe de la tête depuis l'autre bout du couloir avant d'entrer dans la chambre d'une patiente.

Ce geste complice déclencha en elle une bouffée de joie, puis elle fronça les sourcils en vérifiant sur sa tablette les résultats du test de stress extrême effectué sur sa patiente.

Alors que Tara Siemens était une future jeune maman apparemment heureuse, son test venait de se révéler positif. De nombreuses primipares s'inquiétaient vers la fin de leur première grossesse. Mais un stress très élevé pouvait se révéler préjudiciable pour la mère et l'enfant.

Elle envoya un texto à Milo en lui demandant de passer quand il serait disponible. Le Dr Greg et lui avaient suivi des formations complémentaires sur le bien-être mental des futures mères.

Quand elle retrouva Tara dans le cabinet de consultation, celle-ci avait les yeux rouges. Elle lui apprit entre deux sanglots que ses fiançailles étaient rompues.

— Brandon disait qu'il aimait que nous soyons différents, et que les contrastes s'attirent. Que mon besoin d'ordonner ma vie contrebalançait son esprit libre… Et puis, il a changé d'avis.

Quinn hocha la tête, compréhensive, et lui proposa de regarder comment allait le bébé.

En cas de stress, le fait de voir son enfant à l'écran calmait souvent la maman. Elle étala du gel sur son ventre, et bientôt Tara fut concentrée sur les forts battements de cœur du bébé.

— Votre petite fille a l'air en pleine forme, dit Milo qui les avait rejointes.

Quinn et lui échangèrent un coup d'œil, elle frotta discrètement son annulaire, et il hocha la tête.

Ce n'était pas le premier couple qui rompait avant la naissance de leur enfant, mais ce n'était jamais facile. La grossesse est une période stressante. Devoir trouver un nouvel endroit pour vivre tout en se remettant d'une rupture pouvait entraîner des conséquences néfastes.

— Avez-vous pris un petit déjeuner ? demanda-t-il.

— Un sandwich aux œufs, répondit Tara.

— Parfait, approuva-t-il. Moi, j'ai mangé une assiettée de crêpes !

C'était faux, se dit Quinn, il avait avalé une barre de céréales et un yaourt à toute vitesse, tout comme elle, avant que tous les deux partent travailler en courant. Mais il mettait la patiente à l'aise tout en lui posant sans en avoir l'air des questions pour évaluer son bien-être.

Elle vit les épaules de Tara se détendre pendant qu'il lui parlait.

— Tout se présente bien, conclut Milo. Mais nous allons vous donner une feuille de test émotionnel avant que vous ne repartiez aujourd'hui. On parle des dépressions post-partum, mais on ignore souvent qu'il existe aussi des dépressions prénatales ou pendant la grossesse. Les changements de vie et les changements hormonaux qui se produisent dans votre corps peuvent entraîner ce genre de dépression. Et cela ne veut pas dire que quelque chose ne va pas chez vous.

Quinn approuva de la tête.

— Beaucoup de femmes croient qu'elles doivent absolument être heureuses durant leur grossesse, quoi qu'il arrive. Cette façon de penser peut se révéler dangereuse.

Pendant que Milo allait voir une autre patiente, Quinn resta bavarder un moment de choses et d'autres avec Tara.

Celle-ci ne pleurait plus, ce qui était bon signe.

— Est-ce que tu penses que ça va aller pour elle ? lui demanda Milo entre deux patientes.

— Je l'espère. Elle avait l'air d'avoir le cœur brisé. Elle a dit que son ex avait d'abord aimé le fait qu'ils soient très différents, puis qu'il avait changé d'avis.

Elle réprima un soupir.

C'était peut-être idiot de faire des comparaisons, mais elle avait toujours imaginé que c'était ainsi que sa famille l'avait vue avec ses cheveux noirs : comme le parfait contraire de ce qu'ils étaient... Jusqu'à ce qu'ils ne le supportent plus.

— Cette idée que les contrastes s'attirent ne me paraît pas exacte, dit Milo.

Si c'était ce qu'il pensait, que fabriquaient-ils donc ensemble ? Elle avait fait plusieurs fois le tour du monde, alors que Milo ne s'était jamais éloigné de plus de cent cinquante kilomètres de l'endroit où il avait grandi. Elle adorait les décorations aux couleurs vives et allait là où le vent la poussait. Milo aimait les tons neutres et avait besoin de tout planifier. Sur ses panneaux, il avait inscrit des objectifs pour les vingt années à venir. Elle ne savait pas ce qu'elle deviendrait dans trois ans – excepté qu'elle était certaine de le vouloir dans sa vie.

Il lui repoussa une mèche de cheveux derrière l'oreille.

— Ce que j'ai toujours pensé, ajouta-t-il, c'est que les différences finissent par éloigner, à moins que les partenaires puissent s'adapter l'un à l'autre.

Comment pouvait-il parler avec une telle désinvolture ? Ne voyait-il pas à quel point ils étaient différents ? Et s'il décidait un jour que leurs différences n'étaient plus supportables ?

— S'adapter ? répéta-t-elle, incrédule.

— Bien sûr, répondit-il. Dans une relation, tout le monde s'adapte. Et quand on est très opposé, l'effort doit être plus grand. Je ne connais pas beaucoup de couples qui y parviennent. Dans l'idéal, il vaut mieux réfléchir à tout ça avant de fonder une famille.

Il ne souriait plus.

Elle eut soudain la gorge sèche. Allait-elle contre les plans de Milo ?

Il lui prit la main et la serra brièvement.

— Quinn, je sais ce que tu penses, mais nous nous équilibrons mutuellement. Et nous avons beaucoup de points communs. Tous les deux, nous aimons les mauvais films, détestons cuisiner, adorons notre métier. Nous nous faisons rire l'un l'autre…

Mais cela était-il suffisant ? Mieux valait changer de sujet.

— Tu parlais de crêpes tout à l'heure… Je trouve cela plutôt tentant.

Il haussa un sourcil.

— Que dirais-tu de prendre un petit déjeuner à la place du dîner ? On pourrait faire des crêpes nappées de sirop d'érable, et je crois bien qu'il y a du bacon au frigo. Mais on peut aussi faire un crochet par le marché avant de rentrer à la maison.

« La maison. » Le fait que Milo l'intègre chez lui signifiait beaucoup pour elle. Mais si leurs différences finissaient par les séparer ?

— Quinn ?

— Des crêpes pour le dîner, ce sera parfait.

Milo lui sourit avant d'aller voir sa patiente suivante, et elle le regarda s'éloigner, pensive.

Il avait raison : dans une relation, chacun doit faire des efforts pour s'adapter à l'autre. Mais le pourraient-ils ?

— À tout à l'heure, après le travail, dit Quinn en embrassant Milo sur la joue, son mug de café à la main.

Malgré ce qu'il avait pu lui dire, elle avait acheté des mugs en plastique après avoir cassé sa tasse, et elle refusait d'utiliser ses mugs en céramique.

Avec un pincement au cœur, il ne put s'empêcher de penser qu'elle maintenait une distance entre eux. Juste assez pour se protéger. Comme si elle ne tenait pas à ce que cette situation devienne permanente.

Ou que *lui* devienne permanent.

Ici, ce n'était pas chez elle, il pouvait le comprendre. Et si son bungalow n'avait pas disparu dans les flammes, ils ne se seraient pas mis à vivre ensemble aussi rapidement.

Il était heureux de l'avoir ici et aimait se réveiller près d'une masse de cheveux noirs emmêlés sur l'oreiller. Mais il supportait mal l'idée que Quinn ne se sente pas complètement à l'aise chez lui.

Ces deux dernières semaines, il l'avait vue peu à peu se glisser dans la peau de la Quinn tranquille et d'humeur égale qu'elle avait été quand elle vivait chez ses parents. Quand elle rentrait dans sa coquille...

En quittant ses parents, elle avait abandonné son mécanisme de défense, et il n'aimait pas la voir s'en servir avec lui-même s'il doutait qu'elle en soit consciente. Il voulait la vraie Quinn. Celle qui s'était épanouie dans son propre espace. Qui portait ce qu'elle voulait, et non des vêtements choisis par sa mère. Celle qui s'envolait pour aller partout où elle pouvait être utile. La femme qu'il aimait.

Il ressentit un choc.

Quinn et lui ne sortaient ensemble que depuis quelques jours. Cela ne pouvait pas être aussi rapide ? Il avait fréquenté Bianca pendant près de six mois avant qu'ils ne commencent à parler d'amour.

Pourtant une douce chaleur l'envahissait, comme une certitude. Il *aimait* Quinn !

Il se sentit soudain rempli de joie devant cette évidence.

Mais il était trop tôt pour lui parler. Après avoir rompu avec son fiancé, elle lui avait dit : « Les relations ont besoin d'être cultivées, elles ne doivent pas être précipitées. » Il n'allait pas risquer de tout foutre en l'air en allant trop vite.

Pourtant, c'était plus fort que lui, son cerveau commençait déjà à faire des plans.

Dans un mois, il pourrait raisonnablement lui déclarer son amour. D'ici là, il espérait qu'elle se serait rendu compte qu'ils étaient faits l'un pour l'autre… Et sinon ?

Quinn valait la peine qu'il l'attende toute sa vie. Pour l'instant, il devait trouver le moyen de rendre son appartement plus accueillant pour elle – qu'il ressemble davantage à la maison qu'elle aimerait. Ainsi elle se rendrait compte qu'il ne le voyait pas comme un lieu de séjour provisoire pour elle.

Il fallait qu'elle ait envie de rester à Los Angeles. *Avec lui.*

Tous les plans étaient en train de se mettre en place. Il avait appris que le Dr Torres envisageait de quitter son poste de gynécologue obstétricien senior au Valley General même si elle n'était pas prise au St. Brigit's. Il devait juste veiller à ce que Quinn ne reparte pas.

Croisant les bras, il jeta un coup d'œil critique à sa cuisine, et une idée lui vint.

Le bungalow n'existait plus, mais il pouvait le recréer en partie ici. Quinn allait adorer !

Comme elle était partie pour un service de dix heures, il avait juste le temps de mettre son plan à exécution.

Il énuméra mentalement la liste qu'il lui fallait puis prit son téléphone et composa le numéro de sa sœur.

— Qu'est-ce qui te prend, Milo ? Il n'est même pas 8 heures, répondit Gina en bâillant.

— J'ai besoin de peinture de couleur jaune vif et de tableaux représentant des tournesols pour mon appartement.

— Je croyais que tu n'aimais que les tons neutres et apaisants…

— Le jaune est gai et lumineux. Et c'est la couleur préférée de Quinn.

— Quinn ? répéta sa sœur, maintenant tout à fait réveillée. D'accord. Je vais passer quelques coups de fil.

— Et moi, je vais à la quincaillerie. Tu sais où est la clé…

Son sourire s'élargit. Quinn était faite pour vivre dans une cuisine jaune avec des tableaux aux couleurs vives.

Et pour vivre avec lui.

Quinn remua les épaules, contente d'arriver à la fin de son service.

Elle avait accompagné deux accouchements qui avaient commencé bien avant son service. Les deux futures mamans allaient bien, mais elles étaient en travail depuis plus de vingt heures et étaient épuisées, tout comme le personnel. Elle aurait bien aimé que Milo soit là pour l'aider.

Il lui manquait déjà alors qu'elle venait de le laisser juste ce matin.

Elle avait entendu certains couples dire que travailler ensemble était stressant, mais, avec Milo, c'était tout le contraire. Travailler avec lui la stimulait, la soutenait.

Son estomac se mit à gargouiller.

Avec les deux accouchements, elle n'avait pas eu le temps d'aller jusqu'aux *food trucks* garés en face du St. Brigit's.

Dans l'ascenseur, son estomac se manifesta de nouveau, et un visiteur lui jeta un coup d'œil curieux.

La plupart des gens ne se rendaient pas compte que les employés d'un hôpital bénéficient rarement d'une pause déjeuner ou dîner – complète. Ce ne serait pas la première fois qu'elle rentrerait chez elle le ventre vide.

À peine était-elle arrivée sur le palier que la porte de l'appartement s'ouvrit. Milo vint l'accueillir, l'air aussi épuisé qu'elle.

— Est-ce que ça va ? demanda-t-elle en l'embrassant sur la joue.

Au moment où il se penchait sur sa bouche, il se mit lui aussi à gargouiller.

— Je crois que j'ai un peu perdu la notion du temps, et j'ai oublié de déjeuner, expliqua-t-il. Mais j'ai commandé des pizzas et de la bière qui ne vont pas tarder à arriver.

— Tu es génial.

Milo s'effaça pour la laisser passer, et elle fit un pas dans l'appartement avant de s'arrêter net, le souffle coupé. Son sac lui échappa et tomba par terre avec un bruit mat.

Croisant les mains sur sa poitrine, elle contempla en silence les murs jaune vif de la cuisine et les tableaux de tournesols suspendus au-dessus de l'évier.

C'était exactement la même couleur que dans la cuisine du bungalow. Là-bas elle avait peint les tableaux elle-même, mais ceux-ci étaient également magnifiques.

Ce que Milo venait de faire… Elle n'arrivait pas à trouver les mots. C'était le geste le plus attentionné que quelqu'un ait jamais fait pour elle. Comment le remercier ?

Lentement, elle se tourna vers lui.

— Tu as peint la cuisine…, dit-elle d'une voix tremblante.

Il sourit jusqu'aux oreilles en passant un bras autour de sa taille. Accoudée au comptoir, elle parcourut des yeux le travail qui avait été fait.

Il y avait passé sa journée – *pour elle.*

— Comment as-tu fait pour tout peindre et décorer en un seul jour ?

Milo prit un air mystérieux.

— À vrai dire, j'ai été un peu aidé. J'ai appelé ma sœur, et elle s'est servie de ses contacts pour me faire livrer les tableaux pendant que je peignais.

Il ouvrit le placard.

— Elle a même trouvé des mugs décorés de tournesols comme ceux que tu avais. Je sais bien que ce n'est pas tout à fait pareil, mais…

Elle le fit taire d'un baiser.

C'était encore mieux que son bungalow : un cadeau. Le plus beau, le plus parfait des cadeaux. Elle sentit une vague de bonheur la submerger après cette dure journée.

Leur baiser fut long et sensuel, puis Milo lui sourit tendrement.

— Je suis heureux que ça te plaise. On devrait peut-être peindre aussi la chambre ?

Elle se mit à rire.

— Le bleu et le vert sont des couleurs très relaxantes.

Milo lui picora le cou de petits baisers.

Elle aurait pu se fondre en lui, dans ce merveilleux sentiment qui la parcourait.

— Merci, murmura-t-elle en glissant les doigts dans ses cheveux.

Il l'embrassa sur le front.

— Je vais faire un saut dans la douche avant de manger. Inutile de m'attendre, je ne serai pas long.

— Ou je pourrais me joindre à toi ?

Sans hésiter, elle l'entraîna vers la salle de bains. Là, elle défit la fermeture Éclair de son jean et le fit glisser sur ses fesses musclées. Il respira plus fort, et elle sourit, ravie de susciter aussi facilement le désir en lui.

Elle se mit à le caresser pendant qu'il lui ôtait ses vêtements. Son soutien-gorge tomba par terre.

— Si tu tiens vraiment à prendre une douche, c'est maintenant, dit-il d'une voix rauque.

— Et si je ne veux pas ?

Elle fit courir ses lèvres sur son corps superbe, le long de ses cuisses, et il poussa un grognement étouffé.

— Quinn chérie...

Elle prit son membre dans sa bouche, consciente de son pouvoir. Milo émit un gémissement de plaisir.

— Bon sang, Quinn, tu me rends fou !

— Imagine si tu me laisses finir...

Elle fut surprise de sa propre hardiesse. Elle n'avait jamais été très intrépide en amour, mais avec Milo tout devenait facile.

À son tour, il se mit à caresser son intimité tout en lui léchant la pointe des seins.

— Milo, haleta-t-elle, se sentant perdre pied.

— Besoin de quelque chose ? demanda-t-il d'un ton taquin. Il te suffit de demander, j'ai tout ce que tu veux.

— Je te veux, toi. Maintenant !

Sans la quitter des yeux, il prit un préservatif dans un tiroir et se couvrit avant de la pénétrer lentement.

Elle le saisit par les épaules et s'abandonna au plaisir qu'il lui donnait.

— Il y a une nouvelle patiente qui te demande, lui dit Sherrie en désignant la chambre 6.

— Pourquoi ? demanda Quinn.

— Son mari a demandé à te parler avant qu'ils ne repartent.

Elle fronça les sourcils.

Peut-être qu'une ancienne patiente leur avait parlé d'elle ?

Dans la pièce, une femme brune aux cheveux frisés était assise au bord de la table d'examen, le sourire aux lèvres. À la vue de son mari, Quinn se figea sur le seuil.

— Asher...

— Bonjour, Quinn. C'est bon de te voir.

Elle referma la porte derrière elle, un pincement au cœur.

Son frère était adolescent quand leurs parents avaient coupé les ponts avec elle. Elle avait espéré renouer avec Asher quand celui-ci avait divisé l'héritage de leurs parents, mais il n'avait pas répondu à ses messages, et son silence lui avait clairement fait comprendre qu'il n'était pas intéressé.

Que faisait-il ici ?

Oui, bien sûr, il allait avoir un bébé.

Ils n'avaient jamais été proches, même enfants. Les fois où ils avaient joué ensemble se comptaient sur les doigts de la main.

Peut-être s'était-il agi de la part d'Asher d'une technique de survie. Comme ses parents s'étaient toujours focalisés sur ce qu'elle faisait de travers, en ne s'approchant pas trop, il avait eu ainsi un peu plus de liberté. À présent, toute cette distance ne semblait plus si importante.

Son regard alla de Quinn à la femme sur la table, et elle lui sourit.

— Voici Samantha, mon épouse, dit-il en lui prenant la main.

Sa grossesse n'était pas encore visible. Au St. Brigit's, on commençait à voir les patientes à partir de dix semaines.

— Félicitations, dit-elle, sincère.

Quoi qu'il se passe, elle souhaiterait toujours le meilleur

pour son frère. Elle ne se rappelait pas l'avoir déjà vu sourire ainsi, et cela la réjouissait à son tour.

— Je n'ai pas pu trouver ton adresse ni ton numéro de téléphone quand nous avons envoyé les invitations. La cérémonie a eu lieu dans l'intimité, il y a deux ans. Tu sais, la famille n'a jamais été mon fort, expliqua-t-il. Mais j'essaie de m'améliorer...

Le fait est qu'ils n'avaient pas eu de bons modèles.

— Je suis contente de te voir, Asher. Et de faire votre connaissance, Samantha.

Il y avait un peu de gêne entre eux, mais comment aurait-il pu en être autrement ?

— Ce n'est probablement pas le meilleur moment pour se revoir, mais j'ai vu ta photo sur le mur de la salle d'attente, et j'ai eu du mal à en croire mes yeux. Je pensais que tu étais encore par monts et par vaux. J'ai vérifié quelquefois sur Internet. Une fois j'ai même commencé à t'écrire une lettre, mais je n'ai pas su quoi y mettre.

Elle n'avait donc pas été la seule à ne pas savoir comment joindre l'autre.

— Il est vrai que j'étais souvent en mission, dit-elle en souriant. Mais voilà près d'un an que je suis revenue. Je me réjouis de te revoir, Asher, mais, en tant que membre de la famille, je ne peux pas soigner ton épouse. Je le regrette, ajouta-t-elle en se tournant vers Samantha.

La porte s'ouvrit, et Milo entra. Asher et lui se saluèrent poliment.

— Je n'avais pas remarqué que tu travaillais également ici, dit Asher. Voici ma femme, Samantha.

Celle-ci fit un petit signe et se leva.

— Je suis ravie de vous connaître tous les deux, mais je crois que nous avons pris suffisamment de votre temps.

Quinn hocha la tête. Samantha avait raison, mais elle ne voulait pas laisser passer cette opportunité. Prenant un mouchoir en papier, elle écrivit dessus son numéro de téléphone.

— Juste au cas où.

Asher sourit.

— Je t'enverrai un texto. J'ai été vraiment content de te voir, Quinn.

— Moi aussi, ainsi que Samantha. La sage-femme va passer vous voir dans un moment.

Une fois dans le couloir, Quinn s'appuya un instant contre le mur avant de regarder Milo.

— Tu es venu à mon secours ?

— Oui, répondit-il en posant un rapide baiser sur sa tête. Mais tu semblais avoir la situation sous contrôle.

Elle avait les mains qui tremblaient, mais elle se sentait étonnamment bien.

— On dirait que je vais devenir tante ! Mais j'ignore si Asher voudra que je sois très impliquée.

— Ou bien il sera ravi que ses enfants connaissent leur tante Quinn, si belle, intelligente et drôle. Prends en compte les points positifs : quand il a vu ta photo, il n'a pas dit à Samantha d'annuler leur rendez-vous et de repartir en courant !

Milo l'étreignit brièvement avant de se hâter vers son rendez-vous suivant.

Quinn poussa un long soupir.

Tant d'événements avaient eu lieu depuis un mois et demi. Elle se rendait compte que L.A. pouvait être une aventure au même titre que les autres endroits où elle avait travaillé de par le monde. Ses compétences étaient tout aussi utiles ici qu'ailleurs.

Elle sourit toute seule.

Son cœur avait eu raison de la ramener. Malgré l'incendie, le positif l'emportait sans conteste sur le négatif.

— Est-ce qu'Asher a appelé ? demanda Milo en rentrant.

Quinn vérifia son téléphone et secoua la tête en se forçant à sourire.

Il aurait volontiers donné une bonne correction à Asher.

Qu'est-ce qui n'allait pas avec cette famille ? Pourquoi ne voyaient-ils pas la femme incroyable qu'elle était ?

— Je suis désolé, Quinn.

— Ça va, dit-elle d'une voix lasse en se glissant près de lui sur le canapé. Au moins, il m'a envoyé son numéro. Peut-être que c'était trop de leur demander de dîner avec nous.

Sa lèvre trembla quand elle referma son téléphone.

— Personne ne veut jamais me garder…

Elle avait parlé si bas qu'il se demanda si elle s'en était rendu compte.

Cela lui fit mal pour elle. Comment pouvait-elle penser une chose pareille ? Si ses parents et ce butor de James l'avaient rejetée, passant à côté d'une des meilleures choses qui puisse leur arriver, ce n'était pas le cas pour beaucoup d'autres personnes.

— Ce n'est pas vrai, murmura-t-il.

Posant la main sur ses genoux, il attendit qu'elle le regarde.

— Moi je t'ai toujours gardée. Depuis que tu as déclenché ce combat de nourriture au lycée, ça a été toi et moi.

— Je suis certaine que c'est *toi* qui avais commencé, rétorqua-t-elle avec un sourire sans joie.

Il l'embrassa sur le bout du nez.

Pour lui, l'insistance de ses parents à vouloir faire de Quinn quelqu'un qu'elle n'était pas en lui refusant leur amour quand elle ne se pliait pas à leurs règles et à leurs habitudes draconiennes, tout cela était à la limite de la cruauté mentale. Ils auraient pu être des parents aimants, et ils avaient choisi de ne pas l'être avec elle.

— Merci, Milo, dit-elle en l'embrassant sur la joue. Je n'aurais pas dû dire ça, et certainement pas à toi. Tu es toujours là pour moi.

Mais sa voix tremblait, et les larmes qu'elle s'efforçait de retenir lui brisaient le cœur.

— Je sais que le directeur de Médecins Sans Frontières t'appelle parfois pour te demander ton opinion parce qu'il a été impressionné par ton travail. À l'hôpital de Boston, on t'a proposé deux fois le poste de sage-femme senior de leur unité. Et que dire de toutes les cartes postales que tu as reçues ces deux dernières semaines de tes amis du monde entier, désolés d'avoir appris que ton bungalow avait brûlé ? Sans oublier le carton et les photos envoyés par une certaine Christine pour remplacer un peu de ce que tu avais perdu...

Quinn posa sa bouche sur la sienne, et il la tint contre lui un long moment avant de s'écarter.

— On essaie de me faire taire en m'embrassant ?

Elle sourit tout en lui jetant un regard de travers.

— Peut-être. Cela me gêne d'entendre dire tant de choses positives sur moi.

Surtout quand elle avait grandi en entendant tant de choses négatives...

— Si Asher ne tient pas à te voir, tant pis. C'est lui qui y perdra le plus, affirma-t-il.

Quinn s'appuya contre lui et resta silencieuse un moment.

— Mais il est ma famille, et ça fait mal.

Il l'entoura de ses bras.

Il avait grandi dans une famille aimante qui l'avait soutenu et ne lui avait jamais laissé penser qu'il n'était pas un fils chéri. Il n'avait jamais senti que sa mère l'aimait plus ou moins que sa sœur.

— Je suis là pour toi, assura-t-il.

Quinn lui sourit.

— Merci. Je t'ai...

Son téléphone sonna, et il retint un geste d'impatience.

N'était-elle pas sur le point de lui dire qu'elle l'aimait ?

Elle répondit, et il la vit sourire.

— La Floride ?

Elle se mit à rire et regarda vers lui.

Il sentit son cœur se serrer. La Floride se trouvait à l'autre bout du pays – à une journée d'avion.

C'était l'appel qu'il redoutait. Elle avait créé des connexions dans le monde entier, et il savait que ce n'était qu'une question de jours ou de semaines avant que son téléphone ne sonne et qu'on lui propose une nouvelle aventure. Si sa famille n'avait pas été capable de l'apprécier, ses collègues reconnaissaient sa valeur.

Elle se leva et l'embrassa sur la joue en passant près de lui pour continuer sa conversation dans la cuisine.

— Je vais y réfléchir, l'entendit-il dire. Qu'est-ce que tu penses de l'océan Atlantique ? lui demanda-t-elle, un instant pus tard, souriante, en lui tendant une bière.

— Je n'y ai jamais vraiment réfléchi.

Ce n'était pas tout à fait exact. Depuis qu'ils avaient commencé à sortir ensemble, il avait parfois envisagé l'idée de vivre et de travailler ailleurs. Il s'était même planté devant son mur de plannings quelques jours plus tôt. Mais quand il prenait sa gomme pour modifier son plan, l'image de son père pointant du doigt le bureau de Valley General lui revenait toujours à l'esprit.

— J'aime la Californie.

C'était la vérité. Il avait toujours senti que sa voie était ici, même en regardant Quinn courir le monde.

— Ne t'inquiète pas, dit-elle. Je n'ai pas l'intention de prendre ce poste.

Son cœur bondit de joie, avant de retomber.

« Ce poste. » Elle n'avait pas dit qu'elle n'envisageait plus de bouger. Que ferait-il quand on lui proposerait une offre qu'elle voudrait accepter ?

— Pourquoi ? demanda-t-il.

Quinn le regarda une seconde puis haussa les épaules.

— Parce que j'aime être là où je suis maintenant.

Il aurait dû se réjouir, mais il avait l'impression qu'elle n'avait pas tout dit.

— Cependant j'ai toujours voulu diriger ma propre unité, ajouta-t-elle.

— C'est le job qu'on te proposait ? Cela veut dire que tu y penses toujours ?

— Non. Mais quand je pense que je pourrais diriger mon service, cela me met de bonne humeur. Ne t'en fais pas, je ne vais pas m'installer en Floride. Elle ne figure pas en haut de ma liste des endroits où je voudrais travailler.

« Sa liste » ?

Sa gorge se serra. Quelle était la longueur de cette liste ?

— Mais… Mais tu leur as répondu que tu allais réfléchir ?

Il ne devrait pas insister, mais il avait vu son regard briller quand elle avait parlé de sa propre unité. La directrice de St. Brigit's ne prendrait pas sa retraite avant dix ans. Si Quinn était pressée, elle regarderait ailleurs.

— C'est que Terri, de l'agence de recrutement, ne lâche pas l'affaire facilement, répondit-t-elle en riant. Si j'avais dit non tout de suite, ma boîte mail aurait été inondée de messages me vantant les mérites d'Orlando. Il irait même jusqu'à m'offrir des billets pour Disneyland… À présent, le sujet est clos, ajouta-t-elle. Je ne suis pas intéressée par le job d'Orlando. Ce qui m'intéresse, en revanche…

Elle glissa les doigts dans la ceinture de son pantalon, et il perdit la capacité de raisonner.

Il avait bien le temps d'élaborer un nouveau plan.

8

— Quinn ! appela Opal depuis le bureau des admissions. Peux-tu vérifier rapidement cette liste de transferts ?

— Bien sûr, répondit Quinn en prenant la tablette que celle-ci lui tendait.

Il arrivait qu'une patiente change d'établissement parce que les équipements du St. Brigit's n'étaient pas adaptés à son cas, ou si la grossesse était à haut risque et qu'un hôpital plus proche de chez elle lui était conseillé. Mais avant de transférer ses données, un médecin ou une sage-femme devait vérifier que tout était en ordre.

Elle eut un petit choc en voyant le nom sur la liste : Samantha Davis.

Pourquoi Asher avait-il demandé à la voir, si c'était pour disparaître à nouveau avec sa femme ?

Elle ne pouvait s'empêcher de se sentir trahie. Asher n'était jamais intervenu pour la soutenir quand elle avait refusé les activités imposées par leurs parents. Pourtant, elle l'avait vu parfois lever les yeux au ciel devant les emplois du temps quotidiens mis au point pour elle par leur mère. Peut-être ne s'était-il pas toujours rendu compte de la différence de traitement qu'il y avait entre eux, mais dans leur famille l'injustice était si flagrante qu'il avait dû la remarquer, une fois ado. Mais il n'avait rien dit. Il s'était contenté d'accepter la situation. Et, apparemment, le fait que sa femme se retrouve dans le même service qu'elle lui était insupportable.

Ce nouveau rejet était plus douloureux qu'elle ne s'y attendait. Son frère et elle portaient le même nom, et ils avaient vécu dans la même maison pendant seize ans, mais cela n'avait pas suffi à tisser des liens entre eux.

Comme Milo passait au bureau des admissions, elle lui montra la tablette sans rien dire.

Il lui jeta un coup d'œil éloquent.

Il savait qu'Asher ne lui avait même pas envoyé un texto pour décliner son invitation à dîner. Il n'ignorait pas qu'elle en souffrait même si elle ne le montrait pas. Sa main lui effleura le dos quand il se pencha pour reposer la tablette.

Ce petit geste de réconfort lui fit du bien.

Elle l'avait trouvé un peu bizarre après la proposition de job à Orlando, mais elle s'était efforcée de dissiper ses craintes.

Avant son retour en Californie, elle aurait probablement sauté sur l'occasion, mais bouger ne l'attirait plus autant qu'avant. La proximité de Milo l'avait stabilisée, et le besoin de toujours trouver un nouvel endroit avait presque disparu.

Sa place était ici.

Cette idée l'aurait sans doute terrifiée s'il n'y avait pas eu Milo. Peut-être que son besoin de contrôler le chaos de la vie contrebalançait celui de se laisser guider par ses émotions et son instinct. Pour le poste, elle savait que de nouvelles opportunités se présenteraient. Elle l'avait appris, la vie a la faculté d'offrir des choix à maintes occasions, mais c'était à elle seule d'orienter son destin.

— Molly est en chambre 2 pour un suivi post-partum, leur annonça l'infirmière d'une voix tendue. Elle a coché trois cases au test de dépression, et elle est au bord des larmes.

— Entendu.

Plus de 15 % des femmes souffrent de dépression après l'accouchement, mais beaucoup ont honte de l'admettre.

D'après l'expérience de Quinn, si une maman qui venait d'accoucher reconnaissait avoir un problème, c'était déjà une victoire. Mais si plus de deux cases étaient cochées, elle avait probablement des symptômes additionnels.

En entrant dans la chambre de Molly, elle remarqua ses cheveux négligés, les cernes sous ses yeux et les taches sur ses vêtements – signes fréquents avec un nouveau-né à la maison. Mais les yeux humides, les coups d'œil anxieux à son fils et les ongles rongés étaient plus inquiétants.

— Qu'est-ce qui ne va pas ? lui demanda-t-elle d'une voix douce.

Molly laissa échapper un sanglot.

— Cela faisait tellement longtemps que je voulais être mère, dit-elle d'une voix tremblante. Quand nous avons adopté Owen, c'était merveilleux. Et quand je me suis finalement retrouvée enceinte, je me suis dit que j'allais vivre une expérience que je n'avais pas connue avec Owen.

Elle essuya une larme.

— Si je n'arrive pas à être heureuse maintenant, je me demande quel genre de mère je suis...

Cette fois, la digue des émotions se rompit, et elle se mit à pleurer à chaudes larmes.

— Vous êtes une maman qui doit faire face au stress d'avoir deux enfants et un corps qui est passé par l'épreuve de la naissance, répondit calmement Quinn. Accoucher, ce n'est pas anodin. Si on appelle ça un travail, il y a une raison.

Elle lui tapota le genou.

— Ce n'est pas inhabituel, je vous assure.

— Lorsque j'entends Adam pleurer, j'ai envie de m'enfuir en courant, poursuivit Molly, la tête basse, comme si elle lui confiait un lourd secret. Je n'avais jamais ressenti ça avec Owen, qui est devenu très crampon. J'imagine qu'il faut s'y attendre quand un nouveau bébé arrive. Mais après les séances d'allaitement interminables avec Adam, je suis moins disponible pour faire des câlins à Owen. Ce n'est pas ainsi qu'une bonne mère réagit...

— Si, parfois, dit Quinn avec un sourire compréhensif. Vous faites une dépression post-partum. On ne peut pas simplement la forcer à repartir. Vous avez été très courageuse de me raconter tout ça.

— Je fais mon possible pour qu'Owen ne se sente pas laissé à l'écart, mais Adam est là tout le temps, et c'est très compliqué d'allaiter. Ma mère a pris Owen avec elle le week-end dernier pour qu'on puisse souffler un peu. C'est plus facile avec un seul.

Elle avait entendu cette remarque des dizaines de fois chez les jeunes mères. Sa propre mère n'avait voulu qu'un enfant, et elle aurait volontiers rendu la fille qu'elle avait adoptée...

— Je suis horrible, ajouta Molly dans un sanglot.

— Non, pas du tout. Il n'y a rien de mal à dire la vérité, Molly. Vous aviez un adorable bambin qui remplissait déjà votre vie. À cela s'ajoute un nouveau-né, et votre corps n'a pas encore récupéré. Comment vous sentiez-vous quand Owen est parti ?

— Un peu plus détendue, mais il me manquait terriblement. Il n'est resté qu'une nuit chez sa grand-mère avant que je ne lui demande de le ramener à la maison.

Molly s'essuya les yeux et soupira.

— Je ne peux pas m'arrêter de pleurer, et j'ai le sentiment d'être en échec...

Quinn lui tapota la main d'un geste rassurant.

— Vous êtes une bonne mère. Savez-vous comment je le sais ?

Molly secoua la tête, l'air interrogateur.

— Parce que vous aimez vos enfants. C'est tout ce qui compte. Et c'est ce qu'ils se rappellent le plus. L'amour.

Elle sentit sa gorge se nouer.

En particulier quand on en a manqué.

— À présent, on va s'occuper un peu de vous.

— Est-ce que ça va ?

La question de Milo fit sursauter Quinn alors qu'elle contemplait, songeuse, la colline carbonisée au loin.

Elle hésita à lui répondre.

Y avait-il vraiment moins de deux mois qu'elle était assise là, évitant de regarder l'incendie par la fenêtre alors que sa maison brûlait ? Tant de choses avaient changé depuis...

— Je ne sais pas, répondit-elle, sincère.

Après avoir découvert qu'Asher et sa femme avaient changé

de maternité et avoir géré les émotions de Molly, elle se sentait exténuée. Vidée.

Les bras de Milo l'entourèrent, et elle poussa un soupir, mais sans chercher à se dégager.

— Nous sommes au travail...

— Et tu as eu une dure journée.

Il l'embrassa sur le sommet du crâne avant de la relâcher.

— Je suis désolé à propos d'Asher. Est-ce que Molly va mieux ?

— Elle adore ses enfants et, avec des médicaments et le soutien du groupe que Sherrie a mis sur pied, elle va s'en sortir.

— Tu sais, ces deux derniers mois auraient épuisé n'importe qui, observa Milo. Ce n'est pas parce que tu es fatiguée que tu es faible...

Elle esquissa un petit sourire.

— Il faudrait peut-être que je parte.

Un peu de vacances seraient les bienvenues, et ils avaient tous les deux des congés à prendre.

— Que tu partes ? répéta Milo.

L'alarme de l'unité sonna, et ils échangèrent un regard.

N'auraient-ils donc jamais un moment pour souffler ?

C'était sans doute encore trop tôt, mais un jour ils prendraient des vacances ensemble. Peut-être parviendrait-elle à convaincre Milo de lancer une fléchette sur une carte et de se rendre à l'endroit que celle-ci pointerait ?

Milo trouva Quinn en train de s'extasier sur la minuscule petite fille que Tien venait de mettre au monde.

Cela faisait près de deux heures qu'elle aurait dû finir son service. Une fois de plus, il la trouvait impressionnante. Même après cette longue journée fertile en émotions, elle avait pris soin de cette nouvelle patiente arrivée en urgence avec un mélange parfait de calme et d'autorité, sans rien laisser paraître de son trouble intérieur. Puis elle était restée au St. Brigit's pour tenir compagnie à la jeune maman qui attendait son mari, tandis qu'il se précipitait à la maison pour préparer le dîner. Tous deux avaient besoin d'un repas chaud et d'une bonne nuit de sommeil.

Quand il revint la chercher, il la trouva dans la chambre de Tien en train de rire avec elle.

Comment pouvait-elle tenir encore sur ses jambes ?

Il eut le cœur serré en la voyant cajoler le bébé qu'elle avait pris dans ses bras.

Elle avait abordé plusieurs fois le sujet des enfants au fil des années – toujours avec légèreté, comme si elle ne croyait pas qu'elle aurait un jour cette chance.

Elle serait une excellente mère. Elle se battrait pour ses enfants et ferait tout pour qu'ils ne doutent jamais de son amour. Et il voulait être celui qui se tiendrait près d'elle pendant ce temps. Il planifierait une vie autour de la famille, et ils se créeraient beaucoup de souvenirs joyeux.

Jack, le mari de Tien, arriva avec son père, qui resta discrètement à la porte avec Quinn et Milo pendant que le couple se retrouvait seul quelques minutes avec le bébé.

L'heureux grand-père essuya une larme.

— Je ne crois pas qu'il y ait de plus beau moment que de voir son fils prendre son enfant dans ses bras pour la première fois, dit-il avec un sourire ému.

Milo hocha lentement la tête.

C'était un moment que son propre père n'aurait pas eu le temps de connaître. La douleur se réveilla au fond de lui, ainsi que le regret de ne pas se souvenir davantage de son père. Il se revoyait encore enfant avec lui, mais il n'arrivait plus à se rappeler le son de sa voix.

Quinn posa discrètement sa main sur la sienne.

— Ça ne va pas ?

Comment expliquer qu'il s'en voulait de ne pas avoir gardé de souvenirs plus précis de son père ? Il n'était pas certain d'avoir la force de parler.

— Longue journée, soupira-t-il en lui entourant les épaules de son bras. Mais rien qu'un bon repas, une douche chaude et une nuit dans tes bras ne vont arranger.

Elle lui jeta un coup d'œil inquisiteur mais se contenta de l'embrasser sur la joue.

— Rentrons.

Quinn était lovée sur le canapé en train de lire quand le téléphone de Milo sonna.

Il avait passé presque tout l'après-midi dans son bureau, prétextant qu'il avait de la paperasserie en retard, mais, les deux fois où elle avait jeté un coup d'œil par la porte, elle l'avait trouvé planté devant ses plannings. Elle lui avait demandé s'il voulait de l'aide, mais il l'avait embrassée en lui assurant que tout allait bien.

Depuis qu'ils étaient rentrés du St. Brigit's après l'accouchement de Tien, elle le trouvait songeur. À n'en pas douter, quelque chose le préoccupait, et il ne voulait manifestement pas lui en parler.

Ces plannings, Milo les tenait à jour depuis qu'elle le connaissait. Ils lui donnaient une sensation de sérénité, de contrôle. Il ne les modifiait que lorsqu'il était certain du plan qu'il voulait suivre. Et elle n'avait jamais vu son nom apparaître sur aucun planning.

Elle ne devrait pas s'en étonner, puisqu'elle lui avait demandé de ne pas planifier leur relation ni de se projeter trop loin dans le futur. Mais elle se surprenait à espérer qu'il la voie en faire partie. C'était déconcertant, pour elle qui avait passé les dix dernières années à éviter tout projet à long terme.

Quand le téléphone sonna de nouveau, elle se décida à répondre.

— Bonjour, Diana. Milo est dans son bureau.

Elle n'en dit pas davantage, mais la mère de Milo se mit à rire.

— Connaissant mon fils, il doit être en train de planifier quelque chose - ou de modifier un plan, ou encore de penser à le modifier.

Quinn rit à son tour, d'un rire un peu forcé même à ses propres oreilles. Une partie d'elle avait envie de demander à

Milo quels changements il était en train d'apporter – et si elle était incluse dedans.

Ils avaient vécu sous le même toit avant même d'être officiellement ensemble, et ils étaient heureux. *Très heureux !* Mais depuis qu'on lui avait proposé le job en Floride, elle voyait le doute planer dans les yeux de Milo.

Attendait-il qu'elle s'en aille ?

Diana appelait pour les inviter.

— Felix et moi organisons un barbecue ce week-end. On prévoit du beau temps...

Quinn eut l'impression qu'elle ne disait pas tout, mais elle n'allait pas se perdre en conjectures.

— Nous ne sommes pas de service ce week-end. Qu'est-ce qu'on apporte ?

— Pourquoi pas un dessert ? Gina se charge déjà de la sauce pour les crudités que Milo déteste.

Quinn éclata de rire avant de raccrocher.

Cette histoire de sauce faisait le tour de la famille Russell depuis des lustres.

Diana avait été enchantée d'apprendre qu'ils sortaient ensemble. Quinn s'était toujours sentie bien avec la mère et la sœur de Milo, qui lui donnaient le sentiment qu'elle faisait partie de leur famille – pas seulement en tant que petite amie.

— Tes parents donnent un barbecue ce week-end, annonça-t-elle en entrant dans le bureau.

Milo se retourna sur sa chaise, et elle regarda le mur derrière lui. Les plannings n'avaient pas changé. Rien n'indiquait qu'il la voyait faire partie de ses cinq ou dix années à venir.

Assez ! Elle n'allait pas retomber dans le piège habituel en recherchant ce qui n'allait pas et qui risquerait de la faire souffrir. Pas question.

— Je suppose que Gina va apporter la sauce que je déteste, dit Milo avec une mine désabusée. Eh bien, cette fois, on fera aussi la nôtre !

— J'ai déjà promis qu'on se chargerait du dessert.

Il leva les bras au ciel d'un air désespéré, et elle secoua la tête en riant. Elle savait que c'était une sorte de jeu entre Milo et sa sœur. Quinn n'était même pas sûre que Gina aimait la sauce qu'elle faisait, mais tous les deux s'amusaient du spectacle qu'ils faisaient autour.

La vie aurait été différente si Asher et elle avaient eu entre eux des blagues comme celle-ci, ou des jeux idiots qui agaçaient leurs parents mais les faisaient rire... Ils auraient vécu dans un tout autre monde, un monde plus joyeux.

Si Milo et elle avaient des enfants un jour, elle espérait qu'ils s'entendraient bien. C'était un sujet qu'elle repoussait toujours au fond de son cerveau, mais, chaque fois qu'elle tenait un nouveau-né dans ses bras, une partie d'elle se demandait quel effet cela ferait de cajoler son propre enfant.

Et alors qu'elle et Milo ne se fréquentaient que depuis quelques semaines, elle l'imaginait déjà berçant un tout-petit qui aurait ses cheveux noirs et le même nez que lui.

— Tu vas bien ?

Milo l'attira vers lui, et elle se laissa aller contre sa chaleur.

— Il me semble que c'est moi qui devrais te poser cette question.

Il sourit et l'embrassa sur la tempe sans répondre.

Son nom ne figurait peut-être pas sur les plannings, mais elle ajouterait d'une façon ou d'une autre sur ces panneaux quelques points qui combleraient leurs rêves à tous les deux.

La mère de Milo lui prit la main et la serra tout en regardant Quinn.

— Tu as l'air si heureux...

Il se livra à un rapide calcul mental.

S'il lui disait qu'il l'aimait dans trois semaines et lui faisait sa demande dans six mois, ils pourraient se marier six mois plus tard et être parents d'ici trois ou quatre ans.

Il avait failli modifier sa liste plusieurs fois cette semaine. Mais à chaque fois qu'il avait levé la gomme, sa main avait refusé de bouger.

Quinn avait une liste d'endroits où elle avait envie de travailler. Lui avait *un* endroit où il avait besoin de travailler. Il devait y avoir un moyen de concilier les deux, mais il ne l'avait pas encore trouvé.

— Je voudrais qu'on se réunisse plus souvent, dit sa mère en sortant un plateau de fruits du réfrigérateur.

Il lui sourit.

La journée avait été parfaite, la nourriture délicieuse, et il avait fait très beau. Il n'aurait pas pu planifier un barbecue plus réussi.

Sa mère se rapprocha de lui, l'air nerveux.

— Felix et moi, nous envisageons de prendre notre retraite.

— Vraiment ? s'exclama-t-il, stupéfait.

Ce n'était pas possible ! Ils adoraient leur clinique. La maison de naissance commençait juste à fonctionner, ils allaient pouvoir récolter les fruits de leurs efforts.

— Je n'en reviens pas...

— Je sais. Mais nous n'avons pas l'intention de travailler toute notre vie, et c'est le moment de passer à autre chose.

— Qu'allez-vous faire de la clinique et de la maternité ?

Sa mère avait commencé à travailler à Oceanside Clinic juste après la mort de son père. Sa relation professionnelle avec Felix avait évolué en amitié avant de devenir de l'amour. Il ne pouvait pas imaginer Oceanside sans eux. Il ne pouvait pas penser qu'un étranger dirige un tel endroit.

— On espérait que tu pourrais prendre la suite, dit sa mère, les yeux brillants d'espoir. Je sais que cette idée plairait aussi à ton père.

Son cœur se mit à battre plus vite.

Une partie de lui aurait aimé le faire, mais, s'il essayait d'imaginer ce que son père en dirait, il ne pouvait penser qu'à son espoir de diriger un jour l'unité de Valley General.

— Milo, tu es le meilleur pour diriger Oceanside Clinic, tu as participé au projet de la maternité. Il faut que ce soit toi.

Pourquoi rendait-elle les choses aussi difficiles ?

Elle lui tapota la main, et toutes sortes de souvenirs de

l'époque où ils travaillaient ensemble lui revinrent : les bébés qu'il avait aidés à naître, les moments difficiles…

Mais de son père, il n'avait qu'un seul souvenir solide.

— La maternité a également besoin d'une sage-femme en chef pour remplacer Nancy qui va arrêter, ajouta-t-elle. J'ai pensé en parler à Quinn avant même de savoir que vous étiez ensemble. Elle serait parfaite pour le poste.

— C'est vrai, reconnut-il.

Quinn serait sûrement ravie d'avoir ce poste, surtout à Oceanside.

— Je sais que tu rêves de diriger l'unité d'un grand hôpital…

— Ce n'est pas seulement un rêve, maman. Je me sens appelé par ce poste. Guidé par… papa.

Sa mère poussa un soupir.

— T'es-tu préparé à tout ce que tu auras à sacrifier ?

Il regarda vers le patio, où Quinn était en train de danser pieds nus sur la pelouse avec la petite-fille de la voisine.

— Je ne vais rien sacrifier du tout.

Quinn connaissait ses projets, elle avait vu ses plannings. Elle devait savoir à quoi ressemblait une vie avec lui.

— Avec le bon plan, on peut éviter…

— Parfois, la vie n'a que faire des plans, le coupa sa mère. Les bébés se moquent de nos emplois du temps quand ils décident de venir au monde. Plus tard, les enfants ne veulent pas savoir que l'on est d'astreinte quand ils ont un spectacle de danse ou un match de base-ball. En tant que médecin, tu en rateras quelques-uns, mais, si en plus tu diriges une grande unité…

Elle secoua la tête.

— À Oceanside, Quinn et toi pourriez la plupart du temps contrôler vos plannings de travail – et donc votre vie.

Pourquoi insistait-elle ainsi ? Ne comprenait-elle rien ?

— Si tu avais vu papa ce jour-là au Valley General, senti ce que j'ai senti – et que je sens toujours –, tu comprendrais.

— Milo, tu as le droit d'avoir tes propres rêves…

Sa mère sourit. Lorsqu'il était petit, elle avait cette expression quand elle essayait de l'amener à trouver lui-même la bonne réponse à un problème.

— *C'est* mon rêve !

Pourquoi ne comprenait-elle pas ? Une partie de lui en avait besoin. Et ce besoin était plus fort que celui d'être à Oceanside Clinic.

— Vraiment ? dit-elle en se rapprochant. Ou bien cherches-tu à réparer ce que tu crois être ta faute ?

Ses mains tremblaient, et elle noua les bras autour de sa taille.

— Écoute-moi. Ton père est mort dans un accident de voiture. Ce *n'était pas* ta faute.

— Si je n'avais pas traîné pour préparer mon projet..., dit-il d'une petite voix qu'il ne reconnut pas lui-même.

Ce sentiment ne l'avait jamais tout à fait quitté.

Sans un mot, sa mère lui tendit les bras et l'étreignit longuement.

Ce réconfort lui fit du bien, et il sentit la colère se dissiper.

Il adorait sa mère, mais le vide laissé par son père ne serait jamais comblé, de même que son chagrin ne s'évanouirait jamais tout à fait. Il devait juste vivre avec.

Au bout d'un moment, sa mère leva la tête.

— Milo, pour la centième fois, ce n'était pas à cause d'un panneau de prévisions ni d'un bouquet de fleurs qu'il était allé m'acheter après une dispute. C'était un mauvais timing, et le fait qu'une autre personne a pris la mauvaise décision au mauvais moment. Ton père aimait la vie. Il nous a aimés, toi, moi et Gina. Et il savait qu'il n'y a pas de garantie sur tout.

Elle sourit en le regardant.

— La dernière chose qu'il aurait voulue pour toi, c'est que tu sois malheureux.

Il secoua la tête.

— Je ne suis pas malheureux.

C'était la vérité. Il aimait son travail au St. Brigit's et avait hâte de poser sa candidature au Valley General. Même s'il aimait beaucoup Oceanside, cela ne signifiait pas qu'il doive renoncer à ce rêve qu'il avait depuis si longtemps.

Sa mère l'embrassa sur la joue.

— Ton père aurait aussi adoré Oceanside. Il parlait d'y avoir son propre cabinet.

Il accusa le coup.

— Vraiment ?

— Les parents sont toujours plus complexes que leurs enfants ne les voient, soupira-t-elle. Dans les moments difficiles, il envisageait aussi de devenir écrivain. J'ai toujours cru qu'il plaisantait, jusqu'à ce que je découvre trois manuscrits d'*heroic fantasy* inachevés dans un tiroir. Le problème, c'est qu'il avait de nombreux rêves. Et il aurait préféré que tu vives les tiens.

Diriger l'unité de Valley General était bien son rêve, non ? Celui qui lui apporterait le réconfort.

— Ma carrière est à L.A.

Sa mère hocha la tête avant de prendre le plateau de fruits.

— C'est ce que disent tes plans, mon fils. Assure-toi que c'est réellement ce que tu veux, *toi*.

Et elle se dirigea vers le patio, le laissant avec ses pensées.

9

À peine de retour dans l'appartement, Milo avait embrassé Quinn avant de disparaître dans son bureau.

Savait-il que sa mère avait évoqué la possibilité pour elle de diriger la maison de naissance d'Oceanside Clinic ?

Chaque fois qu'elle avait tenté d'en parler sur le trajet du retour, il avait changé de sujet.

Il n'avait mentionné qu'une seule fois le poste qui allait se libérer au Valley General, mais elle savait à quel point il le voulait. Si elle acceptait la proposition de Diana, ils pourraient vivre à mi-chemin entre les deux endroits. Mais cela signifierait au moins une heure et demie de trajet quotidien pour l'un comme pour l'autre. Et s'ils étaient d'astreinte, il serait plus simple de rester à l'hôpital que de rentrer.

Combien de temps pourraient-ils vivre ainsi ?

Pour sa part, elle préférait travailler dans les centres de naissance, davantage à l'échelle humaine. Chaque jour, elle accompagnait quelques femmes qui venaient accoucher et à qui elle pouvait apporter un suivi personnalisé. Dans les hôpitaux, il lui était arrivé de faire venir au monde une douzaine de bébés durant un service. Il n'y avait pas assez de temps pour apprécier leurs premiers moments, aider la nouvelle maman à s'habituer à l'allaitement, ou répondre aux questions qu'elle se posait à la venue de son enfant. Et elle n'avait pas pu suivre une maman depuis la grossesse jusqu'aux soins post-partum, alors qu'elle aimait aussi cet aspect de son métier. C'était ce qui lui donnait de l'énergie chaque fois qu'elle prenait son service.

Milo aussi aimait cette partie de son métier – observer la joie qui accompagne une nouvelle vie. Cela lui manquerait terriblement s'il dirigeait un jour l'unité de gynécologie-obstétrique de Valley General où il passerait le plus clair de son temps à la faire fonctionner correctement.

S'ils devaient avoir un avenir ensemble, il fallait qu'ils soient sur la même longueur d'onde. Plus question d'éviter le sujet – elle comme lui.

Elle marcha vers le bureau d'un pas résolu.

Quand elle entra, Milo ne tourna pas la tête.

Il était là depuis près d'une heure, mais il paraissait toujours aussi tendu que dans la voiture. Elle pouvait sûrement l'aider en lui parlant – comme lui-même l'avait fait pour elle à plusieurs reprises ces dernières semaines.

— Je suppose que ma mère t'a annoncé qu'elle et mon beau-père envisageaient de prendre leur retraite ? dit-il d'un ton distant.

Elle cogna sa hanche contre la sienne, comme elle le faisait parfois pour détendre l'atmosphère.

— En effet. Je suppose que nous allons bientôt recevoir beaucoup plus d'invitations à des barbecues.

Milo hocha la tête, mais ses yeux restèrent fixés sur le mur devant eux.

— Ils veulent que je prenne la direction d'Oceanside Clinic.

Elle se figea, et son cœur se mit à battre plus fort.

Diana ne lui avait rien dit à ce sujet. Cela résoudrait tous les problèmes...

— Vraiment ! Ce serait parfait. Tu serais si...

— Je lui ai répondu non.

— Non ? répéta-t-elle, choquée. Juste non ? Sans même lui dire que tu allais y réfléchir ?

Dire qu'il avait une chance de pouvoir diriger sa propre clinique – un endroit qu'il adorait.

— Je n'ai pas besoin d'y réfléchir.

Il fixait toujours le mur devant lui, la mâchoire contractée.

— J'ai déjà pris les décisions qu'il fallait à propos de mon avenir, ajouta-t-il en désignant les panneaux.

— Ton avenir ?

Pas notre *avenir...*

Elle se glissa entre lui et les panneaux pour le forcer à la regarder. Sa gorge était nouée, mais elle s'efforça de garder une voix ferme.

— Ce ne sont que des tableaux blancs. Tu sais ce qu'il y a de merveilleux avec eux ?

Elle passa la main sur l'un d'eux et leva un doigt tremblant taché d'encre rouge.

— Tu peux ôter ce que tu veux et modifier ton projet.

Jamais, au grand jamais elle n'avait touché à ses panneaux. Ils étaient sacrés pour lui - comme un hommage concret à son père. Cette fois, elle avait franchi une limite, mais elle ne pouvait plus revenir en arrière.

Elle eut un pincement en le regardant. Elle avait eu des parents très rigides. Milo, lui, n'était pas quelqu'un de rigide. Il planifiait tout, aimait savoir ce qu'il faisait, mais il pouvait s'adapter, non ?

— Pourquoi ne peux-tu même pas envisager de les modifier à cette occasion ?

— Parce que je ne suis pas quelqu'un d'impulsif ! Je ne suis pas...

Il s'interrompit et couvrit son visage de sa main.

— Pas inconstant, pas versatile comme moi ? C'est ce que tu veux dire ? acheva-t-elle, les lèvres tremblantes.

— Ce n'est pas ce que j'allais dire...

Il ne la regardait toujours pas, les yeux fixés sur les endroits qu'elle avait effacés sur le tableau.

Ce n'étaient que des mots écrits à la main et qui pouvaient être remplacés...

Elle attendit un moment, souhaitant qu'il la regarde enfin. Juste elle. Puis elle se retourna. Si elle ouvrait la bouche, elle risquait de dire des paroles blessantes.

Elle savait qu'il ne la suivrait pas. Tous deux avaient besoin de relâcher la pression. Pourtant, elle espérait quand même qu'il courrait derrière elle.

Prenant ses clés, elle passa la porte sans savoir où elle allait. Elle avait juste besoin d'être ailleurs, n'importe où.

Quinn avait arpenté trois fois le petit parc près de l'appartement quand son téléphone sonna.

C'était son agence qui avait un poste « en or » à lui proposer : aller dans le Maine remplacer la directrice d'une unité de sages-femmes qui partait en congé de maternité. Et ce n'était pas pour trois mois, mais pour six.

— Je ne sais pas encore, répondit-elle. Est-ce que je peux réfléchir quelques jours ?

N'était-il pas raisonnable d'envisager d'autres possibilités, d'avoir une solution de repli ?

— Bien sûr. Nous avons un autre poste à pourvoir, et une certaine Sherrie Foster de St. Brigit's a posé sa candidature. Est-ce que vous la connaissez ?

Elle savait que son amie Sherrie voulait postuler, et elle s'empressa de chanter ses louanges.

— Elle serait très bien aussi pour le poste de direction, si je décidais de ne pas le prendre...

Mais pourrait-elle accepter le poste à Oceanside si elle et Milo ne restaient pas ensemble ?

Non.

Son téléphone bipa, et elle prit congé de l'agence en promettant de rappeler dans quelques jours.

Rentre à la maison… S'il te plaît.

Elle sentit son cœur fondre.

Mais est-ce que c'était *sa* maison ? Tout s'était passé si vite.

Elle voulait que Milo la choisisse, elle. Qu'il change ses plans, ou au moins qu'il la fasse participer aux discussions sur l'avenir. Elle avait besoin de savoir que ses propres rêves faisaient aussi partie de son futur à lui.

Milo faisait les cent pas, s'efforçant de se calmer.

Quand il avait vu la main de Quinn tachée d'encre, il avait paniqué. Personne n'effaçait jamais ses panneaux – ils étaient ce qui le reliait à son père. Y toucher était presque un sacrilège. Quand elle était partie, il n'avait rien su faire d'autre que continuer à fixer les espaces vides qu'elle avait laissés.

Elle avait effacé ces mots si facilement. Sa vie serait-elle différente s'il pouvait agir comme elle ? Et pourquoi ne l'avait-il pas déjà rattrapée ?

Il voulait que Quinn soit avec lui. À chaque minute qui passait, son inquiétude augmentait. Il l'avait appelée sans résultat, et elle avait lu son texto vingt minutes plus tôt sans lui répondre. Et s'il l'avait fait partir pour de bon ?

Il ne voulait pas la perdre.

Il l'appela de nouveau et entendit son téléphone sonner dehors dans le hall.

Dans sa hâte de courir jusqu'à la porte, il trébucha sur une chaussure et tomba sur le carrelage.

Mais peu lui importait. Quinn était ici.

— Je suis désolé.

— Je suis désolée.

À peine avait-elle été à l'intérieur qu'ils avaient parlé en même temps.

Il la prit dans ses bras.

— Je n'aurais pas dû te laisser croire que je te trouvais impulsive ou versatile. J'aurais dû courir aussitôt derrière toi. Pardonne-moi.

Elle posa la tête sur son épaule.

— Je n'aurais pas dû effacer une partie de ton panneau. Je sais combien cela compte pour toi. C'est juste que... je voulais que tu prennes le temps de réfléchir.

Il se raidit malgré lui.

Il y avait réfléchi. Peut-être pas aujourd'hui, mais des années auparavant. Même s'il ne cherchait pas à honorer son père, Oceanside n'était pas ce qu'il voulait. Ou du moins ce n'était pas la seule chose qu'il voulait.

Pourquoi revenait-il là-dessus à présent ? Il suivait cette voie depuis des années. Avec le poste de Valley General à portée de main, il pourrait être de nouveau proche de son père. Alors, pourquoi avait-il l'impression qu'il ne se réjouissait pas comme il l'aurait dû ?

— Et si je prenais quelques jours pour y réfléchir ? proposa-t-il spontanément.

Le regard de Quinn chercha le sien, et il crut y voir une lueur de doute.

— Je te promets d'y penser, Quinn. Mais mon chemin de carrière est tracé depuis des années. J'ai juré que je le ferais pour mon père.

— Et toi, qu'est-ce que tu veux ? demanda-t-elle d'une voix tendue.

— Donne-moi deux jours...

— C'est tout ce que je demande, dit-elle avec un sourire un peu forcé.

Elle l'embrassa sur la joue, mais il sentait toujours la peur le fouailler. Était-ce vraiment tout ce qu'elle voulait ? Et que se passerait-il s'il ne changeait pas d'avis ?

Il refusa de s'attarder sur cette question. Quinn était de retour dans ses bras, c'était tout ce qui comptait, ce soir.

Milo tendit à Quinn les données d'une patiente. Des cernes sombres soulignaient ses beaux yeux verts.

Quand l'avait-elle vu sourire pour la dernière fois ? Réellement sourire ?

Ils étaient restés professionnels dans le travail, mais les petits gestes et les mots échangés à la sauvette avaient disparu. Désormais, il existait entre eux un espace inexploré que ni l'un ni l'autre ne voulaient aborder.

Elle aurait tant voulu qu'il soit possible de revenir aux premiers jours de leur relation... Mais cela faisait moins de trois mois qu'ils étaient ensemble, ils étaient encore au début de leur relation ! Se trouvaient-ils déjà dans une impasse ?

Depuis qu'ils étaient adolescents, elle avait discuté à peu près de tout avec Milo. Et au début de son installation chez lui, elle s'était émerveillée de la facilité avec laquelle ils pouvaient se parler en tant que partenaires.

À présent, c'était une vraie galère. Elle savait que Milo était stressé, mais, quand elle le questionnait, il répondait que ce n'était rien. Et elle aussi lui cachait des choses. Elle n'avait pas pris le job dans le Maine, ne l'avait pas refusé non plus et ne lui en avait pas encore parlé. Elle avait un pincement au cœur en pensant à tous ces non-dits qu'il y avait entre eux.

Tous deux avaient passé les derniers jours en tâchant d'ignorer l'énorme pierre qui se trouvait entre eux. Elle voulait diriger l'unité de sages-femmes d'Oceanside, et il voulait être le chef de l'unité de gynécologie-obstétrique de Valley General.

Ces deux points étaient-ils réellement incompatibles ? Aux antipodes l'un de l'autre ?

— Ça va ? demanda Sherrie en mettant sa tablette à charger au poste des infirmières.

— Oui, répondit-elle, laconique, craignant de fondre en larmes si elle s'ouvrait davantage.

Elle préféra aiguiller la conversation sur les patientes actuellement en travail. C'était un sujet sur lequel elle était toujours à l'aise.

— À propos, l'agence m'a rappelée, dit Sherrie en repartant. Si tu ne prends pas le poste d'infirmière en chef dans le Maine, ça m'intéresse. Je n'ai jamais quitté la Californie, et ce serait excitant d'avoir cette opportunité… Oh ! excusez-moi, docteur Russell ! Je ne vous avais pas vu.

Milo, qui sortait d'une salle d'examen, disparut de nouveau dans le couloir, le visage impénétrable.

Avait-il entendu ?

Étant donné la tension qui régnait entre eux, Quinn n'avait jamais trouvé le bon moment pour lui parler de l'offre du Maine. Elle ne voulait surtout pas qu'il pense qu'elle s'enfuyait. C'était juste un plan B, qu'elle n'utiliserait sans doute pas.

Chaque jour, elle passait dans le bureau de Milo chercher

sur ses tableaux un signe indiquant qu'il la considérait comme permanente dans sa vie. Mais rien n'avait changé. Et si elle lui parlait de l'offre d'emploi et qu'il lui conseillait de le prendre ? Son choix entre Oceanside Clinic et Valley General serait tellement plus facile à faire...

Tara Siemens entra dans le hall de St. Brigit's et, immédiatement, se courba en avant en se tenant le ventre.

Quinn et Milo arrivèrent près d'elle en même temps.

— Combien y a-t-il entre deux contractions ? demanda Milo.

Sa voix était normale, mais Quinn remarqua la légère contraction de sa mâchoire. Il avait entendu Sherrie, conclut-elle avec inquiétude.

— Cinq... minutes, répondit Tara, haletante. J'ai essayé de contacter Brandon... Mais il n'a pas répondu à mes appels.

Quinn sentit l'irritation la gagner. Quels que soient les différends entre Tara et son ex-fiancé, ne pas répondre à une femme enceinte sur le point d'accoucher était ignoble.

Elle lui serra brièvement la main pour la réconforter tandis qu'ils l'emmenaient en salle d'accouchement.

— Mes parents sont morts, et ma sœur vit à l'autre bout du pays, dit Tara en essuyant une larme. Brandon était tout ce que j'avais...

— Bientôt, votre famille va s'agrandir d'un tout nouveau membre, répondit doucement Milo. Et Quinn et moi veillerons à ce que vous ne soyez jamais seule ici.

Il brancha le moniteur pour mesurer les contractions de Tara.

« Jamais seule. »

Milo lui avait fait cette promesse si facilement. Elle était plus simple à tenir au St. Brigit's ou à Oceanside que dans un grand complexe comme Valley General.

Elle devait aller voir une autre future maman, et laissa momentanément sa patiente entre les mains de Milo.

Il était en train de parler cinéma avec elle tout en contrôlant le moniteur, complètement focalisé sur sa patiente pour qu'elle puisse accoucher dans les meilleures conditions en l'absence d'un être aimé. Dans un établissement plus important, il ne pourrait pas se payer le luxe de prendre ainsi son temps.

Un endroit comme le St. Brigit's ou Oceanside le rendrait plus heureux. Sa place était là. Comment ne le voyait-il pas ?

On avait offert un poste à Quinn à l'autre bout du pays, et elle ne lui en avait pas parlé.

Les contractions de Tara ne s'étant pas rapprochées en deux heures, il la laissa en compagnie d'une aide qui la faisait marcher pour tenter d'activer le travail, et il partit à la recherche de Quinn.

Il la trouva devant la salle du personnel.

Ils avaient beau être au travail, il avait envie de la toucher, de la prendre dans ses bras, de lisser du bout des doigts son front soucieux. Et de l'interroger sur ce job dans le Maine. Mais rien de tout cela n'était possible pour l'instant.

— J'ai parlé à l'ex de Tara, lui dit-elle.

— Tu l'as appelé ? demanda-t-il, surpris.

D'après lui, Brandon avait réagi de façon immature. Il espérait qu'il changerait d'avis une fois que l'enfant serait né.

— Bien sûr que non, répondit Quinn d'un air offusqué.

Ces derniers jours, chaque fois qu'il lui parlait, il semblait à côté de la plaque. La facilité de leurs rapports avait disparu à partir du moment où il avait reçu cette offre de poste à Oceanside. Si seulement elle pouvait comprendre que ses plans ne prévoyaient pas qu'il y retourne...

— Excuse-moi, dit-il.

Naturellement, elle connaissait très bien les règles concernant les informations des patients.

Elle parut se détendre, mais ne le toucha pas.

Tous les petits gestes et les sourires qui agrémentaient jusque-là leurs journées avaient déserté. Et ça lui manquait.

Quinn soupira en s'appuyant sur les casiers du vestiaire.

— Brandon a appelé le bureau des admissions toutes les

demi-heures depuis que Tara est arrivée. S'il est si concerné par son état, il devrait être ici... C'est ce que je lui ai dit.

— Et comment a-t-il réagi ?

— Il a répondu qu'ils étaient trop différents, et il a raccroché.

Elle soupira de nouveau.

— Leurs différences les séparent peut-être, mais ils sont liés par leur enfant pour toujours. C'est malheureux qu'il ne s'en aperçoive pas maintenant.

— Il a dû trouver que, à force de s'accumuler, ces différences étaient trop nombreuses.

Parlait-il de Tara et de Brandon ou de lui et de Quinn ?

Dans un couple, on n'avait pas besoin d'être exactement semblable, mais il était important de vouloir les mêmes choses. Et si Quinn envisageait toujours de travailler avec l'agence...

Il sentit son cœur se serrer. Pourquoi n'avait-elle pas refusé l'offre aussitôt ?

Quinn soutint son regard, et il lut aussi de nombreuses interrogations dans ses yeux, mais ce n'était pas le moment de discuter, d'autant plus qu'il appréhendait les réponses.

Il craignait qu'elle ne soit pas d'accord avec son plan. Qu'elle ne le choisisse pas, *lui*.

— Les contractions de Tara s'accélèrent, annonça l'aide.

— Allons-nous voir où en est le bébé, docteur Russell ?

« Docteur Russell » ? Il réfléchirait à tout cela plus tard.

— Est-ce que tu viens te coucher ? demanda Quinn à l'entrée du bureau de Milo.

Tara avait finalement accouché seule d'un beau petit garçon en pleine santé. Milo avait appelé son ex pour lui annoncer qu'il avait un fils, mais elle ignorait s'il viendrait rendre visite au bébé. Elle le souhaitait de tout cœur.

Elle et Milo devaient discuter de tant de choses ! Mais à peine étaient-ils rentrés qu'il avait pris quelque chose à grignoter avant de se retirer dans son bureau.

Cela lui faisait mal. Il était en train de s'éloigner d'elle, et elle ne savait pas comment le ramener.

Comment lutter contre des projets qu'il estimait devoir à un père décédé ?

Jusque-là, la vie sans Milo ne lui avait jamais paru envisageable. Ils s'étaient juré de rester toujours amis. À présent, c'était carrément risible. Elle l'aimait et l'aimerait toujours, mais, si leur relation s'achevait, leur amitié n'y survivrait évidemment pas.

— Milo ?

— Quand avais-tu l'intention de me dire que tu envisageais de partir dans le Maine ? demanda-t-il sans se retourner.

Le ton de sa voix la glaça. Ils avaient besoin de discuter, de faire le point sur ce qu'il leur arrivait.

— J'allais t'en parler, mais on m'a fait l'offre après notre... désaccord l'autre soir, et ce n'était jamais le bon moment. Je ne l'ai pas acceptée.

Il semblait blessé.

— Est-ce que tu l'as refusée ?

— Non.

Elle se mordit la lèvre, mais c'était la vérité.

— Je réfléchis toujours aux offres de poste pendant quelques jours.

Cela, il ne l'ignorait pas.

— Alors, est-ce que ce job t'attire plus que Los Angeles ? demanda-t-il, les bras croisés.

Sa gorge se serra.

Ils étaient épuisés – trop fatigués pour avoir cette conversation maintenant.

— Ce n'est pas juste..., murmura-t-elle. On ferait mieux de se reposer. Ensuite, on pourra discuter d'Oceanside Clinic, du Maine et du reste.

— Je n'accepterai pas la proposition de maman. Ce n'est pas ce que je veux.

Et elle, se préoccupait-il de ce qu'elle voulait ? Et de leur avenir ensemble ?

— Nous devons mettre notre projet au point, dit-il.

— Parce que, maintenant, c'est *notre* projet ?

Elle eut envie de le secouer pour qu'il se réveille.

Cela faisait des semaines qu'elle espérait figurer sur ses plannings. Or elle n'avait constaté aucun changement sur ses tableaux, et il n'avait jamais mentionné leur avenir ensemble.

Alors où était-elle ? Où était sa place au milieu de ses rêves de poste au Valley General ?

— Est-ce que tu t'attends à ce que je parte ? Depuis que Terri m'a offert le poste à Orlando, j'ai l'impression que tu me vois déjà faire mes bagages.

Milo haussa les épaules, et elle eut l'impression que son cœur se fissurait.

— Je guette les signes de l'imminence de ton départ depuis que tu es venue ici. Parce que c'est ce que tu fais toujours, Quinn. Tu t'en vas. Mais moi ? Je ne peux aller nulle part. Le poste de senior au Valley General est disponible depuis hier.

Elle n'avait donc pas été la seule à taire certaines informations.

— Et si tu ne l'obtenais pas, est-ce que tu considérerais la proposition de ta mère ?

— Si je ne l'ai pas, je chercherai à Mercy General, avec qui Valley General travaille régulièrement.

Elle regarda les maudits panneaux, et sa douleur ne fit qu'augmenter.

Milo n'avait jamais pensé qu'elle resterait. Pas étonnant qu'il n'ait pas modifié ses plans pour lui faire de la place. Au lieu de ça, il avait scrupuleusement réécrit les mots qu'elle avait effacés deux jours plus tôt. Mais cette fois, l'encre était différente. Elle passa le doigt dessus : il demeura intact.

— J'ai été infirmière itinérante pendant plus de dix ans, commença-t-elle. C'était un job que j'adorais, mais je n'ai jamais pensé quitter le St. Brigit's jusqu'à ce que tu refuses l'idée même de travailler à Oceanside. D'envisager quelque chose de différent, une autre façon d'honorer ton père, tes rêves et les miens. Ça ne doit pas absolument être Valley General, Milo.

— Si tu avais vu son visage, Quinn... Je sais objectivement

qu'il n'est pas mort à cause de moi. Mais ce poste est maintenant à portée de main. Si ce n'est pas maintenant, ce sera dans plusieurs années. Et j'en ai besoin.

Plus qu'il n'avait besoin d'elle ?

Elle n'eut pas le courage de lui poser la question : elle redoutait trop la réponse. Comment lutter contre un fantôme ?

Lentement, elle leva la main et désigna les panneaux.

— Ce ne sont pas nos projets, Milo. Ce sont les tiens. Et durant les dernières quarante-huit heures, le seul changement que tu y as apporté a été d'écrire tes notes avec un marqueur permanent.

Elle ferma les yeux quelques secondes, se refusant à craquer maintenant. Elle aurait tout le temps plus tard.

— Si ce n'est pas ce que je veux, je n'ai donc pas de place dans ces projets, n'est-ce pas ? Mon désir de diriger une unité, Oceanside...

— Bien sûr que si, tu as ta place. Tu aimes être au St. Brigit's, et tu aimerais sûrement aussi Valley General.

— Oui, si c'est moi qui m'adapte et qui modifie tous mes plans.

— Tu vas de poste en poste en te fiant à ton instinct. Il n'y a pas de plans.

Certes, elle avait eu de nombreux emplois ces dix dernières années, mais chacun d'eux avait apporté quelque chose de précieux à l'ensemble de sa carrière. Elle avait aussi appris ce qu'elle voulait réellement, et ce n'était pas être une personne de plus dans un grand hôpital.

— Me fier à mon intuition dans le choix de mes postes ne signifie pas que je ne réfléchisse pas, Milo. Ce n'est pas parce que je n'ai pas besoin de lister chacun de mes mouvements pour les cinq – ou cinquante – prochaines années que mes choix sont moins valables. Cela ne veut pas dire que je ne sais pas ce que je veux...

Elle essuya une larme.

— Je veux être à ma place. Être choisie pour qui je suis. J'ai besoin d'un homme qui soit à mes côtés et qui tienne compte de moi et de mes rêves dans son futur. Qui soit prêt à changer ses projets si c'est ce qu'il y a de mieux pour *nous deux*.

Elle le regarda fixement, attendant qu'il dise qu'il la voulait à n'importe quel prix.

— Tes rêves comptent pour moi, répondit Milo. Mais j'ai besoin de Valley General.

Elle perdit tout espoir. Son cœur saignait, mais elle avait besoin d'une réponse.

— Pourquoi ? Pourquoi faut-il que ce soit le seul endroit possible ?

— J'y ai réfléchi pendant des années, et j'ai tout étudié.

Elle avait entendu si souvent des phrases semblables de la part de ses parents quand elle était enfant.

« Notre plan est meilleur, Quinn. On a fait toutes les recherches possibles, tu n'as donc pas à t'en occuper. Pourquoi ne peux-tu pas simplement entrer dans le rang ? »

— Je veux sincèrement que tu obtiennes tout ce qui est sur ta liste, Milo. Mais où est ma place dans cette liste ? Où est ta famille, où sont tes enfants ? Que se passera-t-il si on ne cadre pas avec ton projet ? La vie ne peut pas être vécue en suivant un plan à la lettre. Le désordre et le changement sont inévitables.

Elle le regarda, le cœur lourd, et se détourna avant de craquer. S'il avait cherché à la retenir, elle aurait consenti à tout ce qu'il voulait, mais il ne fit rien. Il resta dans son bureau alors qu'elle rassemblait les affaires qu'elle avait accumulées durant leur relation.

Elle suspendit sa clé dans la cuisine et referma la porte sur ses rêves et ses espoirs.

Il fallait qu'il en soit ainsi. Le moment était venu de vivre une nouvelle aventure, même si elle savait qu'elle ne l'exciterait jamais autant que ces quelques mois avec Milo Russell.

10

Milo s'assit sur le sol de la salle de séjour et fixa les murs jaunes de la cuisine dans le soleil levant.

Il avait passé la nuit entière à essayer de comprendre comment tout avait pu si mal tourner. Comment son rêve qui lui tenait le plus à cœur s'était évanoui en quelques minutes.

Il regarda le petit écrin sur la table basse.

Lorsque Quinn avait quitté le bureau, il avait cherché les mots justes pour expliquer pourquoi il avait tout réécrit au marqueur permanent : parce que, ainsi, il ne pouvait plus changer d'avis. C'était ridicule et puéril, mais il s'était senti mieux après.

Puis, au lieu de la rattraper, il était resté les yeux fixés sur les panneaux, cherchant un moyen pour que tous deux obtiennent ce qu'ils désiraient sans qu'il ait l'impression de laisser tomber son père ni Quinn.

Mais il n'avait rien trouvé.

Finalement, il avait sorti l'écrin du tiroir où il était caché depuis des semaines.

Il n'avait pas prévu de l'acheter. Il avait agi par impulsion, en passant devant la bijouterie. Puis il avait réfléchi et s'était demandé si ce n'était pas trop tôt, et il n'avait même pas pensé à élaborer le meilleur plan pour demander à la femme qu'il aimait de l'épouser.

Il avait été incapable de lui donner ce dont elle avait réellement besoin quand elle le lui avait demandé : faire partie intégrante de son futur. Inclure leurs rêves à tous les deux, se mélangeant harmonieusement.

Il l'avait voulue, mais selon ses propres termes. Quand il s'était décidé à lui montrer la bague qui symbolisait sa volonté de vivre avec elle pour toujours, Quinn était déjà partie. Et depuis, elle n'avait répondu à aucun de ses appels ou textos.

Comment l'en blâmer ? Quinn avait juste voulu savoir si elle faisait partie de sa vie, si elle avait son mot à dire dans leur avenir. Et lui, il avait négligé la femme qu'il aimait et ses rêves. Il était resté accroché à un souvenir idéalisé et avait perdu la personne qui le rendait le plus heureux.

À présent, il n'avait aucune idée de l'endroit où Quinn se trouvait. Elle était partie, et il se retrouvait seul. Tout lui faisait mal. Comment était-il supposé passer le reste de son existence sans elle ? Dès les premiers instants de leur rencontre, il l'avait considérée comme sa famille. Elle avait été sa constante dans la vie, sa référence. Pourquoi n'avait-il pas été capable de lui dire ces mots quand ils discutaient ?

Par peur. Depuis son retour à L.A., il avait toujours craint qu'elle ne reparte. Actuellement, elle voulait travailler à Oceanside, mais que se passerait-il si on lui offrait dans quelques années un poste encore plus excitant ?

Mais si elle restait ?

Il n'avait jamais vraiment considéré cette option.

Une relation nécessitait des réglages, des ajustements, des remises en question. Mais en dehors de la peinture dans la cuisine, qu'avait-il fait pour elle ? *Rien !* Il était resté campé sur ses positions, espérant qu'elle effectuerait tous les changements. Ainsi, inutile de se demander ce qu'il voulait réellement – ce dont il avait vraiment besoin. Il se contenterait de suivre la voie qu'il s'était lui-même tracée et qui était censée le rapprocher de son père… Même s'il n'était pas certain que ce soit réellement ce qu'il voulait.

Bon sang ! Quinn avait eu raison de partir.

Il refit son numéro, mais l'appel passa immédiatement sur la boîte vocale.

À quoi s'était-il attendu ? Elle avait demandé qu'ils partagent leurs rêves, et il était resté silencieux, craignant d'embrasser un futur qui risquait de l'éloigner du passé.

Il n'était pas de service aujourd'hui, mais il appela le St. Brigit's pour demander deux semaines de congé.

Il avait besoin de prendre un peu de temps pour lui. Il ne pouvait pas voir Quinn – en tout cas, pas encore. Pas avant qu'il ait un plan.

Il avait perdu Quinn à cause de son besoin constant d'organiser sa vie, ce qui lui procurait un certain sentiment de sécurité. Mais rien ne l'avait préparé à un tel déchirement.

Il ne supportait pas de rester dans cet appartement où tout lui rappelait Quinn.

S'emparant de ses clés, il se hâta vers la porte sans penser à une destination précise. N'importe où serait mieux que le vide qu'il ressentait ici.

Quinn regardait les murs gris de sa chambre d'hôtel.

Depuis quand le gris était-il devenu une couleur aussi à la mode ? Au moins, elle s'harmonisait avec la tristesse de son cœur.

Cet hôtel était le premier établissement devant lequel elle était passée en partant la veille au soir.

Milo...

Elle ne cessait de penser à lui. Même maintenant, elle avait l'impression qu'il était partout. Il s'était insinué dans son âme des années auparavant, et elle n'avait aucun moyen de l'en déloger.

Milo l'avait appelée souvent depuis qu'elle était partie, mais elle ne s'était pas fait assez confiance pour lui répondre. À peine avait-elle franchi la porte de l'appartement qu'elle avait failli faire demi-tour pour lui dire que peu importait si le projet de sa vie était écrit à l'encre permanente et sans elle – elle était prête à l'accepter.

Mais elle savait qu'elle ne pourrait pas. Si Milo se mettait à la regarder comme ses parents l'avaient fait, comme si elle était une intruse... Non, elle ne pourrait pas s'en remettre. Mieux valait partir avant que cela ne se produise.

Son téléphone sonna. Ce n'était pas Milo, mais Asher.

— Bonjour, Quinn.

La voix de son frère était tendue, et elle sut aussitôt que quelque chose n'allait pas.

— Que se passe-t-il ?

— Samantha a été hospitalisée. Ils essaient d'arrêter le travail.

Asher étouffa un sanglot.

— Elle n'en est qu'à vingt-deux semaines. Si elle accouche...

Sa voix se brisa.

— Où es-tu ? demanda-t-elle.

Même s'ils n'étaient pas proches, elle pouvait sentir sa douleur. Et Samantha devait être terrifiée.

— Au Valley General, dit-il. Tu n'as pas besoin de venir...

Mais elle entendait le contraire dans sa voix.

— J'arrive.

— Je crois que vous n'avez plus besoin de moi, dit Quinn en s'étirant.

Les heures s'étaient écoulées au milieu des contrôles et d'un ballet incessant d'infirmières. Le médecin avait décidé que Samantha passerait au moins les deux prochains jours sous monitoring, puis devrait absolument garder le lit pendant le reste de sa grossesse. Au moins, elle semblait hors de danger.

— Merci beaucoup d'être venue, lui dit-elle en lui tendant une main. Asher, tu pourrais peut-être accompagner Quinn jusqu'à sa voiture ?

Elle fut tentée de protester, mais elle surprit un échange de regards entre eux et tint sa langue.

Elle et Milo aussi avaient été capables de faire ça : communiquer d'un simple coup d'œil.

Elle se dirigea vers la porte, le cœur serré. La perspective de retrouver sa petite chambre d'hôtel n'était guère réjouissante.

Elle laissa son frère l'accompagner jusqu'à la salle d'attente, puis elle lui assura qu'il n'avait pas besoin d'aller plus loin et qu'il pouvait rejoindre sa femme.

— J'aurais dû te rappeler, dit Asher en soupirant. J'aurais dû sauter sur l'occasion de venir dîner ou prendre un café.

— Alors pourquoi ne l'as-tu pas fait ? demanda-t-elle doucement.

Il enfonça les mains dans ses poches.

— J'ai essayé plusieurs fois. Mais je ne savais pas comment te dire tout ce qu'il y avait à dire. Quoi que maman et papa aient tenté de faire pour te changer, tu tenais bon. Ils ont essayé de te mouler à leur image, et tu as résisté. Tu es mon héroïne...

Elle en resta bouche bée.

Elle, son héroïne ? Cela n'avait aucun sens.

— Asher, je crois que tes souvenirs te jouent des tours.

Il secoua la tête.

— Pas du tout. Moi, j'ai cédé à tout ce que les parents me demandaient, c'était plus simple – et Dieu sait qu'ils m'ont récompensé pour ça, même après leur mort. Je suis devenu avocat exactement comme ils le voulaient. J'ai fait tant de choses parce que... J'ignorais qui j'étais, jusqu'à il y a quelques années.

Stupéfaite, elle ne sut que répondre.

— Tu as toujours été toi-même, poursuivit Asher. Malgré tous les efforts de maman pour te faire plier, tu restais debout. Tu as décidé toi-même ce que tu voulais faire dans la vie, et tu es partie pour le réaliser.

— Mais je n'étais pas du tout sûre de moi. J'étais terrifiée.

— Pourtant, tu es partie vivre des aventures un peu partout. Tu n'avais jamais besoin de personne...

Elle fut frappée par ces mots. De personne ? Elle avait besoin de Milo. Mais le lui avait-elle jamais dit ?

— Tu sais ce que tu veux, et tu fais ce qu'il faut pour l'obtenir, poursuivit son frère. Où que tu doives aller pour cela.

Elle avait adoré être infirmière itinérante, découvrir de nouveaux lieux. Mais elle s'était aussi sentie seule. Ne jamais rester à la même place, garder les gens à distance parce qu'on n'est jamais sûr de les revoir... C'était une des raisons pour lesquelles elle était revenue en Californie.

Retrouver Milo.

Cependant, elle n'avait jamais dit à celui-ci que son retour serait permanent. Et Milo avait attendu le moment où elle ferait ses bagages parce que c'était ce qu'elle avait toujours fait. Elle n'avait même jamais été dans ses meubles.

Lui avait-elle jamais dit qu'il était son équilibre, celui qui lui donnait les racines dont elle avait désespérément besoin ?

Non. Parce qu'elle avait surtout voulu qu'il change, lui, au lieu de chercher le moyen de faire fusionner leurs rêves.

Asher posa sa main sur la sienne.

— Je ne savais pas comment te dire combien j'étais désolé de ne pas m'être dressé avec toi devant maman et papa. De m'être contenté de suivre les plans qui étaient disposés devant moi.

Il lâcha un petit rire désabusé.

— J'étais jaloux de toi. J'étais en admiration devant ton courage, quand tu as réussi à trouver une bourse pour financer tes études d'infirmière alors que nos parents avaient décidé de te couper les vivres. Tu t'étais fixé un but, et rien ni personne ne pouvait t'en dissuader.

Comme de vouloir diriger la maison de naissance d'Oceanside... Elle avait décidé que ce serait sa prochaine aventure. Pourtant, lorsque Milo n'avait pas voulu tout changer, elle était partie en courant, comme il avait craint qu'elle le fasse.

Mais Milo n'était pas ses parents. Ses projets n'étaient pas destinés à l'emprisonner. Elle s'était piégée toute seule. Elle lui avait demandé de tout changer alors qu'elle savait combien ses plans étaient importants pour lui.

Elle se sentit fondre quand son frère la prit dans ses bras.

— Rien de tout ça n'est ta faute, lui dit-elle. Nous avons tous commis des erreurs, mais cela appartient au passé.

Ils avaient été enfants dans une maison régie par des règles impossibles, et chacun s'y était adapté à sa façon.

— Je sais que c'est égoïste, dit Asher en souriant, mais

j'espère que tu as l'intention de rester dans la région. J'aimerais que notre enfant voie très souvent sa tante Quinn.

Elle hocha la tête, le cœur gonflé de joie.

— En fait, je pense faire de la Californie ma résidence permanente.

Milo avait pris le volant sans but précis. Mais quand il s'était retrouvé à Oceanside, il n'avait pas voulu retourner à son appartement, trop imprégné de la présence de Quinn. Il avait préféré s'asseoir sur la plage pour réfléchir, jusqu'à ce que le soleil s'enfonce dans l'océan.

Puis il entra dans la clinique et sourit à Kelly, qui se trouvait à l'accueil.

— J'avais juste besoin de voir cet endroit…

Kelly lui jeta un regard intrigué mais ne répondit pas, et il s'engagea dans le hall.

Une fois sa mère et Felix à la retraite, il n'aurait plus de lien avec cet endroit. Ses parents avaient soutenu le projet, mais c'était son bébé. Il s'était penché durant des heures sur les plans de l'architecte, pour tout mettre au point afin que les mamans viennent accoucher dans le maximum de confort et de sécurité. À la pensée qu'Oceanside allait devenir la fierté et la joie de quelqu'un d'autre, son cœur se fit lourd.

La porte du bureau de sa mère était ouverte, et il se glissa à l'intérieur.

Cet endroit pouvait – *devait* – être le sien.

Il poussa un long soupir, sentant la paix s'installer en lui.

Son père n'était pas au Valley General, mais là où il travaillait, tant qu'il le porterait en lui. Les souvenirs s'estompent, mais l'amour subsiste à travers le temps. Pourquoi avait-il mis si longtemps à le comprendre ?

Son portable sonna, et il sourit en répondant.

— Je suis surpris que Kelly ait mis tant de temps à te prévenir que j'étais ici.

— Est-ce que tout va bien ? demanda sa mère.

— Non, répondit-il franchement. Mais cela va changer. Je vais diriger cette clinique, maman.

— Et Quinn ?

— Si j'arrive à la convaincre, ce sera notre grande aventure à tous les deux. Mais j'aurais besoin d'un service.

— Je t'écoute !

Il devina que sa mère souriait au téléphone.

Pourvu seulement qu'il ne soit pas allé trop loin et que Quinn accepte de suivre cette nouvelle voie avec lui !

11

— Pourquoi Milo ne figure-t-il pas sur le planning des deux prochaines semaines ? demanda Quinn, saisie, à Martina.

Il n'était pas censé travailler aujourd'hui, ce qui lui laissait encore toute la journée pour réfléchir à la façon dont elle allait lui dire qu'elle restait et voulait être avec lui quels que soient ses projets.

La veille, elle avait refusé le poste dans le Maine.

Pendant des années, elle avait contrôlé sa vie en fuyant la souffrance. Mais son cœur ne voulait plus s'échapper. Il n'y avait pas de meilleur endroit que là où se trouvait Milo. Elle en avait assez de courir. Elle allait planter ses racines.

Dans la salle du personnel, tout le monde ne parlait que du congé que Milo avait pris, lui qui n'en prenait jamais. Elle avait surpris plusieurs regards dans sa direction, mais personne n'avait osé lui demander où il était.

— Il a appelé hier pour demander un congé, répondit Martina. Je suppose qu'il est allé postuler pour Valley General.

Quinn hocha la tête.

— Valley General. Bien sûr.

— Il va probablement obtenir le poste, poursuivit Martina. Si vous connaissez quelqu'un qui serait intéressé pour le remplacer, envoyez-moi son nom. Oh ! à propos, il va falloir aussi penser au renouvellement de votre contrat. Nous aimerions beaucoup vous garder. On pourrait prendre rendez-vous pour la semaine prochaine ?

Le téléphone de Quinn sonna, et elle se figea en voyant le nom de Milo apparaître sur l'écran.

Tu as laissé quelque chose chez moi. Peux-tu passer après ton service ?

Laissé quelque chose ? Elle se demanda ce qu'il avait pu trouver, mais cela ne devait pas être très important. Cherchait-il à lui parler, ou bien voulait-il faire place nette dans sa vie ?

Je serai là à la fin de mon service.

En attendant, elle allait tâcher de rester concentrée sur le travail. Le temps passerait plus vite si elle était très occupée.

On frappa à la porte, et le cœur de Milo fit un bond.

Quinn était enfin là. Il était tellement soulagé qu'elle soit venue !

Il ouvrit et prit le temps de la regarder.

Elle portait un jean et un T-shirt ample, et ses cheveux étaient attachés en queue-de-cheval.

— Est-ce que tu m'invites à entrer ?

— Oh ! pardon ! s'exclama-t-il. Je t'en prie. C'est si bon de te voir...

Avait-elle envie de le toucher autant qu'il en avait envie ?

— Tu as dit que j'avais laissé quelque chose, dit-elle en jetant un coup d'œil circulaire. Où ça ?

— Ici, dit-il en posant la main sur sa poitrine. Tu as laissé mon cœur. Il est à toi, Quinn. Et il le sera toujours. J'aurais dû te dire tant de choses l'autre soir. Depuis la mort de papa, mes plans me donnaient une impression de sécurité et de contrôle – une protection contre les aléas de la vie. C'était ma façon de rester proche de lui.

— C'est compréhensible, dit-elle.

— Peut-être...

Incapable de tenir plus longtemps, il lui prit la main, et leurs doigts se mêlèrent.

— Mais je ne pourrai pas perdre mon père, il fait partie de

moi. Et je n'ai jamais voulu que tu croies que tu ne faisais pas partie de mon avenir. C'est toi, mon plan, Quinn. Je sais que tu aimes voyager, mais...

Il lui caressa le menton du bout des doigts.

— J'espère que je saurai te convaincre de rester en Californie. J'aime être proche de maman, de Felix et de Gina. Mais si tu as besoin de...

— Je te dois aussi des excuses, l'interrompit-elle en glissant son autre main dans la sienne.

Pour la première fois depuis des jours, il sentit la tension se dissiper dans sa poitrine.

— Le Maine était une solution de secours, expliqua-t-elle. Après avoir effacé ton panneau, j'ai craint de ne pas avoir ma place dans ta vie, et j'ai paniqué. Mais je suis lasse de courir.

Il la tint longuement contre lui, essuyant quelques larmes sur sa joue.

— Je te choisirai toujours, Quinn. Toujours.

Leurs lèvres se rejoignirent, et elle lui noua les bras autour du cou.

— Je t'aime, Quinn Davis.

Il s'agenouilla devant elle et sourit en la voyant mettre sa main devant sa bouche.

— J'ai cette bague depuis des semaines, mais je pensais attendre encore un peu. Quand tu m'as demandé si tes rêves faisaient partie de mon futur, j'aurais dû la sortir du tiroir. C'est toi, mon projet, Quinn. S'il te plaît, dis-moi que tu seras ma femme pour toujours.

S'agenouillant à son tour, Quinn prit son visage entre ses mains et l'embrassa.

— Oui. Oui.

Il glissa le diamant à son doigt, et elle sourit.

— C'est magnifique...

— Il y a encore une chose dont nous devons discuter. À propos du St. Brigit's...

— Martina a parlé de renouveler mon contrat aujourd'hui, et elle a dit que tu pourrais prendre le poste au Valley General.

— Justement, non. En fait, j'ai pris une décision – ou plutôt deux – sans t'en parler. Mais cela n'arrivera plus, je te le promets.

Quinn haussa les sourcils.

— Qu'est-ce que tu as fait ?

— Après ton départ, je ne pouvais pas rester ici. Alors je suis allé à Oceanside pour revoir l'établissement une dernière fois, et je... J'ai compris que ma place était là-bas. Je veux diriger la clinique et la maternité. Es-tu d'accord pour diriger l'unité des sages-femmes ?

— *Oui !* s'écria Quinn sans hésiter.

— Il y a un autre plan. J'ai demandé à ma mère et à Felix de retarder de six mois leur départ à la retraite.

Quinn écarquilla les yeux.

— Pourquoi ?

— Au cas où tu voudrais accomplir encore une mission avec Médecins Sans Frontières. Tu en as parlé, il y a quelques semaines. Quand nous aurons repris Oceanside, nous ne pourrons plus nous le permettre, à moins de le planifier longtemps à l'avance. Et si nous avons une famille, ce sera encore plus difficile.

— *Nous ?*

— Je me suis dit que c'était le bon moment pour moi de vivre aussi une aventure pendant ces six mois.

Quinn se jeta dans ses bras et picora son visage de baisers.

— Je t'aime, Milo Russell !

Épilogue

Quinn respira pendant sa contraction tout en souriant à Robin. Elle marchait avec la jeune femme dans les couloirs d'Oceanside depuis une heure, espérant accélérer les contractions de Robin. Mais cela avait déclenché les siennes. Quand elle avait parlé de travailler jusqu'à son accouchement, elle n'avait pas pensé que ce soit à ce point !

Elle consulta sa montre. Les trois dernières contractions étaient espacées d'exactement cinq minutes trente.

Milo les rejoignit dans le hall. Il n'était pas censé travailler aujourd'hui, et à en juger par son sourire il savait.

— Qui te l'a dit ? demanda-t-elle. Je suis allée en salle de repos il y a quelques minutes, mais je croyais n'avoir rien laissé paraître !

Robin se mit à rire.

— Vous avez serré mon bras presque toutes les sept minutes, puis toutes les six minutes. Visiblement, nos bébés auront le même anniversaire.

Quinn sourit à Milo.

— J'avais prévu de t'appeler dès que j'aurais atteint cinq minutes.

— Notre fille sera bientôt là, dit-il en l'embrassant sur le front. Je t'ai apporté le sac pour la naissance.

Il avait insisté pour le préparer lui-même, cochant soigneusement chaque objet sur sa liste.

Elle saisit le bras de Milo pendant une autre contraction.

— Elle est un peu impatiente, dit-elle. Son arrivée était prévue pour dans huit jours. Elle ne respecte pas le planning.

Milo l'embrassa en riant.

— Certains plans sont faits pour être bousculés.

CHARLOTTE HAWKES

Une croisière au Chili

Traduction française de
EVELINE CHARLÈS

BLANCHE

HARLEQUIN

Titre original :
THE DOCTOR'S ONE NIGHT TO REMEMBER

Ce roman a déjà été publié en 2021.

1

Isla Sinclair suivait du regard un couple d'amoureux qui se promenait sur la plage.

— À ton avis, lequel des deux fait semblant ? demanda-t-elle à Leonora, son ancienne sœur par alliance, qu'elle considérait comme sa vraie sœur.

Celle-ci reposa son cocktail et se retourna pour voir ce qu'Isla regardait.

— Ne laisse pas cet imbécile de Brad te transformer en mégère cynique, répondit Leonora avec un doux sourire. Ils s'aiment peut-être vraiment.

— Et toi, tu es vraiment une incorrigible romantique.

Isla fit un effort pour chasser de son esprit le souvenir importun de son ex-fiancé.

— Tu sais aussi bien que moi qu'il y en a toujours un qui joue la comédie. S'ils ont de la chance, leur union sera fondée sur des avantages mutuels bien compris, comme celle de ton père et de ma mère.

Cela avait du moins été le cas pendant cinq ans, après quoi leurs parents s'étaient séparés à l'amiable, il y avait de cela treize ans, quand Isla et Leo en avaient dix-neuf.

Toujours aller de l'avant.

C'était la leçon qu'elle avait apprise auprès de sa ravissante mère, qui la lui glissait à l'oreille chaque fois qu'elle s'apprêtait à épouser un nouveau mari, plus riche et plus influent que le précédent.

Marianna Sinclair-Raleigh-Burton voyait le mariage comme une négociation commerciale dont chaque partie devait tirer des bénéfices.

Leo, visiblement attendrie, secoua la tête.

— J'ai l'impression d'entendre ta mère : « Pourquoi compliquer les choses en feignant d'être amoureuses, les filles ? Mieux vaut être franc et éviter les mauvaises surprises. »

— « L'amour... Ne me parlez pas de malheur ! » s'exclama Isla en haussant gracieusement les épaules.

Leo éclata de rire.

— Tu l'imites trop bien, Isla !

— À propos, où est-elle, en ce moment ?

Leo fronça le nez.

— Elle a dit qu'elle allait faire une sieste... Tu crois qu'elle va se dégoter un nouveau prétendant ?

— Eh bien... Premièrement, elle vient de divorcer pour la ixième fois. Deuxièmement, elle a insisté pour venir en vacances ici, alors que je voulais me préparer tranquillement à prendre mon poste de médecin sur ce paquebot. Troisièmement, elle nous a réservé des chambres dans l'hôtel le plus luxueux de la région, peut-être même de tout le Chili. Je serais donc très surprise si elle n'était pas déjà en chasse d'un nouveau mari.

— Je préfère ça plutôt qu'elle essaie de caser l'une de nous.

Malgré tous ses défauts, les deux jeunes femmes savaient parfaitement qu'elles n'auraient pas pu avoir de mère plus aimante et généreuse, ce qui n'empêcha pas Isla de lever les yeux au ciel.

— Je suis d'accord, mais je reste méfiante.

— Moi aussi, répondit Leo en se tournant de nouveau vers le couple. Ils sont peut-être vraiment amoureux.

— Possible.

Après avoir vidé son verre, Leonora se leva.

— Je vais faire un peu de lèche-vitrines. Tu m'accompagnes ?

Isla hésita un instant.

— Je préfère marcher sur la plage. Après l'embarquement, je n'aurai pas souvent l'occasion de poser le pied sur la terre ferme.

— On se retrouve à l'hôtel dans une heure ?

— D'accord.

Isla suivit des yeux sa sœur, qui se dirigeait vers le jeune couple. Décidément, Leo était une incorrigible romantique ! Pour sa part, elle était là pour le travail. La seule perspective d'une idylle la faisait frissonner d'effroi. Elle allait faire ce dont elle rêvait depuis son enfance : exercer son métier de médecin sur un paquebot.

Le *Joyau d'Hestia*.

Celui-ci était évidemment moins prestigieux que la *Reine Cassiopée*, le navire vedette de la compagnie l'Étoile des Mers ancré en ce moment même dans le port. Mais peu lui importait : elle allait pouvoir voyager à travers le monde tout en soignant des gens. Et si cela lui faisait oublier l'humiliation que lui avait infligée Bradley, ce serait la cerise sur le gâteau.

Après avoir à son tour vidé son verre, Isla se leva, souriant à l'avenir heureux qui se profilait. Jusqu'à ce que son paquebot arrive, dans deux jours, elle comptait bien jouer les touristes.

Un bruit soudain la fit se retourner. Deux jeunes hommes se battaient dans un bar tout proche. Visiblement ivres, ils semblaient se croire sur un ring de boxe.

Estimant que cela ne la regardait pas, elle opta pour la direction opposée. Tête haute, elle accélérait le pas lorsqu'un fracas énorme retentit dans son dos.

Malgré elle, elle fit volte-face. Un officier de marine se précipitait vers les combattants. L'un des deux gisait déjà au sol, inconscient. Le nouveau venu fendit la foule des badauds et immobilisa le vainqueur. Puis, sortant un talkie-walkie de sa poche, il lança quelques instructions.

La façon dont il gérait la situation avait quelque chose de fascinant, et le cœur d'Isla se mit à battre plus vite.

Sans doute une montée d'adrénaline causée par la soudaineté et la brutalité de cette bagarre. À moins que cet officier ne lui rappelle les défauts de son ex-fiancé. Brad se prenait pour un mâle alpha, alors qu'il n'était que bravache.

Pourquoi avait-elle mis si longtemps à le voir tel qu'il était ?

Ça suffit !

Elle se secoua. Elle était venue au Chili pour repartir à zéro, pas pour ressasser le passé. Elle allait s'éloigner lorsqu'un appel qu'elle ne pouvait ignorer retentit :

— *Médico ? Es alguien médico ?*

Elle scruta la scène du regard, souhaitant presque que quelqu'un d'autre intervienne.

Personne... Elle revint sur ses pas.

— *Soy médica,* dit-elle comme pour elle-même en fendant à son tour la foule.

Une fois sur place, elle constata que l'un des deux hommes était tombé sur une table en verre qui s'était brisée sous son poids. Une flaque de sang se formait quelque part, sous le bas de son dos.

Isla pointa du doigt un spectateur qui fixait le blessé d'un air hébété.

— Vous ! Vous pouvez déplacer les tables ? *Mover las mesas ?*

Elle s'accroupit près du blessé.

— Et vous..., commença-t-elle en cherchant ses mots, à l'attention de l'un des serveurs, *un cepillo para barrer los... fragmentos de vidrio.*

Celui-ci s'exécuta aussitôt tandis qu'Isla se focalisait sur le blessé. Il n'était pas inconscient, mais certainement groggy.

— Comment vous appelez-vous ? *Cómo se llama ?*

L'homme émit quelques mots incompréhensibles.

— Je suis médecin. *Soy médica.*

Le pouls du blessé était irrégulier, ce qui n'avait rien d'étonnant après une bagarre dans un bar et une chute brutale au point de faire exploser une table en verre. Aucun éclat ne l'avait atteint, pas de coupure sur le torse, le ventre ou les jambes. L'hémorragie se situait donc à l'arrière du corps.

— Quelqu'un a appelé une ambulance ? *Ambulancia ?*

— *Si, si,* s'exclamèrent plusieurs personnes.

Un flot d'informations en espagnol se déversa sur Isla, qui ne comprit pas tout. Au moins le serveur avait-il balayé une grande partie des débris de verre, lui permettant d'examiner son patient. Lourd et musclé, ce dernier n'était pas aussi facile à déplacer qu'elle l'avait cru.

— Aidez-moi à le mettre sur le ventre ! lança-t-elle à la cantonade. *Ayudar me... rodar...*

— Laissez-moi faire, s'il vous plaît, fit une voix autoritaire.

Isla leva les yeux vers l'homme, qui la dominait de sa haute stature. Aussitôt elle perçut un fourmillement dans tout son corps, la chaleur sans doute. Aux épaulettes qui ornaient les épaules de l'inconnu, elle devina qu'il s'agissait d'un gradé... Peut-être même la main droite du capitaine. Ce type était absolument canon !

— C'est un de vos hommes ? demanda-t-elle, furieuse contre elle-même. Vous allez pouvoir me donner son nom.

— C'est un de mes hommes, oui. Je suis le premier officier, grommela « M. Canon », et il a visiblement besoin d'un médecin.

— Il se trouve que c'est mon cas.

— Vraiment ? Je voulais dire que nous avons nos propres médecins pour prendre les membres de l'équipage en charge.

— Sans doute, mais ils ne sont pas là, contrairement à moi. Il perd du sang, alors je vous suggère de m'aider à le retourner. Pendant que vous y êtes, dites-moi comment il s'appelle et quelle langue il parle.

Elle le sentit hésiter. Isla devait admettre que c'était le plus beau spécimen masculin qu'elle ait jamais vu. Pas au sens classique du terme, cela n'aurait pas été suffisant pour le décrire. Mais il y avait quelque chose de fascinant en lui, depuis sa mâchoire carrée jusqu'à son nez en lame de couteau. Ses yeux marron clair étaient comme voilés de mystère, sa voix rauque et... son corps ? Elle refusa de s'aventurer plus loin. Elle ne voulait pas penser à son corps.

Elle perdait le contrôle de son esprit, au pire moment qui soit ; malgré elle, elle parcourut du regard l'homme accroupi auprès d'elle.

Des cuisses puissantes frôlèrent les siennes, lui envoyant une série de petites décharges électriques. Son uniforme immaculé moulait, telle une seconde peau, son torse et ses larges épaules. À sa grande honte, Isla sentit sa bouche s'assécher tandis qu'elle le buvait des yeux… comme si jamais elle n'avait vu d'homme auparavant.

À sa décharge, elle n'en avait jamais croisé tel que celui-ci, sûrement le plus superbe mâle de toute la planète. À en juger par l'expression affamée des femmes de la foule, elle n'était pas la seule à le penser.

Elle se força à canaliser son attention sur le blessé.

— Dans quelle langue parle-t-il, s'il vous plaît ?

— Il s'appelle Philippe et il peut parler anglais.

— OK. Philippe, je m'appelle Isla et je suis médecin. Je suis là pour vous aider. Nous allons vous retourner sur le ventre, d'accord ?

L'officier se rapprocha encore d'elle pour la manœuvre. Cette proximité suscita en Isla une multitude de sensations qu'il valait mieux ne pas analyser.

L'homme retourna le blessé comme s'il ne pesait pas plus qu'une plume. La foule retint son souffle. Un long fragment de verre était planté dans la fesse gauche du malheureux. L'artère glutéale supérieure était clairement sectionnée.

Aussitôt, l'officier saisit son talkie-walkie et lança des ordres furieux au médecin du paquebot. Pendant ce temps, Isla regardait autour d'elle, en quête d'une aide matérielle. Elle finit par entourer sa main avec son écharpe pour attraper le tesson.

— Qu'est-ce que vous allez faire ? demanda M. Canon.

— Je dois enlever ce morceau de verre.

— Si vous faites ça, il va saigner encore plus, à moins que vous n'ayez un garrot.

— Impossible d'utiliser un garrot sur son derrière, dit Isla en tirant délicatement sur le fragment de verre. Et vous avez raison, il faudra boucher l'artère.

— Vous feriez mieux de ne toucher à rien, dit l'officier sur un ton autoritaire. En tout cas jusqu'à ce que notre médecin arrive.

Ce n'était pas la première fois qu'elle prenait ce genre de commentaire humiliant en pleine figure. Il n'y avait aucune raison de se sentir davantage blessée sous prétexte que cela venait d'un inconnu.

— Il prend son temps, apparemment, dit-elle d'une voix calme. Et c'est un temps dont ce patient ne dispose pas. Son rythme cardiaque est irrégulier. Que se passera-t-il s'il a besoin une réanimation cardio-pulmonaire ? Par ailleurs, il faut retirer immédiatement ce fragment pour réduire le risque d'infection et prévenir une réaction allergique. Je dois ôter ce corps étranger et nettoyer la plaie.

— Ce n'est pas seulement un patient, c'est un homme de mon équipage, et vous allez attendre.

— Je crains que non. Vous êtes peut-être commandant en second à bord de votre paquebot, mais pour l'instant il s'agit d'une urgence médicale et je suis le seul médecin sur place. Alors dégagez, parce que vous me gênez.

Venait-elle vraiment d'ordonner à un officier supérieur de « dégager » ? Il la foudroya du regard mais, depuis Bradley, elle était bien décidée à ne plus se laisser marcher sur les pieds.

Sortant la longue écharde de verre du corps de son patient, elle adressa un sourire suave à M. Canon.

Le géant baissa les yeux et, l'espace d'une seconde, elle aurait juré qu'il avait blêmi. Mais sans doute n'était-ce que le fruit de son imagination.

— Il saigne toujours ! s'exclama-t-il d'une voix rauque. Qu'allez-vous faire, maintenant ?

— Ça, dit-elle en plongeant un doigt dans la plaie.

On aurait pu croire qu'elle avait l'habitude de fixer l'homme le plus sexy qu'elle avait jamais vu, un doigt enfoncé dans la fesse d'un autre homme.

Elle crut entrevoir une lueur d'amusement dans ces yeux incroyables.

— Vous voyez ? fit-elle. Maintenant, que fait cette fichue ambulance ?

Nikhil Dara écouta le docteur… Isla… passer le relais à l'équipe d'urgence. Mieux valait admirer l'efficacité de cette jeune femme, plutôt que se laisser fasciner par sa beauté. Mais c'était particulièrement difficile.

Il était pourtant réputé pour sa capacité à se concentrer uniquement sur son travail, ce dont il se flattait. Mais aujourd'hui, il avait du mal à se détourner de cette ravissante représentante du corps médical.

Il ne manquait pourtant pas de compagnie féminine ! La vie quotidienne sur un paquebot de croisière impliquait de nombreuses rencontres avec des femmes, membres du personnel ou passagères. Certaines d'entre elles s'offraient même à lui sur un plateau d'argent.

Jamais il n'avait cédé à la tentation.

Du moins à bord, car sur la terre ferme il ne refusait pas les aventures sans lendemain. Il se vantait d'avoir toujours su se contrôler et la fascination que cette Isla exerçait sur lui ne l'en troublait que davantage.

Une fois les portes de l'ambulance refermées, il se tourna vers la jeune femme.

— Merci pour votre aide. Philippe a eu de la chance que vous ayez été là.

— Pas de souci.

Haussant les épaules, elle sortit son téléphone de sa poche et fronça les sourcils en fixant l'écran.

Nikhil ne put s'empêcher de se demander ce qui l'irritait ainsi. En tout cas, ses prunelles bleues avaient pris une nuance d'un gris argenté. Elle lui adressa un bref signe de tête et se détourna pour envoyer un SMS. Comme hypnotisé, il fixa la queue-de-cheval d'un châtain doré qui frôlait ses épaules.

Parfaitement ridicule !

Il secoua la tête, comme pour chasser la pression qui s'était installée en lui depuis la veille, suscitant une douleur sourde.

Il n'était plus lui-même.

Plus depuis qu'il avait reçu une carte d'anniversaire de Daksh.

Daksh. Le frère dont il n'avait plus entendu parler depuis vingt ans, mais qui émergeait de nulle part et voulait le rencontrer ici, au Chili. Comment Daksh avait-il retrouvé sa trace ?

Pire que tout, ce frère qui ne l'était que de nom réveillait de vieux fantômes qui auraient dû rester enterrés, de préférence au centre de la terre.

Il avait la tête à l'envers, ce qui expliquait cette attirance inhabituelle pour une inconnue. Cela ne serait jamais arrivé s'il avait été dans son état normal.

Ce fut elle qui brisa un silence qui devenait lourd.

— Je vais devoir vous quitter.

Quelque chose se mit à bouillonner dans les veines de Nikhil. Dans quelques secondes, elle aurait disparu. C'était complètement irrationnel, mais il ne voulait pas qu'elle parte.

— Attendez !

Elle s'immobilisa avant de se retourner lentement, comme si elle n'en avait pas vraiment envie mais obéissait à une force mystérieuse.

Comme toi ?

— Laissez-moi vous offrir un verre, dit-il.

Elle le fixa sans ciller.

— Non merci, dit-elle enfin.

— Pourquoi pas ?

Les yeux d'Isla se posèrent sur la bouche de Nikhil, et elle rougit. Il en conclut avec une certaine satisfaction qu'elle était aussi troublée que lui.

— Parce que je ne sais même pas comment vous vous appelez.

Elle ferma un instant les yeux, comme si les mots lui avaient échappé malgré elle.

— Nikhil, dit-il en inclinant la tête. Et vous êtes Isla. Je vous ai entendue le dire à Philippe. Et maintenant que les présentations sont faites, que diriez-vous de boire un verre en ma compagnie ?

— Je...

— C'est pour vous remercier, précisa-t-il.

Pourquoi insistait-il ? Il lui suffisait de rentrer à bord, de terminer son service et de se préparer pour son unique soirée à terre.

Seul.

Au lieu de cela, il s'entendit poursuivre :

— La compagnie maritime voudra connaître les détails de l'incident, je peux vous aider.

— Je suis tout à fait capable de rédiger mon rapport moi-même.

— Les formulaires sont inutilement compliqués.

— J'ai enfoncé un doigt dans la fesse de votre homme d'équipage. Ce ne sera pas difficile à expliquer, répliqua-t-elle avec un léger sourire.

Il ressentit une sorte de décharge électrique qui lui parcourut tout le corps. Apparemment, ce n'était pas une simple attirance, plutôt une alchimie sexuelle.

— Vous croyez ?

— Absolument. Je n'exerce peut-être pas sur votre paquebot, mais la compagnie vient de m'attribuer un poste.

— Vous pouvez répéter ?

Elle éclata de rire et, soudain, son visage s'éclaira.

— Vous travaillez pour l'Étoile des Mers ? insista Nikhil.

— Je vais embarquer sur le *Joyau d'Hestia* dans deux jours. Ce sera ma première affectation.

— Si je comprends bien, vous entamez une nouvelle carrière. Raison de plus pour fêter l'événement. Je vous invite à dîner, finalement. Je passerai vous prendre vers 19 h 30. Dans quel hôtel êtes-vous ?

— Et si j'avais un petit ami ?

— Ce n'est pas le cas, répondit-il simplement. Il y a une trace sur votre annulaire, vous avez récemment retiré une bague. Vu sa largeur, je parie pour une bague de fiançailles, pas une alliance. Et vous embarquez pour la première fois sur un bateau de croisière. J'en déduis que vous repartez à zéro.

— D'accord, je n'ai pas de petit ami, mais j'ai des amis ici, avec moi. Je ne peux pas les laisser tomber.

— Qu'est-ce qui vous empêche de passer la soirée avec eux demain ? Ce sera sûrement un grand repas d'adieu, si bien que ce soir vous êtes libre de sortir avec moi.

Elle ouvrit la bouche... pour la refermer aussitôt.

Elle était tentée...

— En plus, ajouta-t-il, c'est mon anniversaire. Vous n'allez pas me laisser le célébrer tout seul !

Qu'est-ce qui te prend ?

Sûrement un effet de cette lettre.

— Quel hôtel, Isla ?

Les yeux gris-bleu étincelèrent.

— D'accord ! dit-elle, avant de lui donner le nom de l'établissement.

Nikhil ne put retenir un haussement de sourcils. Il s'agissait d'un hôtel de luxe réservé aux gens riches et célèbres. En tout cas, pas dans les moyens d'un jeune médecin prenant son premier poste sur un paquebot de croisière.

— C'est un cadeau de mes... de mes amis, dit très vite Isla, comme si elle lisait dans ses pensées. C'est une façon d'enterrer ma vie de terrienne, si vous me passez la métaphore.

Il pouvait le comprendre. Avant d'embarquer pour douze mois, il s'offrait en général un très bon repas à la Tinca, un restaurant renommé.

Seul.

— Ah ! Et vos amis accepteront de se passer de vous pendant une soirée ?

— Je suppose que oui... Mais attention, il ne s'agit en aucun cas d'un rendez-vous galant.

— Bien sûr que non. Eh bien, Mini-Doc, on se retrouve à 19 h 30 dans le hall ?

Et sans lui laisser le temps de répondre, il tourna les talons et s'éloigna.

2

Isla n’arrivait pas à comprendre. Comment avait-elle pu accepter cette invitation ?

Ou plutôt, elle essayait de se convaincre qu’elle ne comprenait pas.

Elle pouvait toujours prétendre que c’était à cause du SMS qu’elle avait reçu de sa mère juste avant que Nikhil ne l’invite à boire un verre.

Sa mère lui demandait où elle était, et Isla devinait sans peine que Marianna comptait lui présenter un nouveau soupirant en remplacement de Bradley… Probablement l’homme parfait, selon elle.

Sa mère avait le chic pour ce genre de situation, qu’Isla détestait. Et au lieu de décliner poliment la proposition de Nikhil, elle l’avait acceptée.

Évidemment, elle aurait pu dire à sa mère qu’elle avait rendez-vous avec un premier officier, rien de moins. Cela aurait été le comportement le plus logique. Mais Isla devinait que ses motivations n’avaient rien de logique.

En présence de Nikhil, son corps reprenait vie.

Il suffit qu’il me regarde.

Entre cet inconnu et elle, il y avait davantage d’alchimie sexuelle qu’elle en avait jamais ressentie avec Brad.

Et il y avait quelque chose de triste dans ce constat.

En tout cas, cela expliquait pourquoi elle se tenait en ce

moment même devant le miroir, scrutant d'un œil critique sa tenue, la sixième qu'elle essayait.

Ridicule ! J'ai tout d'une ado !

Deux heures auparavant, elle avait même acheté un gloss hors de prix à la luxueuse parfumerie de l'hôtel. Elle se rendit dans la salle de bains, essuya sa bouche d'un revers de main et jeta le rouge à lèvres dans le lavabo. Ensuite, elle rangea soigneusement tous ses vêtements dans la penderie, dans l'espoir de remettre du même coup un peu d'ordre dans son esprit.

Ridicule !

Elle se comportait comme l'adolescente qu'elle n'avait jamais été. Attrapant son sac, elle sortit de sa chambre et se dirigea vers l'ascenseur.

Ce n'est qu'un homme comme les autres !

Un instant plus tard, la cabine s'immobilisait au rez-de-chaussée et les portes s'écartaient silencieusement. Aussitôt, un bruit étouffé de conversations parvint à Isla, mêlé aux échos d'un tango argentin.

Faisant claquer ses talons sur le sol de marbre, elle se dirigea vers le bar. Ce n'était qu'un dîner, après tout. Le premier officier voulait la remercier d'avoir sauvé son homme d'équipage, rien de plus.

Puis elle repéra Nikhil, assis à une quinzaine de mètres d'elle. Ses larges épaules auraient fait pâlir d'envie l'arrière offensif d'une équipe de football. Jambes croisées, il balançait négligemment un pied tout en lisant le journal.

Isla se sentit littéralement fondre.

Et encore ! C'était avant qu'il ne décroise les jambes avec nonchalance... Elle cessa un instant de respirer.

Le corps de Nikhil, déjà impressionnant sanglé dans un uniforme, avait quelque chose de dangereux, presque létal, en vêtements de ville. Isla eut l'impression qu'elle vacillait légèrement, comme prise de vertige.

Ce n'est pas un rencard, se répéta-t-elle désespérément. *Ce n'est qu'un dîner, que j'ai accepté uniquement pour éviter le dernier plan foireux de Marianna.*

Mais son esprit avait-il enregistré l'information ? Elle n'en était pas certaine. Ce type était clairement enivrant. Et maintenant qu'elle avait posé les yeux sur lui, elle n'arrivait même plus à les en détourner. Lorsqu'il se leva pour venir à sa rencontre, ce fut tout juste si elle n'esquissa pas un geste pour le repousser.

— Vous êtes en avance, dit-elle avec effort.

— Vous aussi, répondit-il. C'est une bonne surprise.

Cette remarque sexiste lui aurait normalement valu une repartie acide, mais Nikhil se posta à son côté et posa la main dans le bas de son dos, ce qui réduisit Isla au silence. Ce contact inattendu lui brûlait la peau, et la priva momentanément de la parole. Il ne lui restait que la capacité de marcher.

— Vous êtes éblouissante, Mini-Doc.

— Je n'apprécie pas beaucoup ce surnom.

C'était un mensonge, mais elle se sentait obligée de l'affirmer.

— Toutes mes excuses. Vous êtes ravissante, Isla.

— Je... Merci.

Lorsqu'il la guida vers la sortie, elle ressentit de nouveau une décharge électrique.

— Je vous rappelle que ce n'est pas un rencard, dit-elle.

— Bien sûr que non.

La proximité de cet homme l'affectait d'une façon totalement incompréhensible. Il était clair qu'elle aurait dû décliner cette invitation à dîner, mais il était trop tard pour faire machine arrière.

La toucher avait été une erreur. Nikhil s'en était aperçu à la seconde même où ses doigts avaient effleuré la peau d'Isla. Une erreur de plus... La première ayant été de l'inviter à dîner.

Tout cela parce qu'il avait reçu cette fichue carte d'anniversaire. Ce repas lui évitait de rencontrer l'homme qui avait autrefois été son héros.

Il était bien naïf, à l'époque ! Du moins jusqu'à ce que Daksh ne le trahisse.

Nikhil avait été tellement tendu, toute la journée, qu'il s'était comporté de façon totalement inhabituelle en conviant une inconnue à dîner avec lui à la Tinca. Tout cela à cause d'une banale attirance sexuelle.

Sauf que cette attirance n'avait rien de banal !

Lorsqu'il avait entendu le claquement de ses talons sur le sol de marbre et qu'il l'avait vue s'avancer vers lui, il avait ressenti ce qui ressemblait fort à un coup de poing dans le plexus.

Et plus bas, aussi...

Il n'y avait pas de mots pour décrire l'intensité de la décharge électrique qui était passée entre eux lorsqu'il s'était accroupi auprès d'elle, à côté de Philippe. Et il connaissait suffisamment bien les femmes pour savoir qu'elle en avait eu conscience.

Et toute la fin de journée, il avait arpenté sa cabine de long en large comme un lion en cage. Finalement, il s'était retrouvé dans le lobby de l'hôtel, s'efforçant encore de dompter le désir déplacé qui grondait en lui.

Contrairement à nombre de ses collègues, il mettait sa libido entre parenthèses durant les longs mois en mer. Il ne s'était jamais adonné à ces plans drague tellement en vogue sur les paquebots de croisière. Il se flattait d'ailleurs de ne jamais avoir mêlé vie professionnelle et activité sexuelle.

Il ne se reconnaissait donc pas dans l'homme agité et nerveux qu'il était en cet instant.

Les rues qui menaient au restaurant étaient sombres et tranquilles, et le claquement des talons sur le bitume suscitait en lui des images qu'il tentait vainement de chasser.

Il n'avait pas envie de dîner ou de faire la conversation. Il voulait seulement embrasser Isla jusqu'à être débarrassé du désir qu'elle lui inspirait... Un désir tel qu'il n'en avait encore jamais éprouvé.

Il serra les dents. Il n'y avait rien qu'il puisse faire pour se sauver lui-même. Pire encore... il n'en avait pas la moindre envie.

— Vous serez contente d'apprendre que Philippe va bien, grommela-t-il.

Comme si une conversation banale pouvait atténuer l'urgence du désir !

— Je suis ravie de l'entendre.

À en croire sa voix tendue, elle s'efforçait elle aussi de masquer son trouble.

— C'est grâce à vous.

Un silence pesant s'installa entre eux.

— Et votre médecin ? demanda enfin Isla. J'imagine que vous savez pourquoi il n'est pas venu.

— Appendicite, dit Nikhil. La compagnie cherche un médecin pour le remplacer.

— Comment l'équipage prendra-t-il ce changement ?

Il haussa les épaules.

— Tout dépend du médecin. Heureusement, je connais celui qu'on nous envoie. J'ai déjà travaillé avec lui avant d'embarquer sur la *Reine Cassiopée*.

— Parfait. Ce sera d'autant plus facile.

— Si je comprends bien, vous vous inquiétez de l'accueil qu'on vous réservera sur le *Joyau d'Hestia* ?

Elle fit la grimace et il s'interrogea. Fallait-il tirer des conclusions du fait qu'il puisse lire aussi facilement en elle ? C'était une aptitude qu'il avait acquise après des années de pratique sur les paquebots... Ou quand il s'efforçait, enfant, de deviner l'humeur de son père.

Évidemment, cela n'avait rien à voir avec Isla.

Du moins tentait-il de s'en convaincre.

— Tout va bien se passer, dit-il. Le *Cassiopée* navigue pendant des mois, mais le *Joyau* effectue des croisières plus courtes. Vous constaterez que le turnover est assez important. C'est un bon bateau, mais ce ne sera qu'une étape pour vous. Un jour, vous embarquerez pour de plus longs trajets.

— Vous croyez ?

— Si vous êtes aussi efficace que vous l'avez été aujourd'hui avec Philippe, je n'en doute pas. Ils seront trop heureux de vous compter parmi leurs médecins.

— Je suis soulagée.

Entre eux, la tension baissa d'un cran.

Nikhil s'arrêta devant une porte tout à fait quelconque. Personne n'aurait pu deviner que c'était là l'entrée du restaurant d'un chef de renommée mondiale… Un restaurant où Nikhil n'avait jamais amené aucune femme pendant toutes ces années.

Ça ne veut rien dire, pensa-t-il en la faisant entrer.

— Nikhil !

Un homme, clairement le maître des lieux, traversa la salle pour serrer Nikhil dans ses bras.

— C'est bon de te revoir, mon ami !

Il s'exprimait dans un espagnol chilien qu'Isla avait du mal à comprendre.

— Et c'est bon d'être de retour, répondit Nikhil.

Son espagnol était plus compréhensible, mais les deux hommes utilisaient des mots d'argot, si bien qu'Isla suivit difficilement leur conversation.

Soudain, le patron se tourna vers elle et la parcourut du regard.

— Tu as amené de la compagnie, Nikhil ? dit-il dans un anglais teinté d'un fort accent.

— Isla, je vous présente Hernández. Hernández, voici Isla. Une… collègue.

— *Encantada de conocerte.*

— *Encantando.*

Lui prenant la main, celui-ci déposa un baiser sur le bout de ses doigts. Isla ne manqua pas de remarquer un rapide échange de regards entre les deux hommes.

— Venez vous asseoir ici. C'est la meilleure table.

Isla suivit Hernández, trop consciente de la présence de Nikhil sur ses talons. En passant devant la cuisine ouverte, elle sursauta.

— C'est le chef Miguel !

— Effectivement, répondit Nikhil avec nonchalance.

— J'ai entendu dire que les réservations étaient prises plusieurs mois à l'avance dans ses restaurants.

— Six mois, en effet. J'y viens depuis sept ans, à chaque escale ici, ce qui veut dire deux ou trois fois par an.

— Votre capitaine vous accorde une permission à chaque fois ?

— C'est le seul privilège que je réclamais, à mes débuts. Pour le reste, j'acceptais toutes les tâches qui m'étaient confiées, contrairement aux autres.

— C'est comme ça que vous êtes devenu premier officier, ce qui vous permet d'obtenir tout ce que vous désirez ?

Quelque chose, dans le ton d'Isla, interpella Nikhil l'espace d'une seconde. On aurait dit qu'elle s'attendait au pire, venant des hommes. Ou en tout cas, qu'elle était convaincue de leur égoïsme.

Il avait eu le même sentiment pendant quasiment toute sa vie, pourtant cela ne cadrait pas avec le peu qu'il savait d'elle.

— J'ai davantage de choix aujourd'hui, c'est vrai, dit-il. Mais je m'efforce de ne pas en abuser.

Isla regarda autour d'elle.

— C'est l'endroit idéal pour impressionner vos conquêtes, fit-elle sur un ton faussement léger.

— J'avais cru comprendre que vous n'en étiez pas une ?

Une rougeur adorable lui monta au visage.

— Bien sûr que non ! Je voulais juste dire…

— Détendez-vous. Vous êtes la première conquête-qui-n'est-pas-une-conquête que j'amène ici.

— Vraiment ? Vous espérez que je vais vous croire ?

— Je n'espère rien du tout. Vous avez posé une question, et j'ai répondu. Je n'ai jamais invité aucune femme ici. Pour être plus précis, en dehors du capitaine, il y a un an, je n'ai jamais amené personne dans ce restaurant.

Il se mordit la langue, mais il était trop tard. Et à l'expression incrédule d'Isla, il comprit sans peine qu'elle ne le croyait pas.

Tant mieux.

Il ignorait ce qu'il y avait de tellement irrésistible, chez cette femme, mais il devait le plus vite possible tirer cela au clair. Elle était comme une énigme, et il détestait cela.

Plus exactement, il adorait les énigmes… sauf celles qu'il ne parvenait pas à résoudre. Et la jolie Isla était une énigme qui lui prenait un peu trop la tête.

Plus vite il la déchiffrerait, plus vite sa vie reprendrait son cours normal.

3

Isla aurait voulu montrer à Nikhil qu'elle ne le croyait pas, mais surtout qu'elle s'en moquait éperdument.

Sauf qu'elle ne s'en moquait pas.

Elle avait bien remarqué l'expression étonnée du patron lorsqu'il avait compris que Nikhil avait invité une femme. Malgré elle, elle s'était sentie spéciale.

C'était la même chose avec Bradley.

Il lui avait fait croire qu'il l'aimait vraiment, que sa fortune, sa position sociale et son réseau n'entraient pas en ligne de compte. Un instant, elle se demanda si Nikhil était aussi droit qu'il en avait l'air, ou s'il faisait partie de ces hommes qui faisaient semblant d'apprécier une femme.

Elle s'en voulut aussitôt de tout ramener à Bradley. Plusieurs mois après leur rupture, il avait encore le pouvoir de parasiter ses pensées et ses actions.

Brad appartenait au passé.

Il n'existait plus.

Elle ne voulait plus penser à lui.

— Si j'ai bien compris, dit Nikhil, l'*Hestia* est votre premier bateau de croisière ?

Elle battit des paupières, prenant conscience qu'elle avait vidé son assiette sans même s'en apercevoir.

— Je suis médecin depuis dix ans, mais ce sera la première fois que j'exercerai mon métier sur un paquebot, répondit-elle.

— Dix ans ? fit-il, n'en revenant visiblement pas. J'ignorais que les adolescents pouvaient obtenir un diplôme de médecine, Mini-Doc.

— J'ai trente-deux ans.

— Vous avez dû travailler dur, pour être diplômée aussi jeune.

C'était vrai. Notamment parce que les gens avaient douté de sa vocation, en raison de son âge, mais aussi grâce à son précédent beau-père.

Stefan Claybourne avait été l'un des meilleurs beaux-pères qu'elle ait eus. Il l'avait encouragée à réaliser son rêve de devenir médecin, mais sa gentillesse et son soutien n'auraient pas suffi sans un travail acharné.

— J'ai toujours voulu être médecin, dit-elle avec un léger haussement d'épaules. J'en rêvais déjà enfant, alors que mes camarades s'imaginaient princesses ou pirates.

— Ce n'est pas pour autant qu'on n'a pas besoin de travailler dur.

— Exact, mais on se dit que ça vaut la peine. D'ailleurs, vous devez bien le savoir. Vous n'êtes pas parvenu à ce grade de premier officier sur un paquebot comme la *Reine Cassiopée* sans faire de gros sacrifices.

— Pour moi, ce n'était pas un rêve, mais la seule façon de m'en sortir.

— La seule ?

Il ne répondit pas tout de suite.

— Là d'où je viens, on ne dispose pas d'un nombre illimité de choix. La marine en était un, alors j'ai décidé que si je m'y engageais ce ne serait pas pour travailler à fond de cale.

— Votre réussite n'en est que plus impressionnante.

Elle avait le sentiment qu'il n'était pas le genre d'homme à se confier facilement. Mais après tout, qu'en savait-elle ? Bradley avait été un menteur invétéré ; pourtant, pas une seconde elle n'avait douté de lui.

Pourquoi ?

Tout simplement parce qu'elle croyait en l'amour vrai, malgré la doctrine de sa mère, dont les mariages avaient tous été soigneusement négociés.

Comment savoir si Nikhil n'était pas un excellent comédien, capable de faire croire à une femme qu'il lui révélait un aspect de lui-même dissimulé jusqu'alors ?

Mais elle n'était pas stupide à ce point ! Que disait-on à propos des chats échaudés ?

Dans ce cas, pourquoi es-tu là ?

Elle se raidit légèrement, irritée par cette pensée importune.

— Vos parents doivent être très fiers de vous, dit-elle.

— Ils sont morts tous les deux, répondit Nikhil d'une voix dépourvue d'émotion.

Elle perçut pourtant un éclair de tristesse dans ses yeux. Ou était-ce un effet de son imagination ?

— Oh ! Je suis désolée...

— C'était il y a longtemps.

À cet instant, Hernández apporta la suite du menu. Pendant un moment, Isla s'absorba dans la contemplation de son assiette. Une création aussi délicate n'aurait pas déparé dans une galerie d'art. Et, lorsqu'elle y goûta, les saveurs explosèrent dans sa bouche. Jamais elle n'avait rien mangé d'aussi délicieux.

— Impressionnant, n'est-ce pas ? demanda Nikhil.

— Incroyable. Ce sont toujours les mêmes préparations ? En ce cas, je comprends que vous reveniez dès que vous le pouvez.

— Non. Le menu change sans cesse. Et chaque fois, je pense qu'il est impossible de faire mieux, pourtant c'est le cas.

Durant quelques minutes, ils mangèrent en silence, savourant chaque bouchée. Isla n'aurait su dire comment c'était arrivé, mais la tension qui avait régné entre eux s'était évaporée.

— Donc, dit enfin Nikhil, vous prenez un nouveau départ sur l'*Hestia*.

Elle plaqua un sourire sur ses lèvres.

— Oui. Je saisis cette chance de me concentrer sur mon métier, loin de toute distraction.

Il éclata de rire.

— Vous êtes sérieuse ?

— Bien sûr. En quoi est-ce drôle ?

— Vous embarquez sur un paquebot de croisière, répliqua-t-il en riant de plus belle.

— J'en suis parfaitement consciente.

— Vous êtes une jeune praticienne ravissante, cultivée et célibataire. Et vous devez bien savoir que les croisières favorisent les aventures, tant entre les passagers que parmi le personnel.

Ces paroles suscitèrent des images déplacées en elle. À l'idée que Nikhil profitait lui aussi de ces occasions, Isla ne put empêcher son corps de réagir.

C'était complètement fou !

— Je croyais que vous vous en absteniez ?

Il lui lança un regard moqueur, comme s'il lisait en elle à livre ouvert.

— Et je crois avoir précisé que je ne mêlais jamais vie privée et vie professionnelle. Je vous ai même dit que je n'avais jamais amené personne dans ce restaurant.

Elle rougit fortement.

— J'ai l'intention de séparer les deux, moi aussi.

Il rit de nouveau.

— La différence, Mini-Doc, c'est qu'ils se lanceront tous dans des spéculations sans fin dès qu'ils verront cette marque, presque effacée, sur votre annulaire.

— Eh bien, je ne répondrai pas.

— Vous serez bien obligée. Ils ne vous lâcheront pas, parce que tout le monde est toujours en quête d'histoires croustillantes. Vous imaginez... la jeune médecin au cœur brisé !

— Je n'ai pas le cœur brisé et je ne veux pas être une histoire croustillante.

Il la fixa avec curiosité.

— Tiens donc ? Vos fiançailles sont rompues et vous vous engagez sur un bateau de croisière. On dirait bien que vous fuyez.

L'indignation flamba aussitôt en elle.

— Je ne fuis pas.

Tu en es sûre ?

Il haussa légèrement les épaules.

— Si vous le dites... Certains vous soutiendront que les

paquebots sont des villes en miniature. D'autres qu'on y vit les uns sur les autres. Quoi qu'il en soit, il est très difficile de préserver ses secrets, et les gens se mêlent tout le temps des affaires des autres.

— Ce qui veut dire ?

— Ce qui veut dire que nombre de mes collègues utiliseront tous les moyens possibles pour vous guérir de cette affreuse blessure.

— Je vous ai expliqué...

— ... Que vous n'aviez pas le cœur brisé, je sais. Mais ne croyez pas que ça les arrêtera.

— Seigneur ! Je crois entendre ma mère. Ses intentions sont bonnes, mais ce n'en est pas moins agaçant. Elle est toujours sur mon dos, à me proposer de nouveaux prétendants. Si je ne lui avais pas dit que j'avais un rencard avec un premier officier, alors qu'elle avait déjà organisé une rencontre pour moi...

Isla s'interrompit brusquement.

— Donc, vous n'avez accepté mon invitation que pour échapper aux visées de votre mère ? Je suis flatté, fit-il avec nonchalance. Mais j'avais cru comprendre que ce n'était pas un rencard ?

— Ça n'en est pas un.

— Quoi qu'il en soit, je ne vous en veux pas de m'avoir utilisé pour vous débarrasser d'un importun, quel qu'il soit.

Sur ces entrefaites, Hernández leur apporta le plat suivant, au grand soulagement d'Isla.

— Ça sent incroyablement bon ! dit-elle.

— Le chef Miguel se plaît à jouer avec nos sens. Préparez-vous à être surprise.

Hochant lentement la tête, elle porta une première bouchée à ses lèvres. Ce fut aussitôt une nouvelle explosion de saveurs en bouche... Des saveurs auxquelles elle ne s'attendait pas après avoir humé le plat.

— C'est extraordinaire ! s'exclama-t-elle.

— Exact. Et comme je vous le disais, le chef ne cesse d'évoluer et d'inventer.

— Je crois que je devrai revenir pour en juger par moi-même. Euh… Je veux dire…

— Détendez-vous. Je comprends très bien. Je suppose que votre mère aurait préféré que vous travailliez dans un cabinet privé, plutôt que sur un paquebot ?

— Ma mère aurait préféré que je ne sois pas médecin du tout.

— Elle n'est pas fière de vous ?

Était-ce le fruit de son imagination ? Elle eut le sentiment qu'il y avait une pointe de réprobation dans la voix de Nikhil.

— Désolée. Je suis injuste envers elle. Ma mère est toujours fière de moi, mais elle ne comprend pas que ce soit là mon rêve.

— Pourquoi ?

Isla se tut un instant. Ce n'était pas le genre de conversation qu'elle avait d'ordinaire avec des inconnus… avec la plupart des gens, en réalité. Nikhil attendait sa réponse sans la quitter des yeux.

— Ma mère ne voit pas l'intérêt de plonger les doigts au milieu des boyaux, dans le sang ou le vomi. Mais l'un de mes beaux-pères, Stefan, était chirurgien. J'avais quatorze ans, à l'époque, et il m'a encouragée à réaliser mon rêve et à faire des études de médecine.

— Il était gentil ? demanda vivement Nikhil.

Elle s'interrogea, avait-il eu une mauvaise expérience avec un beau-père ou une belle-mère ?

— Très. J'ai eu de la chance.

Aucun de ses beaux-pères n'avait été désagréable, mais Stefan avait incarné le père qu'elle n'avait jamais eu.

— Il avait une fille, Leonora, dit-elle. Elle n'avait aucun goût pour la médecine, c'est une artiste, et son père l'a toujours encouragée elle aussi à suivre sa voie. En réalité, il nous a soutenues toutes les deux, sans jamais faire de différence.

— Vous en parlez au passé.

— Nos parents ont divorcé quand nous avions dix-neuf ans. Stefan est passé me voir deux fois à l'hôpital, pendant mon internat, mais Leo et moi sommes toujours sœurs de cœur. Et vous ? Vous avez des frères et sœurs ?

— Un frère, mais je l'ai perdu depuis longtemps.

— Désolée... Il doit vous manquer.

— Pas vraiment, répondit-il vivement.

Son ton indifférent ne la trompa pas. Cet homme dissimulait une profonde tristesse.

— Mon frère n'était pas quelqu'un sur qui on puisse compter, reprit-il. C'est le cas de la plupart des gens, c'est pourquoi je comprends que votre mère ne croie pas en l'amour.

— Ce n'est pas exactement cela. Ma mère n'est pas romantique, mais elle nous aime, ma sœur et moi. Elle traite d'ailleurs Leo comme sa propre fille. À ce propos, nous dînons ensemble demain soir, mais elle sera furieuse de ne pas avoir pu retenir une table ici.

— Et vous ? Vous croyez en l'amour ?

Elle hésita. Elle y avait cru... autrefois.

— Plus maintenant, dit-elle simplement. Et vous ?

— Jamais, répondit-il froidement.

— Est-ce que vous vous contrôlez toujours ? Vous ne vous passionnez pour rien ?

Le regard de Nikhil s'assombrit.

— Je ne suis peut-être en mesure de n'offrir qu'une seule nuit, Mini-Doc, mais je peux y mettre énormément de passion, si c'est ce que vous voulez.

Une étrange chaleur se répandit en elle.

— Ce n'est pas un rencard, dit-elle faiblement.

— Bien sûr, fit-il avec un sourire. Mais si jamais vous avez un doute, n'hésitez pas à me le faire savoir.

— D'accord, répondit-elle dans un murmure.

Nikhil et Isla quittèrent le restaurant plusieurs heures plus tard, après qu'on leur eut servi un dernier plat extraordinaire. Le chef Miguel était même sorti de sa cuisine pour s'asseoir avec eux et boire un dernier verre. Il avait bavardé avec Nikhil comme s'ils étaient de vieux amis.

Ce qu'ils étaient visiblement.

Mais là où Brad aurait fait le paon, Nikhil se comportait

avec naturel. Cela en disait beaucoup sur lui et Isla appréciait ce qu'elle voyait.

Mais maintenant ils n'étaient plus que tous les deux, marchant dans les ruelles tranquilles, à peine éclairées par les lumières orangées provenant des immeubles.

Nikhil avait passé un bras autour des épaules d'Isla, d'un geste presque protecteur. Elle n'avait que trop conscience du corps athlétique qui la frôlait.

En elle, le désir et la raison menaient un combat sans merci. Mais plus ils approchaient de son hôtel, plus la tension s'installait dans sa poitrine, son ventre et plus bas. Il fallait qu'elle parle, qu'elle mette fin à tout cela. Elle n'avait jamais été une adepte des aventures d'un soir, cependant la tentation de garder le silence pour jouir de cet instant était très forte.

Finalement, ce furent ses jambes qui la lâchèrent. Elle ralentit le pas contre son gré.

— Et si j'avais changé d'avis ?

— Changé d'avis ? répéta Nikhil en s'immobilisant. À quel propos ?

— *Ça*. Nous. Vous avez dit vous-même que, quand j'embarquerai sur l'*Hestia*, je serai la pauvre fille au cœur brisé par une rupture. Ils voudront tous me consoler… À moins que je leur dise que c'est déjà fait.

Elle ignora la petite voix lui murmurant qu'elle n'avait pas besoin que ce soit vrai pour prétendre que c'était le cas. Elle voulait cette nuit unique, qui renverrait définitivement Brad dans les limbes.

— Je n'ai rien d'autre à vous offrir, dit-il doucement.

Elle crut percevoir une touche de regret dans sa voix.

— Je le sais.

— Il faut que vous en soyez sûre, Mini-Doc, car je n'ai pas pour habitude de mettre une femme dans une situation qu'elle regrettera plus tard.

— Comme le parfait officier et gentleman que vous êtes, répondit-elle.

— Je suis officier, dit-il d'une voix rauque, mais je n'ai jamais été un gentleman.

Alors pourquoi ne l'avait-il pas déjà embrassée, en ce cas ?

— Très bien. Vous pourriez donc commencer tout de suite à l'être un peu moins !

Que lui arrivait-t-il ? On aurait dit que les mots lui échappaient avant même que son esprit ne les ait formulés.

Les yeux de Nikhil scintillèrent dans la pénombre, provoquant une brusque montée de désir en elle. Obéissant à l'impulsion du moment, Isla fit un pas vers lui et se haussa sur la pointe des pieds pour presser ses lèvres contre celles de Nikhil... et enfin, *enfin*, l'embrasser.

À cet instant, il lui sembla que sa vie entière tournait sur son axe.

4

Nikhil fut incapable de se contenir une seconde de plus. Ou plus exactement, il n'en avait pas la moindre envie. Isla avait pris l'initiative et c'était peut-être l'expérience la plus excitante qu'il avait vécue de toute son existence. Jamais il n'avait éprouvé une telle faim, un tel besoin, une telle rage de possession.

Il la plaqua contre le mur avant de l'embrasser dans le cou. Il lui semblait qu'il mourrait s'il ne plongeait pas en elle.

Ici et maintenant.

Lui qui se flattait de toujours garder le contrôle... En tout cas depuis cette affreuse nuit, vingt ans auparavant. Ce jour-là, couvert de bleus, le visage en sang, il avait cessé de courber l'échine devant son soi-disant père. Il avait montré à ce démon ce que c'était, de servir de punching-ball à quelqu'un.

Il se rappelait avoir arraché le couteau des mains de son père mais, ensuite, ses souvenirs étaient flous. Il se souvenait du policier qui l'avait fait sortir de l'appartement pendant qu'on mettait son père dans un sac mortuaire.

Mais ce n'était pas le moment d'évoquer le passé... Ce soir, il comptait bien céder à la tentation. Et cette tentation était Isla. Il allait explorer chaque millimètre de son corps si sensuel... avec ses mains, sa bouche et sa langue, peu lui importait.

De préférence les trois.

Il voulait la toucher, la goûter, la boire comme s'il était assoiffé et qu'elle était son oasis.

— Une seule nuit, Mini-Doc, s'entendit-il murmurer.

Il était incapable de s'écarter de cette nuque chaude, au goût légèrement salé.

— Oui, répondit-elle dans un souffle en se cambrant contre lui.

Elle rejeta la tête en arrière, comme pour lui donner un meilleur accès.

— Cela exclut les récriminations demain matin, insista-t-il.

Était-ce pour la convaincre… ou s'en persuader ?

— J'en ai bien conscience, répondit-elle en le fixant brusquement dans les yeux. Je ne suis plus une adolescente naïve, mais si vous me faites une colère, ce ne sera pas ma faute.

— Non, je veux dire…

Il mit un moment à comprendre qu'elle se moquait de lui et le prenait à son propre jeu. Cela déclencha une nouvelle montée de désir en lui.

— Tu ne diras pas que je ne t'ai pas prévenue, fit-il en posant sa bouche au creux de sa gorge, ce qu'elle parut apprécier.

— Tu ferais mieux de te taire, sinon je pourrais croire que tu cherches à donner le change, dit-elle d'une voix haletante.

— Tu peux répéter ?

— Tu te présentes comme un véritable don du ciel. Ce serait vraiment décevant si je découvrais que ta bouche ne tient pas ses promesses.

Mettait-elle vraiment sa virilité en doute ?

— Crois-moi, tu ne seras pas déçue.

Elle lâcha ostensiblement un énorme soupir.

— C'est ce que ta bouche prétend… mais ton corps…

— Fais-moi confiance, Mini-Doc, ma bouche et mon corps ont de la ressource. J'ai l'intention de te manger toute crue, jusqu'à ce que tu prononces mon nom en sanglotant.

— Je ne sangloterai pas.

— C'est ce qu'on verra. Je pense même que tu hurleras mon nom, juste avant de me supplier de t'en donner plus, et plus encore.

Elle émit un son étranglé. Était-ce ce qu'il entendrait, quand elle exploserait dans ses bras ? Son sexe était si dur que c'en était presque douloureux. Ce fut à peine s'il put résister à l'envie de s'agenouiller devant elle pour retrousser sa robe et lui prouver une bonne fois pour toutes qu'elle avait tort de douter.

S'il ne faisait pas attention, il perdrait le peu de self-control qu'il lui restait. Au prix d'un effort surhumain, il s'écarta d'elle, puis lui prit la main et l'entraîna plus loin.

— Viens ! Je suggère que nous allions à ton hôtel avant que de nous donner en spectacle au milieu de la rue.

Isla n'était plus elle-même... mais elle se sentait libre !

Toute sa vie, elle avait voulu être différente de sa mère, malgré tout l'amour qu'elle avait pour elle. Elle s'était concentrée sur sa carrière, au lieu de se lancer dans une course au mariage stratégique.

Elle était devenue « Isla la raisonnable », et elle s'enorgueillissait de cette réputation. Mais aujourd'hui, elle se sentait excitée et fébrile, son cœur battait à grands coups dans sa poitrine et ses jambes tremblaient. Loin de la terrifier, ces sensations la réjouissaient.

Elle se hâtait au côté de Nikhil, tâchant d'oublier le contact de la grande main dans son dos, ou le clac-clac de ses talons à elle sur les pavés, tandis qu'il marchait à grandes enjambées.

Était-il aussi impatient qu'elle ?

Enfin, ils franchirent le seuil de l'hôtel.

— Tu as ta carte magnétique ?

— Dans mon sac.

Il l'entraîna vers l'ascenseur, où entrait déjà un couple âgé.

— Quel étage, Isla ? demanda Nikhil en ralentissant le pas.

À sa grande honte, il y eut comme un blanc dans son esprit. Hochant la tête, elle fouilla dans son sac et lui donna discrètement la carte.

Pendant que la cabine montait silencieusement, elle admira la façon dont il conversait plaisamment avec le vieux couple. Le corps en feu, l'esprit privé de toute ressource, elle était incapable de comprendre leurs questions et encore moins d'y répondre. Visiblement à l'aise, Nikhil leur indiqua quelques sites à visiter lorsqu'ils lui demandèrent son avis.

Une fois que tous deux furent parvenus devant la porte de sa minuscule suite, Nikhil lui rendit sa carte sans l'ouvrir.

— Tu as changé d'avis ? demanda-t-elle.

Les yeux sombres plongèrent dans les siens.

— Non, mais c'est ta dernière occasion de le faire.

Isla éprouva une sorte de panique.

— Pourquoi ?

Il haussa légèrement les épaules.

— Tu étais tellement silencieuse, dans l'ascenseur, que j'ai pensé que tu avais peut-être des regrets.

Submergée par le soulagement, elle réprima un sourire et glissa sa carte dans la fente. Dès qu'ils furent à l'intérieur, elle se tourna vers Nikhil et posa ses paumes sur le large torse.

— Tu t'es trompé, murmura-t-elle. Mes intentions n'ont pas varié une seule seconde.

Sur ces mots, elle saisit les revers de sa veste et l'attira dans sa chambre.

Nikhil avait bien l'intention de prendre son temps. Il voulait goûter Isla, la déguster, mais surtout satisfaire ses désirs à elle avant de commencer à penser aux siens. Pourtant, cette petite Mini-Doc l'avait pris par surprise et il ne lui était pas facile de se maîtriser.

Aucune autre femme ne l'avait enivré, possédé, à ce point.

Il parvint pourtant à la retourner et la plaquer contre la porte, qu'il ferma du même coup avant de parcourir le corps ravissant d'Isla de ses deux mains.

Et elle le laissa faire. Plus encore, nouant ses bras autour de son cou, elle se cambra contre lui. L'espace de quelques secondes, il eut le sentiment qu'elle avait été faite pour lui… uniquement pour lui.

Cette idée aurait dû l'alerter, mais il évita délibérément de s'y attarder. Au lieu de cela, il se pencha pour s'emparer de sa bouche, chaude, exigeante, affamée ! Aussitôt, elle émit des petits gémissements de plaisir.

Jamais le sexe de Nikhil n'avait été aussi dur. Comment cette femme avait-elle réussi à se glisser ainsi sous sa peau ? C'était ridicule et il était urgent qu'il se calme.

Sans cesser de l'embrasser, il lui posa une main sur la nuque. De l'autre, il caressa sa taille, puis son ventre, le sentant se crisper sous ses doigts.

D'ordinaire, il se contrôlait parfaitement, mais ce soir, avec cette femme, il devait rassembler toute son énergie pour ne pas lui arracher ses vêtements et s'enfoncer aussitôt en elle. La façon dont elle balançait les hanches contre lui suffisait à le rendre fou. Elle parvenait à diffuser une chaleur intense dans la partie la plus dure de son anatomie.

Notant avec satisfaction qu'elle haletait, il releva son chemisier et glissa une main dessous. Quelques secondes plus tard, il écartait son soutien-gorge et posait sa paume sur un sein rond, dont il caressa le mamelon du pouce.

Mû par le besoin urgent d'y goûter, il débarrassa Isla du chemisier et du soutien-gorge avant de se pencher pour sucer la pointe dressée.

Isla gémit, la tête rejetée en arrière, les doigts glissés dans les cheveux de Nikhil, qui accorda une attention égale à son autre sein.

Le monde cessa de tourner, ou bien il adopta un rythme accéléré, mais Nikhil refusait d'être pressé. Il était peut-être à la limite de ce qu'il pouvait supporter, mais il ne céderait à son désir que lorsque Isla aurait son premier orgasme.

Alors, très lentement, il souleva sa jupe, glissa les doigts entre ses cuisses et la frôla à l'endroit où elle était chaude et humide. Son sexe était presque douloureux, mais il parvint à ne pas plonger en elle.

Isla sentait qu'elle perdait la tête.

Comment Nikhil faisait-il pour se contrôler, alors qu'elle en était incapable ? Lorsqu'il introduisit la main sous son string et caressa son clitoris, elle cessa de parler et de penser.

Entre le plaisir que lui procuraient la bouche de Nikhil sur sa nuque et ses caresses au cœur de son intimité, elle ne savait plus où elle était, ni qui elle était. S'abandonnant au rythme qu'il lui imposait, elle se demanda qui poussait ces petits cris de plaisir.

Certainement pas elle ?

Il lui infligea sans relâche cette délicieuse torture jusqu'à ce qu'elle prenne conscience – presque trop tard – qu'elle tombait dans l'abîme.

Submergée par le plaisir, elle réussit à s'agripper aux solides épaules de Nikhil. Combien de temps dura la chute ? Elle avait seulement vaguement conscience qu'elle enfonçait ses ongles dans la chair de son partenaire.

La soulevant alors dans ses bras, il la porta jusqu'au lit.

Elle le regarda avec fascination tandis qu'il la déshabillait complètement avant d'ôter ses propres vêtements. Il était nu, en érection, prêt pour elle. C'était sans aucun doute le plus bel homme qu'elle avait jamais vu dans sa vie.

Elle tendit les bras vers lui.

— On est pressée, Mini-Doc ?

Elle sentit la tension, sous le ton moqueur, comme s'il ne se maîtrisait pas aussi bien qu'il voulait le faire croire. Cette idée la transporta, et elle comptait bien l'exploiter... du moins jusqu'à ce qu'il se place entre ses jambes, la bouche incroyablement proche de l'endroit qu'il avait déjà soumis à sa loi.

— Je ne pense pas que je puisse encore..., fit-elle dans un souffle.

Il eut un petit rictus pervers.

Et avant qu'elle ne puisse ajouter quoi que ce fût, il baissa la tête et la pénétra avec sa langue.

Elle ne put s'empêcher de crier son nom. Posant les mains sur la tête de Nikhil, elle souleva les hanches, comme pour l'encourager à continuer.

Qu'avait-elle manqué, pendant toutes ces années ? Comment avait-elle pu se contenter de ce qu'elle avait avec Bradley ?

Pour la première fois, il lui semblait qu'elle ouvrait les yeux. Elle se sentait vivante ! En un éclair, elle comprit que, même si cette nuit devait être unique, elle bénirait toujours Nikhil de lui avoir montré combien sa vie pouvait être magnifique.

Et puis, elle ne put plus penser.

Elle pouvait seulement ressentir, tandis qu'il usait de sa bouche et de ses doigts pour l'ensorceler.

Lorsqu'elle revint à elle, le corps de Nikhil recouvrait le sien sans l'écraser, comme s'il lui donnait le temps de retrouver son souffle. Mais l'évidence de son désir se pressait délicieusement contre le ventre d'Isla.

Elle fit courir ses mains sur son corps, savourant chaque muscle de son dos, ses biceps et ses épaules solides. Elle fronça légèrement les sourcils en frôlant une cicatrice sur l'une d'elles.

— Tu t'es fait ça où ?

Elle détesta son regard dur.

— Blessure de guerre, dit-il.

— On dirait une plaie causée par un couteau.

— Nous ne sommes pas là pour bavarder, Mini-Doc, ni pour nous raconter nos vies.

Elle dissimula sa déception sous un sourire.

— Je te demandais seulement l'origine de cette cicatrice.

Il hocha imperceptiblement la tête.

— Tu as raison. C'était un couteau. Accident de cuisine… Ta curiosité est satisfaite ?

Elle aurait voulu lui répondre que non, mais il avait raison. Ils étaient là pour le sexe, pas pour se raconter leur vie. Elle avait réussi à gâcher un instant magique.

Se forçant à sourire, elle répondit :

— Tout à fait.

— Tu en es certaine ? demanda-t-il. Complètement satisfaite ?

Sur ces mots, il remua contre elle et, en une seconde, le malaise se dissipa.

— Tu penses pouvoir faire mieux ? demanda-t-elle, railleuse.

— Tu me mets au défi, Mini-Doc ?

— Tu es prêt à le relever ?

Le sourire d'Isla se mua en gémissement quand il écarta ses jambes et qu'elle sentit son pénis à l'entrée de son vagin.

— Laisse-moi défendre mon honneur, dit-il.

Et avant qu'elle ne puisse répondre, il s'enfonça profondément en elle. Elle cria et se cambra tandis qu'une sensation de plénitude se répandait dans tout son corps. Il ressortit lentement, comme pour la narguer. Ouvrant les yeux, elle rencontra son regard d'un brun velouté, imprégné du même désir primaire que celui qu'elle éprouvait.

S'abandonnant, elle laissa Nikhil décider du rythme, se rendant à sa rencontre chaque fois qu'il plongeait en elle. Soudain, elle sentit la vague la submerger et un frisson délicieux la parcourir tout entière.

— Arrête de lutter, fit-il entre ses dents.

— Je ne lutte pas !

Mais il avait peut-être raison. Peut-être voulait-elle que cet instant de besoin fébrile ne prenne jamais fin. Peut-être ne connaîtrait-elle plus rien de tel de toute sa vie.

Comme s'il lisait en elle, il redressa la tête.

— On a toute la nuit, Mini-Doc, et j'ai bien l'intention d'en utiliser chaque minute.

Sur ces mots, il glissa la main entre leurs deux corps et se mit à jouer avec son clitoris.

C'était trop... et c'était parfait.

L'univers d'Isla implosa. Elle fut catapultée dans l'espace et dans l'oubli. Sûrement, jamais personne n'avait fait un voyage aussi glorieux. Tout ce qu'elle pouvait faire, c'était s'agripper à Nikhil et prononcer son nom dans un sanglot... comme il l'avait prédit.

Elle plana durant un temps infini, et quand elle revint à elle, elle vit qu'il attendait, le visage tendu. Soulevant ses jambes, il les noua autour de sa taille, comme pour plonger encore plus profondément en elle.

Il bougeait désormais plus vite, de plus en plus vite. Elle lui posa les mains sur les reins, l'incitant à la rejoindre avec un tel abandon qu'elle avait du mal à se reconnaître.

Il avait révélé en elle une dimension impudique qu'elle ne se connaissait pas, mais cela lui plaisait.

Enfin, il s'enfonça une dernière fois en elle et, de nouveau, elle cessa de penser. Elle voulait seulement savourer tout ce que cet homme fascinant pouvait lui apprendre.

Et cette fois, quand il la projeta de nouveau dans ce gouffre abyssal, il la suivit et, sur ses lèvres, son prénom n'avait jamais semblé aussi beau à Isla.

5

L'officier chargé de la sécurité devançait Isla dans un dédale de couloirs menant à la blanchisserie du navire.

— Il s'appelle Jaleel, dit-il.

Contrairement à ce qui avait été prévu, Isla ne se trouvait pas sur l'*Hestia*. Moins d'une heure après que Nikhil avait quitté sa chambre, elle avait reçu un coup de fil de la direction lui demandant de se rendre sur le *Cassiopée*.

Elle se doutait que ce dernier serait furieux lorsqu'il l'apprendrait. Cette simple idée suffisait à lui donner la chair de poule. Mais pour l'instant, elle n'avait pas le temps d'y penser. Elle avait à peine commencé la visite du paquebot qu'elle avait été appelée auprès de ce patient du nom de Jaleel.

— Sa collègue dit qu'il s'est redressé alors que la porte d'une des machines était ouverte au-dessus de lui et que celle-ci lui a tailladé le visage, expliqua son guide.

— Le rapport précise qu'il est inconscient, dit-elle.

— Oui. Apparemment il est tombé en arrière, sa tête a heurté le sol et il s'est évanoui.

Jusqu'à présent, Isla n'avait rencontré qu'une de ses collègues, une ravissante infirmière américaine, Jordanna. C'était à cet instant qu'elle avait reçu l'appel d'urgence.

À l'arrivée d'Isla, le médecin chef, le Dr Turner, se trouvait dans la salle de consultation avec un patient. Il aurait sans doute pu s'occuper du blessé, mais les passagers étaient sa priorité. En tant que médecin junior, Isla était chargée du personnel et de l'équipage.

Parvenue à la blanchisserie, elle embrassa rapidement la scène du regard. Le patient, désormais conscient, pressait une serviette imprégnée de sang sur son visage. Dans cette pièce surchauffée et sans aération, il semblait très mal.

— Bonjour, Jaleel, dit-elle avec un grand sourire, je m'appelle Isla, et je suis le nouveau médecin. Voyons à quoi ressemble cette blessure.

— Il ne parle pas anglais, mais je vais traduire, proposa une femme.

— Merci, répondit Isla en s'agenouillant près du blessé.

Elle écarta délicatement la serviette, inspecta la plaie du regard et se releva.

— De quelle machine s'agit-il ?

Une autre jeune femme avança alors d'un pas.

— Celle-ci.

Isla examina le métal incriminé.

— D'accord, dit-elle en s'accroupissant de nouveau pour vérifier les constantes du patient puis la réactivité des pupilles au moyen d'une lampe torche.

Dans l'idéal, il aurait fallu faire un scan pour s'assurer qu'il n'y avait pas de traumatisme crânien, mais c'était impossible à bord. Pour l'instant, il s'agissait de traiter la vilaine entaille sur la joue de Jaleel.

— La plaie est trop profonde pour qu'on se contente de recoller les bords, dit Isla à l'officier de sécurité. On doit l'emmener au centre médical pour poser des points de suture.

Se tournant vers la collègue de Jaleel, elle ajouta :

— Pendant combien de temps a-t-il perdu conscience ?

— Peut-être une minute ou deux.

Tant mieux ! Ce n'était pas trop long, néanmoins il fallait le transporter sur un brancard jusqu'à la salle de soins. Isla passa un collier cervical autour du cou de jeune homme, pour plus de sûreté.

— Très bien, messieurs, dit-elle aux hommes de la sécurité

qui entouraient déjà le brancard. Je compte jusqu'à trois, et vous l'installez. Ensuite, on ira au centre médical.

Le sol du quartier réservé au personnel et à l'équipage était recouvert d'un lino gris métal, mais bientôt le cortège pénétra dans la zone passagers moquettée, aux murs d'un blanc immaculé.

Cette fois, le Dr Turner était dans son bureau, dont la porte était ouverte. C'était un vieux gentleman en uniforme impeccable, qui se leva et rejoignit immédiatement Isla dans la salle de soins.

Celle-ci se concentra sur Jaleel. Dans la mesure où personne ne la connaissait, le personnel pouvait mettre ses qualifications en doute. Plus vite elle montrerait ses compétences, plus vite elle serait considérée comme un membre précieux de l'équipe médicale.

— Jordanna, pouvez-vous me préparer des tampons de gaze pour étancher le sang une fois que j'aurai retiré cette serviette, s'il vous plaît ? Il me faudra aussi un kit de suture.

— Bien sûr, Dr Sinclair.

— J'aurais besoin d'un anesthésique, ajouta Isla.

Elle examina de nouveau le cou de Jaleel avant de lui retirer le collier cervical. Jordanna lui apporta le matériel demandé.

Isla sourit gentiment à la collègue du blessé, qui les avait accompagnés pour traduire.

— Pouvez-vous le prévenir que je vais devoir recoudre les bords de la plaie pour les rapprocher le plus possible ? Ça ne sera sans doute pas très agréable.

Isla attendit que Jaleel ait compris, puis elle leva sa seringue.

— On y va.

Un instant plus tard, quand l'anesthésique commença à faire effet, elle explora la plaie.

— Je dois m'assurer qu'il ne reste pas de débris ou de morceaux de métal provenant de la machine, expliqua-t-elle. Il va sentir les mouvements de sa joue, mais il ne souffrira pas.

Après que la collègue eut traduit l'information, Jaleel hocha faiblement la tête. Isla entreprit alors de recoudre soigneusement les bords de l'entaille, s'assurant que ses points étaient aussi nets et discrets que possible. Bien entendu, il aurait mieux valu que l'intervention soit effectuée par un chirurgien plastique, mais ce n'était pas une option. Il lui revenait d'exécuter sa tâche au mieux.

Quand ce fut terminé, elle prescrivit douze heures d'observation au patient. La collègue était déjà retournée à la blanchisserie, où une montagne de travail l'attendait.

Après avoir saisi son rapport dans l'ordinateur, Isla leva les yeux vers Jordanna et le Dr Turner, qui venaient vers elle.

— Beau travail, docteur Sinclair ! dit Jordanna avec un sourire.

— Appelez-moi Isla, répondit-elle aussitôt, soulagée d'avoir apparemment fait bonne impression.

— Isla, répéta l'infirmière.

— Vous avez fait preuve d'une grande compétence, renchérit le Dr Turner d'une voix distinguée. Vous êtes aussi le médecin qui a soigné notre homme d'équipage, hier ? Une véritable tête brûlée !

— Je me trouvais juste au bon endroit au bon moment, répondit Isla avec sincérité.

Pour l'instant, elle était plutôt bien accueillie. Mais qu'en serait-il avec Nikhil ?

Nikhil.

Elle repoussa ses craintes pour se focaliser sur le médecin chef.

— Soyez la bienvenue parmi nous, docteur Sinclair, disait-il. Ainsi que vous vous en doutez, je suis le Dr Turner. Vous pourrez m'appeler Reginald quand les conditions seront appropriées.

Il voulait certainement dire lorsqu'ils seraient entre médecins ou officiers. Néanmoins, lors d'une première entrevue, mieux valait rester formel.

— Je suis ravie de faire votre connaissance, docteur Turner.

Elle jeta un coup d'œil à la main tendue avant de la serrer. On lui avait dit que les poignées de main n'étaient pas recommandées à bord. Étant de la vieille école, le Dr Turner devait peu se soucier de ces règlements. Isla éprouva un sentiment de triomphe lorsqu'il lui adressa un signe de tête approbateur.

Elle se tourna vers les autres infirmières auxquelles elle ne s'était pas encore présentée.

— Je m'appelle Lisa, dit une infirmière australienne.

— Et moi Gerd, fit une infirmière allemande.

— Je propose qu'on prenne un thé ensemble pour nous présenter mutuellement, déclara Reginald en souriant largement.

— Bonne idée ! répondit Gerd.

Quittant le premier la pièce, il les entraîna dans une belle salle de réception fleurie. Un instant plus tard, ils étaient tous attablés.

Heureuse d'avoir réussi les tests auxquels elle avait subtilement été soumise, Isla ne s'inquiétait pas moins de la réaction de Nikhil. Mais après tout, ce n'était pas sa faute si on lui avait demandé d'embarquer sur le *Cassiopée* !

D'ailleurs, elle n'avait pas pensé une seconde à Nikhil.

Menteuse, murmura une petite voix dans sa tête. *C'est la première chose à laquelle tu as pensé quand tu as reçu ce coup de fil.*

Son cœur se mit à battre la chamade. Il allait être furieux. Il lui avait clairement fait comprendre qu'il ne couchait pas avec ses collègues et qu'il ne s'était intéressé à elle que parce qu'elle embarquait sur un autre navire.

Et maintenant, elle était le nouveau médecin junior du *Cassiopée*.

Elle n'était pas à l'origine de cette affectation, mais elle se réjouissait d'échanger deux semaines de croisière sur le *Joyau d'Hestia* contre un tour du monde sur l'extraordinaire *Reine Cassiopée*.

Du moins, elle tentait de s'en convaincre, car c'était aussi le paquebot de Nikhil. Et tout au fond de son cœur, il y avait le minuscule espoir qu'il serait un tout petit peu content de la voir.

Reginald l'arracha à ses pensées :

— Avez-vous fait le tour de nos installations ?

— J'ai montré à Isla nos salles de consultation, les salles de soins réservées au personnel et les chambres privées des passagers, ainsi que les urgences, répondit aussitôt Jordanna, ne voulant clairement pas être prise en faute.

— C'est plus luxueux que tous les centres médicaux dans lesquels j'ai travaillé auparavant, dit Isla en riant.

Le médecin chef sourit avec fierté.

— N'est-ce pas ? Sans compter que nous voyageons à travers le monde. Je n'ai peut-être pas de patientèle privée, comme certains de mes anciens camarades d'université, mais combien peuvent visiter les pyramides d'Égypte, l'Opéra de Sydney et les fjords norvégiens entre deux opérations ?

— Nous allons voir tous ces endroits ?

— Oui.

— C'est un mode de vie extraordinaire ! s'exclamèrent les trois infirmières en chœur.

— C'est ce qui est indiqué dans le document qu'on m'a remis, dit Isla, mais je ne savais pas si c'était réellement le cas dans la pratique.

— Ça l'est, répondit Reginald. Normalement, au début de chaque croisière, les équipes se réunissent et chacun indique les lieux qu'il souhaite vraiment visiter. Comme vous arrivez en cours de route, vous héritez des choix du Dr Morris, mais je suis certain que vous en serez satisfaite.

— Je ne me rappelle pas toute sa sélection, dit Gerd, mais je crois qu'il y a une plantation de bananes en Équateur et une excursion en hors-bord au Mexique, ainsi qu'un dîner dans un restaurant de luxe à Los Angeles.

— Vous avez de la chance, Isla, lança Lisa en riant. L'Équateur n'est pas loin.

— De mon côté, dit Reginald, j'ai un musée au Pérou et le canal du Panama. Bien entendu, il y a toujours un médecin qui reste à bord quand les autres débarquent.

— Ainsi qu'une infirmière ou un infirmier, dit Lisa avec une petite grimace. En tout cas, c'est plutôt une façon agréable de visiter le monde.

— Tout à fait d'accord, approuva Isla.

— Lisa et moi, nous allons prendre notre pause, annonça

Jordanna. Vous voulez vous joindre à nous ? Il n'y a pas de consultation avant deux heures et c'est Gerd qui est de service jusque-là.

— Très volontiers ! répondit Isla.

Cette invitation prouvait que les infirmières commençaient à l'apprécier, ce qui lui faisait énormément plaisir.

— Vous vous joignez à nous, docteur Turner ?

— Non merci, ma chère. Mais c'est très gentil de votre part de me le proposer.

Isla se rappela que, sur un paquebot, la hiérarchie était très importante. Elle n'imaginait pas le Dr Reginald Turner fréquentant les bars de l'équipage ni s'adonnant aux plans drague que Nikhil avait évoqués.

Quant à elle, elle avait beau être célibataire, elle ne comptait pas y participer non plus. La nuit qu'elle venait de passer avec Nikhil serait sa seule infraction à ce code.

— Est-ce que vous avez rencontré le capitaine ? demanda Lisa tandis qu'elles remontaient l'un des nombreux couloirs.

— Oui. Il a l'air plutôt bien.

— C'est vrai, confirma Jordanna. Mais attendez d'avoir vu son bras droit.

Les deux infirmières poussèrent un long sifflement admiratif. Comment Isla parvint-elle à rester debout sur ses jambes ? Ses deux nouvelles amies parlaient sans aucun doute de Nikhil.

— Il est absolument canon, fit Jordanna comme si elle allait tomber en pâmoison.

Lisa hocha vigoureusement la tête.

— Pratiquement toutes les femmes, sur ce bateau, se sont jetées à son cou à un moment ou un autre, continua l'Américaine. Des membres de l'équipage, du personnel, et des passagères.

Isla ne voulait pas se laisser entraîner dans des potins, pourtant elle ne put s'empêcher de demander :

— C'est un séducteur, si je comprends bien ?

Lisa fit la grimace.

— On pourrait le penser, mais ce type n'a jamais cédé à la tentation.

— Peut-être en cachette ?

Les deux infirmières éclatèrent de rire.

— Impossible d'avoir des secrets, sur un bateau, répondit Jordanna. On vit les uns sur les autres et, même si on est très discret, il y a toujours quelqu'un pour vous démasquer.

— Et parler, dit Lisa. Vous êtes prévenue.

— C'est noté, répliqua Isla. Si je comprends bien, il n'a jamais couché avec personne.

— En tout cas, pas à bord, confirma Lisa. Mais, vu son physique, il doit bien avoir des aventures.

— Vous comprendrez mieux quand vous le verrez, fit Jordanna. Les gens adorent les potins mais, depuis cinq ans qu'il est à bord, personne n'a jamais rien dit à son sujet.

— Il y a bien eu des rumeurs selon lesquelles il aurait dragué une collègue qui quittait le bateau pour s'installer en Espagne, dit Lisa. Mais comme elle est partie, personne n'en est certain.

— Vous n'imaginez pas le nombre de filles qui ont demandé leur transfert sur le *Cassiopée* dans l'espoir qu'il leur accorderait un peu d'attention, déclara Jordanna.

— Et ça a marché ?

— Non. Elles étaient stupides de croire ça.

Isla haussa les épaules avec une indifférence feinte.

— De toute façon, je croiserai rarement son chemin.

Jordanna fronça le nez.

— Pas assez souvent, c'est sûr. Une partie de son travail inclut la sécurité, si bien qu'il descend nous voir de temps en temps, mais c'est rare.

— On aimerait toutes que ces visites soient plus fréquentes, si vous voyez ce que je veux dire, fit Lisa.

Jordanna leva les yeux au ciel.

— On sait toutes ce que tu veux dire. Le Chili tout entier le sait probablement.

— Dit la fille qui s'est jetée sur lui la première nuit où elle était à bord.

Intriguée, Isla regarda la ravissante Américaine, qui rougissait légèrement.

— Oui, eh bien, il m'a mis un vent dans la seconde.

En signe de solidarité, Lisa passa un bras autour des épaules de son amie.

— Le seul type au monde qui ait osé faire ça. Si ça peut te consoler, il ne m'a jamais accordé non plus la moindre attention. S'il peut repousser Miss USA elle-même, je ne vois pas comment l'une de nous parviendrait à le séduire. Bien que vous soyez éblouissante, Isla. À côté de vous deux, j'ai l'impression d'être un laideron.

— Vous êtes très belle ! répondit Isla.

Les deux infirmières lui sourirent.

— Vous allez faire l'affaire, doc. Nous vous préférons déjà clairement à votre prédécesseur. Il était tellement condescendant.

— Merci, dit Isla en riant. J'espère en tout cas que nous ferons du bon travail ensemble.

Le médecin qu'elle remplaçait n'était apparemment pas très apprécié par le personnel médical. Cela la faisait appréhender un peu moins la confrontation avec Nikhil.

Avec un peu de chance, il n'y en aurait même pas.

Les odeurs et les bruits lui parvinrent bien avant qu'elle ne franchisse les portes du bar. Pourtant, elle n'était pas préparée au spectacle qui s'offrit à elle.

On aurait dit qu'une centaine de membres de l'équipage et du personnel se pressaient dans la salle, riant aux éclats, alors qu'il y en avait vraisemblablement moitié moins. L'endroit était immense. Il y avait des écrans de télévision, des jeux d'arcade, une rangée d'ordinateurs d'un côté et une piste de bowling de l'autre, ainsi que des tables de billard, d'autres de hockey et aussi des baby-foots. Et il restait encore de la place...

Isla suivit docilement les deux infirmières jusqu'à une table libre.

— Impressionnant, dit-elle.

— C'est votre première croisière ? demanda Jordanna.

— Oui. J'étais censée embarquer sur le *Joyau d'Hestia* demain, mais...

— Dieu merci, vous êtes avec nous, la coupa Jordanna.

Si vous faites bien votre boulot, vous pourrez probablement demander une affectation permanente. Et si j'en crois ce que j'ai vu, on vous soutiendra tous dans cette démarche. Et Reginald a beaucoup d'influence.

— Mon prédécesseur était si mauvais ?

— Pire que ça. Pas avec les passagers, bien sûr. Avec eux, il incarnait le médecin attentif, mais avec nous... Il était odieux.

Isla hésita à poursuivre cette conversation, n'étant pas du genre à critiquer quelqu'un qu'elle ne connaissait pas. Elle préféra donc changer de sujet :

— Comment sont les patients ?

Tout naturellement, elles évoquèrent la vie quotidienne d'une équipe médicale sur un paquebot de croisière. Et quand Lisa rapporta les boissons, la conversation se fit plus animée.

Soudain, les deux infirmières se turent. Levant les yeux, Isla vit Nikhil qui la fixait avec désapprobation.

— On a déjà commencé à boire, docteur Sinclair ?

Isla, partagée entre l'excitation et l'indignation d'être accusée aussi injustement, passa du chaud au froid.

— Je ne pense pas que...

— Je ne vous demande pas ce que vous pensez, docteur Sinclair. J'ai deux mots à vous dire, s'il vous plaît. Maintenant.

6

Sans attendre qu'Isla le suive, Nikhil sortit du bar à grandes enjambées. Il longea le couloir menant à l'ascenseur, s'efforçant de ne pas penser à la dernière fois qu'ils en avaient pris un ensemble.

Ce n'était d'ailleurs pas le problème.

La voir au bar, tellement à l'aise en compagnie de ses collègues, avait été comme un coup de poing dans le plexus. Si encore il n'avait pas été content de la voir !

Lui qui n'avait jamais mêlé vie professionnelle et vie privée, il n'avait qu'une seule envie : reprendre les choses là où ils les avaient laissées le matin même à l'hôtel.

Cette femme avait tout d'une drogue. Il aurait pu s'écarter sans rien dire, mais il avait fallu qu'il lui fasse une scène en public !

Tout cela parce qu'il désirait Isla Sinclair comme il n'avait jamais désiré aucune femme auparavant.

Une fois dans l'ascenseur, elle croisa les bras sur sa poitrine et arbora une moue aussi butée qu'adorable.

— Je n'ai pas demandé ce transfert, dit-elle.

— Pas ici, s'il vous plaît, l'interrompit-t-il vivement.

— Vous craignez qu'on nous entende ?

— Pas ici, répéta-t-il simplement.

Ce n'était pas une requête, mais un ordre éventuellement destiné à réprimer les émotions qui bouillonnaient en lui.

Il n'aurait pas été étonné qu'Isla se rebelle, mais elle inspira profondément et garda le silence.

Quelques heures auparavant, il avait reçu un appel de la direction l'informant que le Dr Sinclair savait été affectée sur le *Cassiopée*, puisqu'elle se trouvait au Chili.

Isla ne lui avait pas dit son nom de famille, mais il avait immédiatement su que c'était elle…

Il avait parfaitement conscience qu'elle n'était pour rien dans ce transfert. Elle se trouvait au Chili, attendant d'embarquer sur l'*Hestia*. Mais dans la mesure où le nouveau médecin était encore dans son avion, la logique de la compagnie exigeait que la croisière ne prenne pas de retard.

Nikhil n'avait que faire de toutes ces bonnes raisons. Ce qui le préoccupait davantage, c'était un élément bien plus dangereux. L'arrivée d'Isla faisait naître en lui un sentiment qui ressemblait beaucoup trop à du plaisir. La savoir sur *son* bateau l'emplissait d'une exaltation suspecte.

La nuit précédente, quand ils avaient fait l'amour, il avait instantanément su qu'il s'aventurait en terrain dangereux. Il l'avait désirée avec une sauvagerie qu'il ne pouvait expliquer. Et lorsqu'il l'avait quittée, au matin, il lui avait fallu toute la force de sa volonté pour ne pas revenir sur ses pas et rester un peu plus longtemps avec elle.

En cet instant même, il résistait à l'envie forcenée de l'attirer dans ses bras et de reprendre les choses là où ils les avaient laissées.

Serrant les poings, il les enfonça dans les poches de son uniforme. Il émanait des cheveux d'Isla une légère odeur de noix de coco qui taquinait ses narines et suscitait des images qu'il s'efforçait désespérément de repousser. Comment ne pas entendre les gémissements de plaisir qu'elle avait poussés alors qu'il la menait à l'orgasme avec sa langue ?

Que ferait-elle, maintenant, s'il la plaquait contre la paroi et glissait les doigts sous sa ceinture, jusqu'à cette moiteur chaude ? Rien qu'à cette idée, il sentit son sexe durcir.

J'ai envie d'elle.

Serrant les dents jusqu'à en avoir mal, il fixa un point imaginaire sur les portes métalliques, qui à son grand soulagement s'écartèrent bientôt devant lui.

Il emprunta le couloir sans même s'assurer qu'Isla le suivait. Après avoir ouvert la porte de son bureau, il lui fit signe d'entrer.

— Comme je le disais, fit-elle immédiatement, je n'ai pas demandé ce transfert. Qu'étais-je supposée répondre quand on m'a contactée ? « Non, désolée, je viens juste de coucher avec le premier officier, et il ne sera pas content. »

— Donc, tu savais que je désapprouverais ta nomination ?

— En fait, je n'y ai même pas pensé.

Un bref instant, leurs regards se croisèrent. Elle mentait, et ils le savaient tous les deux.

— On va devoir prendre une décision, dit-il.

— Je ne démissionnerai pas, répondit-elle en levant le menton.

— Ce n'est pas ce que je te demande. J'ai bien conscience que la décision vient de la direction.

— Ah bon ? Parce que tu te comportes comme si j'avais une part de responsabilité.

Il se força à s'asseoir derrière son bureau.

— On ne peut rien y changer, mais je veux qu'on établisse clairement les règles, à partir de maintenant.

Pour lui autant que pour elle. Depuis qu'elle se tenait devant lui, dans son uniforme immaculé, il brûlait d'envie de le lui retirer.

Il avait l'impression d'être un adolescent dominé par ses hormones. Pire encore... il aimait cela.

Elle lui lança un regard perçant.

— Je comprends. Tu préfères qu'on te voie comme un célibataire disponible.

Elle était bien loin de la vérité, mais mieux valait l'entretenir dans cette illusion.

— Je ne t'ai jamais promis l'exclusivité, Isla, répondit-il.

— En effet, et je ne me rappelle pas te l'avoir demandée.

D'ordinaire, les femmes se montraient plus manipulatrices, ce qui lui permettait de s'éloigner sans regret.

— Tu imaginais que tu étais la seule ? Que tu as quelque chose de spécial ? Que nous allions reprendre les choses où nous les avions laissées, maintenant que nous travaillons sur le même bateau ?

Il avait voulu marquer un point mais, lorsqu'il la vit blêmir, il éprouva une douleur quasi physique. Il eut envie de s'excuser, mais quelque chose l'en empêcha.

Elle le toisa avec mépris.

— Voir ton coup d'un soir se présenter sur ton bateau a dû être un choc mais, crois-moi, ça ne m'enchante pas plus que toi.

— Parfait, tant que tu n'espères pas une grande histoire d'amour sous prétexte que nous travaillons sur le même bateau.

Il se comportait comme un parfait salaud, ce qui ne lui ressemblait pas. C'était une nouvelle preuve de l'impact qu'elle avait sur lui.

— Je t'ai dit qu'une nouvelle page se tournait, pour moi, répondit-elle. Je n'ai pas besoin de m'embarrasser d'imbéciles. Quant à l'amour, ça n'existe pas.

Il en était lui-même convaincu, mais il aurait juré que son cœur s'emballait… S'il en avait un, du moins. Son cœur avait été détruit des années auparavant, quand il avait poignardé son monstre de père.

Pourtant, il ne parvenait pas à s'en souvenir, sans doute à cause de la culpabilité.

— Pourquoi est-on là, Nikhil ? demanda brusquement Isla. Aucune clarification n'est nécessaire. Nous n'avons qu'à rester à distance l'un de l'autre.

— Je suis premier officier sur ce bateau, et toi, grâce aux petites magouilles de la compagnie, tu es mon médecin junior. Nos chemins se croiseront immanquablement et régulièrement. J'ai travaillé dur pour réussir ma carrière, et je suis toujours parvenu à ne pas mêler vie privée et vie professionnelle.

— Et alors ? fit-elle, les yeux brillants de colère. Tu imagines que je vais étaler notre liaison sur la place publique ?

— Certaines femmes dans ta position le feraient.

Elle le toisa avec mépris.

— Tu es tellement égocentrique que pas un seul instant tu n'envisages que moi aussi je souhaite préserver ma vie privée. Et ma carrière compte autant pour moi que la tienne pour toi. Peut-être davantage, parce qu'on me surveillera certainement plus que toi pour savoir avec qui je dors.

— Je ne me rappelle pas avoir beaucoup dormi.

Elle poussa une exclamation frustrée.

— Je suis sérieuse, Nikhil.

À quel moment s'était-il déplacé ? Soudain, il fut à quelques centimètres d'elle.

— Il n'y a pas plus sérieux que moi.

Du moins d'habitude. Mais cette femme avait le don de lui faire perdre toute mesure.

Il approcha plus près.

— Qu'est-ce que tu fais, Nikhil ? demanda-t-elle.

Mais sa voix avait changé. Elle était tremblante, hésitante. Elle le regardait avec cette expression qui provoquait immédiatement une érection en lui... tout en l'attendrissant.

— Je ne sais pas ce que tu attends de moi, dit-elle.

— Tu sais exactement ce que je veux... parce que tu le veux aussi.

— Je... je ne vois pas de quoi tu parles.

— En ce cas, je n'ai pas d'autre choix que de te le montrer, *pyar*.

Sur ces mots, il pencha la tête et l'embrassa.

Isla eut l'impression de glisser dans un abîme, sans avoir la moindre idée de ce qui l'attendait au fond. Mais comment s'en soucier ?

Elle tentait de rester connectée au réel, qui la fuyait inexorablement. Le baiser de Nikhil était encore plus ardent que ceux qu'ils avaient échangés la nuit précédente.

Plus intense, d'une certaine façon.

Comme si ni lui ni elle ne voulaient céder à la tentation, mais qu'en même temps ils n'auraient voulu être nulle part ailleurs.

C'était une erreur… Ne venaient-ils pas tous les deux d'affirmer que leur carrière passait avant tout ? Pourtant, elle ne pouvait s'empêcher de vouloir davantage.

C'était la sensation la plus terrifiante qu'elle ait jamais éprouvée. Une perte de contrôle absolue, sans qu'elle s'en soucie le moins du monde.

Plus rien d'autre n'existait que la langue de Nikhil qui écartait ses lèvres et plongeait dans sa bouche, que ses mains qui caressaient son dos, que leurs deux corps si bien accordés.

C'était pire que du feu, pire que l'enfer… Elle dansait dans les flammes.

Elle émit un petit bruit de gorge. Voluptueux, passionné, impatient. Elle avait faim de lui plus que de n'importe quoi d'autre, et même de son travail sur le bateau.

Elle en avait conscience, pourtant cela ne l'arrêtait pas.

Les mains de Nikhil glissèrent le long de son torse, traçant leur chemin brûlant lentement, trop lentement. Enfin, il tira sur les pans de son chemisier et les sortit de son pantalon.

Elle trembla de désir, et le diable d'homme s'en aperçut puisqu'elle sentit son sourire contre sa gorge, puis derrière son oreille.

— Nikhil…

— Patience, *pyar*.

À en croire la voix tendue de Nikhil, il avait lui-même du mal à se contenir. Isla ne put s'empêcher de plaquer son bassin contre lui, et elle exulta lorsqu'il poussa un grognement.

Glissant un bras autour de la taille d'Isla, il caressa ses seins de sa main libre. Aussitôt, instinctivement, elle se cambra contre lui.

— Ça m'a manqué, fit-il d'une voix rauque.

Comme s'il n'avait pas quitté son lit le matin même !

Comme si une éternité s'était écoulée depuis qu'il l'avait quittée !

Ce fut un bruit dans le couloire qui creva finalement leur minuscule bulle, aussi fragile que fictive. Ce ne pouvait être que des officiers qui discutaient, rappelant à Isla et Nikhil où ils se trouvaient, et ce qu'ils étaient censés faire.

Ou plus exactement, ce qu'ils n'étaient pas censés faire.

D'un mouvement souple, Nikhil repoussa Isla. Il retourna de l'autre côté de son bureau tandis qu'elle remettait de l'ordre dans ses vêtements et tentait de recouvrer ses esprits.

— C'était une erreur, dit-il.

Ces mots fendirent l'air et elle fut presque surprise de ne pas être physiquement blessée.

— Quel cliché ! Pour tout dire, c'est un peu décevant.

— Est-ce que vous prenez tout à la légère, docteur Sinclair ?

— Docteur Sinclair ! Tu penses que ce ton formel effacera ce qui vient de se passer entre nous ?

— Nous avons clairement besoin d'établir des frontières à ne pas franchir.

— Des frontières ?

— Je t'avais avertie que rien ne pouvait se passer entre nous, et voilà où nous en sommes.

Isla s'abstint de répondre. Comment cela avait-il pu arriver ? Elle avait toujours été très prudente, mais depuis sa rencontre avec Nikhil, elle avait perdu toute retenue.

Et maintenant, elle était dans le bureau d'un homme qui était son patron, et en proie à un désir ardent, les jambes flageolantes.

C'était insupportable !

— Tu t'exprimes comme si c'était ma faute ! dit-elle enfin. À moins que je me trompe ?

Nikhil n'en revenait pas. Il avait appelé Isla « *pyar* ».

Mon amour.

Bien sûr, il avait été fou de l'amener dans cette pièce. Mais il ne savait pas comment il avait trouvé la force de s'arracher à elle. Et encore moins comment il parvenait à rester de l'autre côté de son bureau, comme si c'était une barrière infranchissable.

Comme si Isla n'était pas une sirène et lui un marin inexorablement attiré par elle.

Cette image laissait penser qu'elle le séduisait délibérément, alors qu'en vérité ils étaient tous les deux victimes de cet ensorcellement. Mais dans l'état de fureur où il se trouvait, il n'était pas prêt à l'admettre.

— Tu es une distraction, Isla. Et je ne cède pas aux distractions.

Il sut aussitôt qu'il aurait mieux fait de se taire. Ces mots en révélaient bien plus sur lui qu'il ne l'aurait souhaité.

Elle écarquilla les yeux.

— C'est très flatteur ! Je n'aurais jamais pensé que la détermination féroce de Nikhil Dara pouvait être ébranlée par quoi que ce soit.

— Je n'ai pas dit que je me laisserais ébranler.

— Pourtant tu as pris le temps de m'entraîner dans ton bureau pour m'embrasser et me dire... quoi, au juste ? Que tu ne voulais pas perdre ton temps à être distrait par moi ?

Elle marquait un point. Mais ce n'était pas le pire...

Le pire, c'était qu'il se retenait difficilement de la réduire au silence en l'embrassant et de la déshabiller pour faire ce dont il rêvait depuis le matin.

Et elle en avait autant envie que lui. Il connaissait suffisamment les femmes pour décrypter la crispation de son corps, son regard et sa respiration chaque fois qu'elle passait la langue sur ses lèvres.

Cela ne faisait qu'attiser le feu qui brûlait en lui.

C'était absurde !

En quoi différait-elle des autres femmes avec qui il avait fait l'amour auparavant ? Pas un nombre astronomique de fois, d'ailleurs. Il ne faisait pas partie de ces officiers incapables de maîtriser leur libido. Quoi qu'il en fût, il poursuivait rarement l'expérience avec ces dernières, considérant que cela n'en valait pas la peine.

Ne pas pouvoir chasser celle-ci de sa tête était d'autant plus exaspérant.

Il la voulait.

Son corps avait *besoin* d'elle, et c'était une chose tout simplement impossible à satisfaire. Il se tiendrait éloigné du Dr Isla Sinclair, même si cela devait le tuer.

7

La plantation de bananes était vaste et grouillait de visiteurs. Isla suivait les explications de la guide avec intérêt.

— Tu savais que le bananier est une plante, pas un arbre ?

Le cœur battant la chamade, Isla se retourna lentement pour se retrouver face à face avec Nikhil.

Une semaine s'était écoulée depuis qu'il l'avait littéralement convoquée dans son bureau, et elle se félicitait d'avoir réussi à l'éviter depuis.

— Monsieur Dara, quelle surprise ! J'avais cru comprendre que nous devions garder nos distances. Ou plus précisément, que je devais m'abstenir de croiser votre chemin puisque, si l'on en croit vos propos, je suis une distraction.

— C'est le cas, répondit-il, sinon comment expliquer que je te parle au lieu de me concentrer sur la visite ?

— Peut-être parce que tu as la capacité d'attention d'un papillon ? Il se trouve que j'ai hérité des choix de visites de mon prédécesseur. Je suis là dans l'éventualité d'un accident. Et toi ?

— Tu n'as pas pu choisir tes excursions ?

— Désolée de froisser ton ego monumental, mais non.

Si elle avait espéré le vexer, c'était raté. Il semblait amusé, s'il était du moins capable de l'être.

— Je trouverai bien quelqu'un pour réparer mon ego meurtri, s'il le faut.

Elle ressentit un pincement qui s'apparentait fort à de la jalousie.

— Je n'en doute pas, marmonna-t-elle. Mais prends garde à ce que tu récoltes. Je viens juste de traiter une bonne partie de l'équipage pour maladies vénériennes.

— Je suis au courant, je lis les rapports. Merci de t'inquiéter pour moi.

— Je ne m'inquiète pas.

— Ah bon ? On aurait dit, pourtant.

— Tu t'es trompé.

Pas moyen de l'énerver, il s'amusait bien trop de la situation.

Quel besoin as-tu de l'énerver ?

— J'ai appris aussi que tu avais eu droit à deux crises cardiaques, une entorse, une grossesse inattendue et de multiples allergies à la nourriture.

— En effet...

Elle se tut, ne sachant plus que dire ni que faire. Un cri perçant venant du groupe, qui se trouvait à une centaine de mètres devant eux, créa un certain émoi parmi les visiteurs. Nikhil et Isla se mirent à courir vers le passager qui l'avait poussé.

L'homme semblait en proie à la panique.

— J'ai été mordu ! C'est une araignée ? Je pense que je l'ai tuée, mais elle est encore dans ma chemise.

Isla l'examina. Elle ne vit aucun signe de morsure, mais il y avait bien une araignée morte. Deux employés de la plantation accoururent, tandis que le passager commençait à hyperventiler.

— Je vais mourir ici.

L'un des employés secoua la tête en signe de dénégation.

— Elle n'est pas dangereuse.

— *Irritado,* ajouta l'autre en faisant mine de se gratter. *Nos* es *venenoso.*

Le groupe poussa un soupir collectif de soulagement, à l'exception d'un couple qui parut déçu que le spectacle ne soit pas plus excitant. Nikhil réclama l'attention des passagers et leur demanda de reprendre la visite avec leur guide.

Isla s'accroupit près de son patient.

— Vous avez des allergies, monsieur... ?

— Camberwell. Vous êtes certaine qu'elle n'est pas venimeuse ? Je ne me sens pas très bien. Je crois que je vais mourir.

— Peut-on le transporter jusqu'à l'usine de traitement des bananes ? demanda Isla. J'aurais besoin d'une chaise et d'un peu de glace, si possible.

Nikhil donna en espagnol quelques instructions à deux ouvriers. Il était ferme, sans pour autant utiliser un ton autoritaire.

Typique de Nikhil, comme elle commençait à s'en apercevoir.

— *Si, si.*

Les deux hommes firent un siège de leurs mains et transportèrent le pauvre M. Camberwell jusqu'au bâtiment.

Isla et Nikhil les suivaient.

— Je veux qu'il soit examiné, déclara celui-ci à voix basse.

— Bien sûr.

Bientôt, les employés installèrent le patient sur une chaise bancale.

— *Gracias,* leur dit Isla avec un sourire.

— *De nada.*

Se tournant vers M. Camberwell, elle posa son sac à dos par terre et en sortit son matériel d'urgence.

— Très bien, monsieur, je vais voir exactement ce qu'il en est. Pour commencer, je prends votre pouls.

Tandis qu'elle l'examinait méthodiquement, on lui apporta une poche de glace qu'elle appliqua immédiatement sur la poitrine de son patient.

La tension de M. Camberwell était bonne et le choc initial semblait s'être atténué. Elle souleva délicatement la poche de glace pour examiner la zone. Il y avait peut-être le commencement d'une rougeur et d'un gonflement.

— Ça gratte, dit-il sur le ton de la plainte.

Isla lui adressa son plus beau sourire.

— C'est normal, mais essayez de ne pas y toucher, ça ne ferait qu'empirer les choses. Je vais nettoyer la zone et appliquer une pommade antibiotique. Ensuite, il vaudrait mieux retourner au bateau, au centre médical, où l'on vous examinera de nouveau.

— Oui, oui ! répondit M. Camberwell avec enthousiasme.

— Très bien. Pour le moment, je vais vous donner un antihistaminique, ça va vous soulager.

Elle était de plus en plus certaine qu'il n'y aurait pas d'infection ni rien de bien sérieux. Finalement, elle se releva et attira Nikhil de côté.

— Je peux retourner sur le bateau avec lui ?

— Il y a un risque que ça s'aggrave ?

Elle fronça le nez.

— Je ne peux pas l'affirmer avec une certitude absolue, mais je crois que ce n'est qu'une morsure qui va lui faire un peu mal et causer des démangeaisons pendant quelques jours. Je préfère le garder en observation au centre médical durant vingt-quatre heures.

— Tu vas rester avec le groupe, au cas où il y aurait une autre alerte, dit Nikhil.

— D'accord, mais M. Camberwell devra être raccompagné.

— Compris.

Retournant vers le reste des passagers qui attendaient à quelques pas de là, Nikhil fit signe à une employée du *Cassiopée* qui parut trop contente de se précipiter vers lui. Elle écarquillait des yeux de biche pendant qu'il donnait ses instructions.

J'espère que je n'ai pas l'air aussi niaise quand je lui parle !

Fâchée contre elle-même, Isla s'efforça de se concentrer sur le toujours inquiet M. Camberwell. Mais savoir qu'elle allait rester encore deux heures en compagnie de Nikhil ne l'aidait pas à conserver son calme.

Qu'est-ce qui n'allait pas, chez elle ?

Qu'est-ce qui l'attirait tellement, chez lui ?

Il fallait bien que ce soit très fort, puisque même maintenant elle ne pouvait s'empêcher d'admirer la façon dont il gérait n'importe quelle situation, avec une autorité sereine.

Et bien sûr, tout le monde l'adorait : les hommes, les femmes, les passagers et l'équipage. Et encore... Aucun d'entre eux n'avait couché avec lui.

Alors, quelles chances avait-elle de lui résister ?

— Très bien, monsieur Camberwell, on va vous ramener au bateau.

La voix de Nikhil, énergique et ferme, rassura immédiatement le patient, dont le visage s'éclaira. Prenant le bras que le premier officier lui tendait, il se leva et marcha avec lui vers le véhicule qui l'attendait. L'y ayant installé en compagnie de l'employée, Nikhil claqua la portière.

Un instant plus tard, la jeep se dirigeait vers la sortie de la plantation. Mais quand Isla se retourna, le groupe avait disparu parmi les bananiers. À l'exception des employés de l'usine de traitement, trop occupés par leurs tâches pour leur prêter la moindre attention, elle se retrouvait donc seule avec Nikhil.

— Beau boulot, dit-il doucement.

Sous son regard intense, elle eut l'impression qu'une lave brûlante se répandait en elle.

Isla eut un rire forcé.

— Je n'ai fait que mon travail.

— Oui, mais si tranquillement que les autres visiteurs n'ont perçu aucune panique. Ils auraient pu vouloir repartir au bateau avec M. Camberwell mais, grâce à toi, il ne s'est rien passé de ce genre.

— Oh ! parvint-elle seulement à articuler.

— Tu es toujours extrêmement calme, Isla, dit-il. Et c'est une qualité rare, sur un paquebot de croisière comme le nôtre.

Surprise, elle ne dit mot pendant un moment.

— Attention, Nikhil, ça ressemble à un compliment.

— Peut-être parce que c'en est un. Je constate avec plaisir que tu te dispenses du « monsieur Dara » dont tu m'avais affublé.

Elle ouvrit la bouche pour répondre mais, au lieu de cela, éclata de rire. C'était inattendu, mais le moyen parfait d'atténuer la tension qui régnait entre eux.

— J'aurais pu t'appeler *sir*. Tu es premier officier, après tout.

À son tour, il laissa échapper un rire grave.

— Je doute que tu le fasses, même si tu le devais.

— Exact. Surtout pas si tu me l'ordonnais.

Une lueur affamée passa dans les yeux de Nikhil, reflétant tout ce qu'elle refoulait elle-même très profondément.

— Et à quel ordre venant de moi obéirais-tu, Isla ?

— Aucun.

Elle avait la voix plus rauque que d'habitude... Un fait dont ils avaient tous les deux conscience.

Elle n'avait pas l'intention d'en rajouter, mais les mots sortirent tout seuls :

— Et toi, Nikhil, auquel de mes ordres obéirais-tu ?

Il fit un pas dans sa direction et, soudain, ce fut comme si le monde entier s'évaporait pour les laisser face à face. La plantation, les ouvriers, le groupe des passagers... Tout avait disparu.

— Tu veux vraiment le savoir ?

Un incendie se diffusa en elle, se concentrant entre ses jambes, la faisant fondre en quelques secondes.

— Oui, murmura-t-elle.

Autour d'elle, ce n'était bizarrement que bruit et silence. Elle entendait les singes s'appeler, les oiseaux émettre des chants merveilleux et les insectes crisser. Et en même temps, elle avait l'impression qu'aucun son n'aurait pu dominer le grondement dans ses oreilles.

Combien de temps continuèrent-ils à se fixer ainsi, attachés l'un à l'autre par un lien invisible de plus en plus serré, au point qu'elle ne pouvait plus bouger ?

Ou ne le voulait pas.

Il ne répondit pas, mais elle percevait clairement ses pensées, les mêmes qui tourbillonnaient en elle : toutes les choses qu'il voulait lui faire, ici et maintenant ; toutes les choses qu'elle voulait aussi.

Au moment où elle commençait à penser qu'il ne répliquerait pas, il prononça doucement des mots qu'elle fut seule à entendre :

— Tu pourrais essayer de le découvrir ?

Elle ne se le fit pas dire deux fois. Se dressant sur la pointe des pieds, Isla l'embrassa comme elle avait rêvé de le faire pendant toute la semaine.

Nikhil répondit à son baiser. Ses lèvres caressaient les siennes, sa langue remuait langoureusement tandis qu'il la goûtait... encore et encore.

Il ne semblait pas pressé, comme s'ils avaient des heures devant eux. Des jours. Peut-être une vie entière.

Du bout des doigts, il caressa la joue d'Isla, traçant au passage un sillon brûlant sur sa peau. Elle se sentait infiniment précieuse et désirée.

Durant la nuit qu'ils avaient partagée à l'hôtel, il avait réveillé en elle quelque chose dont elle ignorait l'existence. Pourtant, elle s'était crue capable de maîtriser la passion qu'il suscitait en elle. Mais maintenant, elle était bien obligée d'admettre qu'elle ne contrôlait rien du tout.

Parce que c'était lui, Nikhil.

Elle doutait qu'un autre inconnu, même grand, sombre et beau comme lui-même l'était, aurait pu lui faire cet effet. *Il* lui avait fait éprouver des sensations inconnues, *il* l'avait révélée à elle-même.

Et le pire, c'était qu'elle en voulait encore.

Je suis fou !

Nikhil frappa à la porte d'Isla.

Il ne prit conscience qu'il retenait son souffle que lorsqu'elle lui ouvrit.

— Nikhil ?

— Je peux entrer ? J'aimerais ne pas rester dans le couloir plus longtemps que nécessaire.

Elle lui jeta un regard méfiant.

— Si c'est pour m'insulter encore, il vaudrait mieux s'abstenir. Je n'ai pas besoin d'entendre que tu regrettes de m'avoir embrassée. Je préfère que tu surmontes ta culpabilité tout seul, dans ta cabine.

Il ne lui répondit pas qu'il regrettait seulement d'avoir dû s'écarter d'elle avant le retour du groupe. Ou qu'il n'avait pas réussi à profiter de la visite de la plantation, tant une seule idée l'obsédait : la rejoindre le soir même dans sa chambre.

Il ne dit rien de tout cela. Il avait déjà assez de mal à l'admettre, sans devoir en plus l'avouer à autrui.

Même à Isla.

Surtout à Isla.

— Je peux entrer ? répéta-t-il simplement.

Elle lui jeta un regard noir avant de pousser un gros soupir.

— Je n'ai apparemment pas le choix.

Sans répondre, il la suivit à l'intérieur et referma derrière lui.

— Pourquoi es-tu là, Nikhil ? Il me semble que tu m'as déjà clairement fait comprendre que nous devions éviter toute proximité.

Il se tut. En réalité, il ignorait ce qu'il faisait là, comme si ses jambes avaient décidé toutes seules de l'emmener jusqu'à la cabine d'Isla sans lui demander son avis.

Il se rappelait seulement qu'il s'était juré de ne plus croiser le chemin de cette femme, même si cela devait le tuer.

Combien de fois l'avait-il aperçue s'enfuir à sa vue ?

Combien de fois avait-il cru sentir son parfum floral flotter dans l'air, alors qu'il remontait un couloir ?

Combien de fois avait-il trouvé un prétexte pour s'approcher du centre médical ?

— Écoute, Nikhil, j'ai fait une erreur, tout à l'heure. Je ne voulais pas te distraire, te mettre la tête à l'envers ou gâcher ta carrière.

— C'est déjà une vraie pagaille, s'entendit-il dire, sans toutefois préciser exactement de quoi il parlait.

Sans doute parce qu'il n'en savait rien lui-même...

Isla le rendait fou, mais en même temps il avait parfois l'impression que le « vrai Nikhil » n'émergeait que lorsqu'il était avec elle.

Il laissa échapper un grognement. Ce n'était pas le moment d'y penser. Il devait seulement combattre cette envie irrésistible de l'attirer à lui et de s'emparer de cette bouche rose et parfaite.

Les règles qu'il s'était imposées pendant tant d'années s'étaient évaporées à partir du moment où elle avait posé le pied sur son bateau.

Ou même avant, quand il avait dû intervenir dans la bagarre entre ses deux hommes d'équipage.

— Je suis venu m'excuser, dit-il.

C'était un énorme mensonge, mais peu importait.

— T'excuser ? fit-elle en haussant les sourcils.

Elle ne le connaissait déjà que trop bien !

— Tu as raison. Je t'ai traitée de « distraction », mais cela ne m'a pas empêché de t'embrasser aujourd'hui. Et c'est moi qui te sollicite maintenant, pour tenter d'alléger un peu la situation entre nous. Je ne voudrais pas que, après ce qui s'est passé à la plantation, tu te fasses des illusions.

Elle le fixa avec incrédulité.

— Des illusions ?

— Tu aurais pu croire que nous allions répéter nos ébats de l'autre nuit.

— Nos ébats… C'était du *sexe*, tu peux utiliser le mot exact. Je ne suis pas prude.

Elle ne l'était pas, en effet. Des images érotiques se pressèrent dans l'esprit de Nikhil. Il avait tellement adoré son abandon, la façon dont elle réagissait sous sa langue !

Ces souvenirs l'échauffèrent et son cœur se mit à battre le tambour dans sa poitrine, tel un appel à l'action.

Elle était si près qu'il sentait l'odeur de son shampoing. Ainsi, elle sortait à peine de sa douche… L'idée mit sa fragile résistance à l'épreuve.

— Du sexe, alors, grommela-t-il.

— Oui, et c'était… pas mal.

— Pas mal !

— Bien, alors, concéda-t-elle. Mais tu fais erreur si tu crois que je passe mes journées à en vouloir davantage.

— Vraiment ?

Sans réellement savoir ce qu'il faisait, il s'approcha davantage, ignorant la voix qui hurlait dans sa tête que c'était là l'occasion d'opérer une sage retraite. Cela permettrait à Isla de sauver la face tout en lui accordant ce qu'il voulait – du moins, ce qu'il avait prétendu qu'il voulait. Il ne devait pas prendre ce qu'elle déclarait comme un défi !

— Tu n'en penses rien, dit-il d'une voix qu'il reconnut à peine.

— Bien sûr que si.

Il se pencha pour lui murmurer à l'oreille :

— Menteuse. Tu veux bien plus.

— Non. Tu n'es pas le seul à refuser les relations intimes entre collègues.

— Je ne te parle pas de collègues, Isla, je te parle de toi et moi.

— Il n'y a pas de toi et moi. Et je ne veux pas qu'il y en ait.

— Ah bon ?

Il eut besoin de toute la force de sa volonté pour ne pas la balancer sur son épaule et leur prouver à tous les deux combien cette déclaration était peu crédible.

Mais il ne le voulait pas, et il ne le ferait pas.

Il aurait mieux fait d'aller à la salle de sport faire un sort au punching-ball, ou courir un marathon sur le tapis de marche, ou encore nager trois kilomètres dans la piscine.

N'importe quoi, pour tarir son énergie – et sa frustration – et s'empêcher de venir la trouver.

Il aurait dû partir, sauf qu'il ne le faisait pas. Il restait planté là, s'efforçant d'ignorer que le contrôle qu'il avait sur lui-même diminuait rapidement.

Et plus il regardait Isla, moins cela s'arrangeait. Il voyait bien le pouls qui battait follement à la base de son cou, cette lueur affamée dans ses yeux magnifiques, et il percevait aussi sa respiration accélérée.

Elle le voulait autant qu'il la désirait.

Le sang afflua dans son sexe, lui faisant clairement savoir ce que voulait son corps. Mais son cerveau continuait de lutter, lui répétant qu'il ne s'agissait que d'attirance, rien d'autre.

— Qu'est-ce que tu attends de moi, Nikhil ? demanda-t-elle soudain.

— Rien... et trop.

Sur ces mots, il la plaqua contre le mur de la cabine et s'empara de sa bouche. Elle eut un faible cri de protestation, mais noua immédiatement les bras autour de son cou. Ses seins ronds, aux pointes déjà dressées, se pressèrent contre le torse de Nikhil.

Elle le rendait fou !

Lui prenant le visage entre ses paumes, il glissa sa langue entre ses lèvres et l'embrassa comme il en avait envie depuis… une éternité.

Emprisonnant ensuite ses poignets dans l'une de ses mains, il les immobilisa contre la paroi, au-dessus de sa tête. Aussitôt, elle se cambra contre lui. Il entreprit alors de réapprendre les traits de son visage de sa main libre, puis la pente douce de son dos et le creux de sa taille.

Le corps d'Isla lui semblait aussi familier que s'il l'avait caressé des milliers de fois, plutôt qu'une seule nuit.

À moins qu'il ne le connaisse d'instinct.

Le même instinct qui lui ordonna de poser les doigts sous son sein, là où battait follement le cœur d'Isla, la trahissant et lui disant, à lui, tout ce qu'il savait déjà.

Remontant, il caressa du pouce un mamelon qui pointait à travers le tissu de l'uniforme. La respiration d'Isla s'accéléra, enflammant encore davantage Nikhil. Elle rejeta la tête en arrière, lui accordant du même coup l'accès à sa gorge. Et il en profita…

Il était impossible de résister plus longtemps. Le monstre en lui voulait s'exprimer, il réclamait de prendre ce qu'il voulait, et c'était Isla qu'il voulait.

Tant pis pour les règles, qu'il avait enfreintes dès l'instant où elle avait croisé son chemin.

Nikhil lui caressa le ventre avant de descendre plus bas. Il déboutonna le pantalon blanc et fit glisser la fermeture Éclair.

— Qu'est-ce… Qu'est-ce que tu fais ?

La voix tremblante d'Isla l'emplissait de délice mais, mû par un désir sauvage, il ne prit pas le temps de répondre. Tout en mordillant la peau tendre de sa gorge, il glissa les doigts dans son intimité chaude.

Il pouvait à peine penser, et encore moins parler.

— Je te donne ce que tu veux, parvint-il à articuler.

— Et toi ?

— C'est exactement ce que je veux, dit-il d'une voix rauque. Ce qu'il entreprit aussitôt de lui démontrer.

8

En proie à une explosion de sensations, Isla sentit toutes les fibres de son corps se tendre de plaisir.

C'était... parfait.

— Tu es si chaude, murmura Nikhil, si humide...

Elle s'abandonna à la fournaise voluptueuse qui se refermait sur eux. Tandis qu'il caressait son clitoris, lentement au début, prenant son temps pour trouver le bon rythme, elle perdit toute notion du moment et du lieu. Et plus elle se cabrait contre sa main, plus il riait, d'un rire de gorge grave et bas. Mais ses doigts ne cessaient pas de bouger à l'endroit où elle en avait le plus besoin, là où cette pression devenait peu à peu addictive.

Emportée dans une spirale délicieuse, Isla poussa un gémissement rauque. En dix ans avec Bradley, elle n'avait jamais éprouvé l'impression qu'elle allait chavirer dans un abîme inconnu, et jamais elle ne s'était sentie aussi désirée.

Nikhil continuait de jouer avec elle. Et soudain la vague se mua en tsunami, si vif et si puissant qu'elle eut juste le temps de s'agripper aux épaules de Nikhil avant que tout ne bascule.

Tout ce qu'elle entendait, alors qu'elle était balayée par le raz-de-marée le plus parfait qu'elle avait jamais connu, c'étaient ses propres cris.

Combien de temps lui fallut-il pour revenir à elle ? Elle s'en souciait peu, en réalité. Tout ce qu'elle savait, c'était que Nikhil la tenait toujours.

Elle aurait tant voulu qu'il éprouve ne fût-ce qu'une fraction de ce qu'elle venait de ressentir !

Elle voulait l'entendre crier son nom tout comme elle avait crié le sien. Cette prise de conscience aurait sans doute dû l'effrayer mais, à cet instant précis, aucune préoccupation de ce genre ne l'effleurait.

— À moi, maintenant, fit-elle d'une voix tremblante.

Se tenant toujours d'une main à son épaule, elle posa l'autre sur le renflement qui gonflait le pantalon de Nikhil.

Il était dur et prêt... juste pour elle.

Les coups frappés à la porte n'auraient pas pu tomber à un pire moment. L'atmosphère, dans la cabine, changea en une fraction de seconde. Nikhil s'arracha à elle, la laissant lutter pour garder son équilibre sur ses jambes flageolantes. Isla eut le temps de voir son regard se durcir et sut qu'il la repoussait.

— Docteur Sinclair ? fit une voix dans le couloir.

— Réponds, ordonna tranquillement Nikhil.

Il contenait pourtant à peine sa colère, mais elle savait qu'il était surtout furieux contre lui-même. Cela ne rendait pas pour autant la situation plus facile.

— Et je dis quoi ? demanda-t-elle, soulagée que sa voix ne tremble pas autant qu'elle aurait pu le craindre.

— Prends le temps d'arranger ton uniforme et ouvre.

Sur ces mots, il gagna rapidement le petit espace salon où se trouvait le canapé.

— Je... Un moment, s'il vous plaît, lança Isla.

Elle se rhabilla en hâte, espérant que Nikhil ne verrait pas à quel point ses mains manquaient d'assurance. C'était absurde, vu la façon dont elle venait de trembler de tous ses membres sous ses caresses.

Mais cela n'avait aucune importance puisqu'il lui tournait le dos, cherchant apparemment quelque chose.

Avançant d'un pas, elle ouvrit la porte. Une jeune femme de l'équipage, qu'elle ne connaissait pas, la fixait.

— Je suis le Dr Sinclair.

— Je... Je viens pour mon ami, dit-elle dans un anglais haché. Il est... malade.

— Pourquoi ne pas prévenir le centre médical ? demanda gentiment Isla.

— Non... Non ! Pas le centre médical, s'il vous plaît.

Aussitôt, une sonnette d'alarme retentit dans le cerveau d'Isla. Si cette jeune femme ne voulait pas alerter le centre, il y avait de grandes chances pour qu'il s'agisse d'un problème de drogue. L'équipage espérait sans doute que le nouveau médecin serait le maillon faible de la chaîne.

— Entrez, je vous prie, ordonna Nikhil, les faisant toutes les deux sursauter. Inutile d'avoir cette conversation dans le couloir.

La jeune femme pâlit, puis elles se tournèrent avec un ensemble parfait vers le canapé sur lequel Nikhil était assis, une pile de papiers posés devant lui sur la table basse. On aurait cru qu'il venait d'être surpris en pleine réunion de travail.

La jeune employée ignorait visiblement que ces dernières avaient rarement lieu dans les cabines. Ou peut-être était-elle trop préoccupée pour y penser.

Elle s'écarta de la porte.

— Non ! Pas besoin de médecin. C'est une erreur, dit-elle très vite.

Nikhil la rejoignit en une enjambée.

— Ce n'est pas une erreur, dit-il fermement. Si quelqu'un est malade, quelles que soient les circonstances, il doit être soigné. Vous allez immédiatement nous conduire auprès de lui.

— Non... Je...

— Vous êtes prête, docteur Sinclair ?

Isla prit sa sacoche et, une seconde plus tard, elle refermait la porte derrière eux.

— Prête, confirma-t-elle.

Elle attendit que la jeune femme, visiblement terrifiée, les précède dans le couloir pour murmurer à Nikhil d'aller prévenir le centre médical.

Ils savaient tous les deux que, s'il y avait un problème de

drogue sur le bateau, la sécurité devait être prévenue. Par ailleurs, Isla était persuadée que la présence du premier officier auprès du malade serait contre-productive.

Les autres membres d'équipage risquaient de s'éparpiller sans révéler à Isla ce que leur ami avait pris.

Par bonheur, Nikhil ne protesta pas et bifurqua très vite dans un autre couloir, ce qui soulagea manifestement la jeune femme venue prévenir Isla.

Guidée à travers un labyrinthe de couloirs, Isla mit quelques minutes à arriver au chevet de son patient. Lorsqu'elle vit l'attroupement devant la porte de la cabine, sa crainte de voir tous ces gens s'enfuir s'accrut.

— Là..., fit l'un d'entre eux.

Elle se fraya un chemin dans le minuscule espace. L'homme, allongé sur le côté, respirait difficilement. Bien qu'en proie à des convulsions, il était inconscient. Isla lui prit rapidement le pouls, qui était faible. Un examen des yeux confirma que les pupilles étaient dilatées. Au moins, quelqu'un avait eu l'intelligence de le placer en position latérale de sécurité.

— Qu'est-ce qu'il a pris ?

Sans surprise, personne ne répondit.

— Plus j'aurai d'informations, plus je serai en mesure de le soigner, continua-t-elle calmement. Votre loyauté envers lui n'aura servi à rien, s'il meurt.

— De l'héroïne, fit une voix masculine. Juste un peu d'héroïne.

Isla réprima une soudaine bouffée de colère. Mais au moins, elle connaissait la meilleure façon de traiter cet homme.

— Vous pouvez le soigner ? demanda quelqu'un.

L'accent était si prononcé qu'elle mit un moment à comprendre la question.

— J'ai besoin de médicaments. Il faut prévenir le centre médical.

Personne ne discuta, mais personne n'esquissa non plus un mouvement.

— Je ne suis pas là pour juger, mais pour aider votre ami.

— D'accord, fit la même voix. J'y vais.

Il y eut soudain une grande agitation dans le couloir.

— Inutile, dit Jordanna en surgissant au côté d'Isla. Je suis là.

Soulagée, celle-ci jeta un coup d'œil à la bouteille d'oxygène et au masque.

— Vous avez fait vite, dit-elle.

— Ah bon ? J'ai eu l'impression de tourner en rond pendant un bon moment. J'ai dû demander à une centaine de personnes si elles savaient quelque chose.

— Les gens n'ont pas envie d'être associés à ce genre de problème. Vous avez apporté de la naloxone ?

— Ah ? C'est ça ? Oui, j'en ai.

— Très bien.

Pendant qu'Isla préparait l'injection, Jordanna posait le masque sur le visage du patient. Elles allaient devoir le ventiler manuellement avant de lui administrer l'antidote.

— Je croyais que vous lui donneriez de la naltrexone, fit une voix masculine.

Isla leva la tête.

— Non. On l'utilise contre la dépendance aux opioïdes et à l'alcool, mais elle ne traite pas une overdose. En revanche, la naloxone traite l'overdose, mais pas le manque. Très bien... On va commencer par 0,04 milligramme, dit-elle en préparant la seringue. On verra si ça marche. Tenez-vous prêts.

Dès que le remède parviendrait au cerveau et commencerait à combattre les effets de la drogue, le patient risquait de se débattre.

Sur ces mots, elle injecta soigneusement la dose.

— Qu'est-ce qui t'est arrivé ? demanda Gerd un instant plus tard à la vue de Jordanna, étendue sur le canapé du centre médical avec une poche de glace sur l'œil.

— Elle a été frappée par un patient ingrat.

L'infirmière en chef hocha la tête.

— Ah ! j'en ai entendu parler.

Jordanna souleva la poche de glace en faisant la grimace.

— Déjà ?

Prenant la main de la jeune femme, Isla replaça la poche sur son œil.

— Vous savez comme les nouvelles vont vite, et celles de ce genre-là encore plus vite.

— Ce garçon sera évacué dès la prochaine escale, dit Gerd avec satisfaction. Il ne travaillera plus jamais pour la compagnie. La sécurité devrait arriver d'un moment à l'autre pour faire le point.

— Quand on parle du loup..., dit Jordanna en entendant des voix dans le couloir.

L'une d'elles n'était que trop familière aux oreilles d'Isla. Elle se figea, partagée entre l'envie de fuir et la nécessité de faire son rapport.

Elle n'osait pas regarder les deux infirmières, et s'attendait à ce que son cœur jaillisse d'un moment à l'autre de sa poitrine. Mais les deux femmes ne dirent rien : la rumeur n'avait apparemment pas inclus la présence de Nikhil dans sa cabine au moment des faits.

Que le ciel en soit béni !

Puis, ce dernier ainsi que le représentant de la sécurité pénétrèrent dans le centre médical. Isla eut à peine le temps de plaquer un sourire chaleureux sur son visage.

— Comment va votre œil, mademoiselle Jordanna ? demanda aussitôt Nikhil.

Isla ne put s'empêcher de se sentir amusée à la vue du visage radieux de Jordanna.

— Je vais survivre.

— Ravi de l'apprendre. Vous êtes prête à faire votre rapport ?

— Bien sûr.

Malgré son œil au beurre noir, la ravissante Américaine arbora un sourire ravageur, mais Nikhil s'était déjà détourné, la laissant avec le représentant de la sécurité, tout aussi grand et brun mais loin d'être aussi beau.

Jordanna se rembrunit immédiatement, et Isla en fut presque désolée pour elle.

Presque.

Maintenant, le regard perçant de Nikhil se posait sur elle, et Isla feignit une décontraction qu'elle était loin d'éprouver.

— Docteur, commença-t-il sur un ton à la fois courtois et distant, j'aurais besoin de vous dire deux mots, s'il vous plaît.

— Bien sûr, fit Isla en se levant.

— La salle de consultation est libre ?

Un instant plus tard, ils se retrouvaient face à face.

— Combien sont-ils à avoir pris de la drogue ? demanda-t-il.

— Je n'en sais rien.

— Pas d'autre incident médical ?

— Il n'y avait que cet homme. J'ai supposé que vous alliez tester tous les membres de l'équipage.

— L'équipe de sécurité s'en occupe à l'instant où nous parlons. Mais je te serais reconnaissant de me fournir toutes les informations dont tu disposes.

— Je n'en ai aucune. J'étais bien trop occupée à maintenir mon patient en vie.

— Et je t'en remercie.

— Vraiment ? J'ai plutôt l'impression que tu es énervé parce que je n'ai pas de noms à te fournir.

— Nous appliquons une tolérance zéro, à bord de nos paquebots, quand il s'agit de drogues.

— Je suis médecin, Nikhil. Inutile de me faire un sermon sur la tolérance zéro.

Il se passa la main dans les cheveux... Un geste qu'elle ne l'avait jamais vu faire.

— Tu as raison. Tu es un bon médecin, Isla. Tu pourrais facilement obtenir ton transfert sur un autre navire.

Elle le fixa avec stupeur.

— Tu peux répéter ?

— Tu dois bien comprendre que nous ne pouvons pas cohabiter sur ce bateau.

— Pourquoi ? demanda-t-elle, avant d'émettre un rire trop aigu. Parce que je ne peux pas te dire si d'autres membres de l'équipage sont impliqués dans cette affaire de drogue ?

— Bien sûr que non !

— Alors quoi ?

— On s'est fait surprendre, Isla. Pour l'instant, cette fille est encore sous le choc, mais bientôt elle additionnera deux et deux.

— Je ne suis pas d'accord. Tu as bien géré la situation en faisant comme si nous étions en réunion de travail.

— Cette fois-ci, mais que se passera-t-il la prochaine fois ? Ou la fois suivante ?

Si Isla avait été en état de réfléchir, elle aurait relevé ce que ces propos impliquaient… à savoir qu'ils allaient recommencer. Mais pour le moment, elle en était incapable.

— Donc, qu'est-ce que tu attends de moi ? Que je demande mon transfert ?

Un lourd silence envahit la pièce.

— Si nous restons tous les deux sur ce bateau, dit finalement Nikhil, nous risquons de mettre en péril nos réputations respectives.

— Et c'est *moi* qui dois m'en aller.

— Tu n'aurais jamais dû être affectée sur le *Cassiopée*, pour commencer. Nous n'aurions jamais passé cette première nuit ensemble si j'avais su ce qui allait se produire.

— Ça ne serait jamais arrivé si j'avais su que nous nous retrouverions sur le même bateau, rétorqua-t-elle. Mais j'y suis et je ne vais aller nulle part.

— Je préférerais que nous nous séparions sans heurts, Isla.

— Tu me menaces ?

— Sûrement pas, mais je t'avertis. Si tu ne demandes pas ton transfert, c'est moi qui le ferai pour toi en tant que premier officier.

— Sous quel prétexte ? Je n'ai rien fait de mal.

— Je n'ai pas l'intention de t'accuser de quoi que ce soit.

— Mais cette démarche suffira à elle seule pour soulever des soupçons.

— C'est pourquoi je te suggère de le faire toi-même. Dis-leur que tu préférerais travailler sur un paquebot plus petit.

— C'est honteux ! Cela figurera dans mon dossier et affectera mes chances de promotion.

— Je rédigerai un rapport élogieux.

— Ce serait au Dr Turner de le faire, mais cela n'arrivera pas parce que je ne partirai pas, dit-elle en croisant les bras sur sa poitrine. Coucher avec le premier officier est peut-être répréhensible, mais ce n'est pas arrivé à bord et nous ignorions que nous allions être collègues.

— Ce qui s'est passé aujourd'hui a eu lieu à bord.

— Après que *tu* es venu dans *ma* cabine. Et si tu insistes pour me faire transférer, je n'aurai pas d'autre choix que de le dire.

— Tu me menaces ? Tu comptes prétendre que je t'ai harcelée ?

— Bien sûr que non ! répondit-elle sur un ton horrifié. Mais le fait est que rien ne serait arrivé si tu n'étais pas venu dans ma cabine. Et je ne vais pas torpiller ma carrière sous prétexte que cette... attraction entre nous est si forte que tu as cédé à la tentation une fois et abandonné tes grands principes.

— Deux fois.

— Quoi ?

— J'ai abandonné mes grands principes à deux reprises. La première, quand je t'ai embrassée dans le couloir.

Isla prit conscience qu'il se battait avant tout contre lui-même.

— Personne ne nous a vus.

— Mais ça aurait pu arriver.

En proie à une colère grandissante, elle martela :

— Je vais te dire une bonne chose, Nikhil Dara. Tiens-toi éloigné de moi et j'en ferai autant.

Sans le laisser répondre, elle ouvrit brutalement la porte et sortit de la pièce, les jambes si tremblantes qu'elle s'attendait à trébucher dans la seconde.

Si seulement se tenir éloignée de Nikhil avait été aussi simple ! Si seulement le désir qu'il lui inspirait ne coulait pas dans ses veines à la manière d'une drogue !

En tentant de l'intimider, il avait obtenu exactement le contraire de ce qu'il souhaitait. Il venait seulement de lui démontrer qu'il était tout aussi incapable qu'elle de résister à la tentation et qu'il ne se faisait pas confiance...

9

Quelques heures plus tard, un coup frappé à sa porte fit bondir le cœur d'Isla dans sa poitrine.

Nikhil.

Elle s'efforça de ne pas se précipiter. Pour rien au monde elle ne se muerait en adolescente enamourée, folle de joie parce qu'il avait changé d'avis.

Elle gagna lentement la porte, posa la main sur la poignée et prit une profonde inspiration. Elle avait à peine tiré le verrou, qu'on s'introduisit dans sa cabine.

— Seigneur ! Ne me dis pas qu'on t'a attribué ce taudis !

Isla, horrifiée, se figea un instant.

— Qu'est-ce que tu fais là, maman ?

Marianna se tourna vers elle, les bras grands ouverts.

— Je suis venue te voir, ma chérie. Je devais m'assurer que tout se passait bien. Tu m'as manqué, ce dernier soir au Chili. Nous étions censées passer une bonne soirée ensemble, mais tu as été transférée sur ce paquebot et tu es partie bien plus tôt.

Pas la peine de discuter avec sa mère sur des points de détail, Isla le savait. Elle avait depuis longtemps appris à réserver son énergie pour des questions plus graves. Comme de savoir pourquoi sa mère était là.

— Si je comprends bien, tu as réservé une suite sur ce bateau à la dernière minute ?

Inutile de demander combien cela avait coûté. L'argent n'était pas un problème pour Marianna. Nul doute qu'elle était arrivée en hélicoptère et qu'elle avait été accueillie sur la zone d'atterrissage par un majordome. Sa mère avait l'art de faire des entrées remarquables.

— J'ai pensé que cela pouvait être amusant, ma petite fleur. Ne me dis pas que tu n'es pas contente de me voir.

Isla ouvrit la bouche et la referma, un léger sourire aux lèvres. Sa mère avait beau être énervante, on ne pouvait s'empêcher de tomber sous le charme d'une personnalité aussi charismatique.

— D'ailleurs, ajouta Marianna, tu sais combien j'apprécie les croisières. Et maintenant, viens m'embrasser.

Isla s'approcha docilement de sa mère, dont l'étreinte familière avait bizarrement quelque chose de réconfortant.

— Bien sûr, je suis contente de te voir. Mais ne te mêle pas de mon boulot.

Sa mère prit un air innocent qui ne trompa pas Isla.

— Jamais de la vie !

— Je suis sérieuse, maman.

Mais elle savait bien que ses mises en garde n'auraient aucun effet sur sa mère. Marianna avait toujours été têtue, et elle voulait le meilleur pour elle-même et pour sa fille.

Isla leva les yeux au ciel.

— Autant parler à un mur ! Et où est Leo, à propos ?

— Elle n'est pas là. Elle a rencontré quelqu'un.

— Attends ! Tu m'as l'air particulièrement contente de toi. Tu as encore joué les marieuses ? Oh ! maman !

— Je te jure que leur rencontre a été purement fortuite.

Soudain, Isla eut une révélation.

— Tu es là pour arranger un rendez-vous galant pour moi aussi ! C'est ça ?

— Bien sûr que non.

Cette fois encore, Isla n'en crut pas un mot.

— Je suis ici pour exercer mon métier, maman, pas pour me trouver un mari.

— Tu es ici pour panser tes plaies, après Bradley. Mais il n'en vaut tout simplement pas la peine.

— Je t'assure que je me fiche bien de cet abruti.

— Ravie de l'apprendre, ma chérie.

Marianna prit un air penaud.

Isla lui jeta un coup d'œil sceptique.

— Du moment que tu le comprends...

— Bien sûr.

C'était trop facile et trop beau pour qu'Isla se laisse berner.

— Mais si un homme digne de toi se présente, reprit Marianna, je t'ai toujours dit de saisir le taureau par les... cornes.

— Maman !

— J'ai eu connaissance du fait qu'il y a un premier officier tout à fait convenable, du nom de Nikhil Dara, sur ce bateau, continua Marianna d'un ton un peu trop neutre.

— Qu'est-ce que tu sais à son propos ?

Isla réalisa aussitôt qu'elle venait de faire une erreur. Sa mère la scruta avec attention.

— Comme c'est intéressant...

Isla aurait pu se gifler. Elle aurait dû suffisamment connaître sa mère pour savoir qu'elle ne devait pas réagir.

— Maman...

— J'ai appris que Leo sortait avec Daksh Dara, même si elle ignore que je le sais.

— Daksh Dara ?

— Il se fait appeler Dax, et c'est le frère aîné de ce Nikhil.

— Le frère de Nikhil est vivant ?

— Ça t'étonne ? Nikhil t'a dit le contraire ?

Isla s'aperçut que sa mère observait ses réactions de très près.

— Oui, parvint-elle à dire. Ou plutôt non, il m'a dit qu'il avait perdu un frère il y a longtemps, et j'en ai déduit qu'il était mort.

Marianna haussa ses sourcils parfaits.

— Eh bien, le frère de Nikhil était tout à fait vivant quand je l'ai rencontré. Mais d'après ce que j'ai pu comprendre, ils sont brouillés.

— D'après ce que tu as pu comprendre ?

— Leo a fait sa connaissance quand vous étiez au Chili. En fait, c'était avec lui que je t'avais arrangé un rendez-vous, le dernier soir.

Isla, profondément troublée, secoua la tête.

Au Chili ? Là où j'ai rencontré Nikhil ?

— Il n'a jamais dit... J'ignorais que son frère était vivant. C'est la raison de ta venue ? Tu veux en savoir davantage sur les deux frères ?

Marianna hésita un instant, puis elle haussa les épaules.

— Tu n'ignores pas que je considère Leo comme ma fille... Quoi qu'il en soit, je sais que ces deux hommes devaient se retrouver à l'occasion d'un anniversaire.

— Nikhil m'a dit que c'était son anniversaire pendant que nous dînions à la Tinca, mais il n'a jamais fait allusion à une entrevue avec son frère.

Isla pinça les lèvres. Pourvu que sa mère ne pose pas de questions sur cette soirée. À sa grande surprise, Marianna vint vers elle et prit son visage entre ses deux mains pour la regarder dans les yeux.

— Je suis sûre de ne pas me tromper, Isla. Tu viens de rougir, toi qui ne rougis jamais.

Inutile de nier quand l'adversaire avait l'avantage.

— Ce n'est pas ce que tu penses. On pourrait changer de sujet ?

— Écoute, ma chérie, laisse-moi te dire trois choses : premièrement, le capitaine m'a invitée au bal de gala et tu vas m'accompagner. Deuxièmement, ce Nikhil te fait rougir, ce dont cet abruti de Bradley aurait bien été incapable. Troisièmement, n'oublie jamais que tu es une Sinclair mais aussi une Raleigh, ce qui te donne un arsenal de gènes pratiquement parfaits, et que tu dois les utiliser.

Sur ces mots, Marianna tourna les talons et gagna la porte.

Nikhil n'aurait su dire comment il parvint à garder son calme lorsqu'il aperçut Isla, auréolée de rouge, à l'entrée de la salle de gala. Sa magnifique chevelure châtain doré était lâchée sur ses épaules et caressait sa peau, ce qui l'emplit du désir d'en faire autant.

Sans compter cette robe, qui lui dénudait une seule épaule

et moulait avantageusement ses courbes avant de se terminer en une cascade pourpre tombant sur des talons vertigineux.

S'il en jugeait par les expressions faciales de ses collègues de sexe masculin, ils étaient sous le charme. Et lorsqu'elle chercha son regard, en entrant dans la salle, il éprouva un intense sentiment de triomphe.

À son côté, le capitaine toussota.

— Je gage que les rumeurs sont fondées, Nikhil.

Il eut le plus grand mal à détacher son regard d'Isla.

— Vous dites, sir ?

— Je ne les croyais pas, du moins jusqu'à maintenant. Mais il y a quelque chose entre ce docteur et vous, n'est-ce pas ?

Nikhil grinça des dents.

— Vous me connaissez, sir, je ne mélange jamais le travail et le plaisir.

— Ce qui vous a été profitable, reconnut le capitaine. Mais, laissez-moi vous donner un conseil… La dernière fois que j'ai vu quelqu'un avoir cette expression, c'était quand je me suis regardé dans la glace et que j'ai compris que j'étais amoureux de ma femme.

— Je ne suis sûrement pas amoureux du Dr Sinclair.

— C'était il y a trente ans, continua le capitaine comme s'il n'avait pas entendu, et elle reste la seule femme que j'ai jamais regardée ainsi. Même après sa mort, il n'y en a pas eu d'autre. Alors, si vous tenez à celle-ci, je vous suggère de faire quelque chose avant que tous ces types ne vous précèdent dans la course.

Nikhil serra les dents si fort que ce fut presque douloureux. Mais il refusait de laisser paraître que les mots de son vieux mentor l'avaient touché au cœur. Il refusait de montrer la moindre faiblesse. Et ces… *sentiments* qu'il éprouvait pour Isla Sinclair constituaient certainement une faiblesse.

— Sachez que le moment serait bien choisi, lui confia soudain le capitaine.

— Pourquoi ?

Nikhil n'avait pas vraiment envie de le savoir. Il voulait simplement mettre fin à cette conversation pour rejoindre

Isla, la prendre dans ses bras et, d'une certaine façon, marquer son territoire.

— L'un des capitaines de la compagnie prend sa retraite à la fin de l'année. On nous a demandé de présenter d'éventuels candidats pour la promotion. Je souhaiterais vous citer.

— Quoi ?

— Je ne doute pas que vous êtes le meilleur officier pour le poste, Nikhil, mais la direction préfère que leurs capitaines soient mariés ou veufs. Ils n'apprécient pas les célibataires, même aussi investis et professionnels que vous.

À regret, Nikhil se détourna d'Isla pour regarder le capitaine.

— Ils refuseraient ma candidature, si je n'ai pas d'épouse ?

— Par une sorte d'ironie du sort, ce que vous avez refusé toute votre vie est ce qui pourrait vous valoir la promotion pour laquelle vous travaillez depuis toujours.

Nikhil suivait des yeux Isla, dont le corps souple ondoyait sous le tissu rouge pailleté, retenant l'attention des hommes, ainsi que d'autres parties de leur anatomie, sans aucun doute. Elle était sublime, incomparable, et apparemment aussi le moyen d'obtenir tout ce qu'il avait jamais désiré.

Son propre bateau.

Mais il n'avait pas besoin de réfléchir pour savoir qu'il n'utiliserait jamais Isla de cette façon.

D'un autre côté, pourquoi ne pas céder à la tentation et faire d'une pierre deux coups ?

Parce qu'elle mérite mieux que cela, fit une voix dans sa tête, et il n'essaya pas de la faire taire.

Isla faisait le tour de la salle, s'efforçant visiblement d'éviter l'endroit où il se trouvait. Maintenant, elle rejoignait cette femme qui avait déclaré être sa mère.

Elles se ressemblaient, si l'on s'en tenait aux pommettes hautes, au nez délicat et aux yeux expressifs. Mais la mère d'Isla était visiblement une mondaine, ce qu'elle-même n'était pas. Et bien qu'elles soient toutes les deux clairement intelligentes, il y avait dans le regard d'Isla une honnêteté totalement absente de celui de sa génitrice .

Pendant plus d'une heure, il la regarda évoluer parmi les invités et rire avec eux, se répétant qu'il n'était ni jaloux ni possessif.

Et soudain, elle fut devant lui, et toutes les cellules de son corps se mirent à crépiter.

— Nikhil, je veux vous présenter ma mère, Marianna Sinclair-Raleigh-Burton. Maman, voici Nikhil Dara.

Cette dernière lui tendit la main et il lui sourit poliment, absolument pas préparé au coup qu'il allait recevoir.

— Nikhil Dara... Vous n'êtes sûrement pas parent avec le charmant Daksh Dara, de DXD Industries ?

Isla retint son souffle tandis que sa mère et Nikhil se jaugeaient du regard.

D'un côté, Marianna, étincelante et charmante vue de l'extérieur, mais dont le sourire pouvait se révéler une arme mortelle. De l'autre, Nikhil, dont les traits avaient pris une dureté qu'elle ne lui connaissait pas.

— Vous ne ressemblez pas du tout à votre frère, dit Marianna.

— En effet, répondit sèchement Nikhil. L'un de nous est l'irréprochable, l'exemplaire frère Dara. L'autre est le frère Dara dont les valeurs morales sont réduites à néant. Il est impossible de nous confondre.

Isla aurait voulu dire quelque chose pour alléger l'atmosphère, mais tout ce qu'elle pouvait faire c'était assister à la scène avec une horreur croissante. Finalement, elle vit sa mère glisser son bras sous celui du capitaine, venu à la rescousse tel un parfait chevalier blanc dans son uniforme immaculé, puis ils s'éloignèrent tous les deux.

Elle attendit qu'ils soient hors de portée de voix.

— Qu'est-ce qui s'est passé ?

Nikhil se tourna vers elle, et elle aurait juré avoir vu une lueur de regret dans ses yeux.

— Je crois que ta mère a remarqué combien mon frère et moi sommes différents. Je suis d'accord avec elle.

Sans savoir pourquoi, Isla se sentit au bord des larmes.

Elle n'avait jamais rien ressenti de tel, même quand elle avait compris que Brad se servait d'elle, de ses relations et de son argent pour obtenir ce qu'il voulait. Bien sûr, c'était aussi ce que sa mère avait fait avec ses différents maris, mais elle n'avait jamais fait semblant d'être amoureuse.

Bradley, si, et elle avait eu la bêtise de le croire.

Ses yeux pleins de larmes étaient d'autant plus ridicules que, pour une fois, elle avait suivi les conseils de sa mère et s'était habillée pour la soirée en pensant à Nikhil.

Ce n'est pas pour lui, s'était-elle dit en se regardant dans le miroir. Mais quand même... il ne quittait pas ses pensées.

Et maintenant, elle avait l'impression d'être face à un inconnu.

— Tu t'es délibérément présenté à ma mère comme quelqu'un d'autre... Quelqu'un que je ne reconnais pas.

— Non, répondit-il d'une voix dure. Je ne me suis pas fait passer pour quelqu'un d'autre. C'est exactement ce que je suis, Isla. Simplement, tu ne me connais pas, pas du tout.

— Ce n'était pas toi ! dit-elle fermement.

— Tu n'en sais absolument rien.

— C'est parce qu'elle t'a interrogé à propos de ton frère ?

Elle avait lancé la question un peu au hasard. Mais le silence de Nikhil, ses mâchoires serrées et son regard froid constituaient une réponse suffisante. Il y avait aussi quelque chose de vulnérable, dans son expression, qui la poignarda en plein cœur.

Avant qu'elle ajoute quoi que ce soit, il la prit par le coude et l'entraîna hors de la salle de bal, dans le vestibule.

— Qu'est-ce que tu sais sur Daksh ? demanda-t-il. Est-ce que ton intrigante de mère a pensé que j'étais le meilleur chemin jusqu'à lui ? *Ton* chemin jusqu'à lui ?

— Je ne savais même pas qu'il existait jusqu'à aujourd'hui, réussit-elle à dire, luttant vaillamment contre le tremblement qui s'emparait de son corps à la manière d'un séisme.

— Je t'ai dit que j'avais un frère.

— D'une façon qui m'a fait croire qu'il était mort ! dit-elle, criant presque.

Le visage de Nikhil était comme taillé dans la pierre, sa voix encore plus implacable.

— C'est ta seule défense ?

— C'est la vérité. Et de toute façon, ma mère ignorait que nous nous étions rencontrés au Chili, et encore moins que j'avais passé la nuit avec toi.

— Et je suis censé te croire ?

Finalement, elle retrouva en elle la force qu'elle croyait avoir perdue. Elle fit face à Nikhil.

— Je me moque bien de ce que tu crois, s'entendit-elle répondre, bien qu'elle reconnaisse à peine sa propre voix.

Elle aurait été incapable de décrypter l'expression de Nikhil, qui la balaya du regard avant de grommeler :

— Tu avais raison tout à l'heure, Isla. On ferait mieux de se tenir le plus loin possible l'un de l'autre.

10

L’embarcation glissait sous la voûte de la forêt tropicale. Isla n’avait jamais vécu expérience plus extraordinaire. Des paresseux étaient suspendus aux plus hautes branches, des chauves-souris et des oiseaux colorés apparaissaient sur fond de feuilles immenses. À un moment, Isla vit un singe qui sautait d’arbre en arbre comme s’il les suivait.

— ... La diversité de l’écosystème tropical.

Isla se tourna vers le guide. C’était une honte, de ne pas l’avoir écouté. Mais comment ne pas être captivée par la beauté magique de cet endroit ?

— Nous découvrons encore de nouvelles espèces dans la forêt tropicale, disait ce dernier. En particulier des insectes. Et maintenant, c’est le moment de votre trajet aérien en tyrolienne.

— Pas pour moi ! dit-elle en riant. Je suis là en tant que médecin.

— Vous n’allez tout de même pas vous dégonfler, docteur Sinclair ?

Le cœur d’Isla s’emballa. Elle prit le temps de rassembler ses forces avant de se retourner. Elle allait revoir Nikhil pour la première fois depuis cette affreuse soirée de gala. Elle avait également passé la semaine à éviter sa mère, ce qui n’avait pas été trop difficile vu que cette dernière ne quittait plus le capitaine.

Ayant inspiré profondément, Isla pivota lentement vers lui.

— Je suis de service, dit-elle.

Elle se força à sourire. La plupart des passagers étaient déjà descendus pour emprunter la tyrolienne.

— S'il y a une urgence médicale, le guide sera immédiatement alerté par radio et nous serons avertis dans la seconde même.

Elle s'approcha de Nikhil, de façon à ce que personne ne les entende.

— Je n'ai pas demandé à participer à cette excursion.

— C'était un choix de ton prédécesseur, je sais. J'ai vérifié le planning.

— Évidemment ! Cela ne m'étonne pas.

— Je ne suis pas ici pour me disputer avec toi, Isla.

— Vraiment ? Pour quelle raison, alors ?

— Pour m'excuser.

Le cœur d'Isla manqua un battement. Elle devait avoir mal entendu.

— Pardon ?

— Ta carrière est en jeu au même titre que la mienne. Je n'aurais jamais dû te demander de te faire transférer.

— Pourquoi l'avoir fait, en ce cas ?

Il y eut un silence.

— C'était peut-être une excuse pour pouvoir te revoir.

— Comment cela ?

— Je me suis sans doute convaincu que, si tu travaillais sur l'*Hestia*, nous ne serions plus collègues et que nous pourrions céder à... notre attirance mutuelle.

— Les coucheries sont constantes, à bord du paquebot, mais tu ne t'inquiètes que de ce qui pourrait se passer entre nous ?

— Vous savez parfaitement que je ne me suis jamais permis ce genre d'écarts, *docteur*.

— Je n'en sais absolument rien parce que je ne te connais pas, Nikhil.

— Tu me connais probablement mieux que n'importe qui sur ce bateau.

— En ce cas, c'est bien triste. Je n'avais même pas compris que ton frère était encore vivant, et encore moins que tu devais le voir au Chili, le jour où nous nous sommes rencontrés.

Il se raidit, mais elle n'allait pas se laisser impressionner par son expression menaçante.

— Comment le sais-tu ?

Elle refusa de répondre à la question.

— Je note surtout que, lorsque je t'ai parlé de ma famille, tu n'as jamais rien livré sur la tienne.

— Ça ne te regardait pas. Ça ne regarde personne.

D'après Marianna, les deux frères étaient brouillés, mais Isla se garda bien d'y faire allusion. C'était à Nikhil de le lui dire, ou au moins de reconnaître l'existence de Dax.

Il se tut si longtemps qu'elle craignit qu'il ne réponde pas du tout.

— C'est peut-être une façon de me préserver, fit-il finalement, comme à regret.

— Tu ne te protèges pas particulièrement. C'est simplement un besoin de tout contrôler. C'est pour ça que tu as institué toutes ces espèces de précautions, ces barrières autour de toi. Personne ne doit savoir quoi que ce soit à ton propos.

— Je t'ai quand même dit que c'était mon anniversaire.

Elle hésita. Sur le coup, elle avait pris cela pour une manœuvre de séduction.

Il exploita aussitôt son avantage :

— Je ne t'ai pas parlé de mon frère parce que c'était hors de propos, voilà tout.

— Quand même, c'est plutôt inhabituel.

— Nombreuses sont les familles dont les membres ne se fréquentent plus. La proximité avec la tienne est plus inhabituelle que mon éloignement de la mienne.

— Tu digresses, comme d'habitude.

— Je ne suis pas d'accord.

— C'est exactement ce que tu fais. Tu dévies la conversation sur quelqu'un d'autre… quand tu ne congédies pas les gens.

À cet instant, le téléphone portable de Nikhil sonna. Isla en profita pour s'éloigner, et rejoindre le groupe des passagers qui attendaient leur tour devant la tyrolienne.

Nikhil la rattrapa.

— C'était l'équipe, à l'hôtel. Il y a un problème avec l'un de nos passagers qui avait choisi la visite de la Maison des Orchidées et des Papillons. On te réclame sur-le-champ.

Comme elle passait près de lui, il la prit par le bras.

— Où est-ce que tu vas ?

— Je rentre.

— Oui, mais pas de cette façon, dit-il en la poussant vers la tyrolienne. Ce sera plus rapide comme ça !

Elle eut du mal à se convaincre que ce contact ne lui faisait rien.

— Très bien. Allons-y.

Isla et Nikhil venaient d'arriver à l'hôtel quand on leur apprit que le patient allait mieux. Son entorse avait miraculeusement guéri dès qu'on lui avait offert un surclassement.

— Il y a une semaine, j'aurais été choquée, dit Isla en longeant avec Nikhil la belle allée bordée d'arbres tropicaux.

Elle ruisselait de sueur. Il faisait chaud et humide, mais ils avaient surtout couru à travers la forêt pour retourner à l'hôtel.

— Laisse-moi deviner, fit Nikhil. Lors de tes premiers jours à bord, tu as reçu plusieurs nouveaux arrivants qui se plaignaient de claustrophobie ?

— Et seule une cabine de luxe avec balcon pouvait les guérir. Je n'aurais jamais cru que des gens puissent utiliser de tels subterfuges. Mais il y a aussi de nombreux passagers très sympathiques.

— Passons par-derrière, répondit-il entre ses dents. Sinon les gentils passagers en question vont nous tomber dessus dès la porte du hall. Je dois d'abord prendre une douche.

Elle n'osa pas le regarder. Même vêtu d'un sweat trempé, il était l'incarnation de la perfection masculine. Avec les gouttelettes qui coulaient sur sa peau bronzée, on aurait dit un mannequin sur une affiche publicitaire.

Ils évitèrent l'entrée principale pour emprunter une porte latérale. Un bruit étouffé les arrêta immédiatement. Durant une fraction de seconde, Isla tenta de comprendre ce qu'elle avait sous les yeux, puis une sensation de nausée la gagna et elle se mit à courir, précédée de Nikhil.

Un grand jeune homme musclé avait coincé une employée de l'hôtel contre un mur, et il soulevait sa jupe malgré les tentatives de la jeune femme pour lui échapper.

Posant les mains sur les épaules de l'homme, Nikhil le saisit et l'arracha à sa victime, qui sanglotait. Comme elle se mettait à hurler, Isla se précipita vers elle. La dernière chose dont ils avaient besoin, c'était qu'un troupeau de clients viennent voir ce qui se passait.

Comme dans un film au ralenti, elle vit le poing de Nikhil fendre l'air. Mais à la seconde suivante, le jeune homme sortit un couteau et blessa ce dernier à l'épaule. Isla sentit son sang se glacer à la vue du visage défait de Nikhil, mais cela ne dura qu'un bref instant. La cicatrice qu'elle avait aperçue sur son corps durant leur nuit au Chili lui revint en mémoire, mais ce n'était pas le moment de s'y attarder.

En quelques coups de poing, Nikhil fit tomber le couteau à terre et plaqua son adversaire contre le mur.

— Va chercher quelqu'un de la sécurité ! dit-il. Sois discrète et emmène la fille.

Isla n'hésita qu'une fraction de seconde avant d'obéir sans un mot.

— Il faut que je nettoie ta plaie, ça va piquer un peu, dit Isla une heure ou deux plus tard, lorsqu'ils se retrouvèrent dans la chambre de Nikhil, à l'hôtel.

D'après les rires et la musique provenant de la salle de bal, le personnel s'occupait des passagers du paquebot.

Isla tâchait de se concentrer sur sa tâche. Nikhil était assis en face d'elle, son corps athlétique plus tentant que jamais. Elle avait conscience que son état fébrile n'avait rien à voir avec la chaleur qui régnait à l'extérieur.

Tu es vraiment pathétique !

— Au moins, tu as tous tes vaccins contre le tétanos, maintenant. Ça fait pas mal d'injections, non ?

Nikhil émit un vague grognement.

— Tu garderas une cicatrice, annonça-t-elle, mais rien à voir avec celle que tu as déjà sur l'épaule.

Obéissant à une impulsion subite, elle poursuivit :

— Tu vas dire aux gens que c'est un autre accident ?

Aussitôt, il se raidit et un lourd silence s'abattit sur la pièce.

— Je ne dirai rien aux gens, répliqua-t-il finalement. Personne n'a rien vu.

Elle aurait pu se taire, mais elle insista :

— Moi, si.

— D'habitude, les femmes avec qui je couche sont un peu moins obnubilées par ces... imperfections. Je regrette que tu ne retiennes que cela de la nuit que nous avons passée ensemble. La prochaine fois, je ferai davantage attention.

Le cœur d'Isla battit plus vite. Elle savait bien qu'il ne faisait pas allusion à ce qui se passerait avec elle à l'avenir. Pourtant, elle ne pouvait s'empêcher d'espérer.

— Qu'est-ce qui t'est arrivé dans le passé, Nikhil ? J'ai bien vu ton visage, quand ce garçon a sorti son couteau. Ton expression...

— Laisse tomber, Isla.

Le ton menaçant ne pouvait pas être plus clair, pourtant elle ne comptait pas se taire.

— C'était Daksh ? C'est pour ça que ton frère et toi ne vous parlez plus ? Que tu prétends que l'un de vous est irréprochable et l'autre dépourvu de morale ? Lequel des deux es-tu, Nikhil ?

Elle attendit un instant, de plus en plus nerveuse à mesure que la mâchoire de Nikhil se contractait.

— J'ai besoin de savoir, Nikhil. Ma sœur sort apparemment avec lui. S'il est dangereux, il faut que je le sache.

Il braqua un regard furieux sur elle.

— Tu peux répéter ?

— Leo serait avec lui, d'après ce que ma mère m'a dit.

— Comment est-ce possible ?

— Ils se sont rencontrés au Chili, le jour où toi et moi...

Les émotions se succédèrent sur le visage de Nikhil, sans

qu'aucune d'elles ne semble malheureusement prometteuse. La plus reconnaissable était la fureur.

— Et tu sais ça depuis le début ?

— Non. Je l'ai appris la semaine dernière par ma mère. S'il te plaît, Nikhil, Leo représente tout pour moi. Si elle est en danger, tu dois me le dire.

Il y eut de nouveau un long silence.

— Daksh n'est pas celui qui m'a blessé. Ta sœur n'est pas en danger, du moins pas physiquement.

— Qu'est-ce que tu veux dire par « du moins pas physiquement » ?

Il la regarda comme s'il n'allait pas répondre, puis il ouvrit la bouche :

— Je veux dire qu'il ne lui fera pas de mal physiquement, mais qu'il n'est pas plus que moi capable d'un engagement sentimental. Mon frère n'est certainement pas quelqu'un sur qui on peut compter.

Le ton était acide, mais il y avait autre chose de plus difficile à reconnaître.

De la souffrance.

Quoi qu'il se soit passé entre les deux frères, Nikhil en était sorti amer et blessé.

— Alors Leo ne court aucun risque physique avec Daksh ?

— Exact.

— Bon. C'est une grande fille, elle saura veiller sur elle-même.

Parlaient-ils encore vraiment de sa sœur ? Pendant quelques instants, ils partagèrent le même silence pesant. Le visage impassible, Nikhil la laissa poursuivre ses soins.

Elle aurait aimé le questionner plus avant, mais il lui avait clairement fait comprendre que cela ne la regardait pas. Elle devait respecter cette requête, même si cela faisait mal.

Travaillant avec efficacité et rapidité, elle termina de panser la plaie, dont elle avait rapproché les bords avec des Steri-Strip pour qu'elle ne se rouvre pas.

Satisfaite, Isla s'écarta.

— C'est bon.

Elle avait du mal à garder un ton chaleureux. Ce fut encore plus difficile quand il se leva et lui fit face.

— Et… Merci de m'avoir parlé de Daksh. Tu n'étais pas obligé, mais je t'en suis reconnaissante.

Il la fixa sans un mot et elle prit conscience qu'elle se balançait d'un pied sur l'autre.

— Nikhil…

— Tu t'inquiètes pour une personne que tu aimes, dit-il brusquement. Tu n'as pas à t'excuser. C'est très… touchant.

Cette déclaration n'appelait pas de réponse. Malgré la voix, dans sa tête, qui l'exhortait à se taire, elle ne put s'empêcher de demander :

— Tu es sûr de n'avoir personne qui tienne à toi ?

— Absolument.

— Et ton frère ? Tu es certain qu'il n'a aucune affection pour toi ?

— Absolument.

— En ce cas, pourquoi était-il au Chili ?

— Fais attention…

Les yeux de Nikhil brillaient dangereusement, mais elle avait besoin de savoir.

Ou peut-être avait-elle besoin que *lui* il sache. Qu'il affronte les fantômes, quels qu'ils soient, qui semblaient le hanter.

— Tu prétends que c'était une pure coïncidence, qu'il soit au Chili en même temps que toi ?

— C'est possible.

Il paraissait furieux mais, que cela lui plaise ou non, il répondait à ses questions, et elle sentit qu'elle devait poursuivre.

— Le jour de ton anniversaire ? J'ai l'impression qu'il se soucie bien plus de toi que tu ne veux l'admettre.

— Tu te trompes.

— Peut-être, parce que… comment le saurais-je ? Tu m'as déclaré que tu l'avais perdu depuis longtemps, comme s'il était mort. Et ne me dis pas que c'est mon interprétation, parce que nous connaissons tous les deux la vérité : il était au Chili le jour de ton anniversaire et il voulait te voir. Alors, arrête d'être sur la défensive et réfléchis un instant, admets que je vois peut-être quelque chose que tu ne vois pas.

Où avait-elle trouvé le courage de lui parler ainsi ? Elle n'en revenait pas elle-même.

— Tu ne comprends pas, dit-il comme pour lui seul.

Elle s'exprima d'une voix ferme, dissimulant les émotions qui tourbillonnaient en elle.

— Je suis certaine que c'est vrai.

— Attention à ne pas aller trop loin, Isla. Qu'est-ce que tu espères gagner ?

Elle avait la chair de poule ; pourtant, malgré son cœur qui battait à tout rompre, elle tint bon.

Elle aurait dû être terrifiée par l'importance que cette discussion prenait pour elle.

— Je veux mieux te comprendre, Nikhil.

— Pourquoi ? demanda-t-il sèchement.

Elle ne se laissa pas décourager. Relevant le menton, l'estomac noué et la gorge serrée, elle garda à sa grande surprise une apparence de profond calme.

— Pourquoi pas ? Parle-moi, Nikhil, ou je m'en irai.

11

Nikhil cligna des yeux. Il suffisait de laisser Isla partir, cela résoudrait tous les problèmes… sauf le plus gros de tous, à savoir qu'il ne supportait pas l'idée qu'elle s'en aille.

Qu'avait-elle de spécial, pour se glisser si facilement sous sa peau ? Elle s'était introduite furtivement dans son esprit… ou plutôt non, elle y avait fait irruption. Une partie de lui souhaitait entendre les questions qu'elle voulait lui poser, et pire encore, y répondre.

Pourquoi pas ? Quelle meilleure façon de lui montrer le monstre que tu es ?

Il ne parvenait pas à faire taire cette voix insidieuse. S'il disait la vérité à Isla, elle s'enfuirait sûrement le plus loin de lui possible.

Et n'était-ce pas ce qu'il voulait ?

— Très bien, dit-il enfin. Tu veux me connaître, il ne faudra pas te plaindre après.

Loin de paraître effrayée, elle lui lança un coup d'œil presque méprisant.

— Tu vas jouer le rôle du Grand Méchant Nikhil ? Je te rappelle que je l'ai déjà vu et que ça ne me fait pas peur.

— Ça devrait, pourtant. Mais si tu as besoin d'être convaincue, tu vas être satisfaite… Quand Daksh était au Chili, il voulait me voir. Par pure coïncidence, certainement, c'était le jour de mon anniversaire. Quoi qu'il en soit, je ne l'avais pas vu depuis mes quinze ans, à l'occasion de l'enterrement de notre père.

Ça faisait presque vingt ans, mais cela lui pesait toujours autant sur le cœur.

— Qu'est-ce qu'il voulait ? demanda Isla.

— Je n'en sais rien et je m'en fous.

— Je crois que tu mens, dit-elle d'une voix douce, presque caressante.

Comment faisait-elle pour lire si facilement en lui ?

— Je mens quand je dis que je n'en sais rien ou quand je dis que je m'en fous ?

— Je suis persuadée que c'est important pour toi, bien plus que tu n'es prêt à l'admettre.

Il ne répondit pas, préférant s'agripper à la rage familière qui avait commencé à s'atténuer depuis qu'Isla était entrée dans sa vie.

Cette femme extraordinaire pouvait lui faire oublier l'espace d'un moment toute sa colère, sa rancune et son chagrin. Mais cela ne durerait pas. Un jour, elle s'en irait, et il redeviendrait l'homme sombre, tortueux et froid qu'il était.

Voilà pourquoi il ne pouvait pas la laisser approcher trop près de lui, car il l'aurait entraînée dans sa chute. Le plus sûr moyen de la faire fuir était de dire la vérité.

— Mon frère m'a laissé à la maison avec notre père alcoolique, violent et abusif.

— Ton père te frappait ?

Une fraction de seconde, elle parut choquée, puis elle remit son masque de docteur.

— Pour être honnête, notre mère avait été la cible favorite de notre père pendant notre petite enfance. Mais quand elle est morte, Daksh est devenu son nouveau punching-ball.

— Il... vous frappait tous les deux ?

— Daksh me protégeait. Il avait douze ans, moi dix. Il considérait que c'était son devoir en tant que grand frère.

Nikhil fit son possible pour réprimer les émotions qui bouillonnaient en lui.

— Pendant quatre ans, il a pris les coups chaque fois que le vieux n'avait pas assez d'argent pour picoler, ce qui arrivait toutes les fins de mois. Plus tard, au milieu du mois, et encore plus tard, tous les jours. Daksh gagnait un peu d'argent à l'époque. Il tâchait de le garder pour subvenir à nos besoins, mais notre père mettait la main dessus chaque fois qu'il le pouvait.

— Pour sa boisson, dit doucement Isla, comme pour encourager Nikhil à continuer.

Il hocha la tête, un goût âcre dans la gorge.

— Et puis un jour, Daksh a reçu une proposition, un emploi de deux mois sur un bateau de pêche. Il a saisi cette occasion de s'en aller.

— Et il t'a laissé seul avec ton père ?

— La source de revenus avait disparu. Mon père était furieux, il me rouait de coups avec sa ceinture... généralement du côté de la boucle. Le premier mois, je ne peux même pas me rappeler le nombre de fois où il m'a battu. Ensuite il a pris conscience que je pouvais reprendre le petit boulot de mon frère et lui rapporter de l'argent, alors il m'a laissé tranquille pendant un moment. Le soir de mes quinze ans, les autres matelots ont voulu fêter mon anniversaire. J'étais un homme, plus un enfant, ils ne m'ont pas laissé le choix. C'était juste un verre, et ils me l'offraient. Mais mon père se trouvait dans le bar et, à ses yeux, je dilapidais *son* argent.

— Il t'a battu ?

— Le vieux n'a rien dit dans le pub, mais en rentrant à la maison il était complètement ivre et il a ressorti sa ceinture.

— Tu ne l'as pas empêché ?

— Non. Il s'arrêtait plus vite quand je ne résistais pas. Mais ce soir-là, il ne s'est pas arrêté. Tout d'un coup, il est allé dans la cuisine et a pris un couteau.

Isla porta les mains à sa bouche, et il perçut un gémissement étouffé.

— Ta cicatrice...

Sa voix angoissée fit du bien à Nikhil. À quand remontait la dernière fois où quelqu'un avait eu du chagrin pour lui ? Il y avait eu Daksh, et avant lui sa mère. Mais autrement... il n'y avait eu personne.

— Mon père se tenait devant moi, vacillant. Je pensais qu'il n'aurait pas la force ni la capacité de marcher droit ou de se servir de son arme.

Il eut un rire dépourvu de gaieté.

— Soudain, il s'est précipité sur moi et je n'ai pas réussi à m'écarter suffisamment vite. Je me suis retrouvé plaqué contre le mur. Ensuite il a levé le couteau et l'a planté dans mon épaule.

Il se souvenait de l'expression de son père. Une grimace haineuse et triomphante, alors que son fils était immobilisé contre le mur par le couteau. Il s'était écarté pour aller chercher sa ceinture et Nikhil savait déjà que, une fois qu'il aurait commencé, il ne s'arrêterait plus.

— Je ne sais pas comment, mais j'ai empoigné le manche du couteau et je l'ai dégagé de mon épaule.

Il détesta la façon dont Isla le fixait, avec un mélange d'horreur, d'angoisse, mais aussi de peur.

— Nikhil... Tu disais que la dernière fois que tu avais vu ton frère, c'était à l'enterrement de ton père, quand tu avais quinze ans ?

— Tu voulais savoir quel type d'homme je suis, répondit-il. Maintenant, tu le sais. Je suis un monstre.

— Que s'est-il passé ?

— Tu n'as pas besoin que je prononce les mots, *pyar,* dit-il avec un rire pire que le précédent. Tu le sais déjà.

Tu l'as appelée pyar, *mon amour. Comment est-ce possible ?*

— Je ne te crois pas !

— Je suis un monstre, c'est tout ce que tu as besoin de savoir. Tu voulais la vérité, tu l'as. Tu ne peux pas la changer sous prétexte qu'elle ne te plaît pas.

Elle secoua lentement la tête.

— C'était de la légitime défense. Comment est-ce arrivé ? Parle-moi, s'il te plaît.

— Il s'agit de la pire nuit de ma vie, tu crois que j'ai envie de la revivre ?

— Je crois que ça te fait peur.

Elle le fixait avec confiance.

— Même si je le voulais, je ne me souviens de rien de ce qui s'est passé après que j'ai retiré le couteau de mon épaule. Tout est flou.

— Et la police ? Quelqu'un a bien dû les appeler ?

— Oui.

— Qu'est-ce qu'ils ont dit ?

Il était clair qu'Isla ne le lâcherait pas. Il pouvait lui dire ce qu'elle voulait entendre, mais ça n'entraînerait pas que lui-même le crût. La honte menaçait de le submerger.

— La police m'a disculpé, énonça-t-il d'un ton morne. Une voisine leur avait apparemment rapporté les faits dont elle était témoin depuis des années sans oser rien dire. Quand elle a su qu'il était mort, elle a raconté tout ce que j'avais subi.

Isla poussa un petit cri.

— Dans leur rapport, les policiers disaient simplement qu'il était mort suite à une hémorragie, que je n'aurais pas eu la force de le tuer et que mon père s'était empalé lui-même sur le couteau.

— Donc tu es innocent !

— Je n'y crois pas. Si je n'ai rien fait, pourquoi n'ai-je aucun souvenir ?

Franchissant la distance qui les séparait, Isla prit le visage de Nikhil entre ses paumes.

— Parce que toi aussi tu avais perdu beaucoup de sang. Tu l'as dit toi-même.

— C'est un peu trop facile, dit-il entre ses dents. Je suis un monstre, *pyar*.

Encore ce mot d'amour, faisant allusion à quelque chose qu'il n'aurait jamais. Il la voulait beaucoup trop, même maintenant.

Surtout maintenant.

Il fallait mettre un terme à tout cela.

— Je suis un sauvage, Mini-Doc, un animal. Je l'ai toujours été. Il ne s'est pas tué en fonçant sur moi, ça n'a pas de sens. Je me rappelle son expression. C'était forcément moi, Isla. Toute autre explication est juste trop… simple.

Le cœur d'Isla battait à tout rompre… pour Nikhil.

Elle aurait pu le prendre dans ses bras et adoucir sa peine. Elle savait qu'il la désirait, elle lisait dans son regard une faim égale à la sienne.

Mais ce n'était que du sexe. Il en avait peut-être envie, mais il n'en avait pas besoin, pas maintenant. Il lui fallait quelque chose de totalement différent.

Refoulant son propre désir et le chagrin qu'elle éprouvait pour lui, elle durcit sa voix et le foudroya du regard.

— Tu es un pauvre idiot, Nikhil Dara.

Il sursauta, mais elle tint bon.

— Le problème n'est pas que tu n'aies aucun souvenir, mais que tu veuilles tout contrôler.

— Pardon ?

— Tu utilises ta carrière comme une excuse pratique, mais je ne parle pas seulement de ta vie professionnelle. Tu veux maîtriser tous les aspects de ta vie. Même quand nous avons couché ensemble, tu te contenais. Je comprends ça seulement maintenant.

— Tu tires trop de conclusions de trop peu d'éléments.

Elle ne se laissa pas détourner de son objectif.

— Je ne crois pas. C'est ce que tu fais, Nikhil. Tu préfères être coupable de la mort de ton père plutôt que d'admettre que tu ne contrôlais pas cette situation. Le contrôle te sert d'armure ou de carapace, comme tu voudras.

Il y eut un bref silence.

— Tu te trompes, dit-il en reculant d'un pas. Je vais prendre une douche et, quand j'en sortirai, je te suggère d'avoir quitté ma chambre.

Elle le regarda traverser la pièce, son corps magnifique tendu par les émotions qu'il contenait.

Pendant plusieurs longues minutes, elle réfléchit tout en écoutant l'eau ruisseler derrière la porte. Nikhil cherchait certainement à se reprendre, mais il était trop tard… elle avait vu la douleur et le désarroi, dans ses yeux.

Elle était vraiment tout près de découvrir le vrai Nikhil.

Lentement d'abord, puis prenant davantage confiance à chaque pas, elle se glissa dans la salle de bains, laissant la porte claquer derrière elle.

— Qu'est-ce que tu fais, Mini-Doc ?

— Je ne me trompe pas, dit-elle doucement. Tu portes une armure qui t'étouffe et tu ne le sais même pas.

Elle déboutonna sa chemise et la laissa glisser par terre, puis le reste de ses vêtements suivit et elle pénétra dans la cabine de douche.

— Encore une fois, dit-il, qu'est-ce que tu fais ? Tu ne veux pas me répondre, Mini-Doc, ou tu ne le peux pas ?

Elle pencha la tête de côté.

— Au début, je croyais que tu utilisais ce surnom par gentillesse. Je comprends maintenant que c'est une façon de te rappeler à toi-même mon job pour garder tes distances.

— Je n'ai pas besoin de surnom pour me maîtriser.

Sans répondre, elle s'approcha de lui, si près qu'il n'avait qu'à tendre la main pour l'attirer contre lui. Elle le connaissait suffisamment pour savoir qu'il en mourait d'envie.

— Laisse-toi aller, pour une fois, dit-elle enfin.

— On la joue comme ça ? demanda-t-il entre ses dents serrées.

— Absolument.

Puis elle se haussa sur la pointe des pieds et pressa ses lèvres contre celles de Nikhil.

12

— Quel que soit le jeu auquel tu joues, Isla, ça ne marchera pas, grommela Nikhil.

— Et si je ne jouais pas ?

Aussitôt, le sang afflua dans son sexe et, bien sûr, Isla s'en aperçut. Seul le bruit de l'eau qui ruisselait sur leurs corps troublait le silence, lourd et moite. Il sembla à Nikhil qu'il ne pouvait plus respirer.

Puis Isla passa la langue sur ses lèvres.

À l'aide !

L'avait-il attirée contre lui ? Soudain elle fut dans ses bras et il l'embrassait comme s'il suffoquait et qu'elle était l'oxygène dont il avait besoin pour survivre.

Et c'était peut-être vrai.

Jamais il ne s'était senti aussi désespéré, aussi féroce et sauvage. Il lécha la langue d'Isla de la sienne, se délectant de la façon dont elle lui rendait caresse pour caresse, adorant qu'elle lui mordille la lèvre inférieure.

Un feu irrépressible s'empara de lui, réveillant la bête rugissante. Il voulait qu'elle hurle de nouveau son nom comme elle l'avait fait la première nuit.

Ce souvenir intensifia son désir. Il lui fallut toute la force de sa volonté pour ne pas la soulever dans ses bras et la porter jusqu'à son lit afin de réaliser tous les fantasmes érotiques qui hantaient son esprit.

Elle rejeta la tête en arrière.

— Ce soir, dit-elle, ce n'est pas moi qui perdrai le contrôle.

Il n'était pas prêt à éprouver un tel sentiment de défaite alors qu'elle le fixait, les yeux emplis de désir.

Il n'aurait su dire comment il résista, sans doute grâce au macho en lui qui voulait qu'elle vienne à lui, qu'elle le supplie.

— Alors quoi ?

Pour la première fois depuis vingt ans, ce n'était pas lui qui menait le jeu. Il se sentait plus nerveux à mesure que le silence se prolongeait, et elle le savait. Pire, elle s'en délectait.

Et au moment où il pensait qu'elle n'allait pas poursuivre, elle tendit la main vers lui et la fit courir le long de son corps, sur son torse, puis son ventre, sans jamais le lâcher des yeux. Ensuite, lentement et délibérément, elle prit le sexe de Nikhil entre ses longs doigts élégants et le caressa de la base au sommet.

Un instant, il cessa de respirer.

— Isla...

— Comme je te l'ai dit, je ne suis pas là pour perdre le contrôle, répéta-t-elle, mais pour que *toi* tu le perdes.

Et elle s'agenouilla devant lui.

À cet instant, il sut qu'il devait l'arrêter. De nombreuses femmes lui avaient procuré ce genre de plaisir, au cours des années, et il n'avait pas manqué de les y encourager. Mais c'était la première fois qu'il se sentait aussi vulnérable... Comme si elle lui demandait de rendre les armes.

Et cela, il ne le pouvait pas !

Puis elle leva un regard quasi diabolique vers lui avant de se pencher pour prendre son sexe dans sa bouche. Il sentit que ses jambes peinaient à le supporter, qu'il était incapable de faire quoi que ce fût, hormis la laisser faire.

Donner du plaisir à Nikhil était ce qu'Isla avait fait de plus sensuel de toute sa vie. Bien sûr, elle avait déjà fait des fellations auparavant, mais jamais elle ne s'était sentie aussi grisée, aussi victorieuse...

Nikhil était à sa merci.

À chaque coup de langue, à chaque pression de son poing, à

chaque caresse de ses dents, elle l'entendait respirer plus fort, elle sentait ses cuisses d'acier trembler.

Après avoir léché l'extrémité douce et dure de son sexe, elle l'aspira profondément dans sa gorge. Sa bouche, sa langue, ses mains travaillaient en harmonie, unies dans le même but : obtenir que Nikhil s'abandonne totalement.

Il avait un goût... grisant, enivrant. Elle aurait voulu en jouir à jamais...

Tu t'engages sur une route dangereuse, et tu n'as même pas l'air de t'en soucier.

Elle eut un long gémissement venu du fond de sa gorge, qui courut le long du sexe de Nikhil. Jurant sourdement, il enfonça les doigts dans la chevelure d'Isla, comme s'il ne pouvait pas s'en empêcher.

Parcourue par un frisson d'excitation, elle resserra la pression de sa main tandis que sa bouche exerçait un pouvoir qu'elle ignorait posséder. Nikhil se mit à haleter, ses jambes tremblèrent. Devinant qu'elle le menait au bord de l'orgasme, elle fut gagnée par un délicieux sentiment de triomphe.

Pourtant, elle ne fut pas surprise quand il trouva la force de s'arracher à elle.

— Pas comme ça, dit-il d'une voix à peine reconnaissable.

La soulevant dans ses bras, il l'emporta dans la chambre, la jeta sur le lit et la regarda un long moment. S'agenouillant ensuite entre ses jambes, il se mit à la lécher voluptueusement.

Comment n'explosa-t-elle pas de plaisir dans l'instant ? Il ne se contenta pas de la lécher, il se régala d'elle, comme si elle était le dernier festin de sa vie et qu'il ne voulait pas en perdre un seul morceau.

Incapable de faire quoi que ce soit sauf de s'ouvrir à lui, elle fut prise de tremblements insurmontables et soulevait les hanches pour aller à sa rencontre.

Son impudeur ne faisait qu'exciter Nikhil davantage, elle le sentait. Lorsqu'il prit ses fesses dans ses grandes mains et pressa sa bouche sur son clitoris pour le sucer, elle cria son nom, submergée par le plaisir. Mais il ne cessa pas pour autant, la menant toujours plus haut.

Elle se cambra, s'agrippant aux cheveux de Nikhil, à ses épaules, aux draps, comme pour trouver un point d'appui, poursuivie par le rire grave qui vibrait en elle à la façon d'une nouvelle et exquise torture.

Et cette fois, elle n'atteignit pas seulement un nouveau sommet… Cette fois, elle fut propulsée dans l'espace. Restait à espérer que Nikhil serait son filet de sécurité, quand elle redescendrait sur terre.

Elle n'aurait su dire combien de temps il lui fallut pour revenir à elle mais, quand elle reprit conscience, Isla regarda autour d'elle pour voir où elle se trouvait… pour s'assurer que ce n'était pas juste un rêve.

Mais non. Elle était toujours dans la chambre de Nikhil, et dans son lit. Comment parvenait-il si facilement à mettre son univers sens dessus dessous, alors que la pièce n'avait pas changé ?

Puis il se plaça au-dessus d'elle.

Se rappelant qu'elle était censée prendre le contrôle, elle posa les mains sur ses épaules et le repoussa sur le dos pour le chevaucher.

Une lueur d'amusement dans les yeux, il demanda :

— Tu veux le faire comme ça ?

— Comme ça, oui, répondit-elle dans un souffle.

Se penchant vers lui, elle lui caressa la bouche du bout de sa langue. Ses seins frôlaient le torse recouvert d'une fine toison.

Il posa les mains sur ses hanches, légèrement, comme s'il résistait à l'envie de prendre les commandes. Elle apprécia qu'il fasse cet effort. Leurs regards se croisèrent, s'aimantèrent. Retenant son souffle, elle se souleva légèrement puis s'empala lentement… très lentement… sur le sexe de Nikhil.

C'était sans doute l'acte le plus provocateur qu'elle avait jamais fait. Et Nikhil semblait du même avis.

— Tu vois ce qui se passe quand tu cesses de tout contrôler, même pour un tout petit moment ? murmura-t-elle.

— Je sais juste que tu me tues, *pyar*.

Et soudain, le visage de Nikhil, habituellement sombre, s'éclaira et elle vit quelque chose qu'elle n'avait jamais anticipé... Quelque chose qui l'appelait haut et fort.

La petite pièce d'un puzzle éparpillé, comme ces éclats de bijoux qui sont les deux parties d'un tout. Elle ne s'en était pas aperçue auparavant, l'un des deux morceaux était profondément enfoui en elle.

Son cœur se gonfla dans sa poitrine, et puis elle perdit le contrôle. Les mains de Nikhil se crispèrent sur ses hanches et il mena le rythme. Lentement, inexorablement, il l'emporta vers les sommets.

— Nikhil...

— Oublie cette histoire de contrôle, *pyar*, murmura-t-il. Oublie tout et laisse-toi aller.

— Toi d'abord.

Son corps tout entier la démangeait et elle se mit à bouger, les conduisant tous les deux à l'orgasme. Soudain, peu importait qui avait joui le premier, lorsqu'ils basculèrent ensemble et entamèrent une chute vertigineuse dans un abîme sans fond.

Environ une heure plus tard, Isla s'assit au bord du lit dans lequel Nikhil dormait encore. Elle avait mal partout, mais c'était une douleur délicieuse qui lui rappelait chaque seconde de ce qu'ils venaient de vivre ensemble.

Posant les pieds sur le plancher de bois, elle hésita à se lever. Sa soif de Nikhil aurait dû être étanchée, au lieu de quoi elle semblait ne jamais être rassasiée de lui.

Mais il ne serait sans doute pas content qu'elle soit encore là à son réveil...

Posant ses poings sur le matelas, elle fit un effort pour soulever son corps courbatu.

— Tu vas où ?

Elle tourna vivement la tête vers Nikhil.

Comment peut-il être aussi beau ? Ce n'est vraiment pas juste !

— Ça va être l'heure du dîner. J'ai pensé qu'il était temps de me changer.

Il fronça les sourcils.

— Tu n'es pas obligée.

Le cœur d'Isla fit un bond dans sa poitrine. Voulait-il qu'elle reste ? Et même si c'était le cas, elle ne devrait pas. Dissocier le sexe des sentiments lui devenait de plus en plus difficile.

— Je suis le médecin de garde, dit-elle avant de se mordre la lèvre, effrayée à l'idée de trop en dire et de l'effrayer.

— Tu as ton biper ? demanda-t-il.

— Bien sûr.

Elle gagna la salle de bains pour réunir ses vêtements et revint dans la chambre en les maintenant devant son corps nu, comme si cela lui conférait davantage de dignité.

— Donc on peut t'appeler en cas de nécessité.

— Exact.

Il la regardait en silence, étendu sur le lit, les mains sous la nuque. Le drap recouvrait le bas de son corps...

Était-ce une invite ?

La défiait-il de le rejoindre pour répéter ce qu'ils venaient de faire ?

— Alors... je pourrais rester ?

Une lueur qu'elle ne put identifier passa dans les yeux de Nikhil.

— Tu attends une invitation ?

Qu'y avait-il dans son ton qui la rendit soudain tellement audacieuse ?

— Je ne voulais pas être trop présomptueuse, fit-elle, légère. J'ai appris que c'était souvent une erreur, avec toi.

— Et moi j'ai appris que, même si je tente de te résister, *pyar*, j'en suis incapable. Mais il y a quand même une leçon à en tirer.

— Laquelle ?

— Isla, tu as bien compris que je ne peux pas t'offrir plus que ça ?

— Je ne demande rien de plus. Tu as oublié que je ne crois pas en l'amour ?

— C'est bien ce que tu m'as dit.

Mais il ne semblait pas tout à fait convaincu.

— Nous ne sommes pas ensemble, mais...

— ... Nous profitons mutuellement de notre compagnie, fit-elle.

Essayait-elle de s'en convaincre elle-même ou de le convaincre, lui ? Ce n'était pas clair, mais c'étaient les mots qu'il fallait prononcer. Que ce soit vrai ou non, c'était ce qui permettrait à cet homme têtu de continuer avec elle.

— Profiter mutuellement de la compagnie l'un de l'autre, répéta-t-il lentement.

L'attirant à lui, il s'empara de sa bouche comme s'il ne pouvait pas patienter une seconde de plus.

13

Le buffet du paquebot offrait aux passagers les mets les plus variés, mais il y en avait toujours un pour manger quelque chose susceptible de le tuer. En l'occurrence, il s'agissait d'un jeune marié de cinquante-cinq ans, allergique au poisson, qui avait pourtant décidé d'expérimenter le pouvoir aphrodisiaque des huîtres avec sa nouvelle épouse.

D'une certaine façon, Isla pouvait le comprendre. Les dernières semaines qu'elle avait passées avec Nikhil, depuis cette soirée à l'hôtel de la forêt tropicale, avaient été incroyables. Combien de fois avaient-ils fait l'amour, cette nuit-là ?

Il avait acquiescé quand elle avait évoqué le fait de « profiter mutuellement de la compagnie l'un de l'autre ». Elle ne s'attendait pas à cela. Il lui avait même donné la clé de sa cabine pour qu'ils puissent se rejoindre chaque fois que ni lui ni elle n'étaient de service.

Il lui faisait donc confiance.

Parce que, si quelqu'un les voyait, cela ruinerait la réputation qu'il avait mis dix ans à bâtir.

Et il la risquait pour elle !

Aux yeux d'Isla, c'était une véritable déclaration, bien davantage que tous les mots qu'il faisait en sorte de ne pas prononcer. Et un jour, quand elle en aurait le courage, elle lui prouverait qu'il avait tort de se croire impossible à aimer.

Nikhil n'était pas le seul à avoir changé. Combien de fois s'était-elle sentie différente, plus audacieuse, plus ardente, simplement parce que cet homme merveilleux était entré dans sa vie ?

Elle devinait qu'elle mûrissait, sans véritablement encore savoir ce que cela recouvrait.

Alors, peut-être ce nouveau marié s'était-il senti invincible ? Elle pouvait le comprendre ! Montant les marches quatre à quatre, elle gagna le restaurant. Avec un peu de chance, cet homme aurait son injecteur d'épinéphrine sur lui, voire sa femme la lui aurait déjà administrée.

Mais lorsque Isla arriva sur les lieux, l'état du patient se détériorait rapidement. Son visage était bouffi, déformé et rouge. Il risquait d'une seconde à l'autre de ne plus pouvoir respirer. La main qui avait touché l'huître était elle-même gonflée.

Il fallut un instant à Isla pour calmer l'épouse affolée et apprendre que son mari s'appelait Stewart.

Écartant les gens qui s'étaient massés autour de lui, Isla sortit son propre injecteur d'épinéphrine de sa sacoche et lui administra le remède.

Par bonheur, Lisa arriva avec des antihistaminiques et un masque à oxygène. Un infirmier la suivait de près, poussant un brancard.

Isla sourit à son patient, la voyait-il seulement ?

— On vous emmène au centre médical, Stewart.

Elle entreprit ensuite de rassurer son épouse, ce qui n'était pas une mince affaire au milieu de la centaine de personnes qui se pressaient pour mieux jouir du spectacle.

Plusieurs heures plus tard, Isla termina ses rapports et passa le relais à Gerd, de service pour la nuit. Puis elle quitta le centre médical.

Elle remonta les nombreux corridors à toute vitesse. Heureusement, l'heure tardive lui permettait de rejoindre Nikhil sans se faire remarquer. En raison de leurs emplois du temps, ils ne passaient pas toutes les nuits ensemble, mais celles-ci n'en étaient que plus précieuses.

Dès qu'elle se glissa dans la cabine de Nikhil, il l'attira dans ses bras.

— Je ne savais pas si tu serais encore sur le pont, souffla-t-elle entre deux baisers.

— Je viens d'arriver. Il y a eu un drame avec un mangeur d'huîtres, à ce que j'ai entendu ?

— Il va bien.

— Rien que je doive savoir ?

— Rien qui ne puisse attendre le rapport du matin.

— Parfait.

Soulevant Isla de terre pour qu'elle puisse lui encercler la taille de ses jambes, il la porta à travers la pièce et la laissa tomber sur le lit. Tels deux adolescents excités, ils éclatèrent de rire.

Une heure ou deux plus tard, Isla sortait de la douche lorsqu'elle entendit frapper à la porte de Nikhil. Il y eut un bruit de voix et elle s'efforça de ne pas bouger pour ne pas trahir sa présence.

Quand la porte se referma, elle sortit de la salle de bains enveloppée dans une serviette de toilette. Blanc comme un linge, Nikhil se tenait au milieu de la pièce.

— Que se passe-t-il, Nikhil ?

Il la parcourut du regard, mais elle eut l'étrange impression qu'il ne la voyait pas vraiment.

— Ce n'est rien, dit-il finalement.

En réalité, il semblait tourmenté. L'estomac noué, elle réprima l'envie de se jeter dans ses bras pour tout arranger, mais elle savait que c'était impossible.

Elle n'était pas sa petite amie, à peine un peu plus qu'un plan cul. Il l'avait avertie qu'il ne pouvait rien lui offrir de plus, seulement « profiter mutuellement de la compagnie l'un de l'autre ». Elle avait accepté, sous prétexte qu'après Bradley elle ne voulait plus jamais souffrir.

Pourtant, elle commençait à admettre ce qu'elle avait sans doute toujours su : elle n'avait jamais aimé Bradley. Leur rupture l'avait certes humiliée, mais les sentiments qu'elle éprouvait en seulement quelques semaines pour Nikhil étaient mille fois plus intenses que ce qu'elle avait jamais ressenti pour Bradley.

Nikhil, au lieu de lui interdire l'accès à son intimité comme elle s'y attendait, lui tendit de ses doigts tremblants le morceau de papier qu'il tenait dans la main.

— On vient de me l'envoyer par radio, dit-il.

C'était totalement inattendu, mais elle n'hésita pas. Elle prit le papier et lut le message.

— Ton frère veut te voir ?

— Dans n'importe quel port que je lui indiquerai.

— Tu devrais peut-être accepter. Il est temps pour toi de savoir ce qu'il veut.

— Peut-être que je m'en fiche.

Elle devina qu'il était en colère, mais pas contre elle.

— Alors tâche de savoir ce que tu veux, ou plutôt ce dont tu as besoin.

— Je n'ai pas besoin de lui. Ça a été le cas il y a vingt ans, mais plus maintenant.

Le regard de Nikhil était si dur qu'elle eut le sentiment qu'il se gravait dans sa peau.

— Qu'est-ce qui s'est passé, Nikhil ?

Il secoua la tête.

— C'est une longue histoire, enterrée depuis longtemps. Je ne vois pas l'intérêt de la ressusciter.

— Pourtant tu m'en as parlé, alors que rien ne t'y obligeait.

Il réprimait ses émotions au prix d'un effort manifestement surhumain. Elle aurait certainement dû abandonner mais, qu'il le reconnaisse ou non, il avait besoin d'elle.

— Quelle est cette histoire avec ton frère, Nikhil ?

Elle vit son pouls battre plus vite, au niveau de sa mâchoire, mais il ne répondit pas. Au moment où elle allait renoncer, il ouvrit la bouche.

— Il m'a trahi, Isla. C'était mon grand frère et il m'a laissé au moment où j'avais le plus besoin de lui. C'est tout ce que tu as besoin de savoir.

Les mots franchirent ses lèvres avant qu'elle ne puisse les retenir.

— Tu le crois vraiment, Nikhil ? Tu crois être le seul à avoir été trahi par quelqu'un ? Les gens font ça couramment. C'est l'un des aspects les plus moches de la nature humaine. Mais tu veux connaître les plus beaux ?

— Je suis certain que tu vas m'éclairer à ce sujet.

— On secoue la poussière de ses souliers, on se redresse et on repart.

— Et puis-je te demander qui t'a trahie ? Ta mère aimante ? La sœur qui t'adore ?

— Mon ex-fiancé.

Depuis que Nikhil connaissait Isla, il se demandait quel genre d'homme laissait une fille aussi extraordinaire qu'Isla Sinclair lui glisser entre les doigts.

— J'ai fait la connaissance de Bradley à l'école de médecine, lui dit-elle, et on a été ensemble pendant dix ans. Les trois dernières années, on était fiancés.

— Laisse-moi deviner... Il t'a trompée.

— Bien sûr, et même plusieurs fois. Je l'ai découvert la semaine de notre rupture. Mais tu veux savoir le pire ? Ce n'est même pas ce qui m'a fait le plus de mal.

— Ah bon ?

Il s'efforça de dissimuler la colère inattendue qui lui gonflait la poitrine. Il aurait voulu trouver cet imbécile de Bradley et le traiter comme il le méritait.

Exactement comme tu mérites de l'être, fit une voix dans sa tête.

— Le pire, continua Isla, c'est que je l'ai laissé me dicter ma conduite. Il avait décidé que j'abandonnerais la médecine une fois que nous serions mariés, pour devenir le genre de femme susceptible de servir sa carrière.

— Et tu as accepté ?

— En tout cas, je ne me suis pas rebellée. Du moins, pas au début. Il me répétait sans cesse tout ce que ma mère avait toujours souhaité pour sa fille, si bien que pendant une courte période je me suis perdue moi-même.

— Je n'arrive pas à y croire, venant de toi.

— Franchement, j'étais une idiote, mais je croyais que je

l'aimais… et aussi qu'il m'aimait. En réalité, il aimait surtout les relations de ma mère. J'étais à peine plus qu'un moyen pour parvenir à ses fins. Un trophée qu'il exhiberait à son bras.

— Je n'arrive toujours pas à t'imaginer ainsi.

— C'est toute la question. J'étais quelqu'un de différent, à l'époque. Cette rupture a été le catalyseur qui m'a permis de décider de ma vie, de choisir d'exercer la médecine sur un paquebot, de faire le tour du monde, et de mener la carrière que j'avais toujours voulue. Mais je n'imaginais pas rencontrer quelqu'un comme toi. J'ai changé, Nikhil. Je ne suis plus la fille que j'étais il y a un mois. Je ne m'en étais pas aperçue, mais ma mère l'a remarqué et, le soir du gala, elle a mis cela sur le compte de ma rencontre avec toi.

Dieu seul savait combien Nikhil avait envie de la croire, seulement il n'en avait pas le droit. Il avait ses propres démons mais, contrairement à Isla, il n'avait pas eu la force de les affronter.

— Je te rappelle que nous étions d'accord pour prendre du bon temps ensemble, mais sans engagement.

— Mais c'est arrivé quand même.

— Pas de mon côté.

— Tu mens.

— Tu peux répéter ?

— Je ne sais pas si tu ne mens qu'à moi, ou si tu te leurres toi-même. Mais, comme moi, tu as senti quelque chose s'épanouir entre nous.

— Tu te trompes.

— Non, et tu peux toujours me crier dessus, ça ne changera pas les faits.

— Je ne veux pas d'une histoire sur le long terme.

— C'était le cas avant, mais tu ne peux pas nier que quelque chose a changé entre nous, ces dernières semaines. Tu es plus ouvert, plus compatissant, et ce n'est pas une faiblesse.

Il avait l'horrible pressentiment qu'elle avait raison. Mais jamais il ne serait un autre, même en essayant. Il était qui il était, ce que le passé avait fait de lui. Ce n'était pas parce que son comportement avait changé que cela le rendait différent – le genre d'homme qui méritait une femme comme Isla.

Ses fêlures pouvaient disparaître temporairement, mais un jour ou l'autre elles émergeraient à la surface.

Pourtant, il aurait tant voulu croire Isla !

Ce qu'il éprouvait pour elle était plus proche de l'amour qu'il ne l'aurait jamais cru possible.

— Tu vois ce que tu veux voir, dit-il sèchement, comme pour lui rappeler – leur rappeler à tous les deux – le monstre qu'il était.

Elle eut un pauvre sourire.

— Je sais ce que tu prétends être, mais je te vois pour ce que tu es vraiment. Tu peux toujours te persuader du contraire, mais tu es quelqu'un de bien.

— Tu ne m'as pas écouté, gronda-t-il. Je ne suis pas quelqu'un de bien, quoi que tu en dises, et ça ne changera pas.

— Tu te trompes, Nikhil. Cette affreuse image de toi-même est gravée dans ton cerveau. À mon avis, c'est parce que tu t'es persuadé que c'est ce que ton frère a vu en toi le jour de l'enterrement. Mais ce prétendu monstre n'est pas l'homme que je connais. Il faut absolument que tu revoies Daksh et que tu écoutes ce qu'il a à te dire.

À cet instant, Nikhil prit conscience qu'il aurait donné n'importe quoi pour correspondre à l'idée qu'Isla se faisait de lui. Mais elle se trompait, et il n'y avait qu'un seul moyen de la protéger contre lui.

Après avoir enfilé son uniforme, il sortit de la cabine. Il fallait qu'il parle immédiatement au capitaine, avant de trop réfléchir aux conséquences de ce qu'il s'apprêtait à faire.

— Ferme la porte derrière toi en partant, Isla. Et ne reviens pas.

14

Près d'une semaine plus tard, Isla traitait sa dernière patiente lorsqu'elle reçut une convocation du capitaine.

Mme Berridge-Jones, âgée de soixante-douze ans, avait raté les dernières marches de l'escalier du grand hall. Incapable de poser le pied par terre, elle avait été transportée au centre médical.

— Je n'ai pas l'intention de quitter le paquebot, déclara-t-elle sur un ton impérieux. J'attends cette croisière depuis deux ans et je refuse d'être renvoyée chez moi sous prétexte que mon talon s'est pris dans l'ourlet de ma robe.

Isla réprima un sourire, cette dame lui rappelait bizarrement sa mère. Isla l'aida à s'installer sur la table d'examen, remarquant au passage ses grimaces de douleur.

— Bonne nouvelle, dit-elle en lui montrant les radios. Vous n'avez pas de fracture, juste une entorse. Votre croisière ne sera pas gâchée.

— Ravie de l'apprendre. Vous allez me remettre sur pied en un clin d'œil, et je pourrai retourner à mon pot d'accueil.

— Je ferai le plus vite possible, répondit Isla, mais votre cheville est gonflée et douloureuse malgré les antalgiques. Vous ne pourrez peut-être pas descendre à temps pour profiter du verre de bienvenue.

Mme Berridge-Jones lui jeta un coup d'œil dédaigneux.

— Donnez-moi davantage de pilules pour les deux prochains jours, et je serai en pleine forme.

— Je dois vous avertir que les entorses requièrent des soins et peuvent être très douloureuses. Vous pouvez déchirer les ligaments qui maintiennent les os de votre cheville les uns avec les autres.

— Je n'ai tout de même pas besoin d'une attelle pour une simple entorse !

Réprimant de nouveau un sourire, Isla prit sa voix de médecin sévère :

— Si vous vous montrez négligente, cela pourrait finir par une douleur chronique de la cheville, une instabilité articulaire ou même de l'arthrite.

— Balivernes !

— Je veux voir cette cheville bandée et surélevée pour vous garder à bord, madame Berridge-Jones.

Et malgré ses fanfaronnades, la patiente se soumit à l'avis médical.

Moins d'une heure plus tard, Isla tambourina à la porte de Nikhil et, sans attendre d'y être invitée, l'écarta d'un coup d'épaule pour entrer.

— Je viens d'être convoquée par le capitaine. On m'offre un nouveau poste.

— Exact.

Il ne semblait ni surpris, ni affecté.

— Le médecin titulaire du poste veut reprendre sa place pour la nouvelle croisière, dit-elle.

— En effet.

— On m'a proposé d'embarquer sur un autre bateau plus important que l'*Hestia*, mais moins que le *Cassiopée*.

— C'est une belle promotion.

L'émotion serra la gorge d'Isla. Elle s'était reproché d'être paranoïaque en soupçonnant Nikhil d'être à l'origine de cette mutation. Mais elle le craignait désormais vraiment.

— Tu étais au courant !

— Le capitaine m'a demandé mon avis. Il semble que tu

aies fait une grosse impression sur le Dr Turner, qui voulait te garder au détriment de l'autre médecin.

— Et tu as donné un avis contraire.

— J'ai simplement fait remarquer que nous pouvions être attaqués légalement par ton prédécesseur, tu n'étais censée le remplacer que temporairement.

Elle lutta contre la nausée qui menaçait de la gagner.

— Tu ne voulais pas de moi ici. Comme j'ai refusé de demander mon transfert, tu as trouvé un autre moyen pour que je quitte le *Cassiopée.*

— C'est une promotion. Tu vas travailler sur un paquebot plus prestigieux que celui sur lequel tu avais été affectée au départ.

Elle aurait dû lui être reconnaissante de ne pas tenter de mentir. Du moins, il était suffisamment intègre pour lui dire la vérité, mais cela n'en était pas moins douloureux.

— Reconnais au moins que ce n'est pas ma carrière qui te préoccupe, Nikhil. Simplement, personne ne doit pénétrer dans ton intimité, et mon arrivée a bouleversé toutes les petites règles que tu avais instaurées.

— J'ai considéré que c'était mieux pour la compagnie. C'est mon travail.

— Et grâce à Dieu, les intérêts de la compagnie coïncident avec les tiens. Dès le début, tu as voulu te débarrasser de moi, et tu te détestais parce que tu n'y parvenais pas.

— Tu te trompes sur toute la ligne. Il s'agit simplement de réintégrer le médecin titulaire.

— C'est l'excuse que tu as trouvée, mais ce n'est pas ta motivation première. Tu as des sentiments pour moi, mais tu n'es pas prêt à les admettre. Qu'est-ce qui te fait si peur, Nikhil ?

Il y eut un bref silence.

— Tu fais erreur, répondit-il froidement. Je n'ai pas peur. Je n'ai jamais peur de rien.

Nikhil savait pertinemment qu'il venait de proférer un énorme mensonge. Isla le fixait comme si elle pouvait lire chacune des sombres pensées gravées dans la pierre glaciale et dure qui lui tenait lieu de cœur.

— Tu as eu peur dès que ce message t'a été remis, dans ta cabine, et qu'au lieu de le garder pour toi, comme tu l'aurais fait il y a une semaine, tu me l'as fait lire.

— Ce n'était qu'un message, Isla.

— On sait tous les deux que ce n'était pas que cela. Tu m'as laissée entrer dans ta vie, et maintenant tu le regrettes. C'est pour cette raison que tu t'es arrangé pour que je m'en aille.

— C'est pour ton bien, répondit-il d'une voix sourde.

— Parce que tu es un monstre ? demanda-t-elle avec mépris.

Malgré lui, il apprécia qu'elle se montre aussi violente *envers lui.*

— Parce que, dans ton esprit, continua-t-elle, c'est de ta faute si ton imbécile de frère t'a laissé tout supporter seul et n'est jamais revenu ?

Il aurait voulu la croire. Il la croyait presque... même si, contrairement à elle, il connaissait la vérité.

— Je t'ai dit qu'il était venu à l'enterrement ?

— À l'enterrement de ton père, oui.

— Il ne s'est pas approché de la tombe. Il est resté près d'un arbre et il a regardé de loin. J'ai vu le dégoût dans ses yeux, comme s'il pensait que j'aurais pu agir autrement.

— Tu n'as pas parlé à Daksh ?

— Pas plus qu'il ne m'a parlé. À un moment il était là, et quand je me suis tourné de nouveau vers lui, il avait disparu.

— Et c'est pour ça que tu penses être un monstre ?

— C'est ce que je suis. Même lui, il l'a vu.

— C'est faux. Tu es un homme bien, mais la partie la plus sombre de toi ne me croit pas parce que... je ne suis pas assez importante pour toi.

Il aurait voulu la détromper, mais il en fut incapable.

— Parle avec ton frère, Nikhil, dit-elle d'une voix désolée. Quoi qu'il ait à te dire, ça ne peut pas être pire que l'enfer que tu vis actuellement.

Sur ces mots, Isla déposa un baiser sur ses lèvres puis franchit la porte, sortant du même coup de sa vie.

Nikhil entra dans l'hôtel le plus luxueux de Rotterdam et parcourut du regard le lobby élégant qui respirait l'opulence.

Ces dix derniers jours, il avait vécu l'enfer.

Lorsque le capitaine lui avait annoncé la promotion qu'il espérait depuis dix ans, il s'était instinctivement dirigé vers le centre médical pour partager la nouvelle avec Isla.

Il ne savait même plus comment ni à quel instant il s'était arrêté en route. Il se rappelait seulement s'être retrouvé sur le pont, sous une pluie froide. Finalement, il avait admis qu'Isla avait raison et que sa rupture avec son frère le dévorait de l'intérieur depuis des années.

Sans plus réfléchir, il avait téléphoné à DXD Industries. Et aussitôt, son frère avait été à l'autre bout du fil. Il avait semblé à Nikhil que la voix d'Isla l'encourageait dans sa tête, lorsqu'il avait informé Dax que sa prochaine escale serait Rotterdam.

Et maintenant il était là, assis dans un fauteuil, attendant l'homme qu'il n'avait pas revu depuis son adolescence.

Soudain, il le vit.

Daksh Dara était visiblement un homme fortuné. Cela se voyait à son costume coûteux et à sa démarche assurée.

Les deux frères échangèrent un long regard à distance. L'espace de quelques secondes, Nikhil eut l'impression que ni l'un ni l'autre ne voulaient faire le premier pas.

Finalement, et à son grand étonnement, ce fut Daksh qui vint vers lui à grandes enjambées.

— Nikhil.

— Mon frère, répondit-il en appuyant sur chaque syllabe.

— Ça fait longtemps.

— Depuis la dernière fois que nous nous sommes parlé, ou la dernière fois que nous nous sommes vus ? demanda Nikhil d'une voix glaciale.

À sa grande surprise, il vit dans les yeux de son frère quelque chose qui ressemblait à du remords.

— J'ai été lâche de ne pas te parler le jour... de *son* enterrement, dit Daksh.

Nikhil ne trouva pas les mots pour répondre, tant il fut pris de court par les termes utilisés par Daksh. Il n'avait pas dit « l'enterrement de notre père ». Il y avait même une note de dégoût dans la façon dont il avait dit « son ». Comme s'il ne pouvait pas plus que Nikhil supporter le vieil homme.

— J'ai cru que tu étais parti parce que tu réprouvais mon acte, dit-il avec difficulté.

— C'était un monstre, et je ne pensais pas qu'il méritait d'être enterré dignement.

— Dans ce cas, pourquoi tu ne m'as pas adressé un mot ?

Il y eut un long silence.

— Si on se commandait à boire ? dit enfin Daksh en levant la main.

Un serveur se précipita aussitôt. Quelques minutes plus tard, ils avaient devant eux deux verres emplis d'un liquide ambré dont l'odeur épicée annonçait une qualité inconnue à la table du capitaine.

Nikhil en eut la confirmation à la première gorgée : le goût était à la fois fruité et piquant.

— J'avais honte, dit soudain son frère, et je me sentais coupable. C'est pour ça que je ne t'ai pas parlé, ce jour-là.

La confession était tellement inattendue que Nikhil en resta coi. Il était figé sur son siège, incapable de bouger. L'image d'Isla s'imposa à son esprit, lui apportant une sorte d'apaisement.

— Je n'aurais jamais dû te laisser seul avec lui, continua son frère.

Il parlait lentement, comme s'il avait passé des années à ressasser ses torts.

— Je savais de quoi il était capable. La plupart du temps, il parvenait à se contenir et je m'en sortais avec un œil au beurre noir ou des bleus qui mettaient deux semaines à disparaître. Mais souvent, je me suis retrouvé à l'hôpital à cause de lui. Une fois avec une jambe cassée, deux fois avec un bras fracturé, trois fois avec des côtes brisées. Il m'a aussi blessé avec un couteau et tailladé le pied.

Daksh laissa échapper un profond soupir, chargé de haine et de fureur contenue.

— Je pensais qu'il ne te toucherait pas, reprit-il. Du moins, je m'en étais convaincu. Je me disais qu'il s'en prenait à moi parce que je ressemblais trop à notre mère. C'était vraisemblablement ce que je voulais croire pour justifier mon départ. La seule fois où je suis revenu, il sortait de désintoxication et tu n'as rien dit. Mais j'aurais dû savoir qu'il s'en prendrait à toi dès mon départ.

— Au début, il n'a rien fait, répondit Nikhil. Et quand tu as remis les pieds à la maison, il ne m'avait pas encore maltraité. Après la désintoxication, il s'est calmé pendant quelques mois. Je croyais qu'il avait changé, mais en réalité je suppose qu'il avait juste peur des autorités. Elles n'ont pas fait grand-chose, d'ailleurs.

— J'aurais dû porter plainte, mais...

— Tu étais gêné d'avouer que ton père te brutalisait alors que tu étais déjà un jeune adulte. Je connais très bien ce sentiment.

— J'étais ton grand frère. J'aurais dû prendre soin de toi.

— Tu n'as que dix-huit mois de plus que moi, Daksh. À ta place, je ne pense pas que je serais revenu non plus, même si je t'en ai voulu.

C'était étrange comme les choses pouvaient changer en une fraction de seconde. Des années de frustration et d'amertume s'évaporaient en l'espace d'une conversation.

Grâce à Isla.

Nikhil fit taire cette voix. Isla méritait mieux que lui.

— Tu sais que je l'ai tué.

Les mots faisaient mal, mais une fois que Nikhil les eut prononcés, quelque chose en lui revint à la vie.

— Non, répondit durement Daksh. Tu ne l'as pas fait.

Pour la première fois depuis longtemps, Nikhil accepta de retourner dans le passé. À mesure que le brouillard se dissipait, des silhouettes émergeaient.

— Tu ne l'as pas fait, répéta Daksh.

Nikhil détesta son expression horrifiée. Après toutes ces années, il découvrait qu'il cherchait toujours l'approbation et l'amour de son frère.

— Bien sûr que si ! Il était fou de rage et il avait un couteau à la main. On s'est battus et j'ai réussi à le lui arracher, je m'en souviens très bien. J'étais très en colère et il continuait de m'attaquer... et soudain, il n'était plus là. J'ai baissé les yeux et j'ai vu son corps sur le mien, dans une mare de sang.

— Bon Dieu, Nikhil...

Daksh, clairement abasourdi, passa la main dans ses cheveux.

— C'était un monstre, dit Nikhil, mais il ne méritait pas la mort. En tout cas, pas de la main de son fils.

— Tu ne l'as pas tué, Nik.

Le surnom de son enfance suscita un flot de souvenirs en lui.

— C'est ce que tu as cru, pendant toutes ces années ? reprit Daksh.

— Parce que c'est vrai.

— Tu te trompes.

Daksh semblait si sûr de lui, tellement en colère, que Nikhil hésita. C'était comme s'il avait été au bord d'un précipice sans fond. Il voulait reculer, mais comment ?

— Tu n'étais pas là, Daksh.

— J'ai lu le rapport de police. Cela m'aurait été égal, si tu l'avais vraiment tué, parce qu'il le méritait. Mais tu ne t'es jamais demandé pourquoi tu n'avais pas été arrêté ?

— J'ai été épargné à cause de mon âge. En plus, il n'y avait pas de témoins.

— Non. Si tu n'as pas été incarcéré, c'est parce que tu n'étais pas coupable. Une voisine a entendu le bruit et elle a appelé la police. Quand ils ont enfoncé la porte, tu étais toujours dans la même position, affaissé contre le mur avec papa sur toi.

— Mais le couteau était dans ma main, enfoncé dans son corps.

— Exact, mais tu n'y étais pour rien. Il avait planté ce couteau dans ton épaule, non ? Il t'avait en quelque sorte épinglé au mur, qui était maculé de ton sang. Tous les éléments prouvant ton innocence concordaient.

— Oui…

Nikhil entendit sa voix mais il lui fallut un moment pour comprendre que c'était la sienne. Il n'en avait jamais parlé à personne, sauf à Isla. Daksh avait donc forcément lu le rapport.

— Quand tu as glissé contre le mur, continua Daksh, le sang qui jaillissait de ton épaule a laissé une trace ininterrompue sur la paroi. Cela prouve que tu ne t'en es pas écarté pour poignarder notre père. C'est lui qui s'est précipité sur toi, après que tu as arraché le couteau de ta plaie. Il a dû trébucher et il s'est empalé lui-même.

Était-ce possible ? Nikhil déglutit. Avait-il porté le poids de sa culpabilité pendant toutes ces années alors qu'il n'était pour rien dans la mort de son père ?

— Je t'assure, petit frère, dit Daksh. D'après l'angle de ta main et la force que tu aurais dû déployer pour le blesser, tu n'as pas pu le tuer. Disons que tu étais juste au mauvais endroit, au mauvais moment.

Nikhil hocha lentement la tête. Il n'était pas le monstre qu'il avait cru être ? Avait-il écarté Isla pour des raisons qui n'existaient pas ?

— J'ai tué mon père, répéta-t-il avec obstination. Je suis un monstre.

D'un mouvement souple, Daksh s'accroupit devant Nikhil et lui posa la main sur la nuque, l'attirant vers lui jusqu'à ce qu'ils soient front contre front.

— Tu n'es pas un monstre, petit frère. C'est *lui* qui l'était. Et moi aussi, pour t'avoir laissé souffrir entre ses mains.

— C'est faux ! Et même si c'était vrai, je te pardonnerais.

Nikhil savait qu'une seule conversation ne suffirait pas à effacer des années de dégoût de soi. Il sentait pourtant qu'une étape cruciale venait d'être franchie.

Le processus de guérison avait débuté… comme Isla le lui avait prédit. Et cela ne serait jamais arrivé sans elle. C'était elle qui avait commencé à le changer, à l'aider à faire ce premier pas qui lui permettrait finalement de se débarrasser du passé.

Comment ne l'avait-il pas compris auparavant ?

Il était un imbécile.

— Pendant des années, je me suis dit que je laissais passer trop de temps, que je devais combler le fossé qui nous séparait, dit Daksh. Je suis content qu'il ne soit pas trop tard.

— Ça va prendre du temps, s'entendit dire Nikhil, pourtant il n'est pas trop tard.

Mais était-il trop tard pour réparer ses fautes envers Isla ?

15

— Qu'est-ce que tu fais là, Nikhil ?

Le cœur d'Isla battait la chamade, mais elle ne voulait pas qu'il s'en aperçoive.

— Je te dois des excuses, Isla.

Il ne l'appelait pas Mini-Doc, elle aurait dû s'en réjouir mais ce n'était pas le cas. Elle aurait aussi dû se moquer de son apparence, mais elle le buvait des yeux. Il avait quitté son uniforme pour un jean noir et un T-shirt assorti.

Elle pouvait toujours feindre l'indifférence, mais elle tenait à peine sur ses jambes.

— Ce n'est pas nécessaire, dit-elle.

— Bien au contraire, et j'ai mis trop de temps à le faire.

— Ça m'est égal. Je n'ai pas envie de t'entendre.

— J'ai discuté avec Dax, comme tu me l'avais suggéré.

Elle n'aurait su dire ce qui l'ébranlait le plus : qu'il ait parlé avec son frère, ou qu'il l'ait fait parce qu'elle le lui avait conseillé.

Une petite voix intérieure avait beau lui hurler de ne pas écouter cet homme, elle ne pouvait pas prétendre ne pas en avoir envie. Elle s'appuya à son bureau et, laissant tomber ses bras le long de son corps, elle s'agrippa au rebord de bois.

— Très bien, je t'écoute.

— J'aurais dû te dire que le capitaine m'avait prévenu de ton éventuel transfert. J'aurais même dû t'informer qu'une relation stable avec une femme aurait favorisé mes chances de promotion.

Elle ouvrit de grands yeux.

— Mais tu ne l'as pas fait... En tout cas, je te remercie de te montrer enfin honnête.

— Si j'avais voulu t'utiliser, il m'aurait suffi de rendre notre relation publique. Mais ce que nous avions était trop précieux, trop intime, pour que je laisse la rumeur s'en emparer.

Les tempes bourdonnantes, elle se refusait à *espérer*.

Et pourtant, l'espoir fleurissait en elle.

— Tu sais que j'ai toujours refusé de mêler vie professionnelle et vie privée, dit-il.

— Je suis au courant. Ta carrière passe avant tout, répondit-elle avec une certaine amertume.

La réponse de Nikhil la prit par surprise.

— Je n'ai jamais voulu rentrer dans la marine, c'était même le dernier métier que j'envisageais. Mon père avait travaillé à bord de bateaux, dans la salle des machines. Je ne voulais rien faire qui puisse avoir un rapport avec lui, pour des raisons évidentes.

Rien d'étonnant à ce qu'il n'ait pas voulu suivre les traces d'un père alcoolique et violent, source de tant de douleur.

— Pourquoi l'avoir fait, alors ? demanda-t-elle.

— Parce que, là d'où je venais, je ne disposais pas d'une multitude de choix. Je me suis dit que, au moins, je pourrais être le marin qu'il n'avait jamais été. Je serais officier, ce qu'il n'aurait jamais rêvé d'être.

Elle comprenait mieux son investissement dans sa carrière, d'autant qu'il se reprochait la mort de son père. Mais elle se demandait ce que son frère lui avait dit d'assez important pour qu'il revienne vers elle.

— Finalement, il t'aura influencé jusqu'au bout, dit-elle sur le ton du constat. Tu es devenu officier à cause de lui et tu l'as laissé te hanter pendant toutes ces années.

Il se tut un instant.

— Auparavant, je ne serais jamais allé voir Dax.

— Auparavant ?

— Avant de te rencontrer, Isla. Mais tu as tout changé. Tu

m'as changé, et je ne veux pas redevenir l'homme que j'étais avant toi.

Cette fois, le cœur d'Isla fit des bonds sauvages dans sa poitrine.

Il *l'aimait*.

Il n'était peut-être pas capable de prononcer ces mots, mais tout ce qu'il venait de dire le prouvait. Pourtant, elle voulait en entendre davantage.

Pour être sûre.

— Qu'est-ce que ton frère t'a dit ?

— Le jour de l'enterrement, quand j'ai vu l'expression dégoûtée de Dax, ma vie a basculé. Chaque fois que je me regardais dans la glace, je voyais un monstre. Mais maintenant que j'ai discuté avec mon frère...

Il secoua la tête, comme s'il ne parvenait pas encore à y croire. Cette fois, Isla ne put s'empêcher de combler la distance qui les séparait pour poser ses mains sur le torse de Nikhil et sentir les battements de son cœur. Il cognait sous ses paumes, au même rythme que le sien.

Comme s'ils ne faisaient plus qu'un.

— Il ne t'a fait aucun reproche, c'est ça ?

Jamais elle n'avait vu les yeux de Nikhil étinceler de cette façon.

— Non. Il s'est blâmé lui-même de m'avoir laissé seul avec cet homme.

— Il était à peine sorti de l'adolescence. Tu m'as dit qu'il avait dix-sept ans.

Un petit sourire aux lèvres, il posa la main sur la joue d'Isla.

— Je le sais, *pyar*. Ne crains rien, je ne lui en veux plus. Il y a eu trop de rancune entre nous pendant trop longtemps, alors que le seul coupable avait disparu.

— Dax et toi, vous avez fait la paix ?

— En tout cas, nous sommes sur la bonne voie.

Elle ouvrit la bouche pour parler, mais rien ne vint. Le chaos régnait dans son esprit. Elle avait beau être soulagée pour Nikhil, il ne lui avait toujours pas dit ce qui l'avait amené devant sa porte.

— C'est tout ce que tu voulais me dire ? demanda-t-elle après un bref silence.

— Non. Je suis venu te dire que je t'aime.

Un instant, elle fut réduite au silence.

Nikhil l'aimait, tout comme elle l'aimait. Il le disait enfin !

— En fait, continua-t-il, je crois que je suis tombé amoureux dès le premier jour, sur ce quai.

— Peut-être pas à cet instant précis, répondit-elle en rougissant.

Il lui saisit les deux bras et les serra.

— Si. Dès la première seconde, quand tu m'as dit de dégager. Je crois qu'une partie de moi a su que tu étais la femme de ma vie.

Comme elle ne disait rien, il reprit :

— Je veux passer le reste de mon existence avec toi, me réveiller auprès de toi, aller au lit avec toi, et profiter de tout ce qu'il y a entre les deux à tes côtés.

Où trouva-t-elle la force de s'arracher à son étreinte ?

— Je suis contente pour ton frère et toi, et même davantage que tu ne peux l'imaginer. Mais je te rappelle que j'ai un poste de médecin sur un nouveau bateau et que toi, si j'ai bien compris, tu es capitaine sur le tien. C'est peut-être ce qui t'amène. Dans la mesure où nos vies ont pris des cours différents, tu peux te permettre de dire ce que tu craignais tant de reconnaître auparavant ?

— Tu te trompes sur toute la ligne… J'ai parlé à la direction de la compagnie, ce matin.

— Si tu m'as encore fait affecter sur un autre poste…

— Je n'ai pas parlé de ton poste, Isla. J'ai uniquement mentionné ma carrière à moi, et j'ai laissé entendre que je préférais partir pour une nouvelle croisière en tant que premier officier avant d'accepter un poste de capitaine. Cette fois, je suis affecté sur l'*Étoile d'Hermione*.

— C'est mon bateau !

— Exact.

Cela signifiait qu'il l'aimait vraiment ! Elle secoua la tête, refusant encore d'admettre l'évidence.

— Tu refuses une promotion pareille, juste pour être avec moi ? Pour que notre liaison reste cachée, comme nous l'avons fait pendant ces dernières semaines ?

— Tu ne comprends pas. Je ne veux plus que nous nous cachions. Au contraire, je veux que nous nous présentions en tant que couple.

— En tant que couple ? fit-elle, incrédule.

— La direction sera au courant de notre relation et nous aurons notre propre cabine. Tu m'appartiens, tout comme je t'appartiens. Je veux que tout le monde le sache.

— Tu n'as pas à faire ça, Nikhil.

— Je t'aime, Isla. C'est aussi simple que ça. Et peut-être qu'un jour tu pourras me dire que tu m'aimes aussi.

— Je t'aime déjà.

Les mots avaient jailli... si facilement !

— Isla...

— Je t'aime, Nikhil, répéta-t-elle. Je suis à toi et tu es à moi.

À la seconde suivante, elle était dans ses bras.

— Plus il y aura de gens au courant, mieux ce sera, dit-elle.

Se haussant sur la pointe des pieds, elle pressa ses lèvres contre les siennes.

— Pourquoi pas le monde entier ? murmura-t-il.

— C'est un début.

Le début le plus magnifique qu'elle ait jamais imaginé.

Épilogue

Isla, tournant le dos au soleil levant, se tenait à l'avant de l'*Étoile d'Hermione*. Les sept derniers mois passés avec Nikhil avaient été les plus heureux de sa vie.

Mais à présent elle attendait, le cœur serré, le retour de ce dernier, qui avait été convoqué par le capitaine. Elle se réjouissait à l'idée qu'on offrait sans doute à Nikhil un commandement, mais en même temps cette perspective la terrifiait.

Quelle que soit la proposition qu'on allait lui faire, il ne pouvait pas la décliner une seconde fois. Et ce serait la fin de leur parfaite petite idylle.

Percevant un bruit de pas sur le pont, elle regarda dans cette direction.

Nikhil venait vers elle.

— Quel bateau ? demanda-t-elle sans préambule.

Il la fixa un instant sans répondre, mais elle devina à son expression que l'offre qu'on venait de lui faire dépassait toutes ses espérances.

Elle avait beau être fière de lui, comment leur relation allait-elle survivre à une nouvelle affectation ? Contrairement à Bradley, Nikhil ne la tromperait jamais, mais elle craignait que la distance ne rende la situation invivable.

Elle se força pourtant à sourire.

— Quel bateau, Nikhil ? répéta-t-elle.

— C'est difficile à croire..., commença-t-il.

— Ce n'est pas l'*Hestia* ?

— Non.

— Lequel, alors ?

— Le *Cassiopée.*

Un instant incrédule, Isla fut submergée par la fierté. Nouant ses bras autour du cou de Nikhil, elle l'embrassa passionnément.

— C'est extraordinaire ! Je suis vraiment contente pour toi.

— Il y a autre chose...

Prenant le visage d'Isla entre ses paumes, il l'immobilisa pour la regarder dans les yeux.

— Le Dr Turner ne cesse de réclamer ton retour, depuis que tu es partie. Le capitaine m'a demandé si tu serais intéressée. Je lui ai répondu que tu ne le serais vraisemblablement pas, mais que j'allais t'en parler.

— Tu as dit quoi ?

D'abord très déçue, elle comprit qu'il la taquinait.

— Ce n'est pas drôle !

— Pour moi si, *pyar.*

— Qu'est-ce que tu as dit, en vrai ?

— J'ai dit que tu lui donnerais toi-même ta réponse.

— Mais ce n'est pas ce que tu veux ? demanda-t-elle, consternée.

Ne souhaitait-il pas qu'elle le rejoigne sur le *Cassiopée* ?

— J'ai depuis longtemps appris ma leçon et je sais que je ne dois pas interférer dans ta carrière.

— Mais tu veux que j'accepte ?

Elle s'efforça de masquer son anxiété. L'attitude de Nikhil l'inquiétait de plus en plus.

Il se tut un instant.

— Je voulais attendre, mais...

— Nikhil ?

Il plongea la main dans sa poche et en sortit un petit écrin de cuir orné d'un filigrane doré. Cela ne pouvait signifier qu'une seule chose...

— Nikhil !

— Je voulais te l'offrir demain, à Hambourg, mais je ne pense pas pouvoir attendre ta réponse aussi longtemps.

Lorsqu'il ouvrit la boîte, Isla ne put retenir un cri à la vue de la bague, un magnifique rubis entouré de diamants. Le bijou étincelait, semblant même concurrencer les rayons du soleil levant.

— Tu m'as sauvé la vie, docteur Sinclair. Je n'aurais jamais cru qu'elle deviendrait aussi merveilleuse, et c'est grâce à toi. Chaque jour je t'aime davantage, et je ne veux pas en passer un seul sans toi. Tu as chassé tous mes cauchemars, *pyar*, alors épouse-moi et comble pour toujours mon existence. Il m'est impossible de l'imaginer sans toi.

Après lui avoir passé la bague au doigt, Nikhil embrassa passionnément Isla. Ensuite, il la tourna vers la proue. Le dos appuyé contre le torse solide et rassurant de Nikhil, elle contempla avec lui la splendeur du soleil levant.

Ce n'était pas seulement l'aube d'un jour nouveau. C'était celle d'une vie entière, et elle serait magnifique.

Ensemble.